谢冕编年文集

第一卷 1947—1959

北京大学出版社

本文集由中坤诗歌发展基金资助出版

主编

高秀芹　刘福春　孙民乐

著者简介

谢冕，1932年1月6日生，汉族，福建省福州市人。曾用笔名谢鱼梁。1945—1949年在福州三一中学就学。1949年8月参加中国人民解放军，1955年4月复员。1955年9月入北京大学中国语言文学系学习，1960年毕业留校任教。现为北京大学教授、博士研究生导师。曾任北京大学中国语言文学研究所所长。现任北京大学中国诗歌研究院院长，兼任北京大学中国新诗研究所所长。

曾参与北京大学中国当代文学的学科建设，建立了北京大学中国当代文学的第一个博士点，是该校第一位中国当代文学专业方向的博士生导师。自1981年起至2000年止，先后指导十余届硕士、博士研究生。在此期间，还接受并指导了一百余名国内外高级访问学者与进修生。

1947年开始文学创作，曾在《中央日报》、《星闽日报》、《福建时报》等报刊发表诗和散文等。1950年代开始从事中国现、当代文学的研究以及诗歌理论批评。著有《湖岸诗评》、《共和国的星光》、《文学的绿色革命》、《新世纪的太阳》、《1898：百年忧患》、《论二十世纪中国文学》等十余种学术著作；出版散文随笔集《世纪留言》、《永远的校园》、《流向远方的水》、《心中风景》等。主编《二十世纪中国文学丛书》(10卷)、《百年中国文学经典》(8卷)、《百年中国文学总系》(12卷)、《中国新诗总系》(10卷)等大型丛书。专著《论二十世纪中国文学》、《回望百年》获中国当代文学研究会优秀成果奖。

1979年加入中国作家协会。现为北京文艺评论家协会主席、北京作家协会名誉副主席、中国当代文学研究会顾问、中国作家协会全国委员会名誉委员,兼任《诗探索》及《新诗评论》主编。

谢家全家福,1936年摄于福州二妙轩照相馆(前排由右及左为父亲谢应时,弟谢甫,母亲谢李氏,谢冕(时年四岁),后排由右及左为大哥谢址,二哥谢宗傅,姐姐谢步韫,三哥谢振藩)

1947年圣诞节演出《那圣钟响了》（四排左三为李兆雄先生，五排左二为谢冕）

小学毕业照

初中毕业照

以笔名谢鱼梁发表在1948年中央日报上的文章《公园之秋》

初三作文比赛第一名奖状

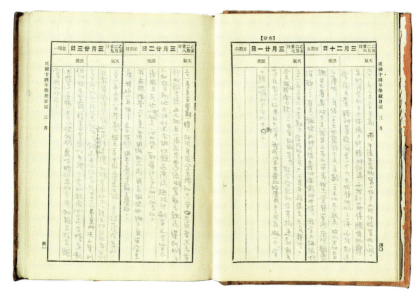

1949年3月的一篇日记

1955 年北大入学

1957年国庆前夜福州三一中学同学在北京（后排由左及右为张可栋，李杰，谢冕；前排由左及右为张炯，赵可祥）

《解放军战士短诗集》，1954 年版

谢冕创作《纪念章给我的力量》，选入《解放军战士短诗集》

1956年春游颐和园（由远及近为德国同学戈泰，汪祖棠，阎世利，谢冕）

1957年5月《红楼》编辑部同人在颐和园排云殿前合影（中间抱吉他者为谢冕，此照为林昭摄）

《红楼》第四期，1957年7月1日

1959年在北大校园内（由左及右为陈素琰，温小钰，谢冕，徐佑珠）

1957年5月"沿着五四的道路"（前排由左及右为林昭，江枫，李任；后排由左及右为谢冕，张炯）

1958年冬北京市和平里作家协会《新诗发展概况》作者合影（由左及右为殷晋培，刘登翰，洪子诚，谢冕，孙玉石，孙绍振）

1959年夏《中国新诗概况》出版后在中国文联与徐迟等合影（前排由左及右为孙玉石，徐迟，谢冕；后排由左及右为殷晋培，孙绍振，尹一之，刘登翰，洪子诚）

编辑说明

一、《谢冕编年文集》收入目前所见著者自1947年至2012年2月所作全部诗文。

二、所收诗文均依写作日期编排，写作日期不详者则按发表时间编入。

三、为保持诗文原貌，所收诗文尽量按最初刊本编入。除原刊的文字错误外，不做任何改动。

四、所收诗文均用题注注明刊发情况。

五、著者较系统的著作均按原书编在该年最后，其中有些篇章虽曾在报刊上发表，不再另行编入。

六、著者拟意中的著作，有些篇章曾单独刊发，现均集中编入。

七、著者与他人的合著，视不同情况或全部编入或只编入著者所作部分。

八、著者重要的访谈文字均按编年收入。

前缀

  本文集用编年体。此举旨在让人从它的幼稚和杂乱中，看到一个文学少年蹒跚学步的身影；力争一篇不漏。深知极难做到，求全不能，求其次吧；所有文字，悉依原样，坚持一字不改（明显的错别字除外）。这一条实行起来较前一条尤难，前者是技术性的，后者则是心理上的。但不论如何，只能坚持；敝帚自珍，不悔少作。即使惹人笑话，也顾不得了。

2011 年 11 月 6 日

目　录

1947

开学的第一天 ································· 3
寄友人的一封信
　　——报告学校生活 ······················ 5
给姐姐 ··· 6
杂感一则 ······································ 7
校庆纪实 ······································ 8
蝉声 ··· 10
童年的回忆 ·································· 11
菊花 ··· 12
江畔 ··· 14
秋天的黄昏 ·································· 15
我最喜欢的季节 ···························· 16

1948

自传 ··· 19
月考前后 ····································· 21
一个同学 ····································· 22
一课 ··· 24

牛与公鸡 …………………………………………… 26
校景素描 …………………………………………… 27
绿野
　　——献给一位去年同登高盖山的同学 ………… 29
又到开学的时候 …………………………………… 31
山上 ………………………………………………… 33
童年的片段
　　——纪念"四·四" ……………………………… 35
蝶 …………………………………………………… 39
课室话故乡 ………………………………………… 41
蜗牛 ………………………………………………… 44
生命 ………………………………………………… 45
一个渺小的希望
　　——《墙角的花朵》发刊词 …………………… 46
归途 ………………………………………………… 47
雨 …………………………………………………… 48
卖菜 ………………………………………………… 50
夜幕,笼罩在街上
　　——一个算命先生的手记 …………………… 51
砚池 ………………………………………………… 53
笔架山 ……………………………………………… 54
笔 …………………………………………………… 55
久旱村落 …………………………………………… 56
童年的又一组断片 ………………………………… 57
教师怨(宝塔诗) …………………………………… 61
顽童 ………………………………………………… 62
潮 …………………………………………………… 65
浪花小集 …………………………………………… 72

暮春
　　——《暮春》之一 ·················· 74
玻璃窗 ····························· 77
钟声 ······························ 78
云
　　——《暮春》之二 ·················· 82
别看轻自己 ························· 87
风瀑 ······························ 89
未成熟的果实 ······················· 90
小红花的歌唱 ······················· 91
到春天之路
　　——《春路》创刊献词 ··············· 93
沦亡之后 ··························· 94
刺虎 ······························ 95
纪念册代序 ························· 97
夜半箫声 ··························· 99
路 ······························· 100
债 ······························· 101
夜市 ····························· 103
"迎年" ··························· 104
摸索 ····························· 106
生机 ····························· 107
读唐湜的"诗" ····················· 108
慕道者 ··························· 110
画 ······························· 111
洪水 ····························· 112
火舌 ····························· 113

关于级会
　　——我的"希望" …………………………………… 114
待 ……………………………………………………… 115
不断的输与 …………………………………………… 116
古磨 …………………………………………………… 117
在这个世纪 …………………………………………… 118
控诉 …………………………………………………… 119
写在母校的生日
　　——三一母校三十七周年校庆 ………………… 120
诗人的市场巡礼 ……………………………………… 122
慕道者
　　——其二 …………………………………………… 124
地狱 …………………………………………………… 125
反叛 …………………………………………………… 126
天就要亮了 …………………………………………… 127
你们的世界 …………………………………………… 128
湖畔散章 ……………………………………………… 129
怀 ……………………………………………………… 133
火把 …………………………………………………… 147
月下的幽灵 …………………………………………… 149
村庄 …………………………………………………… 150
学府人物
　　——先生们的素描 ………………………………… 151
写在《怀》的后面 …………………………………… 152
薄暮的悲哀 …………………………………………… 154
田野乐章 ……………………………………………… 156
公园之秋 ……………………………………………… 158
些微的喟叹 …………………………………………… 160

茶花	163
闽江远眺	164
清道夫	165
灯塔	166
油灯	167
庭院	168
给姐姐	169
梦之谷	170
一个婴孩的诞生	171
像激荡的麦浪	173
弦	175
星	176
前夕	177
用生命写诗	178
南台岛	179
水车	180
遨游	181
冬	182
有感	183
镜子	184
气候	185
夜的记忆	186
往日的噩梦	187
除夕夜	190
信	191
欲雨的天	192
严寒夜话	193
夜思	194

不寐	195
五月小唱	196

1949

短章遥寄	
——给燕子	199
送一九四八年	200
没有太阳的日子	201
淘金者	202
村庄的冬天	203
春夜的感想	
——预写,为旧历元旦	205
大地篇	206
昏	208
岁暮	209
鱼虾们的末日	210
村庄	211
茅舍	212
黎明之什二章	213
《迷途集》序	215
忠告	216
寄怀	
——寄仓山中心小学同级十六个伙伴	219
序日记	220
寒夜	221
听雨	222
池	223

夜曲	224
池	225
草籽	226
火	227
窗	228
烛	229
花	230
棕榈	231
岑寂	232
野	233
春	234
晨	235
阴沉	236
山野	237
昏	238
夜	239
自叙	240
溪	243
浪花集	244
泥土	248
残废者	249
海滨	250
见解	252
湖	253
发	254
窗外	255
我爱夜星	257
河	258

山道 …………………………………… 259
乞丐 …………………………………… 260
希望 …………………………………… 261
雾晨 …………………………………… 262
瀑布 …………………………………… 263
真理 …………………………………… 264
轮轴 …………………………………… 265
都市 …………………………………… 266
病人 …………………………………… 267
雨天杂诗 ……………………………… 268
都市的歌 ……………………………… 271
潮 ……………………………………… 273
诗的闲话 ……………………………… 276
牛 ……………………………………… 278
春假记事 ……………………………… 280
悼
　　——祭"四·一"死难同学 ………… 282
新春草 ………………………………… 284
乡村漫步 ……………………………… 286
人民的歌 ……………………………… 288
春天的鸟 ……………………………… 290
说话 …………………………………… 292
书斋散记 ……………………………… 293
公园 …………………………………… 296
信 ……………………………………… 297
写在文艺节 …………………………… 298
血的日子
　　——纪念五四 ……………………… 299

不要消极,屈原
　　——写在诗人节 …………………………………… 302
我们的导师 ………………………………………… 304
行列 ………………………………………………… 307
诗一章 ……………………………………………… 309
旗帜和追悼 ………………………………………… 310
龙眼树下 …………………………………………… 312
路灯 ………………………………………………… 313
渔船 ………………………………………………… 314
墓地 ………………………………………………… 315
死域 ………………………………………………… 317
桥 …………………………………………………… 318
向阳光拥抱
　　——写在福州解放日 ………………………… 320
我走进了革命的行列 ……………………………… 323

1950

挥手别福州
　　——南进断章之一 …………………………… 327
无题 ………………………………………………… 329
爆炸大王刘相芝 …………………………………… 331

1951

姐妹开荒 …………………………………………… 339
菩萨快滚蛋 ………………………………………… 341
小组会 ……………………………………………… 342

1952

龙眼树下设课堂 …………………………………… 347
每晚都来看一趟 …………………………………… 350
炊事员送饭高山上 ………………………………… 354
运土机 ……………………………………………… 356
工事场 ……………………………………………… 357
阵地安家 …………………………………………… 359

1953

感谢你们 …………………………………………… 369
海防线上过新年 …………………………………… 371
夜间挖坑道 ………………………………………… 373

1954

年货 ………………………………………………… 381
在沙滩上 …………………………………………… 383
迎亲人 ……………………………………………… 386
咱托亲人捎个信 …………………………………… 388
我佩上了纪念章 …………………………………… 390
亲人到海岛 ………………………………………… 393
亲人的话 …………………………………………… 396
三件礼物献亲人 …………………………………… 398
看慰问演出 ………………………………………… 400
班长看家回来了 …………………………………… 401

祖国东海边上…………………………………… 404
查铺………………………………………………… 406
铃声………………………………………………… 408
年青的战士站在海岸上………………………… 410
祝寿的歌
　　——献给国庆五周年………………………… 413
战士接到红领巾………………………………… 416
在炊烟四起的时候……………………………… 418
山…………………………………………………… 420
你早啊！祖国的前线…………………………… 422
候车室里………………………………………… 425
锻炼身体为祖国………………………………… 428
风吹在战士身上………………………………… 430

1955

漂海回来………………………………………… 435
送别的话………………………………………… 437
我背上班长的冲锋枪…………………………… 439
"决心"寄到巫山旁……………………………… 441
守夜者的歌……………………………………… 443
欢迎你，我们的新战友………………………… 445
新战士之歌……………………………………… 447
第一晚…………………………………………… 449
仿佛还是在家里一样…………………………… 451
慰问信…………………………………………… 453
战士和鸽子……………………………………… 455
会师……………………………………………… 457

访灾区
　　——回乡散记之一…………………………… 459
当我进了北大 …………………………………… 461
赠德国朋友 ……………………………………… 463
狂欢之夜想起的
　　——国庆诗草之一…………………………… 465
有一个青年走在队伍的前面
　　——国庆诗草之二…………………………… 467
黄昏 ……………………………………………… 469
这不是梦境
　　——国庆诗草之三…………………………… 470
十年
　　——为纪念世界青年联盟成立十周年而作…… 472
学生运动大联唱 ………………………………… 474
1956年骑着骏马飞奔 …………………………… 479
寄家乡 …………………………………………… 481

1956

寄战友 …………………………………………… 487
大学生情歌 ……………………………………… 489
唐诗 ……………………………………………… 494
红旗下的白发 …………………………………… 495
海滨晨歌（之一）………………………………… 496
海滨晨歌（之二）………………………………… 497
国庆日 …………………………………………… 498
军鸽 ……………………………………………… 499
海岛 ……………………………………………… 500

海岛夜歌(之一)……………………………………… 501
海岛夜歌(之二)……………………………………… 502
墓前……………………………………………………… 503

1957

我怀念红楼上面一盏灯………………………………… 507
新青年…………………………………………………… 508
给水手…………………………………………………… 509
无题……………………………………………………… 511
遥寄东海………………………………………………… 512
给朋友…………………………………………………… 532
不是战歌………………………………………………… 533
厦门组诗………………………………………………… 534
厦门小辑………………………………………………… 538
诗传单…………………………………………………… 540
誓………………………………………………………… 541
题在几本书的扉页……………………………………… 542

1958

方志敏团团歌…………………………………………… 545
十三陵水库工地晨歌(之一)…………………………… 546
十三陵水库工地晨歌(之二)…………………………… 547
遥寄阿拉伯……………………………………………… 548
旧体二题………………………………………………… 552
写大字报………………………………………………… 553
我们支持你,黎巴嫩兄弟……………………………… 554

贺年信 ·· 556
沿着红毡铺成的路 ································ 558
给我们写首诗吧! ·································· 559
民歌的民族性格 ····································· 564

1959

在哈瓦那街道上 ····································· 569
大跃进万岁 ·· 571
刚果 ·· 574
祖国春天无限好 ······································ 575

新诗发展概况

女神再生的时代
  ——《新诗发展概况》之一 ············· 579
无产阶级革命诗歌的高潮
  ——《新诗发展概况》之二 ············· 598
暴风雨的前奏
  ——《新诗发展概况》之三 ············· 618
民族抗战的号角
  ——《新诗发展概况》之四 ············· 634
唱向新中国
  ——《新诗发展概况》之五 ············· 652
百花争艳的春晨
  ——《新诗发展概况》之六 ············· 674
唱得长江水倒流
  ——《新诗发展概况》之七 ············· 704

1947

开学的第一天[*]

秋风带走了炎夏,知了的鸣声由无力的呻吟而渐渐减弱,以至于没有了。

天气是一天一天地凉爽了下来,枯黄的树叶经不起秋风的威迫,一片一片地飘坠了。时间正一步一步地带我们走近开学的一天。

开学了,现在正是九月十八日——学校开学的第一天。冷寂了一个漫长的暑假的"思万楼"的路上,又恢复了三个月前的旧观,只不过加多了百多个新同学和几位新老师罢了。这百多个新同学,他们来自不同的地方,而集聚在我们的母校。我们并不感到生疏,而且还十分的亲切。所以看他们像一家的亲兄弟一般。在他们天真活泼的举动看来,将来都是有为的青年。我对他们寄以十二万分的希望,希望将来都能为母校增光。

在大榕树下的操场上,庄严的开学典礼举行了。一连串鸣炮的声响,打动了七百多个学生的心。他们的热血沸腾了,他们的心自然而然地连结了起来。从今而后,我们都是一家人了。在讲台上,陈代校长(中新先生)开始了本学期的第一次演讲。演讲完了,便给我们介绍本学期的先生,我们都向这二十多位教

---

[*] 此文为作者 1947 年读初中二年级第一学期时的第一篇作文,未刊。国文老师余钟藩评定成绩 85 分。作者按:作者于 1945 年 9 月考进福州私立三一中学(Trinity College Foochow,这是爱尔兰都柏林三一大学的姐妹学校),1948 年初中毕业后升入本校高中,直至 1949 年 8 月离校。作者保存了这段时间课内和课外的全部习作原稿,自本篇开始直至 1949 年 8 月前的文字,凡是未刊稿,均依原稿编入。

师致一个最敬礼。

　　走进教室,阔别多日的同学,一旦相聚,三五成群地谈谈说说,倒也热闹。上午没上课,下午上的是作文和公民课。新的国文教师为我们讲了许多关于作文的事情。课完,也就回去了。

　　从此,要像小鸟一般地关在笼中过着单调的生活了。但是我还希望在这四个月的单调的生活中,我能得到许许多多的知识,而且会很顺利地念书——这是我在开学的第一天要说的"吉利话"。

　　　　　　　　　　一九四七,九,二十四,夜,谢冕写。

寄友人的一封信*
——报告学校生活

朋友：当枫叶大红、菊花盛开的时候，我的学校已经开学了。一向不曾得空，今天就借着作文课空余的时间，来告诉你一些关于学校生活的情形吧！开学的第一天的盛况，那是不用多说的，也就不说了。早上，我八点钟才去上学。校中八点半升旗。因为我家离学校很近，只要一二刻时间就可以到，所以半点钟在于我，倒是很舒适的。

早晨的阳光，给我们带来了一天的喜悦。他的温暖，他的和平，他带来的光亮，我极端地感谢他！思万楼的钟声响过。一校六七百个学子，目送着国旗升上去。响亮的歌声在天空中飘荡着、飘荡着。

课室中的情景我也不想多讲，当然，做先生的都希望我们好，都希望我们能多得知识的。自从上学期闹风潮以后，学校当局对学生的操行很重视，当我们办入学手续的时候，训育主任分给我们一张学约，意思就是说要每一个人都要立一张入学的约字。所以，校方比起前学期要聪明得多了。

算起来，话说得不少了。你也见厌了吗？好，有空时再谈。祝好！

谢冕写在十月一日作文课。

---

* 此文为作者初中三年级上学期的一篇习作，未刊。国文老师余钟藩评语："亦颇自然明白。"成绩80分。

给姐姐[*]

雨丝丝地下着。

姐姐,我又给你写信了。

姐姐,你是一个世上的苦命人。三年前,你出嫁的那一天,我在为你虔诚地祝福,祝福着在以后漫长的岁月中,你能够获得幸福美满。可是,事实却非这样,一年之中,你有了儿子,而恶魔却无情地夺走了你的丈夫。你的人生好梦破灭了。可是姐姐,你不要悲观,甥儿如今已经三岁,前面的路还长。你要寄希望于孩子,把他抚养成人,使他受到好的教育,这样,也对得起姐夫在天之灵。

姐姐,我说这些话,深恐引起你对往事的伤心,但我知道,姐姐是坚强的。人是死了,不可复生。姐姐,你要保重自己。

36 年 10 月 9 日

---

* 未刊稿。

杂感一则[*]

今天上童子军课，大家对教官很顽皮，那时都觉得有趣。现在，我静静地想，我的心在责备自己。想起教官那红红的像是要哭的眼睛，还有那一口沙哑的声音，我心中很难过。我知道，为了生活，他才来这里。使本来就发不出声的喉咙，发出那沙哑的口号。为了生活，他才忍住泪，让满腹的委屈心酸流向心中。我们对不起他，我们不该这样欺慢他。

> 写于三十六年十月十七日，
> 三十七年七月十四日重抄、改。
> 时为初中三上。

---

* 未刊稿。

校庆纪实*

今天,似乎有个不可否认的一件事。当你走到校门,看到思万楼路上花花绿绿的布置和标语的时候,你一定会想到,或者会喊了出来:"啊,好美丽啊,'三一'!"尤其是当你看到横挂的"与国同庚"的红字白底的大块白布标语时,你一定会想起,她今年已经三十六岁了。在今天——十月二十日——正是她三十六岁的生日。

现在,让我们回想到三十六年前的那一段不很平坦的道路。谁建造了"三一"?谁付出了血汗才有这样的一天?这里,我们不得不感谢历届的校长、教职员和许多校友们,我们祝福他们,我们更要祝福我们的"三一"与民国同春,亿万年!

升上庄严伟大的国旗和光明灿烂的校旗的时候,爆竹声中,校长走上了讲台。"今年的校庆仪式我们并不想多做什么",校长的演讲词的开头就是这样,"可是却有一个是我们学校有史以来的从未有过的有重大意义的举动。今天大家应该都有一些怀疑着,我们为什么要把校旗跟国旗一起升上去呢?我以为有两个重大的意义在里头,第一——"校长的声音突然地升高了,奇怪的是平日说话总是低声低气的校长,却变的兴奋了起来:"第一,我们升上校旗的意义就是说,从今天起我们的'三一'在社会上的地位,要像我们的国家在不久的未来在国际上的地位一样

---

* 此文为作者初三上学期的一篇作文,未刊。国文老师余钟藩评语:"笔颇曲折。"成绩 78 分。

地提高起来。这当然是要我们大家共同努力的。第二点,我们可以看到在黄色校旗中间,有着我们的校徽,校徽中有一个血红的十字架,这个十字架象征着我们的校训——牺牲、博爱、服务——同样地,我们为要使大家更切实地明了我们的校训,我们特地把校旗高高地举起。从今以后,我们要把我们的校训切实地去实践,等到有一天,使我们有一个更重大的纪念会。"

校长的话说完了,一声令下,散会了。我到公园中看"校广杯"足球赛的时候,我看见空中飘荡着国旗的下面黄色鲜明的校旗时,我记起了校长的话,是的,"我们要努力把学校的地位提高"。我们希望在明年有一个更重大的纪念会。

十,二十三日,谢冕作。

蝉　声[*]

　　六月的天气委实已够煎熬。火球也似的太阳，射出许多吃人的火舌，使人不敢仰空而望。因为她那强烈的光线足能使你头晕眼眩的。

　　一颗颗的汗粒，像雨点似的从人们的脸上洒了下来，地上的沙砾也不甘示弱地发出闪耀的光，连那街上躺着的狗子，也把它那三寸多长的舌头伸出口外，样子怪可怕的。

　　扇是不住地摇。

　　汗还是不住地流……

　　唉！夏天，你真是混世的魔王啊！

　　一条靠山的黄土路上，两旁的高树矗立着，浓绿的叶子遮蔽了蓝空。这里，只有从那树叶缝中透进来的光亮。凉风阵阵地吹来，空气是再凉爽没有了，那外面的酷暑一到这里炎威渐杀，使这里变成了"清凉世界"。

　　一起喧哗繁杂的知了的鸣声，出自各棵高树的梢头。蝉啊，你真是罪恶的夏天的骄子！

　　蝉啊，别快活，等到秋天到来的时候……

　　"吱，吱，吱……"又是一阵知了的鸣声，在宽静的四周起了回响。人们还是不停地挥扇子。还是不停地咒骂着夏天。可是，这群不知死活的知了，还在醉生梦死地替夏天唱着赞美之歌呢！

＊ 此文为作者初三上学期的一篇习作，未刊。国文老师余钟藩评语："笔颇流利。"成绩 80 分。

童年的回忆*

　　想起童年,想起那一段无忧无虑的生活中,充满了天真烂漫。想起来,觉得那时的美满,现在都成了泡影,心中不免怅然!
　　大概是七岁了吧,在一所离家不远的私立学校中,我开始了学校生活。那时,送我上学的是我的三哥。他也在这校中念书。学校的设备虽然不甚完备,却有一个很美丽的校园。园中有百多株桃树,春天到临了人间,桃花怒放,红的,白的,浓的,淡的,招引了无数蜂蝶的癫狂。那时虽然年纪很小的我,却已知道怎样去捉蜜蜂和蝴蝶了。我常常站在桃树底下,等到那些舞影翩翩的蝴蝶们飞来时,便用我的小帽子向它们猛烈地扑去。
　　有一个时期,我也曾用这个办法去捉蜜蜂和蜻蜓,结果,被我扑到的虽然也有,但捉不到的次数却更多。虽然这样,我并不灰心,还是加紧地捉,跑——。有一次,——我记得很清楚——为了捉到一只蜜蜂,我被它狠狠地咬了一下。我痛得要命,哭了。还被先生骂了一顿。现在想起来,还觉得有些不平。这个时期,我并不旷课,每天都按时到学校。可是每天都是玩。一下课,不是到校园捉蝴蝶,便是到操场玩秋千。到了期末,成绩还不错,还是"名列前茅"呢!这样,我很得到爸妈的赞许。每天放学回家,不是一块饼,就是一粒糖果。到月考成绩高时,还有得到一双皮鞋或一把伞子的奖品的希望呢!在这种鼓励之下,我渐渐地对学习发生了一种新的兴趣。

1947,11,6

---

　　* 此文为作者初三上学期的一篇作文,未刊。国文老师余钟藩评语:"句颇圆润。"成绩78分。

菊　花*

　　不见你,已经三年多了。三年,这不算短暂的日子里,我无时不在想你。我望着那遥远的彼方,我默默地祝福你。但是,狠心的你呀,为什么不给我一点声息?

　　"梁,我走了,无情的炮火驱散了我们至高的友谊。希望你,要像这菊花一般,不要被冰雪所压倒。"三年前的这时,正是九月——这菊黄蟹肥的季节,敌人的铁蹄正一步一步地逼近我们的故乡,炮火的气味和飞机的轰鸣,街上混乱的人群,处处都意味着战争将要到临。那一天晚上,你来了,你挂着晶莹的泪珠向我告别。说是你父亲奉令撤退,为了安全起见,带走了你的一家。你说是明天要走了。那时,我是怎样地不愿意。相聚了六年的朋友,一旦远离,谁不感到离别的苦楚?但是,我知道,我们不分别是不可能的,这是"战争"!

　　记得我们毕业的那一天晚上,电灯光下,我们畅想将来,当时想,将来我们又一同考入初中念书,一同上学,一同回家,当我们想到这些事情的时候,我们笑了。但是现在呢?唉!……我是多么厌恶战争,我诅咒战争!战争只会带给人类以苦难和悲哀!

　　夜已深了。这夜的月亮好明。阶前的菊花,浓绿的枝叶,淡黄蟹形的花朵,它的影子倒映在地上,风吹着一摇一摆。我们默

---

　　* 此文为作者初三上学期的课堂作文,未刊。国文老师余钟藩评语:"借物言情。"成绩 80 分。

然相对了好久,你才说:"希望你像这花儿一样,不要怕苦。"你手指菊花说着。你走了。

在抗战已经胜利的今天,我无时不在想着你。你为什么不见归来?今天,当我看到阶前又开了淡黄的菊花时,我又想起了你的话:"梁,不要被冰雪压倒了呀!"三年了,这不算短暂的日子,我望着遥远的彼方,我为你祝福,亲爱的朋友。现在就把三年前你对我说的话转送给你:更希望你自己保重,像菊花一样坚强!

11,13,1947,谢冕写。

江　畔*

　　一片滔滔的江水。

　　岸上栽着一长排常绿树。来往的旅客在树下休息。

　　呜,呜,呜……一声尖锐的汽笛告诉着,快艇就要起锚了。旅客们匆忙地整理着行装。

　　人们像一群蚂蚁般地涌进了船舱。快艇开走了,浓浓的烟雾中,船慢慢地向前驶着。远行的人们啊,祝福你平安地到达彼岸。

　　一条小船乘着波浪,从桥墩下向这边来了,摇摆着的双撸,像一只游泳着的鸭子。

　　船到了这里便停住了。我看到这简单的家庭中有一个强壮的中年男子,一个女人,——大概是他的妻子吧,还有两个孩子。

　　船被缚在岸上的一棵树干上。两个孩子,跳着上岸玩去了。

　　那个女人,便在船头生起炉火来。该是煮午饭了吧,我也感到了一点饿意。那个男人做些什么呢?也不及细看了。但是,我知道他们中间有的是努力,是合作。

　　就是这样,我站着,足足一个上午。

1947,11,23。

---

　　* 此文为作者初三上学期的一篇作文,未刊。国文老师余钟藩评语:"笔尚轻松。"成绩 75 分。

秋天的黄昏^{*}

　　太阳从桃花山后边下去了。原野上充满了黄昏的气息,新割下的稻草,一束束地从农夫的肩膀上运了回去,他们的嘴边挂着一丝微笑。汗珠从他们的额上滑了下来,样子吃力得很。但我想,他们一定很快乐。山坡的平原上,牧牛的孩子正大声地呼唤着他的牛群。那时候,炊烟正一缕一缕地飞逝。

　　天幕慢慢地垂了下来,先前的一丝光亮,此刻也无声无响地消失了。一个乡村的农家,外面围着短篱,人走来,黑狗汪汪地吠个不停。突然,一声孤雁的哀鸣在耳边掠过,抬望眼,一只灰黑色的飞鸟正在天际徘徊。啊,这是失群的哀鸣吗?我惘住了。

　　归途上,我踩着快要枯萎的草地,几次我都不忍将它们践踏。我真不忍把将要投入死神怀抱的小生命更加压迫。于是,我提轻了脚步更加小心地走。到家,已是上灯时分。坐定,立刻想到刚才可笑的举动了:"春天去了,有再来的时候",这句话提醒了我。躺在床上,外面的风很大。我的耳边立刻又响起了那"呀"的一声。我想,难道人生就是这样吗?孤雁啊!

　　玻璃窗在不住地颤动,风是越刮越紧了。心头的千头万绪一时也无法说清,"秋风秋雨愁煞人",是的,在这时,我感到了"生之空虚"。

------

　　* 此文为作者初三上学期的作文,未刊。国文老师余钟藩评语:"写景贴切。"成绩 78 分。

我最喜欢的季节*

  大地布满了银色的光辉,这时,看不见世上哪怕是一点点的污秽和罪恶——这是我最喜欢的季节。

  每年,当秋风带来了寒意,冬天到来的时候,我便怀想起那一幅冰天雪地的图画:北国的风光。

  早晨,当骄傲的太阳还未到临人间的时候,从窗口望去,屋顶,树木,遥远的山峰……白茫茫的一片。四围,死一般的静寂。看不到那些争奇斗艳的花朵,只是一片银光,和平的光芒!

  冬天的确到了。天气一天一天地冷了下来。阶前的一株光秃秃的梧桐树,凝立着,一动也不动。几只不怕冷的鸟儿,替太阳之神唱着赞美歌。屋顶上的冰霜渐渐地消失了。

  山尽头,几只水牛在耕田。勤劳的农夫们,他们粗大的手臂早已扬起锄头不住地舞动,用他们的力量翻出一层层的土地。他们极热诚地播种着。只要经过一次冰霜的洗礼,来年春暖花开的时节,世界上早已生长出和平丰盛的花果。可敬的农夫!

  我,迎着晨曦,看到了这些自然的冬天的图案后,对于这个被一般人所厌恶的季节,生起了极端的爱恋。我想,假使没有破坏,也一定没有建设;没有过寒冷的冬天,该也不会有春天的温暖吧?造物者直如此偏私,它造了春天给人们赞美,而为何却没有人去赞美这个"英雄的季节"呢?

  为此,我要高呼:"伟大啊,冬天!"

---

 * 未刊稿。

1948

自 传[*]

假如有人问我,"你们姓谢的早先是那里人?"我将瞠乎不知所答。真的,这个问题要是拿去问我那六十多岁的老父亲,他一定也会茫然的。太遥远了,依我们传统的"东山堂"的堂号来推测,我们的老祖宗应该是来自中原的吧!随着年代的推移,我们的先人,从那遥远的地方,迁移到这三山环绕、闽江东流的海滨花园城市——福州,现在的故乡。

战前,父亲在一家私营公司任职。那时家境较为宽裕。母亲李氏,育有我们兄弟六人,一家团聚,不愁食,不苦衣,享受天伦之乐。战事一起,父亲供职的公司停办,赋闲在家。大哥、二哥也因工作关系离开福州。从此,一个平安康乐的家庭,渐渐地蒙上了战争的阴影。

第二年,我已六岁,开始了小学生活。最初在福州城内一所小学(私立化民小学)念书。第一月考的前夕,福州有传言,说是:"今夜三点,日本人将在连江登陆。"恐怖立刻占据了每个人的心中。这天下午,我就随爸妈避难到了南台。人们认为南台这边有许多外国人居住,因为这时英美各国尚未对日宣战,相对而言比较安全。住了几天,方知是谣传。一年的学业,就这样空过去了。以后我们就在南台长住了下来。

七岁,入独青小学,仍读一上。一直四年的光阴,使我渐渐地认识了人生,也开始对学问发生兴趣。可是好景不长,晴天里

---

* 此文为作者初中三年级第一学期的作文,未刊。未有评语,成绩 85 分。

打了一个霹雳。因为家中经济发生困难,父母不得不改变方针,让我转入仓山中心小学。因为原先的独青小学是私立学校,学费较贵。我含泪告别了亲爱的独青和许多师友们,入仓山,念五上。第二年,认识了李先生。他虽然只教我们两个多月的书,可是,他的学问、他的人格,对我有极大的影响。我一生都不会忘记他。

小学毕业的那一年,福州二次沦陷。我家因故不克迁入内地。在敌人的铁蹄下,我们历尽艰苦,一天一天地忍受着,一天一天地渴望着"天亮"。好不容易,终于等到了这一天,侵略者逃走了,福州重回祖国的怀抱。过了不多时,两颗原子弹惊醒了敌人的春梦。胜利的号角吹遍了大地的每一个角落。福建省府迁回原地,各机关学校亦陆续复员返榕。我也在这时投入"三一"。

我有个极大的愿望、也可以说是"野心",就是:"我要负起建设国家、复兴民族的责任。"这虽是老调子,但我的确有这个想法。

现在让我来说别一个问题:我的父母是信佛的,但我并不是佛教徒,宗教还引不起我的兴趣。引起我的兴趣的还是文艺。我爱好文学,是在小学就开始的。现在也忘了"导火线"是什么,但我可以自信,我对文艺的确是有过一点努力的。

月考前后*

思万楼下的布告牌前,黑压压的一群。

"十五日月考了!"

消息像风一般地传了出去。一向安静的脑际,突然紧张起来。大家拿着书,皱着眉头。走廊上,教室里,到处是依依呜呜的声响。空气确是紧张。为人们所嫌恶的"坏命运"终于降临了!

当楼上的钟声清晰地响了之后,一个平常很幽默的同学说了一句笑话:"追魂钟!"大家都笑了! 单调的气氛又活泼了许多。

走进考场,考卷拿在手中抖个不住。监考先生戴着眼镜,板着脸孔,很严肃地踱着方步。

低着头,心里扑扑地跳个不住,头发了晕……

一分一秒地过去。等到第二次的"追魂钟"又响了的时候,蜂拥出来,于是,"难","不难"的声音,又交响了多时。

1948 年 1 月 9 日

---

* 此文约为作者初中三年级第一学期的最后一篇作文,未刊。国文老师余钟藩评语:"极好。"成绩 90 分。

一个同学*

升旗仪式解散后，金黄色的太阳正照在教室外边的走廊上。初春的天气，天气还未见得稍微温暖些。还差半点钟才上课呢！同学们都跑到走廊上来，倚着墙壁，围成一圈。让和暖的阳光沐浴着身子。他们三三两两，或是说着话，或是互相戏谑着。在这时，互相嘲笑的中心，不是一个先生，便是一个同学。大家都毫无顾忌。

"你们看，'小子'摆来了。"调皮的宁是班中有名的"玩笑大王"。随着他的叫声，大家的视线一起转向了教室门口。"小子"，我们都这样叫他，他的本来大名是林金福。"小子"是他的绰号。虽然大家都不知道这绰号的来历，但大家都这样叫他，好像这才是他的真名。

他是一个怪人。平常少说话，脸孔狭小而发青。因为两脚有点病，走路时一跛一拐地。他每天迟到。每天都是在先生点过名、拿起书本要开始讲课了，房门开处，"小子"这才一跛一拐地进来。他走得那么凶，身子摆得那么紧张，加上脸上可笑的表情，总逗得众人发笑。大家笑得开心而放肆，连平素严肃的、同学们都不喜欢的"臭面子"陈先生也笑得露出了一口黑牙。

一场骚动过后，他，"小子"站了起来："先生，补到！"大家不再笑他了，看着他苍白的脸上泛出一丝凄凉。再度拿起书本的陈先生听到这声音，顿时沉下脸来，凶声恶气地说："为什么

---

* 此文为作者课外习作，未刊。

迟到?"

　　"小子"是一付要哭的样子:"因为家远,母亲又有病。早上自己起来煮饭,赶过桥来,就迟了。先生,你给我补个到吧!"这真像大桥上那个瞎子向着路人乞讨的声音和口气。至此,大家都静默了。大家不再笑他,而且还深深地同情他。陈先生无言。他在点名本上重重地划了几笔。

　　"以后不要再迟到了!"先生看了他一眼。

　　议论的中心转向他了,"怪可怜的人!"一个同学说。"真的,听他这么讲,家庭是很难。"一人一句,同学们不忍再嘲弄他了。

　　太阳开始爬到屋顶上了。钟声敲响,大家都懒懒地步进了教室。我看见,"小子"正埋着头,看着书本。

　　　　课堂随记之二,三十七年元月三十日,早。

一 课*

这一课是物理。高个子的"斜高"先生走了进来。班长喊了声"起立","敬礼"。大家似乎都没有听到。不,即使听到的,也不当一回事。各人仍然做着各人的事。

"报数!"

先生已经看见大家毫不在乎的样子。学生们有的在看《七侠五义》,有的在看《水浒》,各有千秋。这些学生,有的伏在桌子下面偷看,有的用书本遮着看,各有千秋。这些,"斜高"先生都看见了。但禁者自禁,犯者自犯。他也装着毫不在乎的样子。

一、二、三、四、牛……

报数报到第五号的作生,他恶作剧,闹了一个玩笑。"牛",大家一阵哄笑,一起回望后排被叫做"牛"的大方同学。

"作生偷看小说,先生!"大家的注目礼使他涨红了脸,他窘了,以此回敬作生。

"不要说话!"先生一边戴眼镜,一边大声地警告大家。"请翻开物理书第二十三页。"先生说。

"先生,'鸡角'抢我的书。"二十四号的常贵喊。

"不,我没有抢他,是他打我了。"'鸡角'在辩护自己。

你一句,我一句,教室乱成了"市场"。看到这种情景,"斜高"先生无法控制局面了。

"来,我们讲讲天空中的'神秘'好不好?"被困的先生急中生

---

* 此文为作者课外习作,未刊。

智,施出了解困的法宝。这想法果然生效,有人喊了:

"请——大——家——肃静!"

"听——先生——讲'神秘'。"第十四号的作生沉默已久,来了个突击攻势,他张大喉咙大声地喊,特别是"神秘"二字的尾音拖得格外长。

"好,神秘,神秘!"学生们欢呼起来。这机会十分难得,先生不讲课了,讲"神秘"。教室里顿然安静下来。

"先生,讲吧!"

"好,我们头上的天空是'不可思议'的。"听到这个开场白,"不可思议"使大家乐了。

"真是不可思议——"

"我们地球在整个天体中,真像一颗沙砾,嘿,一颗沙砾……"

下课的钟声响了,先生的故事也停了。

"先生,下一堂课继续讲下去!"于是,大伙儿抱了篮球,蓬,蓬,跑向操场去了。

课堂随记之一,三十七年,元月,三十一日,早饭前改毕。

牛与公鸡[*]

牛

忠实的农夫
生活的鞭挞
——伤不了你的心
低着头
　耕耘吧

公　鸡

时代的歌手
人类的晨钟啊
——下着大雨
——刮着大风
黑暗包围了世界
人们被睡魔所迷了
你
依然吹起黎明的号角

1948,1,31

---

[*] 未刊稿,曾编入自编诗集《归途》。

校景素描＊

提起笔来，我要写一写我校的景物。

第一个映进我脑际的，是那条新近才修理完竣的思万路。思万路是三一出入交通的孔道，是三一的灵魂。他在我的心田中，有个不可磨灭的印象。一座高高的钟楼，上面挂着一口鸣声悠扬的大钟。路旁，一列青翠的樟树，遮蔽天日，绿意迎人。假使你是第一次踏进三一的话，只要是这一点，就可使你对三一起了崇高的敬意的。

可以说，三一全校的发动机不是必翰楼，而是思万楼。这里，我得先介绍一下必翰楼。它是一幢乳白色粉刷的西式楼房。阶前，两条石凳上，列着奇卉。春夏之交，花开叶茂蜂蝶癫狂。这楼是总办公室、校长室和教员预备室的所在地，但这不过是先生们的势力所在，而指挥全校师生行动的则是思万楼。它是全校至高的主宰。没有一个人能违背它，也没有一个人想违背它。

五年前吧，东方的野心狼犬，侮辱了我们的圣钟、我们的"老园丁"，从此它缄默了。它不曾取媚于我们的敌人。为了民族的仇恨，因为如此，在它的身上，至今还依稀可见受伤的疤痕。在庆祝胜利的大行列中，它大声地唱歌，它快乐极了。现在，胜利二年多了，它如果想到如今的情景，多少人的痛苦，多少人的悲哀，也许该痛哭失声了。

我为什么在这里掺杂进这些不愉快的往事？这不是与本文

＊ 此文为作者初中三年级第二学期的课堂作文，未刊。未有评语，成绩 92 分。

的题旨不相干吗？不,不是。我有不能不说的原因：这是我们三一的灵魂的经历过的奋斗,这是历史。原上帝为我们的圣钟祝福！

　　一棵老榕树的笼罩下。砖砌的讲台。四围长满着青苔,隐隐中可见老榕树苍苍的古意。榕树的根须快要垂到地面上了,风吹过,它像慈祥的祖父,在向我们娓娓地叙讲着往事。讲台的对面,一座红砖碧瓦的房子,一群天真无邪的小天使住在里边。从讲台下望,足球场上,小学生们正在嬉戏。

　　清晨,六百多个青少年学子,身着黄黑两色制服,挺着胸膛,目送国旗上升。看鲜红的国旗飘扬在祖国自由的土地上,他们笑了！会心的笑容中,含着一股强烈的希望。在夕阳的斜照中,他们夹着书本,哼着小调,向着回家的路上。经过一天单调而又丰富的生活,他们要和家人团聚了。

　　三一中学全校算起来,共有十多座洋房。除了上述的以外,最大的房子就是高中部和初中部。高中部玲珑别致,面对着大操场。绿草可没脚面,远看犹如秧田。初中部没有高中部那么浪漫,它端庄而沉稳,一本正经做派。初中部的正南方向,数十株亚热带植物,遮住了圣堂的大部分,只露出它庄严的尖顶。在这里,你可以听见唱赞美诗的声音。这是信主的信徒们对于万能的基督的颂赞。

　　我不再说了。也许你会疑心,难道三一的景物就只是这些吗？就是我笔下描写的这样吗？文笔的拙钝当然是原因,但我要告诉你,现在所描写的只不过是学校的外景,是躯壳,是外形或装饰,而没有触及它的精神和灵魂。只要你访问这里一次,你就会感受到在它朴素和睦的气氛下它的内在的魅力。

三十七年三月九日,谢冕写毕。

绿 野[*]
——献给一位去年同登高盖山的同学

燕子回来了，
田野一片绿色。
春天到了
　春风向着我们报信
随着季节的转换；
　我陷入追忆之中。
记否，朋友，
去年此时
高盖山上的枫叶全已凋落，
下俯田中一片绿海。
随风起处，
如水的波纹起伏。
你说："好一个纪律森严的军队呀！"
事隔如今，
实已一年。
而你的笑容

---

[*] 此文为作者初中三年级第二学期的课堂作文，未刊。未有评语，成绩 80 分。

还如昨日一般的清楚。

　　　　　　　三十七年春三月十六日作。
　谢冕后记：作文课先生出此题，恐跌入老套，因而写成这等不成样的文章来。但好歹也是当日的游踪。

又到开学的时候*

一

走出学校的门,我不知道应向那里去,头晕晕的。我想,同样是一个人,为什么他们能够安安详详地教室里听讲,可以在操场上奔跑,为什么他们能够尽情地跟先生说笑,为什么我都不能?我明白过来了,因为他们有钱。但是,为什么他们有钱,而我却没有?同样是一个人……我被自己问住了,我回答不了。我只能说,这是畸形的社会造成的。

一阵风从我的耳边刮过,待注意时,一辆自行车从我的视线内消失了。立刻我知道坐在车上的是什么人,咔叽布的童子军制服,黑而光亮的头发,他是积,他家中有钱,他上学去了。刚才他没向我招手。这原是应该的啊,因为我家没钱。

我朝着回家的路上走了。路上,我没有注意什么,我无法欣赏这初春的郊野。太阳温和地嘻笑着,我觉得世界上最公平的要算是它了。一排破败的平屋挡住了我的前路,不知不觉地已到家了。走了一段阴暗的甬道,母亲忧郁的脸孔迎住了我:

"有没有办法?"我摇了摇头。

"唉!"半晌,她叹了一声气:"还是向平姐借贷去吧!"

---

* 此文为作者课外习作,未刊。

二

排着队,等着汽车,人声很嘈杂。当一辆公共汽车出现在我的面前的时候,我恨不得立刻飞了上去。

坐在车上,我的思潮又来了。在我们的乡间,有钱人家最占上风,会给邻居们捧得活菩萨似的。就拿个小小的事情来打比喻,假如有一家子弟,突然休学在家,便顷刻之间谣言百起,众说纷纭。会把你说得一文不值。母亲为要保持我家的一点假面子,无论如何总不肯让我中途休学。

车到了。我心中扑扑地跳个不停。"成败利钝在此一举",假使平姐这次再无办法,那才糟!按过铃,甥儿来开门。"啊,舅舅,快进来,妈在里边画汽车呢!"他一把拖了我进去。他今年才五岁呢,可是什么话都懂得讲,很聪明。

我向平姐道明来意,她答应了我。她把平日的积蓄给了我,说:"要勤学,要知道我们念书有多难!"我感动得流下泪来。我不知道应该用什么话儿向她致谢。

我说:"平姐,我走了。"她送我出来,甥儿又一把拖住我不放:"舅舅,不走。"我说:"明天我进城陪你玩。"溜了出来,走了百多步,还隐隐可以听见他的哭声。

三

在会计那里交过钱,盖了章,我终于领到了一张"上课证"。这血泪浸透的一张纸,我真该向它痛哭了!

现在,我持着证上课了。我对着同学们狂笑:啊!现在我和你们一样地上课了。

37 年 3 月 25 日午放学草

山　上[*]

  山是崔巍的,像个年青的农夫。
  它伸长着两臂,热烈地拥抱着这片广大的平原。
  我相信,它是酷爱着土地的;像这些依赖土地的子民们,不然,它何以会那样热烈地拥抱着,拥抱着呢!
  每当春天到来的时候,每当我在娉婷的柳枝上发现了它已露出一些绿意的时候,或许是当多刺的蔷薇含苞待放的时候,记忆的魔鬼,迫使我想念起那座曾经我们踏过的山。啊!它是多么伟大的山啊!那年,我们的老先生——我们那时的导师,当他带着我们走上这座高山的时候,我是多么的欢喜啊!在那里,我看到了宇宙大主宰用心的杰作的时候,我的心突然地扩开了、扩开了。我的灵魂完全投入这大自然的美景当中而化之为一了。受了这个全美的艺术的陶冶,我的私心是多么地感谢这位老先生啊!
  我抚摩着山上的每一棵草,每一株树,一块石子和一粒泥沙,我一边尽情地欣赏,一边尽情地赞美。可惜,此时此地,没有一个诗人,否则,便要吐出那些优美的诗章了。
  浓绿的树,鲜红的花朵,以及在春天艳阳照耀下的石子,都发出了闪烁的光,那是多么的美丽的啊!
  在山之高颠上,有个天池。在澄清的池水中蕴存着许多水晶石子,透明的,乳白色的,三棱形的,圆锥形的——真是巧夺天

---

[*] 未刊稿。

工,可说是它所特有的。那里有个庙子,窄小的院落中屹立着一个石鼓,老僧告诉我们一段古代优美的传说:

——据说,(以下便是老僧的叙述)

——在许多年代以前,是在夏天吧?山下村庄中的农人们,经过一天疲劳的生活,趁着风清月朗的夜晚,在树阴下乘凉闲谈,以消磨这漫长的夏夜。突然,天边一道闪光,"是一颗陨星,是一颗陨星!"大家肯定地说着。星,落下去了,但是人们何曾想到它就落在这一衣带水的山上呢!第二晚,他们又照样地在乘凉,随着晚月初升的一刻,他们看到半山中有股强烈的光芒,华光万道。他们觉得奇异。次日清早,他们跑上山来,才证实了,是前晚落下的陨星发出的光。这消息轰动了整个村庄的人民,许多人都存着一睹为快的念头。那条通山的道路,整天人来人往不停歇。

——后来呢?(聆听着老僧的话,我奇怪这颗星现在为什么不亮了?)

——后来,一个挑粪的乡下人,以他污秽的手指抚摩这块稀罕的宝物。从此它就不亮了,再也不亮了……

——唉!

我长长地叹了一口气。我怪自己为什么不早生几个年代?那样,也许可以一睹这罕有的奇观吧?

我们在山下拣了许多枯树枝叶,我们吃过亲手烹调的精美的午餐就下了山。在山道中行走的时候,我还不时回头眷恋地望了一下山巅的古庙。我忘不了这次旅行。

第二年,老先生离开了,我再也查不到他的声息。但我忘不了他,忘不了这次旅行,还有这座崔巍的山。在这里,希望春天会带给他无限的祝福,更希望他老人家的身子有如这座崔巍的山,永远坚强地屹立着。

童年的片段[*]
——纪念"四·四"

一

是在梦境中
我好像失去知觉
飘飘忽忽地
混过了六个年头

二

现在
在我的心目中
母亲是上帝
父亲是神

三

上学
这个新奇的事件
好玩,整天地玩
母亲说:"已经不小了,九岁了!"

---

[*] 未刊稿,曾编入自编诗集《归途》。

四

先生说：
"孩子们
明天要考试了。"
什么是"考试"？

五

狠心的母亲
还没"考试"
为什么要搬到城外去呢？

六

多么失望
多么惊怕
大人们告诉说：
"敌人要来了！"

七

不走好吗？
同学们相处才一个月呢？
敌人为什么要来呢？

八

几辆轿子
带走了我,母亲和父亲

九

青山，绿水
红花，小石子
别是一个新天地

十

敌人没有来
大人们都说：
"不会来了！"

十一

我很快乐
因为
我又结识了一批新朋友

十二

他们都很顽皮，又不清洁
　打赤膊
　　光脚
　　流鼻涕

十三

不读书了
整天只和同学们玩
　上山：

　　　　拾柴
　　　　　　放牛
　　　　　　　　扫树叶
　　　下水：
　　　　筑水坝
　　　　　　摸鱼虾
　　　　　　　　扑通扑通地嬉水

十四

日子过得顶快
一眨眼
天就黑了

十五

母亲对我不客气了
明天起
不准出去

十六

我又被关在学校里了
这鸽笼呀
这夺我自由的囚牢呀
你，
隔绝了我的同伴们
是我不能和他们一同玩了

1948，儿童节感怀

蝶[*]

我走在田埂上，路旁长着青草，它们昂着头，雄赳赳地。我想，春天该是到了吧！

几只燕子，打从我的头边急急地掠过。叫着！叫着！这就是一般文人笔下的"歌唱"吗？不，这是哀哭，是呼号，这不过是对于炎凉世态的一种无力的反抗和呻吟——在我听来。

是它们的老巢已被人蹂躏了吧？或是，从严寒的北国、翻过高山、涉过重洋，投身温暖的故园的路上失去了它们心爱的妻儿了吧？

燕子回来了，我想，春天该是到了吧！

可是，在我的心中，找不到春天的影子。这不过是暴寒、残酷的季节，这不是春天，我极端地否认！

在野花丛中，我又看见了几只可恨的春天的叛徒们，她们披着非常华丽的云衫，正在和野花们接吻、热烈地舞蹈。啊！这些该诅咒的叛徒，难道春天只是属于她们的吗！

"对，她们不能这样利用春天。春天不是她们所能占有的！"我恨恨地骂着，虽然我不敢弄出声来。

我又走了。在前行的一刹那，面前又飘飞着两只花枝招展的"叛徒"，多么美丽！她们在诱惑了。我一看到她们就觉得厌恶，我又在警惕着自己了："别坠入她们的陷阱，这些不知廉耻的荡妇！等到春天被她们用竭，看她们还到那里去舞！"

---

* 此文为作者初中三年级第二学期的课堂作文，未刊。未有评语，成绩 75 分。

是的,我看到了春天,真的看到了春天。但这不是我所想象的那个春天,这是投机者和贪欲者所操纵的春天。在此时,我看不到一点点朗曜的日光。

　　——我们要创造一个有血有泪的春天来!

　　——陷入极端的绝望,自痛楚中苏醒起来的时候,几只渺小的蝴蝶指示了我们应走的道路。

1948 年 4 月 6 日,谢冕写。

课室话故乡*

  这一课是外国史课。先生说:"不教新课了,拿来温习吧!"
  隔座的仁很不安闲,平常话匣子一开,就如江水一般流个不停。他自然不会轻易放弃这个机会,就和我攀谈起来。起先说的是功课,因为先生听见会责备,我们只能低声地、用书本遮住嘴巴。这种老办法非常有效,不然,被"破获"了,肯定在点名册上给你一个大鸭蛋。依仗这办法,仁愈讲愈起劲,也愈讲愈大声。不过这时他已换了话题,由家庭说到了他的家乡了。以下就是他的叙说——
  我们乡下人,吃饭穿衣完全是靠在田地上头。年景不好,就苦了没有田的农人。一方面要养活妻儿,另一方面,还要纳租给地主。在我们金山乡百多户人家中,富有的地主仅占六、七,其余百分之九十几,都是手做口吃的穷人。富的富到极顶,穷的也穷到极顶。在我们那小小的山村中,就可以看见目前中国社会的畸形状态。
  打个比方吧,我那村中一家很富有的王姓人家,他就拥有好几座山林,百多亩田园,还有一幢大房子。他的财产就连城里的大商贾也未必比得过。就拿山中所产的茶枳来说,每年就有几百担的收成。四担的茶枳可榨一担的茶油,你想现在茶油这么值钱,他们到了收获的季节,就可以叼着烟斗坐享其成。到那时山前山后、山左山右,许多茶农把收到的茶枳,一担一担地往业

---

 * 此文为作者课外习作,未刊。

主的家里送。这些茶农们做了一天的工,有时还挣不到一个人吃饭的工钱。遇到一些稍有良心的业主,或者会温了几壶酒,留他们吃一餐。

他突然停了讲话,约略地思索了一下。不讲这些了,换一个有趣的。

想起来真好笑。乡下人还真迷信,迷信得固执。村庄的东边屹立着一座大山,那就是棋山。我们土话有讲"一棋二鼓三高盖",棋山是三山中最高峻的一座。都说那里有虎。可是不常见,偶然看见也不伤人。一股溪流,拥抱着山峰。溪水源于山腰溪源宫之左侧,乡人笃信宫中的张真人,能治病,能驱邪。所以乡人有病,总是虔诚地来宫中求卜问签。于是这溪源宫就成了村落中小小的医院。

宫门前有一棵光秃秃的白杨树,上边一片叶子也没有。从山脚看上去,就像一根光洁白漆的木桩子。树干的顶端住着一群白鹭。乡下人谬传,这就是张真人所蓄的牲口,是真人出行的坐乘。它们是不可伤害的,甚至白鹭撒下粪便在他头上,也是不能咒骂的。由此可见乡人迷信的一般。

故事讲到这里又告了一个段落。幸好先生这时已经出去,不然,这么多的同学围听,再加上他那高亢的腔调,我们一定要遭先生的责骂的。他接着讲下去——

夏天是他们顶快乐的日子。早上起来,在菜畦上浇水、除草、捉虫,等到这些做完,太阳已经当午。午饭过后,就各找各的乐趣去了。孩子们成群结伴地去溪边洗澡。玩倦了,就在溪畔的柳荫下睡去。花香,鸟语,自然之神替他们奏着催眠曲。

大人们更是自得,持把蒲扇,几张凳子,一碗清茶,聚集在门前树下,上自天文,下至地理,无所不谈。而且还经常加上有力的渲染,说往事,说眼前事,他们无所不知,实在都是些"百科通博士"。黄昏来了,太阳驾着金车归去,蝉鸣也减弱了。那些在树下睡着的孩子们,蓦地也都翻滚过来,扑通,扑通,又跳进水中。他们还未尽兴,在水中嬉游。玩着,玩着,天上的晚霞出来了。阵阵归鸦的鸣叫催促着他们,是该回家吃晚饭的时候了。

晚餐早已摆在桌上。一碗糙米饭,几块咸萝卜,家家都是如此。除了那些有钱人家,能从城里买回一些日用,多数人都过着这样愁衣苦食的日子。人们并不痛楚,依然自得其乐。因为在这广漠的天地里,只要你肯做,不愁没饭吃。上山拾一担柴,下水捉几斤鱼虾,都可以换些钱混过一天。所以我说,上帝造人,目的是要他们活着,而不是死去,当然要很困苦地活着。

下课的钟声响了,先生方从外边进来。他取了点名册走了。我们的谈天停顿片刻。教室外吹进一阵和风。许多同学开始上操场踢球了,这边的谈兴仍浓——

乡间的迎神赛会还是极盛,乡下人提起这事,都极热忱,一般神棍地痞,更想趁此捞钱。乡下人头脑简单,以为出钱看戏,就占了便宜。却不知明里暗里被人弄走了多少钱。尤其是做旱祈雨,他们都披散头发,结成队伍,浩浩荡荡地迎着四海龙王,一路喊声震天,一直迎到溪源宫前,铺一张破席子,"师公"在上边吹号作法。六月的烈阳,晒得人头上冒烟。但是谁也不敢埋怨半句,因为是一个乡数千民众的生死攸关的大事……

话讲多了,快上课了,对不起!随着一阵掌声,他一溜烟地向着厕所跑去。

37 年 4 月 16 日

蜗 牛[*]

你背负着家
　是那么吃力
你爬吧
　不要半途跌下来

一九四八,四,一六

---

[*] 未刊稿,曾编入自编诗集《归途》。

生 命[*]

生命
要像支蜡烛
用自己的血
换来周遭的光明

生命
要像只萤火虫
在广漠的原野里
指示夜归的行人

生命
要像一座矗立的灯塔
忘记自己
为海行者行使神圣的使命

一九四八年,四,十七日

---

[*] 未刊稿,曾编入自编诗集《归途》。

一个渺小的希望[*]
——《墙角的花朵》发刊词

> 墙角的花!
> 你孤芳自赏时,
> 天地便小了。
> ——冰心:《春水》第三十三首

这是一块自由的国土,丛长着许多春天的孩子们,有蒲公英,有紫罗兰,有牵牛花,有野兰,也有狗尾草……春来了,春在哪里?春在牵牛花的花瓣上,在狗尾草翘起的尾巴上。春天融合在大自然中,春天在她们的胸脯上,春天的气息是多么地芳香啊!

朋友们,不要以为我们是渺小的,是微不足道的。但是,朋友们,你们应该知道,蓝云在我们头上,太阳永远地照耀我们。我们啊,大地并没有遗弃我们。我们生长一日,就应该放一日的香味。朋友们醒来吧,尽量地放射出你独特的才能,吹响前进的号角,唱起春天的歌。挺起我们细小的身躯,努力地学习吧,不要看不起自己。看!外面是春天,太阳永远地为我们照耀!

1948年,4月,18日

---

[*] 此文为作者为三一中学初中一九四五级级刊《墙角的花朵》所写的发刊词,署名鱼梁。

归　途[*]

眼前排着两条路；
那一条是我们的归途？
去,向那最遥远的
　——不管荆棘如何伤人
　——不管瓦砾刺破脚底
那里有：
　明朗的太阳！

1948,4,19

---

[*] 未刊稿,曾编入自编诗集《归途》。

雨[*]

　　你喜欢雨吗？
　　那丝丝地,绵绵地,那是多么多情的雨呀!
　　春天,是雨铃常鸣的季节……
　　——半夜灯前十年事,一时随雨到心头。

夜里,假如天下着雨,你扭亮了电灯,坐在案前。你是在看书或是在写字,听着玻璃窗上叮叮当当的音响,夹杂着风的呼啸,狗的狂吠,小孩半夜的啼哭,你心里觉得怎样？你不寂寞吗？你不烦闷吗？你心里不难过吗？

假使是这样,更有,你一定会把那些悲哀的、痛苦的往事——那些存在心里的、从未向人倾诉的往事,像电影似的、一幕一幕地搬上了你的眼帘。映完了,你会感到若有所失吗？你想开怀一恸吗？

那么,在你痛哭的时候,外边的檐滴正陪着你低声呜咽呢!
于是,这晚,你失眠了。

　　早晨,当你推开窗子,
　　昨夜一场雨,地上成了小小的池塘,
　　小孩们卷着衣袖,露出手和脚,在水中尽情地嬉闹着,
　　你会想到你的可贵的童年,
　　——"恰似一江春水向东流"吗？

---

* 此文为作者初中三年级第二学期的课堂作文,未刊。国文老师余钟藩评语:"这是一篇很好的随笔,富有诗意。"成绩90分。

是一场倾盆的大雨,
你站在门槛上,
你看到被雨淋得极狼狈的行人,
你会想到:
——"要做一株大榕树,——蔽荫之下,
使奔波的人们,
不再受,
 雨淋,
  日晒"吗?

     1948 年 4 月 20 日,谢冕写。

卖　菜[*]

卖菜！
卖菜！
挑着菜担在街上
无人买菜无人睬

一月锄草两月浇
春初播种仲夏收
一粒汗水一叶菜
没卖分钱怎回头

1948,4,23

---

[*] 未刊稿，曾编入自编诗集《归途》。

夜幕，笼罩在街上*
——一个算命先生的手记

扑一扑身上的风尘，对着一家商店的玻璃柜，整一整衣冠，提一口破皮包，还有一只相依为命的鸟儿。

我彳亍在街头……

黄昏的斜阳，照在路旁法国梧桐的枝干上，风吹过，破碎的影子在脚底下晃动着。

一天没吃东西了，肚子里空空地。近来生意觉得清淡多了，好像什么人都不关心自己的命运似的。不然，整天跑遍大街小巷，为何竟找不到一个主顾？

我曾经给自己算过一次命，本来就是"福相"。一生下来就应当是"坐包车，吃大菜"的命，为什么现在竟沦落到这个地步？我不禁也对自己的命运产生了怀疑。有几次我很想放弃这个营生，可是最不争气的是肚子，饿了一两顿就叫苦连天，一点也吃不得苦。古人说，"吃得苦中苦，方为人上人。"吃不得苦，怎么能够"坐包车，吃大菜"呢？

这样想着，不觉也走了许多路。

"算命！"我大声地喊。可是，没有一个人回答我。嘟！嘟！嘟！一轮汽车风驰电掣地飞驶过去，里边坐着一个脸孔搽得红红地、眉毛画得细细地，一个妖娆的女人。车后大字地书着："XX局公务车"。公务！公务！满街兜风，这就是公务！我恨

---

* 此文为作者第一次用类似小说方式创作的尝试，初刊福州三一中学初中一九四五级级会刊物《春路》。

恨地说着。

马路旁边,一个妇人坐在地上哀哀地哭。旁边一个五、六岁的小孩坐在地上很痛苦地打滚。啊!那妇人的哭声是多么地悲惨啊!

"先生,小姐,做做好事吧!快饿死了……"

"小姐啊,做做好事吧!"

这声音是多么地悲惨啊!可是,来来往往的那些西装革履、涂脂抹粉的"先生""小姐"们都若无其事地、斜着眼不屑地从他们的身旁过去。唉,上帝!这些人的心难道都是铁石铸成的?可惜我现在身无分文,自顾不暇,不然,我一定倾囊与之。于是,我便也像那些人一样,若无其事地、斜着眼,从边上走过去。唉,那妇人的哭声,总不肯放松地一直跟随着我,响在我的耳旁。

"嘿!我自己也快要饿死了,还顾得了你们!"我吐了一口唾沫。我又转了一个弯,肚子实在受不了了。我又连连大声地喊:"算命!算命!"

"算命的!"是有人在叫我吗?啊!我得救了!我欣喜若狂。一家大门半掩着,该是这边的人在叫我吧?走进门来,我看见一个小孩飞逃进去。立刻,我明白了,这是恶作剧,我受骗了。

拖着沉重的步子,我继续上路。太阳落山了,路灯发出一些模糊的光亮。大街上行人渐渐地减少了。乌鸦破碎的鸣声,划破沉寂的空间,陡然增加了一些悲凉。从心底吊上来一串难受的反应,我再也忍受不了了。我真想跑进那间香气喷喷的小吃店,去抢些东西来安慰这懦弱的肚子。

现在,我又听到了从"四海春"那边传出的一阵吆喝的声音,中间也夹杂着一些女人刺耳的、轻薄的笑骂声。我真羡慕他们,这世界是他们的乐园。羞怯的月亮,这时出来了。今夜,它是这样地暗淡无光。它把我瘦长的影子投在了地面。

风吹着。暗夜,我彳亍在街头……

1948,4,26,重抄。

砚　池*

蓄着墨水
　发出香气
待你用得它时
便为智慧的源泉

1948,4,28

---

* 未刊稿,曾编入自编诗集《归途》。

笔架山[*]

"狐假虎威"
你弱小的身躯
难道要做另一只"狐"吗?
"不,我要承担我的重担。"

1948,4,28

---

[*] 未刊稿,曾编入自编诗集《归途》。

笔[*]

铅　笔

把自己短暂的寿命
贡献给白纸
画出人生的"悲哀"与"喜乐"
"黑暗"与"光明"

自来水笔

像打预防针一般
把抗菌素
注射在人体里面

毛　笔

吸饱了血
你又把它吐出来
这岂非大大的矛盾？

四月二十八日，灯下草，鱼梁。

---

* 未刊稿，曾编入自编诗集《归途》。

久旱村落[*]

落叶在半空中飘零
古老的茅屋蒙上了灰尘
村庄中的农人呀
土地荒芜无人怜

久旱望甘霖
黑夜到天明
村庄中的农人呀
泪下如雨淋

水车发出痛苦的悲鸣
河水被车得一点无剩
村庄中的农人呀
惟恐禾枯心如焚

旱情陷入水深火热
满耳都是啼哭的声音
村庄中的农人呀
含泪地离开了家门

一九四八,四,二十八,国文课,鱼梁写。

---

[*] 未刊稿,曾编入自编诗集《归途》。

童年的又一组断片[*]

十七

含着一眼晶莹的泪珠
我又走出校门
——因为交不起学费

十八

自此
我的家庭开始贫困

十九

"生活一天便应该奋斗一天"
这是我的座右铭

二十

小学快要毕业的时候
我遇到了一位好先生
"这是上帝造人的最完善的一个"
我只有这样地赞美他

---

[*] 未刊稿,曾编入自编诗集《归途》。

二十一

一群刚会走路的小婴儿
离开了母亲
该是多么地伤心呀!

二十二

破旧的祠堂门口
我们坐着乘凉
——偷菜瓜解渴
——捉鳗仔煮粉干
这几幕富有戏剧性的往事
我都记得清清楚楚

二十三

月明树下
　坐着李先生
　和我的伙伴们
　吃着花生米
这是林森公园的一幕

二十四

演完剧
我们收拾帐幕
心中回味今天的快乐
——这是儿童节的夜晚

二十五

唱歌归来
燃着火炬
十多个人送卿回家
——犬吠
——夜寒
磨不灭我们燃烧的心

二十六

淋着雨
　游磨溪
在船中吃咸白力鱼
在船中唱：
"我们是新中国的儿童——"
——这又是一幕

二十七

照个相
留个模糊的影子
朋友
相忆时
相片看着便可以

二十八

走出校门
各找各的前路

像群劳苦的燕子
如今
飞散了

　　　　　　37年,4月,29日,抄。

教师怨(宝塔诗)*

贫
教师
吃粉灰
喊破嗓子
学生又调皮
上课逢场作戏
每月薪水一百万
儿女上学难交学费
米缸朝天妻子整日愁
束紧腰带忍饥强作笑容

1948,4,29,鱼梁

---

* 未刊稿,曾编入自编诗集《归途》。

顽 童[*]

一

不要看我小最
做起事来心最巧
拖着一口大鼻涕
光着身子还赤脚

二

邻家阿虎力气大
我曾和他来打架
阿虎力大没计谋
我以"智取"战胜他

三

白云在安闲地飞
我们脸上满是土灰
我们又是吵来又是嚷
那几个小的被按在地上做"乌龟"

---

[*] 未刊稿,曾编入自编诗集《归途》。

四

看月中白兔舂米
星星对着我们笑眯眯
阿虎又提议打野战
打得尘沙满天地

五

母亲常常跟我吵
但也常常跟我好
但是我对她也不满
不放我和同伴们"夺战壕"

六

我们在桃花山上游玩
每当冬过春来天和暖
漫山遍野是桃花
采来编成大皇冠

七

每逢庙里做戏
那就是我们的天地
转到人家的屁股边
做起捉迷藏闹翻了天

八

我们游玩的事情

算来真是数不清
一年三百六十日
最是难停手和身

九

不要看我幼
玩起来心最妙
众人赞我小诸葛
闻此顿觉很荣耀

1948年4月30日作,5月24日,改、抄。

潮[*]

> 一块小石子,丢在平静的湖面,会激起大的水花。不久也将消隐。
>
> ——作者题记

一

一见江先生那双三角眼和他走路的难看的姿态,我心头翻开了回忆之页。那是去年秋天,我们上初二第一学期的时候,那时教我们作文课的,是江先生。那一天,上课时他脸上充满了恶气。我们知道,天上出现了乌云,暴风雨就要来了。

果然不出所料,先生的三角眼射出凶光。他张开嘴巴,发出狞笑。他完全失控地张口骂人了,骂得非常不堪。同学们在他

---

[*] 此文为作者课外习作,未刊。作者按:录罢这篇习作,作者深深为自己昔日的这些文字感到羞惭,以至于几次想中断这种努力。作者过去曾坦言:"不悔少作",认为谁都有过"穿开裆裤"的幼稚可笑的时期。现在有些动摇了,尤其是重读这些作品之后,这种感觉变得更为强烈。《潮》是作者早年(十五六岁光景)练习写小说的一个尝试。小说情节是根据当时所在班级发生的真实事件演绎而成的。依稀记得六十多年前写此文时,就有严重的滞涩之感,现在知道,那是由于力不从心。作者当年的认识和文字能力,的确无法驾驭这么复杂的题材。而当日却是毫无顾忌地做了,其结果可想而知!这正应了"初生牛犊不怕虎"或"无知者无畏"这些老话了。这篇文字,连同本卷开始的那些文字,都是根据作者保存的原始资料、不作任何改动(除了错字和笔误)地录入的,也许正是由于它保留了最本真的原始状态,也许正是由于它记载了当时一个痴迷于文学的少年蹒跚学步的可笑的情状,这些来自六十多年前的、发黄的作文本上的材料,具有了别样的价值。在此,恳请读者诸君宽恕作者的这份"敝帚自珍"的私心。2008年4月7日于北京大学。

的骂声中变色,我们不知所措,脸色是青一块,红一块,紫一块……我们受不了这种侮辱。我们低着头,假装着在写草稿。

"我们要提出严重的抗议,这人面兽心的东西,我们要他滚蛋!"良低声地说着。他很激昂。他虽然不敢发出宏大的声音,可是在我听来,却有一种震撼的力量。

"是的,我们应当反抗。我们必须手牵着手!"我这样回答他。他报以痛苦中略带兴奋的微笑。教室中静寂得如一泓死水。我们巴不得快点下课。

二

江先生狼狈地晃动着他秃得发光的脑袋走了。教室里召开了临时会议。大家推选连做主席。他义不容辞,答应了。众人去请了许先生和陈教官来,他俩对于江先生今天的失态都很惊讶。对于我们的行动也流露出"想不到"的心情。是的,我们不能忍受,我们要反抗。

许先生前学期才来这里,他是我们的训育主任。他是绍兴人,魁梧的身材,一口夹杂着绍兴方音的国语,说得很流利。许先生为人和蔼可亲,他是念心理学的,所以很了解学生的情感。当我们把表决的意见报告给他,请他在校务会议上转达时,他说了一番话:"我很同情大家。今天的事一定要弄个明白。同学们的动机是坦诚、纯洁的,我希望大家的行动要有节制,不要越轨。目前国内风潮云涌,我们闹了事,人家会认为是'受人利用'。只要大家的行为适当,我都会尽力以赴。现在我要去访问江先生。明天上午升旗后,在这里报告结果。"

许先生走了,我们也散了。

三

我回家的时候,经过林森公园,看见许先生正和江先生在草坪上交谈。江先生没有血色的脸上含着一些惊惧。在很受窘地为自己辩解着："这,没有的事——不过,学生们也太没礼貌了……"

许先生一面微笑着询问,一面观察他的窘态。只见他苍白的脸上泛红。许先生对事情的真相是有些把握了。

四

一盏一百瓦的电灯发出强光,屋子正中放着张长桌。桌上罩着白洋布,一只花瓶放置于桌子当中,插着些浅黄色的蟹菊。

沿桌,校长、教务长、训育主任许先生、还有教官,循次列坐。校长默然不语。许先生的手抚摩着花瓶光滑的瓷面。气氛沉寂而紧张。房间里不时飘散着香烟的气味。"我想,学生们要求调换老师,目前没有适当的人。至于他们会有什么进一步的举动,拜托许先生帮忙多加解释。"校长终于打破了沉闷的空气,开始说了些无关紧要的话。同事们都知道,他是在庇护着他们的"世交"。

五

秋天的太阳,照在人身上怪爽快的。升旗以后,大家又进了教室。窗外那株古老的樟树正散发着微微的清香。几只小画眉在树叶间啁啾。天空中,灰黑的云朵在迅疾地飘移。云朵有时遮住太阳的光线,像是太阳给云朵镶上了金边。天突然地发暗。的达,的达,大雨点稀疏而又有力地落了下来。这天说变就变,讨厌得如同江先生的面孔!

许先生准时到来,他依然带着微笑。

"我已经和江先生谈过。他说你们对他很不礼貌。你们在窗口喊他:'秃头江。秃头江!'"许先生用不娴熟的福州话讲着,大家忍不住笑。"你们说他在先,他一时控制不住,脱口说出不道德的话,你们应当原谅他。大事化小,小事化无。还是彼此谅解的好!"

"不!他不配做我们的先生!"

"他这样骂人,我们以后也这样骂人,许先生,你是训育主任,你会允许吗?"连的慷慨激昂的话还没有讲完,下面就响起了掌声。

"即使是我们没礼貌,我们说他,我们毕竟是学生!学生有过,先生应当负责帮我们改正。这是真理。况且我们并没有说他!""所以,假如学校不答应我们的请求,我们要怠课!"

"是,我们要怠课!"下面百多个好事的少年立刻响应了。接着是鼓掌,呼口号。许先生怔了,他低声说,"你们像是在威胁我?"

"不是,我们是在抗议江先生。我们是在向学校抗议!"大伙儿,就这样地喊着,闹着。罢课、示威、请愿,这些个好玩的、让人冲动的词汇诱引着我们,我们简直是热血奔腾!我们知道事情没有结果了。便一个一个地退出了教室。我们排着队,走向了林森公园。我们一出校门,校门便关上了。我们觉得害怕,做这种事,还是平生第一遭呢!

六

刚下过雨的草地湿漉漉的,太阳又躲进了云层。天依然沉着阴沉的脸,虽然此时雨已停了。许先生看着同学们离开教室,凝立好久,蓦然滴下几颗热泪。

悲哀,痛苦,加上莫名的惆怅,交织成许先生这时的心。校长既不答应学生的换人请求,学生又不体谅作为训导主任的苦衷。他成了骑虎难下的可怜人。

这学期刚接手办训导,这么不巧,逢到了这么棘手的事件。

这不是命运在作弄人吗？许先生想到这里，无奈地倒在了沙发上。记得刚开学时自己的抱负和决心，他惭愧自己的无力。满想把事情办好，如今却是愈弄愈糟。"是命运在作弄人吧？"他怀疑地重复了一句。"我不应当失望，我应当去劝说他们，叫他们慢慢地想，慢慢地做，叫他们好好地念书。"他兴奋地跑了出去。

暮色朦胧中，他疲倦地回来。希望破碎了。

七

教室中很静，学生们有的在玩，有的回家去，有的开会去了。

先生们仍然夹着点名册来上课。课堂上只留下几个"Booker"。先生们也都觉得没趣，只和这些留下的人说些闲话。就这样混过了一课。如果这一两个特殊的同学总这样，那么我们的集体行动就失去意义了。于是我们就想出办法，来"制裁"这些"害群之马"，或是用言语刺激他们，或是干脆用强硬手段请他们即时离开，不然就动武。这些胆小鬼怕了，再也不敢进教室。而先生们只好对着空空的教室发愣。

八

我们的出走，造成了近于罢课的局面。校长到了这时才知道事态有些严重。连忙调兵遣将，请了宋先生和陈教官来"劝驾"。

林森公园。草地上满是水。我们走得湿了鞋，流着汗水，还在快步地走。前来"劝驾"的宋先生和陈教官打着雨伞，穿着套鞋，追逐着我们。我们见他们赶来了，就加快步子，弄的他们气喘吁吁。

见他们追逐得可怜，我们停住了脚步。二人好不容易赶到了，又受了我们的奚落。宋先生生气了，捋起袖子要跟我们干架似的。哈哈一阵,此时我们的心目中早已没有师长的尊严。

九

消息立刻传到每个人的耳中。良、连、心等五个领头的人,都被校长召去了。

校长室里,五个人像师王座下的羔羊,低着头。真是奇怪,这五人都是风头顶健、口才最好的,为什么到了这里,却懦弱得这样可怜,低着头,一句话也不说。哦!权力之魔在作祟呢!知道吗?那坐在正中的校长就是权力的魔王。

校长说:"你们班中的事情,我看还是少管一点好,不然将于自身不利。"

"是,是,是!"勇气没有了,真的一败涂地了。

校长见威胁已见效,露出了一丝笑意。

十

商店刚开门的时候,我已吃过早饭向学校去了。路上几只垂尾的狗,在嗅着什么。许多担菜赶市的乡下人,除此之外,周围是静悄悄的。进了校门,思万路两旁的樟树叶子上还挂着晶莹的露珠。看门的老头正扫地,他倚着扫帚仰空打了几个哈欠。

教室静悄悄地,不见一个同学。惆怅,踟蹰,我不知道应该走向那里。接着渐渐地来了一些学生,他们也是一付久病初愈的无力而扫兴的样子。昨天的繁华到那里去了?

良今天没有来,连也没有来。

十一

群众失去领导者,就像太阳系失去了太阳。一切的行动都各个离开了轨道。纵来横去,纷纷乱乱,正像战国时候的局面,甚至更甚。战线不同一,行动顿时沉寂下来。众人也都心乱如麻,惟恐灾难危及自身,就再也无人出来支撑残局。如今,心与力换来的局面,只留下风卷残云的悲凉。

十二

多半同学半途变卦,有的还偷偷地派代表去给江先生道歉。他们这是什么意思?是在玩弄我们?我们原先的意愿,我们的合理要求,都被他们抹得一干二净了,我们难道不心灰?

校方看出我们这个弱点,又派了我们的导师做"和平专使",问我们愿不愿意由江先生继续上课。我们坚决否定了:"我们不要这样没道德的先生,他不配来教我们,假如校方要开除我们,那又是另一个问题了。"

前来"议和"的老师无法,很懊恼地回去了。

十三

这是"暴风雨"停息的夜晚。我正在低头沉思。窗外的秋雨淅淅沥沥,这恼人的秋雨!我想着,我想,恐怕下学期再也不能和那些肯办事、肯负责的同学们在一起了。假使这成为事实,我们的心会是多么不安。我们为什么这样自私?人与人之间为何会如此无情?

十四

江先生的三角眼又出现在我们的眼前。他很得意,吊着一支卷烟,神气活现地晃着他那连苍蝇也停不住的秃头儿,他站在教室门口,发出狞笑。

民三十七年四月三十日改写

浪花小集*

一

  一块很小的石头,丢在平静如镜的湖面上,会激起很大的涟漪。

二

飞蛾的扑火是自取灭亡,或许是愚昧。

三

不论字写得多么清秀,本质却是墨黑的涂抹。

四

时间比黄金更可爱,多少人爱时间甚于黄金?

五

是人造了世界,还是世界造了人。

六

一支笔,笔毛或笔尖固然重要,但可有无杆的笔?

---

* 未刊稿。

七

冬天是春天的前报,那么,春天便是冬天的先声了。

八

猫为了取媚主人,才与鼠为仇。

九

水带来了幸福,也带来了痛苦与悲哀。

十

假使人类的排泄物都变成了金子,会成了怎样的一个世界?

1948,4,30

暮 春*
——《暮春》之一

再过两天就是立夏了。

黄昏时分,暖和的风,秧苗清苏的香气充满了人们的嗅觉。田野中多数的田地都播种了,除了在稍左的角落里闲下的那一小块。这块田地的面积,在百步距离外看来,小得像一块豆腐干,上边还丛生着许多杂草:野萝卜、车前子、牛芒,绿油油的,真可爱。泥土曝露着,苍白如贫血的病人。但在下层,却是大片的泥浆,苍蝇在呜呜地打旋。

一个年青的农夫,肩着锄头,在陌上徘徊着,愁思的脸不住地抽搐着。他的额上已布满与他的年龄并不相称的皱纹——他才二十一岁。但是已受到太多的打击,他把内心所受的悲苦,完全地呈现在脸部上了。

但他未曾绝望,他毕竟年轻。他也曾这样想过:"受了些挫折并不是前路已断绝,命运之神在四围设置陷阱,但并不一定就是绝境。我要挺起胸膛,迎向奋斗。"这是多么有力的言辞。一想到这些,他便陷入了飘渺之中。及至醒来,耳濡目染的都是不如人意的现实,他于是又失望了。

他的家庭是务农的。祖父生了三个儿子,他的父亲——银弟伯排行最小,老大早年患时疫死了。祖父赤手空拳积下的财

---

* 此文为作者初中三年级第二学期的课堂作文,未刊。国文老师余钟藩评语:"结尾颇好";老二偷牛段落评语为"此段写景甚好"。成绩95分。

产,便移到他父亲两兄弟的手里。二人各自成家之后,他们便分家了。老二仗着祖上的遗留,烟、赌、嫖无所不至,结果老婆被他活活气死。他反而更加自由放荡,日复一日地出入妓院赌场,成了一个浪儿。最后是典了田地,卖了堂屋,染上了一身病。祖产败光了,还不断地向自己的弟弟要钱花。

银弟伯是个好心人,对他的哥感情深。时常劝老二走正道,老二听不进去。这使他失望。又不忍眼睁睁地看他走向死路,便时常接济他。老二接过钱,转眼就花光,于是再伸手,是个无底洞。有时赌场上输,还不起钱,被打,被剥了衣服,还来向他要钱还债。劝他,骂他,都没用。最后还是给了。这样的好心肠,注定了银弟的坏命运。

眨眼过了三个月,老二又出现了。一次,又一次,银弟被纠缠不过,结果还是那样。银弟伯如今除了固有的田地,一只水牯和若干家私,所有的现金,全被老二榨得精光。诈不到钱了,那老二就想新花样。

一个月夜。萤火虫一闪一闪地,天上的黑云,有时遮住了月亮皎洁的光线。远处的狗子吠着,风呼呼地吹着。一个黑影在银弟伯家的牛栏旁掠过,隐约可见黑影在微微地颤动,好像有些踟蹰。过了一会儿,牛栏的栅栏开了,牛粗喘着随着黑影远去。

次日早晨,银弟伯起来,发现牛栏大开,牛已不知去向。他着了慌,大声喊叫。

老二已经十多天没来过。银弟心中也已明白牛是谁偷的。他以为事已过去,毋庸再提,况且偷牛的人确也别无他法,算了!可是眼下种田没有牲畜,又没钱去租借一头牛来,而且家中日常还要开销。也罢,只好忍痛把田地卖了七八亩。

银弟的家庭本是十分美满的。十多亩田地,除了栽种稻谷,也种些杂粮、番薯和青菜。自己又养了一头大水牯,可以帮着种地。没钱用了,担些蔬菜到城里换些钱。又养了一些猪、鸡和鸭。种田回家，辛苦了，温些自己酿的陈年酒来解乏。这样的家庭，无论谁见了都会羡慕的，可是，如今，水牯，被偷了；田园，卖了；钱，也用光了！

银弟伯变得脾气暴躁，家中的小事都会引他发怒。老二不再出现了，或者竟已死了。因为黄梅疮发烂，脸孔肿得像猪头，倒在祠堂门前——一个乡人曾亲眼见过。痛苦，懊恨，失望，银弟伯病倒了。老人经不起气愤，因为无米下鼎，心中难过，眼睁睁地望着妻儿受苦。他想："我本是一个快乐自在的人，为什么却会这样！"

第二天太阳刚出，老人就含着一口怨气离开了万恶的人寰。银弟唯一的儿子，代替了家长的地位。他是一个沉毅、刚强的青年，他想用一把锄头、一双手铲去这些野草，可是，每次他却总对着田地发愣……

以前的故事都已映过，电影中断了。以后呢？从家庭的繁荣到家庭的衰落，他——此刻站在陌上的青年——凄然地叹了口气："父亲死了，是的，他是含冤死的。他一定还挂念着田园。"青年的目光又落在这荒芜的土地上，苍蝇依然在上面打旋："是的，我要用我的双手，来开垦这荒芜的土地！"

春去了，蝴蝶死亡了，花残了，小河发出哀怨的呜咽。"朋友，你的青春的生命有没有逝去？"青年在反问自己，慢慢地举起了他的锄头。

1948,5,4。谢冕写毕。

玻璃窗[*]

看得见,取不到
这虚无的真实
不知欺了多少
诚实的人们

      1948 年 5 月 5 日,鱼梁

---

[*] 未刊稿,曾编入自编诗集《归途》。

钟 声[*]

一、火 警

钟声;
  寒冽而恐怖,
  飘荡在这寂寥的黑夜里,
钟声;
  冲破了沉寂的空间
  ——这和穆的夜阑呀!
它,
  带给人们的灾戾
  老幼悲哀的哭啼,
它,
  带来了吃人的火舌,
  ——和一群钢甲铁盔的勇士,
钟声;
  当当地叫喊,
吃人的火舌
  冲向天空,
   冲向天空,
风,

---

 [*] 此文为作者初中三年级第二学期的课堂作文,未刊。未有评语,成绩 85 分。作者按:这是一个作文题,经余钟藩先生特准,允许我第一次采用诗体作文。

助长它的威力
更把灾苦和困难，
带给另一些人
——那些无辜的人们！

二、圣　堂

高高地，
十字架竖在屋顶
红砖，
常青的树木，
装饰了这
庄严的国土
世界上唯一的
　和平的乐园呀！
白色，
　象征着博爱，
　　自由
　　与无上的净洁
　　清白，
为了人类的"罪"，
他，
　上帝唯一的爱儿，
　至上无私的君王，
　——仁爱充满了他的心，
　把生命
　　贡献给真理，
鲜红的血
　沿着他的身，

手，
　　和足踝
　　淌了下来，
　　在土地上
　　渗了下去
　　染得红土地：
　　　像枫叶
　　　像榴花。

　　啊！听！
　　　远地里，
　　　　一阵铃声，
　　　　飘渺地，
　　　　悠远地；
　　　无上清朗的赞美歌，
　　　　和平的呼声呀！
　　　　真理的号角呀！

三、晨　钟

午夜，
清晨，
像一只公鸡，
它把你从梦中惊醒。

你不要愤怒
因为东方已明，
它是你，
忠心的仆人。

四、前　进

钟声已鸣
来！
让我们把反抗的旗帜举起！

响亮，
雄壮，
有力，
配合着我们的心

前进，
迎向前路！

　　　　　　一九四八,五,十一日。谢冕写。

云[*]
——《暮春》之二

——天上的云,在无穷地变幻着。
——落花,流水,春天已经去了……

一

春天带来了路旁的青草儿,古老的榕树也露出了嫩绿的芽子,好似年老的人口里突然生出了新牙。白云在飞旋、幻变、舞蹈着,是那样地轻松、愉快和喜乐。在协平医院的花圃上,清艳的桃花怒放,绛红色的花朵,如青春而有活力的女郎的面孔,加上绿芽的衬托,更显得美丽动人。

第五号病房的朝着花圃的窗口上,一个穿着白色看护服的年轻男子,正对着桃花微笑。因为在那里他看见了一个女子的面孔。他想,也许这时她正伏着案上写着:"我爱,我想你!"他快乐了,他觉得人生是何等的美满啊!"对的,她正望着我去呢,我必须去!"他下了决心,于是连忙替病人配了药,换了纱布。自己也换上一件浅色橡皮呢西装,头发梳得亮光光地,白净的脸孔,魁伟的身材,他在镜上照了照,:"她——黄明见了会是怎样的欢喜呢,她该会发疯地吻我吧?"

他吩咐了杰讯一声:"杰讯,院长如果来,你给我讲一下,说

---

[*] 此文为作者初中三年级第二学期的课堂作文,未刊。国文老师余钟藩评语:"故事情节太过简单。"成绩 85 分。

我有事出去。"杰讯是他的好朋友。同事中最明白、最了解坚汀要算是他了。他正在那里调药,听了坚汀的话,放下了药瓶,笑道:"又是去会你的意中人了!"坚汀向他扮一个鬼脸,笑了笑,就走了——这时正是午后三点种。

二

黄昏,中山公园的柳荫深处,两位青年男女正在那里很甜蜜地说着话:

"汀,今天很忙吧?"

"不,不忙。我心里不安,很想见你,所以就出来了。"

"汀,我也一样,今天妈不肯让我出来,她要我陪她到姑妈家,我一溜就出来了。"那女的说着,很得意地笑着。

三

这天下午大概两点钟左右,一位绿衣人送来了一封信。坚汀怀着异样的心情打开来,上面写着:

汀哥:我怀着倾盆般的泪雨,来向你诉说和你在中山公园别后数日中间的一场噩梦。

那天回家,时候还早,母亲就要我陪她到姑妈家。先前出来与你相会,她一点也不知情。我心里乱昏昏地,很不想去。奇怪,母亲今天似乎有什么重要的事情,一定要我去。为了遵从她的意思,我答应了。而且,她又百般怂恿我穿上最鲜艳的衣服,又要我涂口红、抹胭脂,我都勉强地做了——你知道我平常不欢喜多修饰的。

车子到了姑妈家里,表兄弟们都极殷勤地接我进去。好像他(她)们已经知道我会来似的,预先都站在门口等候。到了客厅里,我就看见一个陌生男子张着一口黑牙齿对我笑。唉，汀！那时我怕得浑身打颤。我恨不得地上有洞子就钻了进去。他，那个陌生人很热诚地逗我讲话。我只勉强地应酬着。他不时地斜眼看我，我的心像针刺般地难受。

我也顾不了什么，我转身就跑进了姑妈的房间。姑妈和母亲正在低声地谈话。看见我进来，连忙停住了。她们有点惊讶。她们说："怎么不陪那个客人？他刚从美国回来，学问很好。""为什么不多谈谈呢！正应该亲切地谈谈呢！嘻，嘻，嘻——"母亲怎么会变得这样糊涂？她还劝我和一个陌生的男人接触？唉，汀，可惜那时不曾到镜上照照，不然，我一定可以看见我的脸孔红张得像猪肝一般，一定的。

晚上回家以后，母亲很正经地问我："那个男人怎样？"唉，汀，这是我完全明白了，我该怎么说呢！说我已有了吗？这太突兀了。汀，只怪我们先前不曾把我们的关系告诉妈。唉！汀啊！我们为什么不和她说清楚：我们已经有了三个月的结晶品呢？为什么不说？只怪我们太懦弱了！

那晚我在床上整整地哭了一夜。母亲哄我吃饭，我不答应。她又走了进来："这么大的女孩儿家，还怕什么羞？这是人生的大事，应当考虑一下，明天告诉我。"汀啊！母亲何尝知道我内心的焦灼呢？她的话徒然增了我的痛苦与绝望。汀，我们应当怎么办？

汀，当我写到这里，我的心脏奔腾得发狂，像一匹脱缰的野马在东冲西闯，我写不下去了。我写了这么多的字眼，还不能说及我心的万一。唉，亲爱的汀，我的躯壳颓然地卧在床上，我的灵魂早已飞向你的跟前了。今天晚上六点半请你别外出，我有要事要同你商量，因为事情已经急得很。

祝您和平常一样的

平安与快乐。

您的明 三月五日

青年汀看完了这封信,重重地嘘了口气,唉!"怎么办呢?"他的面前突然地暗了下来。夜已到了。

四

晚上,时钟已指到一时又三十分了。汀在房中踱来踱去,他等待着,像大旱天的农人,祈望着雨露一般,他不时地望望窗口外边,那寂静的夜世界。模模糊糊地的马路上,电灯发出朦胧的光线,黑暗中,树叶婆娑的影子,像一个个夜游的幽灵。他睁着眼,望着远方。

当!当!他提起了兴奋的心情,从睡眠之乡清醒过来。他向着窗口凝立着,望着远方……

五

在明的家里,全公馆都已熄了灯。堂屋上层正中一间的房屋,那是明的寝室。她睡在床上,心里老是惦记着和汀的约会。看着表,时间快到了。她一跃起来,到床下提了早已收拾好的包袱。(在她,今晚的约会是别有用意的。)走出门外,看见母亲的房门紧闭,不由心里一酸,簌簌地落下泪来:"唉!可怜的母亲早年守寡,满心希望能够把这唯一的女儿抚养成人,嫁个好丈夫好养活她的风烛残年。谁知道,如今,她不孝的女儿在这里啼哭,你知道吗?"

几次跃起来,想要走,可是几次走到慈母的门口都止住了。她望着窗外,外边静得很:"他该也是这样的,伏着窗外望我来吧?汀啊,我对不住你!"她把声音抬得高高地,想借着这静谧的太空,把她叹息的声音带到他的耳边。

六

　　等待,等待,又等待……

　　苦痛,焦灼,失望,愤懑,悲苦。他大大地狂吼一声。

　　"她怕有什么变故吧?"他想,他怕,他胆怯,他绝望。从药箱中抓出一瓶安眠药——这是几条路中选出的最适合的一条,走,他决定走。

　　他苦痛地吞下药片,一片,两片……他觉得头晕,他坐在案前,提起笔,模模糊糊地写着:

　　　　明:假使你没死的话,请你看完我这封信。明,我已服下安眠药了。我不久就会死去。请你不要悲哭,因为我们的爱情是没有界限的。我虽死了,但是你腹中的婴儿,你要好好地抚养成人——关于你的事,在你的信中,我已明了,假如你母亲回心转意的话,你就好好地供养她吧。这样,我也就放心了。明,此时药性已发作,我不能多写了……

　　　　无穷芳草天涯恨

　　　　还留盟誓证来生……

　　以后的字迹,简直看不清了。他的笔已丢在了地上。他伏在案头睡着了,永远地睡着了。

　　　　　　三十七年五月十日初稿。五月十七日续毕,十九日抄正。十九日附记:上月某日本埠各报载:长乐县圣教医院男护士因失恋自杀身死。因有所感,作以志之。

别看轻自己[*]

在阴暗的
　低垭的
　　墙角的一隅
茁长着年轻的野花群
它们是那样地弱小
　无力
又是那样地活跃
　富有生机
一边是先天地缺乏养分和阳光
一边是热烈地追求春天和生长
　它们发芽
　它们歌唱
这块贫瘠的小园地
　变得生动
　　温暖
　　而充满光明

不要轻看自己
正如诗人说的
"一朵野花里看见天国"

---

[*] 未刊稿,曾编入自编诗集《归途》。

春天的影子
早已蕴涵在它们的心里
它们仰着头
接受太阳的热吻
它们变得更年青
　更强壮
尽自己的力量
　放出鲜艳明亮的色彩

别忘记
　"在你的掌心里盛住无限
　一时间里便是永远"
更要记住
　"你孤芳自赏时
　天地百便小了"

它们奋斗在墙角
为了争取太阳的光线

　　　　　1948年5月21日作,26日重改。

风 瀑*

风很大
枯叶飘飘
黄沙蔽天
树木动摇
拾柴的孩子
欢喜得大笑
夜归的鸟儿
发出惊叫
农夫们心焦
惟恐无情风雨
摧残了新苗

风势来得更猛
它破坏了世界的安宁
它使万物翻转升沉

1948,5,24。

---

* 未刊稿,曾编入自编诗集《归途》。

未成熟的果实*

"大凡外貌灿烂的东西,只是为一时而产生。"
——歌德:《浮士德》中语

孩子们采了许多梅子;
好鲜艳美丽的一颗颗。
满怀兴奋地回到家中,
放口中尝尝觉得味苦。

1948,5,24 作

---

* 未刊稿,曾编入自编诗集《归途》。

小红花的歌唱[*]

四围
死一般的静寂
狗尾草很调皮
　——翘着尾巴睡觉
那株高大的老梧桐
　秃着头,光着身
　　——他一定在甜蜜地
　　　回味梦里的情景吧
紫荆也学着梧桐的样子
　打赤膊,倚着墙
木樨张着惺忪的睡眼
　打着呵欠
　又闭了眼帘
他们似乎都很疲倦
提不起精神

"醒来吧,朋友们
别再眷恋梦境里的甜蜜
那不过是虚无的幻想
　飘渺的现实

---

* 未刊稿,曾编入自编诗集《归途》。

啊,那灿烂的太阳
正指示我们
　光明的前程!"

一朵小小的红花
提高她尖锐的嗓音
她的小喇叭是那么动听

1948,5,25,抄

到春天之路*

——《春路》创刊献词

朋友们,我们是多么地高兴,《春路》终于在极端困难的环境之下诞生了。面对这个刚出生的婴儿,你不要看他是多么地瘦小、无力,可是你听他的声音是多么地响亮呀!它飘荡在春天的原野上,四围也都起了响亮的回音。它就像支激昂的号角,它唤醒了蛰居的人们,告诉他们:春天来了!

创办这个小小的刊物,我们并没有什么野心,他——《春路》,既然诞生在春天伟大的怀抱里,就应该歌颂春天——这是它的天职。它更应该吹起响亮的号角,领导一般人们向着春天的路上走。这是它应当负起的伟大的使命。

我们无须彷徨,我们无须踌躇,我们应该直率地、毫不犹豫地肩起我们伟大的使命,勇敢地做去。我们走到那里,就做到那里,只要是尽我们的能力,对得起自己、对得起大家就是了。

37 年 5 月 25 日写

---

* 此文为作者为学生刊物《春路》所写的发刊词,署名鱼梁。

沦亡之后*

哀哀地痛哭,思肖长跪在地上,俯伏着。

"天啊,现在只剩下我一个人了。这么广大的大宋天下,白白地给胡人蹂躏着,我能够把沦亡的家园重新扶植起来吗?"他想着,狠狠地咬了一口牙。睥见身边的《心史》原稿,心中倒也平静些了。

这晚,他睡得很好。他梦见陈丞相和张少保带兵回来了。金辉闪亮的盔甲在眼前闪耀着,雄赳赳的壮士,一队队地从眼前走过。军乐雄壮地奏着,激昂、兴奋,啊!他快乐极了,他高兴地笑了。啊!那高高地骑在马上的、不是陈丞相吗?啊!来了,来了,那神气十足地提着枪的、不是张少保吗?

啊!好了,那些胡人逃遁了,逃遁了。啊!人群来得更近、更近了。"故人别来无恙!"他大声向着人们打着招呼:"今日凯旋正该与诸君痛饮一杯!""你们怎么都不说话?""是呀,你们很辛苦!""怎么?你们为什么这么恶凶凶地视着我?我有什么对不起故人的?"

梦醒了。他睁开眼来,打了个哈欠。屋中寂静。那些元兵又在调戏妇女,梦真的醒了,

《心史》依然翻开着,在案头。

37年5月25日,读顾炎武之《井中心史歌》后。

---

* 此文为作者课外习作,未刊。

刺 虎[*]

　　崇祯末,李自成破京师。有费宫人者,伪装公主,避众目,使公主得以亡逸。城陷,宫人伏枯井中。贼获之,献自成。宫人凛然曰:"吾长公主也,若不得无礼。"李慑帝威,赠与爱将罗姓者。花烛夕,宫人醉罗贼。刺杀之,亦自刎。自成以为公主已殁,遂不复索。

　　　　城外
　　　　风烟起处
　　　　贼众蜂拥
　　　　"冲啊!夺了江山有吃穿!"

　　　　灾民的呼号
　　　　惊醒了崇祯
　　　　他惊得脸色青灰
　　　　晕厥在地

　　　　战势危急
　　　　他已心乱如麻
　　　　民众哀声遍地
　　　　御林军厉兵秣马

---

　　[*] 未刊稿,曾编入自编诗集《归途》。

钟鼓齐鸣
刀枪并举
枪如林
弹如雨

贼兵已入深宫
乱军掠抢践踏
崇祯以一匹罗帕
结束了三十年华

宫殿上蜡炬高烧
一位红装女子号啕
她哀叹失去的繁华
为王室的覆亡悲悼

复仇的火焰
燃烧在她的心里
她愿化身为公主
誓以生命报效社稷

洞房花烛通宵达旦
宫人盛装迷倒醉汉
夜阑星稀罗帐梦断
举刀刺虎悲烈千年

1948,5,26

纪念册代序*

> 秋分近了
> 一群雏燕辞巢
> 临去回头
> 依依不忍旧巢抛
> ——刘大白

记得呢喃学语
记得索食孜孜
春秋忽已三度
不堪回首进校时

羽毛新成
展翅将去
感师恩似海
天涯相逢何处

一曲骊歌
几杯浊酒

---

* 此诗为作者为其母校福州三一中学初中1945级毕业纪念册所作的代序,署名鱼梁,未刊。

留个临别的赠言吧,朋友
从此人各一方
何日一堂重携手

　　　　　　　　1978年6月27日

夜半箫声[*]

时正夜半
蓝天上月儿娇羞
温柔的箫声
在空间溶流

月光下
两兄弟
一吹洞箫
一吹笛

一回俯首
箫音低低回旋
一回仰昂
笛声高高荡漾

1948,7,13,晚。

---

[*] 未刊稿。

路[*]

千万遍的足趾踏过
千万次的锄尖吻着
路旁的草儿
枯了又回苏

寂寞的回响
陪伴着寂寞的路
灰色的老人啊
石板一块一块地动摇了
老人口中的牙呀
罩在头上的树叶飘零了
老人头顶的发呀

很多人
走过不再回返

1948,7,13,晚。

---

* 未刊稿。

债＊

初秋的九月天气，一轮太阳高挂在天空。几片轻淡的白云，很安闲地飞来飞去，一阵嘈杂的蝉鸣，是那样沙哑，似是一个肺痨患者狠烈的咳嗽。

一间矮小的木屋，陈设很简单，一张八仙桌，几张竹椅子。椅子上坐着一个十六、七岁的孩子。手里拿着一张纸头，呆呆地坐着，一动也不动。

三分钟过去了。一个老年妇人从边门走进来。手上持着刚洗过的衣服。"妈，怎么办？我们前学期的学米还没交清，今天校中的通知单来了。说是假使还不还的话，就要扣发成绩单了。"孩子很痛苦地述说着，好像用了很大的力量似的。

"唉……"老妇人叹声气："明天家中又没米了，你爸又不回来。现在再加上这个，怎么好？"憔悴的脸上不住地痉挛着，不住地叹气。孩子默然。

"唉，我们穷人家的孩子念书真不容易啊！上学期用了千方百计弄来学费的钱，学米还是托人到校长那边去说情才许缓交的。前天做押包的三嫂还来讨过钱，如今，校中又来讨债了。"老妇人拿着湿衣服，边走边说。孩子只是呆呆地坐着。他闭着眼睛，想着。他想起在校两年半的情景，像是被火烧灼着。

＊ 此文为作者课外习作，未刊。作者按：由此上溯，《一个同学》、《一课》、《又到开学的时候》、《夜幕，笼罩在街上》、《潮》、《债》六篇，都是作者当年亲身经历的，或感同身受的生活的写照。文字颇为枯涩单调，而批判的意向强烈。这些作品，均系课余主动写作，未经老师批阅。

"南儿，"是他母亲的唤声。他睁开眼来，只见母亲布满皱纹的脸上挂着泪珠。手中拿着一包物件。"为了你的求学，我不惜任何东西。这是我和你爸的订婚戒指，还有几件首饰，你拿去换吧！"

"是，妈妈。"他接了这包东西，离开了家门。回头一望，只见母亲满面泪痕地站在门口。他禁不住也滚下了几颗热泪。

37年8月5日

夜 市[*]

五光十色的霓虹灯照耀着这
不夜的城,追求狂欢的醉生梦死的一群:
大腹便便的商贾擎着算盘,罪恶提起血淋淋的刀

玻璃橱窗中的小型照相机,尼龙丝袜,盾门汽水,白兰
　　地——
对着橱窗外垂涎的人狂笑——狐媚的女人,高视阔步的
　　少爷,进进出出
一大捆的钞票换来了大包的奢侈品,这,二十世纪文明
　　进步的产物!

在阴暗的角落,灯光照不到的"世外"
可怜的妓女在勾搭顾客,出卖血与灵魂,以最低的价格
被迷弃的人们在有规律地呻吟,乞求过路行人的恩赐
这,二十世纪文明进步的产物?

电气公司的马达在飞驰——
人们各寻快乐去了。电灯此时也黯然失色,惨白的脸孔
照耀着踟躇街头的幽灵

　　　　　　　　　　　　　　　1948,8,7 晚

---

* 未刊稿。曾编入作者自编诗集《诗总集》,为第 2 集《探索集》第 3 辑《望》第 1 首。

"迎 年"*

一座遍体鳞伤的庙宇
庙门旁一株古老的榕树
苍劲的枝干冲向天际
悠长岁月里,老榕树静观世代兴亡
聆听着苦难者的悲情倾诉
破庙的粉墙剥落
榕树的绿叶枯萎

寒冷的正月天气
元宵节的三天之前
阴暗的大殿,聚满了人群
严肃异常,鸦雀无声
跪叩,恳请,起驾,春巡,恭迎
汗珠滚滚

灯笼,喜灯
吹打手,全盘执事
锣鼓,鞭炮
人们欢呼威严的行列

---

* 未刊稿。

烧香,燃纸,叩头
好运啊
发财啊

　　37年9月1日,重改旧作。

摸 索[*]

像是个刚出生的婴儿
我们来学习走路
——来探讨这个陌生的世界

我们摸索着,爬着,方晓得
除了我们生活着的世界以外
别有一个天地

好些事使我们觉得新奇
好些事使我们发生阻碍
——愈摸索,愈深入,我们就愈欢喜

当我们会走路的时候,当我们看见
绿色的原野和辽遐的苍穹
第一次呈现在我们眼前的时候

1948,9,25

---

[*] 未刊稿。曾编入作者自编诗集《诗总集》,为第 2 集《探索集》第 1 辑《控诉》第 9 首。

生 机[*]

当枯树吐出绿色的枝桠
当春风吹苏沉睡的小草
当慈祥的手掌
　抱起被溺的小孩
当仁爱的心被打动
　　放走按在祭坛上的羔羊
当久旱的霖雨
　滋润枯萎的作物
当悠长的岁月过后
　一个囚犯得到自由
当法律的鞭子
　放松了的时候——

1948,9,27

---

[*] 未刊稿。曾编入作者自编诗集《诗总集》,为第2集《探索集》第1辑《控诉》第4首。

读唐湜的"诗"*

一

　　诗是含有哲理的东西,诗若与哲学脱离了关节,诗就不成其为诗了。我读了唐湜的诗后,更坚定了这种概念。作者这样写着:

　　　　主呀!苦难里我祈求你的雷火
　　　　烧焦这个我,又烧焦那一个我

　　　　圆周重合,三角锲入
　　　　在自己之外又欢迎另一个自己

　　"在自己之外又欢迎另一个自己",诗人灼热的心吐出来的灼热的诗句呀!

　　显然的,作者是深受了T.S.艾略特的影响的。在作者的诗章里,很容易找到类似下面这几句诗的风格:

　　　　现在的时间与过去的时间
　　　　在未来的时间也许全是现在的
　　　　而未来的时间也全包在过去的时间里
　　　　　　——T.S.艾略特:《燃烧了的诺顿》

---

　　* 未刊稿。曾编入作者自编诗集《诗总集》,为第2集《探索集》第4辑《薄暮的悲哀》第1篇。此文引用唐湜的诗,原刊《中国新诗》二集。

二

作者是新诗运的热心者,同时又是极公正的诗批评者。在这首短短的十四行里,作者替现代中国的新诗下了个很好的评语:

当汹涌的潮汐退去
沙滩才能呈现出光耀的排贝

并且他还为新诗指示了一条崭新的路径。这是应该依赖诗的作者们去努力的:

诗如其可以在生活的土壤里伸根
它应该出现在生活的胜利里

1948,9,27

慕道者[*]
——兼为几个人祝福

憧憬着远方
那有金色收获的日子
怀着一颗虔诚的心
向着这神圣广大的天宇
低首默祷
让我们及早得到真理的启示

1948，9，29

---

[*] 未刊稿。曾编入作者自编诗集《诗总集》，为第 2 集《探索集》第 3 辑《望》第 2 首。

画[*]

画一只乌鸦
它的颜色是黑的

画一个奸商
他的颜色是黑的

画一个贪官
他的心是黑的

画许多人在一起
他们的心都是黑的

画一个世界
这是一只庞大的乌鸦

Oct,5th,1948

---

[*] 未刊稿。曾编入作者自编诗集《诗总集》,为第 2 集《探索集》第 2 辑《些微的喟叹》第 1 首。

洪　水[*]

你来势汹涌
你来势猛烈
你漫骂罪恶
你对人世总是不满

你热情
你又冷酷
你把世界淹没
你也把罪恶淹没

1948,10,5

---

[*] 未刊稿。曾编入作者自编诗集《诗总集》，为第 2 集《探索集》第 2 辑《些微的喟叹》第 2 首。

火　舌[*]

火舌
发狂似的奔腾向天空

把房屋烧毁
把树木烧枯

把沉睡的人们
烧成了火炭

1948,10,5

---

[*] 未刊稿。曾编入作者自编诗集《诗总集》，为第 2 集《探索集》第 2 辑《些微的喟叹》第 3 首。

关于级会[*]
——我的"希望"

本来嘛,就说不上"希望"二字。对于这个害痨病的团体,只要求它快点死去就好了。

我是其中一分子,原不该诅咒他。况且,我还是他当中的一个干部。但俗谚云:"骂就是疼"。那么,我的诅咒他,该就是爱他了。

他害病了。纵其因,不外二点:其一,领导不得其人;其二,会员不够努力。会员们只知道出钱:"请酒","开会","照相",好玩。办事人又完全专制,不凭章程。

我说了这些话,完全不是私恨。我不怕得罪人。

我"希望"他的病很快就好起来。求上帝赐福给他!

37 年 10 月 10 日

---

[*] 未刊稿。

待[*]

一座沉默的火山
蕴蓄着永恒的潜力
期待一次猝然的突变

漫长日子的苦心孕育
等候惊蛰时节的
　第一声雷鸣

吸取丰富滋养的汁液
充实个体的每个部分
静候温柔的春风——

1948,10,14

---

* 未刊稿。曾编入作者自编诗集《诗总集》，为第 2 集《探索集》第 1 辑《控诉》第 8 首。

不断的输与[*]

油干了
光消失了
四周便黑暗了

添入一点油吧

1948,10,16

---

[*] 未刊稿。曾编入作者自编诗集《诗总集》，为第2集《探索集》第2辑《些微的喟叹》第5首。

古　磨[*]

几代遗留下来的
是你颓废的躯体
令人欣慰的是
你的不平倾诉不曾停息

乳白色的浆液
你的生产而不能享有
这是多大的不平
永远的是你的尴尬

你被高压威迫着
它永远指使着你
你只有无力的转动

奴隶的命运
本只有顺从　何况
你还是奴隶的奴隶

1948,10,17

---

[*] 未刊稿。曾编入作者自编诗集《诗总集》，为第 2 集《探索集》第 1 辑《控诉》第 3 首。

在这个世纪[*]

在这个世纪——

假使你要看
请闭着眼睛"看"

假使你要讲
请闭着嘴巴"讲"

假使你要唱
请闭着喉咙"唱"

1948,10,17

---

[*] 未刊稿。曾编入作者自编诗集《诗总集》,为第 2 集《探索集》第 2 辑《些微的喟叹》第 4 首。

控 诉[*]

今天我们张口需要白米
你却用混合着沙砾粒的饭团
塞满我们的口　我们
有更多的愤怒喊不出来

假意的殷勤使我们厌恶
未开化的社会在严肃地演出
这原是一出传统的好戏
官僚与商贾串演的双簧

1948,10,18

---

[*] 未刊稿。曾编入作者自编诗集《诗总集》,为第 2 集《探索集》第 1 辑《控诉》第 7 首。

写在母校的生日*
——三一母校三十七周年校庆

随着五千多年古国的新生
我们的母校也诞生了
我神往于以往三十七年的历史
漫长的岁月它是怎样过来的

我在她身边已三年
我深感母爱的伟大
她用乳汁辛苦地养育我们
她也曾同样地养育过我的兄弟姐妹

成群的孩子送出去了
她又忙着教育下一批小弟妹
日紧接着夜,她不停地操劳
粗糙的手抚遍我们的身躯

今天是母亲三十七岁的生日

---

* 未刊稿。曾编入作者自编诗集《诗总集》,为第 2 集《探索集》第 3 辑《望》第 7 首。

任何礼物都代替不了她纯洁的爱
让我们唱一首赞美的诗
以虔诚的心为她祝福

       1948,10,20

诗人的市场巡礼[*]

早晨十点开市
午后五点关门
物价高了百倍
胜利终归你们

难为官府老爷
来往奔波会议
新的政策流产
煞费苦心着急

黑心肝高擎算盘
向市民下总反攻令
一日中物价几波动
公教人员泪淋淋

店面无货空空如也
空余橱架向人呆笑
谎言百货进货断绝
暗市交易依然如旧

---

[*] 未刊稿。曾编入作者自编诗集《诗总集》,为第2集《探索集》第2辑《些微的喟叹》第6首。

表面扬言遵从限价
暗中约定抵抗到底
近乎罢市的愚蠢举动
到头吃亏的只有自己

末世的人们欲笑不能
有泪也只得心中暗流
期待着一天奇突的变
那时已无须向你祈求

> 1948,10,30

慕道者[*]
——其二

向往于那渺茫的天国
——你凝立着
昂首于那辽邈的苍穹
——你凝立着
希冀着真理电闪的号召
——你期待一次大会集
盼望着洪亮号角的吹奏
——你期待一次大会集

1948,10,30

---

[*] 未刊稿。曾编入作者自编诗集《诗总集》,为第 2 集《探索集》第 3 辑《望》第 2 首。

地狱*

没有什么值得称颂
也没有什么值得诅咒
是自己种下的"恶因"
才收成了这批"苦果"

是阴凄凄的风刮着
是灰漠漠的天空
是暴风雨的前夕
而永远都是这样

一样有金钱的来往
(虽然是纸制的金锭)
也一样发生了显著的效力

有公正廉明的所谓法律
但也有人与人之间的私谊
地狱和人间原本就是一样

1948,10

---

* 未刊稿。曾编入作者自编诗集《诗总集》,为第 2 集《探索集》第 1 辑《控诉》第 1 首。第 2 集《探索集》有作者自注:"高一上习作之二(三一)"。

反　叛*

布满周遭的低气压
蔚蓝的空间被榨缩得变色
愤怒的眼睛迸出血红
高空中软瘫无力的太阳

理性教会了我们思想①
瘦癯的躯体
像被压紧的皮球
生出一股强烈的力量

"我们不能空着肚子干活
我们不能闭着嘴巴
面对着丑陋不说话

"荷枪的,提锄的,拿笔杆的
都醒来吧,奔向
火炬高举的广场……"

1948,10

---

*　未刊稿。曾编入作者自编诗集《诗总集》,为第2集《探索集》第1辑《控诉》第2首。

①　此为引用杭约赫的诗句。

天就要亮了[*]

被阉割的雄鸡在伸长脖子
呼唤远方的第一道光线
黑暗笼罩下古老的大地
在苦痛地剥去这无边的苦难

像一只罪恶的蛇在蜕脱
可怖的外壳　早醒的婴儿
因惊异这难产的黎明啼哭
只有母亲的低吟:再睡会儿吧

1948,11,2

---

* 未刊稿。曾编入作者自编诗集《诗总集》,为第 2 集《探索集》第 1 辑《控诉》第 5 首。

你们的世界*

榨干人民的血脂
来充实你们发光的脑袋
贫民向你们借贷是无望的
你永远都在打着高利贷的算盘

吃人的债务死蛇般纠缠
生生世世没有尽头
结果总是你在绞杀他们
绞杀生存在算盘中的人民

1948,11,2

---

* 未刊稿。曾编入作者自编诗集《诗总集》,为第 2 集《探索集》第 1 辑《控诉》第 6 首。

湖畔散章*

柳　叶

柳叶
摇曳着
在风里舞
在陌上笑
见了人点点头
笑着迎上来

浮　萍

波浪中
一片绿萍
荡漾着
若即若离
也像人
今天相聚
明早又消失在山的那边了

---

* 未刊稿。曾编入作者自编诗集《诗总集》，为第 2 集《探索集》第 3 辑《望》第 6 首。

纪功碑

留下了姓名
在人世
也留下了
石碑,孤独地
在湖滨
讴歌和赞颂
人
早躺下了疲倦的身子

飞虹桥

天边外
铺出一道桥
五彩缤纷
引导人
到理想的彼岸

步云桥

我们是一群
欢乐游仙
踏着云彩
在云彩中穿行
从桥的这边
到桥的那边
歌声萦回在彩云中间

西湖螃蟹

一只螃蟹
一朵菊花
这是诗人的最爱
如今
没有这闲情了
寂寞的是
蟹和卖蟹人

竞　舟

别得意了
即使是得了冠军
远处看
也不过是一只蚂蚁

有　感

我们欢乐
我们歌唱
我们尽情地笑
而不知道
在北方
一颗炮弹
炸死多少人
自己兄弟的鲜血

造成了一片片枫叶
我们的玩赏
于心何安

1948,11,9,西湖归来。

怀*

一

先让我默祷数分钟
为这可怜的灵魂祝福
然后我将以这支拙钝的笔
写出这些悲惨的歌曲
我的心怦怦迸跳
我的眼前跃出一张少女的脸颊
粉红色的俊脸
不,是一只白皙的鸡蛋
两颗眼球含情脉脉
两片嘴唇红如樱桃
乱发底后窈窕身影
我的心旌不禁摇荡

---

* 未刊稿。曾编入作者自编诗集《诗总集》,为第一集。作者自注:"高一上习作之一集,于三一。"作者按:《诗总集》是作者1949年在福州三一中学高中一年级学习时自编的诗歌习作合集。都是作者当年课堂之外的诗歌习作的汇编,大部为未刊稿(少数已刊的重见于前录)。所收诗作,始于1948年10月,终于1949年5月。进入1949年,时局动荡,到了五月,江南已是一片惶乱。福州更是风雨飘摇,学业几乎陷于停顿。作文课亦不正常,作者的课外习作大体也停于此时。"总集"共分八集,分别为:一、《怀》(长诗),二、《探索集》(收诗文30篇),三、《呻吟集》(收诗30首),四、《萌芽集》(收诗10首),五、《迷途集》(收诗15首),六、《寒夜的歌》(收诗10首),七、《轮轴》(收诗10首),八、《人民之歌》(收诗6首)。各集均注明为"高一习作集"。

南国初秋起了北风
枫树叶子落红满地
是个寒冷的秋之夜
没有皓洁的月亮与星星
世界是一片大静寂
夜的黑幔之下人间在犯罪
罪恶的人世，风也哭泣
风带着愤怒敲叩我的窗棂
也叩动我心之门扉
我的心弦微微地颤动
因为我听到一片凄怆的哭声
就像秋之高空上孤雁哀鸣
就像被遗弃的小羔羊的呜咽
就像暗夜深山的狼嗥
就像巴山两岸的猿鸣

就像一只低哑的洞箫
就像一声绝望的喟叹
哭声摇撼着夜籁
窗之外是一片暗夜的海
哭声像一片漫无涯涘的扁舟
来往激荡着——

二

一只枭鸟飞越过天穹
几声猫头鹰的凄楚的鸣叫
配合着你——一个孤独女子的
喑哑的低泣

许多人被你的哭声聚拢来
张大惺忪的睡眼
打了一个大呵欠
惊奇的目光张得更大
灯笼里的光照到你的脸上
发现你苍白的脸上挂着晶莹的泪水
鬓发紊乱,四肢不断地抖动
他们不断地向你询问
希冀能从你的口中
得到他们所欲得到的满足
结果,你开始了你的悲惨的叙述
这,十七龄少女的曲折经历
幼小的年纪经不起过度的打击
你的身世,博得了人们的同情
多少人为你唏嘘
多少人为你叹息
——你又哭得很伤心
叙述着你的动人心弦的故事

三

两扇破门板撑住的是你的家
早上看不见朝阳
晚后看不见月亮
门前是个垃圾堆
屋后是个发霉的池沼
五个分子组成一个简单灰色的家庭
困守着一连串暗淡的日子
你的母亲三十岁死了丈夫

留下了三女一男
一个年轻寡居的妇人抚养着四个孩子
度过每个艰困的寒暑
你就是其中最小的一个
就是家庭中最小的一粒沙
自从哇的一声来到这世上
池水恶臭熏着你
氨摩尼亚的气味熏着你
你要哭,无人睬你
眼泪和怨言一齐流向心底
你变得沉默了,虽然是小小的年纪

四

幼年你没有红蝴蝶扎在发上
你没有小狮子鞋穿在脚上
你没有小洋花衫子穿在身上
你没有小花夹
你没有小喇叭
你没有小泥人
你也没有红橘子吃
你又没有小糖球吃,那是红色的
当你看到邻家孩子的得意时
你只得吞着涎
你只得贪婪地张着口
然后,你怅惘地走开了
——你要哭,没人睬你
 你变得沉默了

及长，你没有进学校
所以你就识不得字，像只盲目的鼠
或是像只昼眠夜行的蝙蝠
只会在黑暗里摸索
你为自己的命运感到可悲
当人们在你面前谈到"上学"两字
你便涨红了脸，从耳根到两颊
甚至你为此而泪下涔涔
——你要哭，没人睬你
　你变得沉默了

在人世你混了十三年
你渐渐地懂事了
你关心自己将来的归宿
"来自贫困的应归向贫困"
假使这是老天爷规定的律理
你，为自己打定一条吊索
以十三载的年华换取新生命的开始
因为你悬想于浩淼的天外
会有一个超俗世的真善的天国
那里将无有欺诈与犯罪
　将无有杀害与压迫
你诚心向这白昼的梦
希望着一个甜美的结束
可是，这究竟是个幻想
早熟的少女懂得世上的形形色色
也厌倦了这世上的形形色色
所以你也像个垂暮的老人

你虽有那么一个迷人的脸孔
是那么逗人喜爱的
可是,自古佳人多薄命
命运之神的毒箭早对准了你

由于你所处的家庭环境
多少次的受人支配
多少次的受人压迫
多少次的受人专权
多少次的受人牵制
你对于整个人类起了憎恨的心理
为的是不曾得到你所称心的人
于是一个机会终于来了

五

这发生在你生命史上是一个大变异
总可算是你从黑暗的深处
跌入更黝黑的深处
终于你陷入烂泥拔脚不能
让回忆翻开他的叶子吧

是个夜晚你抽灯独坐
一盏孤独的菜油灯伴着个孤独的人儿
心头的情绪欲理还乱
犹如野马的奔腾狂流的冲击
先想想母亲是怎样一个人
她勤劳节俭又慈祥
近来她也变了

脸上布满阴霾
日日她苦米又苦柴
米缸子一旦见了底
她额上的皱纹又多了一道
你唯一的二十四岁的哥哥
在机关当个半工役型的低级职员
就这样他握住全家的命脉在手掌中
以他颓丧的两肩负起这副重担
老牛般地拖一步喘一口气
可是灾祸便和他结了不解缘
在这如狼似虎的年辰
在这势利的国土上
无钱是不能立足的
一张文凭决定了他的命运
一个半夜时分天空布满星斗
风凄凄地吹掠着
保长和警察举着火把
声势喧赫地牵走了他
他，一个穷人的儿子
滴下了一连串泪珠
贪婪地向这古老的家和亲爱的人
投了一个凄楚的目光像在说"别了"
于是他颤抖着痉挛着走了
走了，走了，走向空洞的战争
走向用自己金钱换来异国杀人武器
用来杀害自己兄弟的战争
他走后一年多不曾来信
想来该已葬身火窟了

灯正摇着无声的泪
少女的脸颊上也挂满了泪痕
一年之中两顶花轿接连地
抬走了两位姐姐
虽然她们是多么的不愿
而愿意陪着年老的母亲过此一生
可是，京鼓声里，爆仗声中
轿子也渐渐地模糊了
大的远在瓯江之畔的山城里
随着她丈夫和几个幼儿
过着难民般的日子
她自己的家庭还朝不顾夕
谁还会想到千里外悲惨的母亲
关山万里，烟雾浩浩
她只得寄一点相思在南飞的雁
"雁啊！带去我的心吧
给我年老的母亲
一些真情的慰安吧！"
二姐的命运更苦啦
三十多天前母亲送走了她
三十多天后她又送走了年轻的当家人
她蓬着头，跟在黑色棺椁的后面
默默地走者，她没有哭
他没了泪！呀——

六

长远的不幸经历你看清好些人
你遍察所有的人群

你发现他们全是蒙昧了心
你发现他们全是穿着虚伪的外衣
他们的笑里藏着利刃
他们的哭泣中又带着欢乐
因此你无从知道他们的心
是喜是悲是善或是恶
说他们的心全是充满矛盾
而事实上并不如此
他们含有极广漠的智慧
而走入了狡猾欺诈的邪道
从来你不曾见过这样一个好人
你们的相逢是在痛哭的时候
你们相识的过程是这样的:

这天午后无比的寂寥侵蚀着你的心
你拖着疲倦的身子走出堂屋
在广渺的田野你凝然伫立
一双泪眼远眺群山
苍松翠柏聚集成一片浓郁
见景生情,恩亲慈爱你片刻不忘
于是你放怀哀恸
杜鹃啼血,夜莺悲鸣
不期惊动一位侠心义胆的人
像一员天神屹立在你面前
岿巍的身材,漂亮的脸庞
目光蕴蓄着热情,眉端一片英气
他对于你的行踪表示惊奇
(倒不如说是因了你的美貌)

他为此极端地关怀：
"美丽的来自天庭的女神呀！
让我来问你的安好
你为什么这等悲悲切切地啼哭呢？"
如是，你由于他的真心与诚恳态度
打开了你处女温柔的心胸
你真想不到人间至今还有关怀你的人
你告诉他你的不幸遭遇
在你说话之间
他在聚精会神地聆听
像是小孩子在听大人讲故事
你哭，他也挂满泪珠在脸上
你叹气，他也长吁短叹
及至你结束你的叙述
他便感慨地说：
"美丽的女神呀！
你的铜铃般的声音像在歌咏
而你遭受的境遇我也同情。"
你俩一见倾心
把各自的心情全都倾诉
一阵和风吹到
唤来了你的青春之火
蔷薇花又再度开在你的两颊
你张开你热情的双手
投到他的怀里
刹那之间你俩紧紧地拥抱了
以后，他说：
"我的家离此不远

我的妻子刚回娘家去
一个幼小的女儿她也带走了
以后你可以住在我家里
日常做做女工,因为我有四架手摇纱机——"
你俩手携着手步回他的家庭
你的面前光明在招手
你的枯萎的生命发现了火光
当天晚上你献身与他
你俩浸在欢乐的爱河里
窗外树影婆娑月儿半露面
星星眨眼,流云欢跃
牛郎织女相会在鹊桥之上了

这样的境遇并不长久
七天之后,他的妻子牵着女儿回来了
见到你,起初是惊奇,之后是醋火燃烧
怒不可遏,举起藤条
扑向你柔弱的身子
可是,另一条身体代替了你受难
你俩都受了殴打,辗转呻吟
春去秋来,你喝的是自己的血和泪
还有狠毒的藤条
身子上刻着青色的蛇
这蛇在咬着你的心呀
心上也刻着了一道道的烙印
是仇恨是悔恨深怪自己苦命
他也颓丧了,像只受伤的狮子
额上的皱纹多起来了

垂头丧气,黄昏的气息笼罩着
但对你的温情他没有稍减
爱情是崇高伟大的,现在虽是穷困

日夜的咒骂,日夜的殴打
为了不堪忍受这难耐的耻辱
他——不曾忘却自己是个男子
一双手既不曾擎住天
只得投身于滚滚的洪流
浪花一朵溅湿了石礅
这是他临终的热泪
因为他至死不忘他所赐予纯洁的爱
含着一口怨气他灭顶在人潮里了
夜在掩埋人世的污浊
听到这突如其来的噩讯
你呀的一声痛哭
你松乱的发不及去理
你赤裸的脚不及穿鞋
你奔向桥顶你睁眼向大江
你想从死神手中夺回他势已不能
流水滔滔,夜雾重重
你叫哑了喉咙他不能回来
他永远不能回来
你想跃身向茫茫流水
人们却拦住了你
你求死不得,今后生涯已面对寒冬
因为人间已无你的知音
夜深了你仍低回在街头

星月为证,表白这一片真心
你哭着,昂首向苍天
"为什么?为什么?他去了那里?"
你哭着,哭声震撼着夜幕
星星也哭了,飞身向银河
天也为你滴下泪水,湿透了衣裳
夜的黑幔之下人间在犯罪
风带着愤怒吹呀吹
哭声摇荡在夜的海里

七

这故事的情节我已如上述
现在我也来表白我心中的感慨
是一个春天,天地一片蓬勃生机
柴门外一株桃花开得鲜艳
你斜倚在桃花树下,抚着桃花瓣子
"两片唇呀像桃花"
我在心中这样说
我生怕出声被你视作轻薄
我脸飞上了一片红霞
可是当我斜睇向着你
两道目光相逢了
你微微地对我一笑
你飞身回转掩上柴门
这一笑呀铭我心中不会消亡
我的灵魂被你摄去了
如今春风再度地泛红了桃花
你的影子我久已不见

我摇荡的心旌充满惆怅
我蓦地记起了诗人的诗句：
　　去年今日此门中
　　人面桃花相映红
　　人面不知何处去
　　桃花依旧笑春风
当我经过你家柴门的时候
我自然而然地默诵着这首诗
之后，我感到极大的不安
我感到空虚与寂闷
你的哭声一直萦回在我的耳际——

1948,11,13 日写完

火 把[*]

午夜时分
我送客出外

云天漠漠
犬吠幽幽
山凹中丛树
　犹如鬼魅
突出的岩石
　仿佛妖魔
风也寂寂
月也凄凄
星也寥寥
云也飘飘
使人毛发矗立
宇宙已为夜神掌握

我们俩
肩并着肩
逃难似的

---

[*] 未刊稿。曾编入作者自编诗集《诗总集》，为第2集《探索集》第3辑《望》第5首。

到了十字路口
夜幔重重
前路漫漫
一间小店
灯光外溢
买了两支火炬
——这光的种子
燃着熊熊烈火
我说：
愿火炬的光
指示我们的路吧
如是
持着火种
我们告别了

1948,11,13 夜

月下的幽灵[*]

苍白的夜
月亮苍白的脸庞
抖动了——

照着个苍白的
踽踽在月光下的
一个幽灵

白的衣,黑的发
素的衣,乱的发
一个阴森,凄凉的背影呵

爱之神
贬罚了她
爱之箭
刺伤了她

一个幽灵
在月光下的
一个幽灵

1948,11,14

---

[*] 未刊稿。曾编入作者自编诗集《诗总集》,为第 2 集《探索集》第 3 辑《望》第 4 首。

村 庄[*]

老茅屋根茎巩固支持着木桩
池塘清鱼儿可数浮萍两三丛
池畔有小草蔓生纠缠在水面
十几只鸭子游泳呷呷交相鸣

油菜花甘蓝叶子满布在田塍
小娃子青老农人劳作真辛勤
双燕子飞越过了飘渺向远方
老年人叹口怨气世界不太平

山顶颠群树葱茏桃花正蓓蕾
破庙里住着和尚日夜在诵经
看阳光充满柔情晒着人发痒
庄稼人干完农活聊天晒太阳

1948, 11, 17 晚, 拟林庚

---

* 未刊稿。曾编入作者自编诗集《诗总集》,为第 2 集《探索集》第 3 辑《望》第 8 首。

学府人物[*]
——先生们的素描

胖老师讲自由大谈民主
诈校长嘻笑脸背里藏刀
"老处女"苦缠绵眉头深锁
林会计高利贷贪心不足
傻教官披虎皮兽心兽面
教务长惯捉马[①]耳聋眼捷
丑训育活五帝突突嘴巴
大头八谈恋爱西湖泛舟
活字典近视眼排球健将
红面儿油光发风头最健

1948,11,18

---

[*] 未刊稿。曾编入作者自编诗集《诗总集》,为第2集《探索集》第2辑《些微的喟叹》第7首。

[①] "捉马",闽方言:抓作弊的。

写在《怀》的后面 *

当我写完这首四百行左右的长诗的时候,是在油灯下的一个没有电灯的夜晚。我舒了一口气,呷上一口茶,我想,总算给自己释去了一副压在心头上的重担。

这诗中所叙述的故事背景,是离我家十数步远的邻居。如诗中所说的:

> 早上看不见朝阳
> 晚上看不见月亮
> 门前是个垃圾堆

屋后是个发霉的池沼的所在。人物也是与诗中所说的一般无二。尤其是女主角——

> 乱发底后窈窕身影

确也曾动荡过我的心灵。但是,这故事以后的结果,我却是完全不曾知道。我只知道在两个月以前,他们全家搬到台湾去了。一个夜晚,"是个寒冷的秋之夜,没有皓洁的月亮与星星"的一个夜晚,也就是我写诗中第一章的那个夜晚,我确曾听到"一片凄怆的哭声"。之后,母亲带着伤感向我叙述这个故事。我心中觉得难过,要不是母亲在跟前,我真想痛快地哭一场呢!

就这样地,我开始写这首诗。每天写一、二则,有时在课堂

---

* 未刊稿。曾编入作者自编诗集《诗总集》,为第 2 集《探索集》第 4 辑《薄暮的悲哀》第 2 篇。

上写的(因而贻误不少功课),有时即在课后写。在清晨,在午夜,我都不曾忘却这首诗的写作。我极力地寻找材料,材料收集了,就起草,草稿修改了,就抄在簿子上。因此,我连去做练习和整理笔记的时候也没了呢!

真的,到现在,那一片悲怆的哭声,"一直萦回在我的耳际"不曾离开呢!

1948,11,20

薄暮的悲哀[*]

血腥混合着一阵微风卷入山坳中去了
丰饶的平原上尸骸堆成一座山
太阳凄惨的光线抖动在黄昏的空间里
一群乌鸦掠过阴沉的天穹
还留下一阵悲苦的叫嘎
阴风凄凄中天也惨惨无色
一株古老的槐树叶子正渐渐地枯黄
遥远的峰一队兵士正豪迈地前进
山脚下村落中数百家民房在火光中
瞬息之间尽委为一片瓦砾地
烽火的余烟袅袅地升起
织成一个黯淡的幕依稀布满大地
到处现出残垣断壁
和那些血肉模糊的尸体
冲锋的呐喊和被难者的哀呼声
也都被吼叫的炮声淹没
这一切一切渲染成一幅悲哀的景致
"至残忍者也会悲伤得摇落心肠吧"(俞平伯)

---

[*] 未刊稿。曾编入作者自编诗集《诗总集》,为第2集《探索集》第4辑《薄暮的悲哀》第3篇。作者按:本诗注明"岁如、鱼梁合作",岁如是同班同学林微润(当时名字是林为闻)曾用的笔名。鱼梁是作者。当日采取的是联句的写作方式。

直到西山衔住了太阳
群鸦吃饱了人的血与肉
远地里一连串微弱的哭号
是村庄中遭难者组成的队伍
逶迤向山的东南那边去了
他们的背载着夕阳的斜晖
带着夕阳消失在远方
留下的是寒鸦数声炮声寂寥
以及寂寞的、袅袅的残烟
薄暮的悲哀气氛充斥在整个平野

    1948年11月20日和为闰
   在课堂中戏成此章,时星期六上午。

田野乐章^{*}

看苍鹰带来了收成的信息田野上展开了金黄的图案（梁）
天空也湛蓝了热情的太阳缓缓地伸展了紫铜的躯干（如）
太阳光温暖了抑郁的心怀而丛林遮住了光明变黑暗（梁）
蚌壳子张开了接受些温热霉窗子接纳了阳光的礼赞（梁）
看山峰葱茏了林薮影婆娑天穹中飞来了南归的倦雁（梁）
一字形展开了天空写了字好雁儿归来了先把故园探（如）
虽然是秋深了桐叶正飘零树梢儿萧条了孤立在田畔（如）
小河流欢笑了笑声微微地绿浮萍荡漾了依恋着溪岸（梁）
水波儿摇荡了威风轻吹着白菜花飘落了风吹花瓣残（梁）
一群鸭游尽了水沟的角落活泼地欣悦了振翅水花溅（如）
绿池塘淤塞了沧海变桑田小草籽萌芽了生命在灿烂（梁）
老牡牛翻松了冰冻的土地小麻雀飞散了穿梭在霄汉（梁）
毛毛虫变成了蝴蝶一双双在畦上玩倦了飘舞过溪涧（如）
农夫们挥起了镰刀在田野辛勤地收割了丝毫不偷懒（如）
打稻声震动了沉寂的空间阡陌上欢乐了笑声在播散（梁）
四围里布满了欣跃的气氛为了是补偿了一年的血汗（如）
听歌声飘荡了群众在欢乐在田野传遍了小涧与山峦（梁）
稻田中跑来了天真的稚童快乐地跳跃了放开嗓子喊（如）

---

* 未刊稿。曾编入作者自编诗集《诗总集》，为第 3 集《呻吟集》第 10 首。作者按：《田野乐章》注明"岁如、鱼梁合作"，岁如是当年同班同学林为闻的笔名。此诗采用联句方式写成。

庄稼汉唱歌了声声有情义村姑颊泛红了徘徊在田畔（梁）
忽阳光敛迹了风声呼呼起乌云急雨来了行人急张伞（梁）
而农人更乐了歌声更响亮飘荡着飞跃了冲腾向天汉（梁）
待少顷天晴了太阳初露面而月儿又出了天色更湛蓝（梁）
夜已经赶到了他们的身后渐渐地靠近了天幕蓝变炭（如）
星星们又笑了眨眼向大地龙眼树颤抖了因为夜已寒（梁）
待劳作完毕了天色已苍茫把工具收拾了这才心放宽（如）
把稻谷收藏了农家心欢喜请宾客吃酒肉摆一次大宴（梁）
尽情乐忘记了一年的辛苦被兴奋充斥者个个成醉汉（如）
老农人夜惊醒睁开惺忪眼犬吠声剪碎了神秘的夜幔（梁）

    1948,11,23,与为闰在课堂中写毕。

公园之秋*

黄昏,我走进公园。
我没有闲情来享受这绮丽的秋之景色!

* * * *

枫叶红似榴火,我不想作一首华丽的赞美诗。我想,那是血;那是苦难大众的血迹。他们,这批可怜的被献祭的羔羊,被宰割了,被侮辱了,被杀害了,在黎明未降临之前,他们被黑夜之魔攫夺去了。血,斑斑地染在枫树叶子上。

* * * *

小河呜咽着。
河畔的享乐者歌唱着。
我该作如何的心情呢?
唱吗?我不应该这样做,哭吗?又不合时宜,于是,我忍住泪,"心沉向苍茫的海了"。

---

* 此文初刊1948年11月25日福州《中央日报》文艺副刊,署名谢鱼梁,据此编入。作者按:这是作者首次在正式的出版物上公开发表作品。记得当年,这原也是一篇课堂作文,因为受到老师的好评,就大着胆子投寄给报社了。此次录入,发现有些标点符号用得不妥,悉依原样,未作改动。这应当是作者正式创作的起点。2008年4月16日,作者记于北京大学。

* * * *

秋风中飘零的枯叶,像纸币,红的,黄的,也有绿的:——

风,像一把利刃,刺向人民的咽喉,哀呼一声,血流出来了,人民哭了,哭声恰像秋天的风,飒飒地响。

* * * *

忧郁的山啊!你皱着眉,屹立在对面,泉水潺潺地从山凹中流下来了,是孤独者的泪啊

* * * *

看!公园外,一片广漠的田地。绿色,是大地母亲的胸脯,金色,是血汗付出的代价呀!是收获的季节了,原野上飘荡着稻草的清馨,菜畦上,农夫开始播种了,明天,又将是收获的季节了!

些微的喟叹*

一

是时候了
放下你们的武器吧
别再做英雄的梦了

二

吐沫四溅
——热烈的演说
和平呀
民主呀
——油光满脸的人奸狡地笑了

三

你们应当
闭起嘴巴
闭起眼睛
不许过问这些事

---

* 未刊稿,应作于1948年11月。曾编入作者自编诗集《诗总集》,为第2集《探索集》第2辑《些微的喟叹》第8首。

四

凡事皆需有
暗盘和黑市
要是没有此
还成什么世界

五

我是说言论要自由
但我还是要封报刊
因为它"歪曲事实"

六

不要笑
有什么好笑的
"胜败乃兵家常事"

七

捣什么鬼
不怕他们
该死的叛逆者
绝对的制裁

八

扑灭了几只苍蝇
别打老虎了

"向豪门开刀"
这只是口头上说说

九

法律能使人死
也能使人升天
政治是一出精彩的戏

十

有钱出钱,有力出力
有命的就应该出"命"

茶　花[*]

瑟瑟的秋日
林丛在支离里悲泣
冬驾驶着轻舟来了
鼓舞的风沙是它仪仗的前导
想象里一个苍黑污垢无情的脸孔
是它生动的一幅素描
灌园叟皱纹的脸上
带着了胜利的笑容
茶花开了呢
血红的花朵开出一个春天来

1948,12,6

---

* 未刊稿。曾编入作者自编诗集《诗总集》，为第 3 集《呻吟集》第 4 首。

闽江远眺*

太阳落到水尽头
小船从云里归来
悦耳的汽笛呜呜
缓缓地驶如蚂蚁
船家阵阵炊烟起
又是一日的过去
两岸芦苇起波浪
两岸垂柳吻流水
小船渐渐停泊了
一年的来往飘零
战胜了狂风骇浪
迎来一个新年吧

1948,12,7

---

* 未刊稿。曾编入作者自编诗集《诗总集》,为第 3 集《呻吟集》第 5 首。

清道夫[*]

雾用猫的脚步爬行
太阳在屋顶窥视
你想用一支扫帚
尽除去人间污秽?
看骷髅正起身狂舞
看死水正闪着光亮
看灰尘还满天价飞
看阳光还只窥视,不敢下来……
雄鸡叫了,你用不着欢喜
因为真正的黎明!
要在阳光照耀每个角落时……

---

[*] 此诗曾编入作者自编诗集《诗总集》,为第3集《呻吟集》第7首,写作日期为1948年12月7日;初刊1949年1月15日《三民日报》,署名谢鱼梁。据《三民日报》编入。

灯 塔[*]

今夜海这样闹
月又这般昏黑
船儿别惧触礁
远处塔上灯光
在向光明招手

1948,12,8

---

[*] 未刊稿。曾编入作者自编诗集《诗总集》，为第3集《呻吟集》第6首。

油　灯[*]

夜正酣睡着呢
向日葵垂首了
方桌上微弱的光圈
描说着太阳一张骄傲的脸
幻想中泥土一旦翻了身
油灯一旦成了太阳

1948,12,9

---

* 未刊稿。曾编入作者自编诗集《诗总集》，为第 3 集《呻吟集》第 8 首。

庭　院[*]

菊花寂寞地开，又寂寞地残
小池干涸了呢
昔日欢跃的鱼虾那里去了
莲花在做着夏日繁荣的梦
萋萋的草枯萎了
爬满绿叶的高大红砖的屋
阳光下越发阴惨难看了
懒洋洋的猫舒展着身子
为主人想些什么呢

1948，12，9

---

[*] 未刊稿。曾编入作者自编诗集《诗总集》，为第 3 集《呻吟集》第 9 首。

给姐姐[*]

蜘蛛在四围布下的陷阱
不幸的你做了牺牲

姐姐,看
太阳挣扎着杀开重围的乌云
出来了

异日你曾写过许多幸福的诗句
模糊的美好的幻影也曾映入你的心
善良的心祝福着双双北飞的燕
寄安康给奔波的它们
可是,你自己——

乌云重又占领了天宇
猛烈的风雨就要来临
姐姐,让我们迎向奋斗吧

1948,12,9

---

[*] 未刊稿。曾编入作者自编诗集《诗总集》,为第 3 集《呻吟集》第 11 首。

梦之谷*

好多,好多人呀,低回在梦之谷
想着,想着呀,那些逝去的岁月
春的花,怎样地开了
秋的月,怎样地圆了
冬的风,怎样地逼迫和刺激
夏的烈阳,却无情地蒸发了人的体液
罗马字的时针怎样地旋转
机械的手怎样地撕去一页页日历
多么残忍,不曾稍留
如一阵烟,一朵云

谷里开着花,鲜艳的花
谷里有欢笑,青春的笑
谷里有音乐,美妙的音乐呵
可是,多少人却只低回着
不能进入

1948,12,9

---

* 未刊稿。曾编入作者自编诗集《诗总集》,为第 3 集《呻吟集》第 12 首。

一个婴孩的诞生[*]

呵——你来到人生的战场，
孩子，你来了，一声战场上的呐喊。
从奋斗中出来——你走进无尽的烦黩；
从黑暗中出来——你步入烟雾迷蒙。

穿上脆弱的青春胄甲，孩子，
你现在是骑马驰入空洞的战争，
用你的控诉做利剑，用真理做护盾，
和一支爱的旗帜扫清空气中的毒菌。

人世中失望的潮起伏澎湃，
在失败的路途上你必须奋斗与摸索；
——必须唤起沉睡的人群；
在希望的国土上去希望你的希望。

必须做黑暗中的火炬，
给愚钝的子民以一声响亮的号角。
走出痛苦与紊乱你重又

---

* 未刊稿。曾编入作者自编诗集《诗总集》，为第 3 集《呻吟集》第 28 首。编者附记：此诗系从当时教会学校的英文课本译出。路易斯·恩特迈耶（Louis Untermeyer，1885—1977），美国诗人。下附英文原诗。

走入痛苦与紊乱的境地。

1948,12,9,谢鱼梁译自正中英语四册。

附:英文原诗

On the Birth of a Child

LO, to the battle-ground of Life,
Child, you have come, like a conquering shout,
Out of a struggle-into strife;
Out of a darkness-into doubt.

Girt with the fragile armor of youth,
Child, you must ride into endless wars,
With the sword of protest, the buckler of truth,
And a banner of love to sweep the stars.

About you the world's despair will surge;
Into defeat you must plunge and grope.
Be to the faltering an urge;
Be to the hopeless years a hope!

Be to the darkened world a flame;
Be to its unconcern a blow-
For out of its pain and tumult you came,
And into its tumult and pain you go.

像激荡的麦浪^{*}

像激荡的麦浪
在近海的低洼
呼啸的狂风之下
不停地歌唱

像激荡的麦浪
起伏漾动着
我将破碎的心
重又燃起了火光

所以我坦然
日日又夜夜
把我的愁思
写成一首诗

1948,12,9,鱼梁译。

---

* 未刊稿。曾编入作者自编诗集《诗总集》,为第 3 集《呻吟集》第 29 首。编者附记:萨拉·蒂斯代尔(Sara Teasdale,1884—1933),美国诗人。下附英文原诗。

附：英文原诗

Like Barley Bending

Like Barley Bending
In low fields by the sea
Sing in hard wind
Ceaselessly

Like Barley Bending
And rising again
So would I unbroken
Rise from again

So would I softly
Day long, night long
Change my sorrow
Into song

弦[*]

弦颤动了
想弹出一首歌来么
　老槐在狂风中摇首叹息
　月再也放不出皎皎的光辉
　黧黑的池塘也皱着眉了
久已听不到雄伟豪放的那高音
也听不到婉转温柔的女低音
没有音乐呀，在今天
月琴松弛的弦线
像条蚯蚓弯曲着
弦颤动了
再也弹不出美妙的调子

1948，12，10

---

[*] 未刊稿。曾编入作者自编诗集《诗总集》，为第3集《呻吟集》第13首。

星[*]

用生命点缀着夜空
寄情话给悠闲的白云
想念着光明么
因而便献出你的热？
画一道晶莹的弧吧
大地母亲在召唤着呢

1948,12,10

---

* 未刊稿。曾编入作者自编诗集《诗总集》，为第3集《呻吟集》第14首。

前 夕[*]

希望着这日的到来么
　昂首看看窗外的欲暑天
　鸡啼数响,井工作了
　水车歌唱,溪流摇荡
　更夫去安睡……
这何尝是飘渺的梦幻
可是,当你——
接受着时间无情的鞭挞
经过漫漫长夜……

1948,12,10

---

[*] 未刊稿。曾编入作者自编诗集《诗总集》,为第 3 集《呻吟集》第 15 首。

用生命写诗[*]

燃一盏油灯吧
——在没有光的夜晚
打开洁白的稿纸
心中的话
粒粒绚烂的珍珠
真理的声音
大众的歌曲
欢颂着永恒、光和温暖
伏在案头
写,日夜地写
写!写!写!
用生命来写诗

1948,12,10 晚

---

[*] 未刊稿。曾编入作者自编诗集《诗总集》,为第3集《呻吟集》第16首。

南台岛*

闽江环在周围
荡荡的江流汇合了拥抱了
榕树的须又粗又长
笼罩的树阴成了行人的家
青的麦田,绿的果圃
以及如黛的远山

听一片虚伪的笑语吧
五色辉煌,富丽堂皇
熙来攘往浮面的繁华
五口岸之一的花园城市
如今在做着仲夏夜之梦呢

1948,12,10

---

* 未刊稿。曾编入作者自编诗集《诗总集》,为第 3 集《呻吟集》第 17 首。

水 车[*]

握手！你土地儿子的挚友
农人一只服从的牛
你的金嗓子惯会唱凄楚的歌
你唱的歌使人听了要哭
在土地受难的时候
你到底该唱些什么呢

1948,12,12

---

[*] 未刊稿。曾编入作者自编诗集《诗总集》，为第 3 集《呻吟集》第 18 首。

遨　游[*]

假使此时是一只翱翔天际的鹰
鸟瞰着这片漠漠大地
耀眼的罂粟花盛开
瘦小的河流潺潺
看风吹草偃仰
盏大的橘子红似二月花
绿丛夹注一弯羊肠小道
蜗牛慢慢跨上归途了
故乡的影看得见么
沿途留下了鲜明的行迹
这是生之历程吗
今夜仍将迈向生存之遥途

1948,12,12

---

[*] 未刊稿。曾编入作者自编诗集《诗总集》，为第 3 集《呻吟集》第 19 首。

冬[*]

萧萧的风夹带着雨丝
鸽铃急促地响了
雨中小舟有点匆匆
冬来了,修女般沉静
死似的寂寥
阳光沉入海底了
那里去找人间的温暖

       1948,12,12

---

[*] 未刊稿。曾编入作者自编诗集《诗总集》,为第3集《呻吟集》第20首。

有 感*

夕阳的残照告诉着夜的降临
早出的新月窥于天顶
欲听雄健的鸡啼么
告诉你往事如烟尘
广场上孩子们笑语频频
傲然的石块在一旁孤独伶仃
说不出的苦痛说不出的悲情
好似那天顶的月旁无明星

1948,12,13,课外活动时凝立
篮球场侧看同学欢跃情形,偶成此。

---

* 未刊稿。曾编入作者自编诗集《诗总集》,为第3集《呻吟集》第21首。

镜　子[*]

勿让一点灰尘留在镜面
从而遮住现实某一部分的明显
印在镜面的影子如影入池塘
渺茫和变幻是它的经常
照关山万里
照满目疮痍
也照镜中人秋容憔悴
乱发蓬蓬了,朋友
到底要不要拭去那层灰尘

1948,12,13 夜

---

* 未刊稿。曾编入作者自编诗集《诗总集》,为第 3 集《呻吟集》第 22 首。

气候[*]

乌云孕育着
无数浑然的雨点的凝结
光顿然无声退去
夜尽压着苍茫的屋顶
犬已不吠,鸡也不鸣
鸟哑然,停立,惊异
阴影照满人的面庞
头晃动着
想看一看暴雨之后的
澄清的天宇么?

1948,12,17

---

[*] 未刊稿。曾编入作者自编诗集《诗总集》,为第3集《呻吟集》第23首。

夜的记忆[*]

忘了那年元旦夜
草房中猪般的过年么
忘了那年冬至夜
在朔风寒冽的阡陌上赶夜路
露水湿重了衣裳
家的温暖,人的亲
星光下路愈来愈长
南山顶上一盘月
何处不肃杀,断肠
——及今思来,一片心酸

1948,12,20

---

* 未刊稿。曾编入作者自编诗集《诗总集》,为第3集《呻吟集》第24首。

往日的噩梦*

一举鞭间一现尴尬的笑脸
一张笑容里一颗晶莹的泪
二十四小时生活在这片广旷的
沃原上,每一时间里有死亡
向你猝击,风是警钟
从高盖山巅呼啸着
直下,奔向污垢蓝缕的人浪
接着,骚扰与惶乱……
接着,枪尖与锄柄……

昔日,苍郁的柑橘园,如今
成了片黄土平铺,果树的坟场
浑圆的泪,像悲悼
爱子的夭亡……
无情的手腕,颤抖地紧握着
冰冷的鸭嘴锄,向着
自己心爱的、不忍加害的
田园,翻,掘,有更多的怨恨

---

* 未刊稿。曾编入作者自编诗集《诗总集》,为第3集《呻吟集》第25首。作者按:这首诗写的是一个作者亲历的旧事。大约是1943(或是1944)年的冬季,日军侵占了我的家乡福州。侵略者为了战略的需要,他们毁灭农田果园,修筑义序军用机场。作者当年十一岁,也被强迫当了童工。

只得忍吞,鞭的影
挥舞在你的头顶,暴力在猖獗
艳媚淫荡,红的唇,青春的笑
图案上不协和的着色
以透视的镜,穿射最内层
是泪珠的光映照的幻影
囫囵吞入的憎的体素
变形而为这矫作的笑容

谁在悲苦中高歌?

如盖的峰峦渐被铲平
倾倒,践踏,碾平
填满时间巨大的裂隙
牛临刑前的悲声哀号,打不动
麻木生锈的心弦,铁般的坚
粗的一条条,等待着,来日
呐喊似雷鸣抗议世界的不公
果而,巨树崩,坚城摧
食肉兽倒地……
刺刀曾伸入兄弟们的咽喉
雪亮的锋口染上红斑……
仇恨的细胞在繁殖,无止期

替海盗建造歇脚的旅店
以便来杀虐、奸淫……如今
这里听不到人的言语
是哭泣和鲁莽的兽性的喊呼

狗的唁唁……

薄暮拖动夜的网罟
撒下来,撒下来,围住天
一轮红球,滚下山后
疲倦得如要断气的弟兄
拖动瘦长的鬼影
远远地,消失在广原的深处
是谁家的野火荒烟
袅袅上升
平原好寂寥

    1948,12,20晚,冬至前一夜,
      忆旧事,满怀凄楚。

除夕夜[*]

酒筵散了
一双红烛高烧
惺忪的醉眼在午夜
看天亮时第一声爆竹
怎样响起
为了新日子的到来
热忱的人兴奋
而不想睡去了

1948,12,23

---

* 未刊稿。曾编入作者自编诗集《诗总集》,为第 3 集《呻吟集》第 26 首。

信*

越过层峦叠嶂
越过湍急河流
远方亲切的话语
温暖了远方人的心
是泪痕,是笑影
绿衣人送到手里
一份由衷的欢情

1948,12,24,早

---

* 未刊稿。曾编入作者自编诗集《诗总集》,为第 3 集《呻吟集》第 27 首。

欲雨的天*

高大的梧桐树支撑住一堵颓墙
能撑住那乌云滚滚的天吗
屋檐边羊齿植物昂着头
看黑浪翻腾的海洋
浩浩地驶来一只希望的小舟
安然地,安然地靠近避风港口
激情的手伸向天穹
轻拭着污尘,看得见光吗
那袅袅地,袅袅地,像烟一样……

1948,12,28

---

* 未刊稿。曾编入作者自编诗集《诗总集》,为第4集《萌芽集》第1首。关于《萌芽集》作者封面有注:"谢鱼梁习作之四集,于三一,1949年1月。"此集共收诗作10首。

严寒夜话[*]

星儿数颗,皓月一盘
玻璃窗外丛树的耳语
寂然的相对
日间的积郁
值得在这里倾诉
落寞的击柝声
伴着寂寥的脚步……
在驰向黎明的跑道上
一颗明星陨落了

1948,12,30,课室中

---

* 未刊稿。曾编入作者自编诗集《诗总集》,为第 3 集《呻吟集》第 2 首。

夜　思[*]

泪织成记忆的网罟,
今夜再一次地揭起:
看天顶陨落多少星,
像我曾失落过多的
日子,似流水夹带着
落花,向东缓缓流逝。
夜寒的繁露咬啮着
一颗颤抖的心,淡月
疏星下,前路渐苍茫。
北风阵阵地把好梦
惊醒,如今的希望是:
灯光下一窥慈祥貌,
温室里一话别离情。
但辰光却似夜路遥,
一次跳跃的脉搏是
一丝喜意,但愿今夜
风雨收敛,一场甜梦
从此始,往事不回首。

1948 年除夕夜

---

[*] 未刊稿。曾编入作者自编诗集《诗总集》,为第 4 集《萌芽集》第 2 首。

不 寐*

千万条毒蛇在肚里作怪
啃啮着失眠人的心
心碎了,飘向朦胧的夜晚

---

* 此诗曾编入作者自编诗集《诗总集》,为第 3 集《呻吟集》第 1 首,写作日期应为 1948 年 12 月;初刊 1949 年 2 月 18 日《福建时报》,总题为《小诗二首》,署名谢鱼梁。据《福建时报》编入。关于《呻吟集》作者自注:"谢鱼梁高一上诗习作集之三,1948,12,在三一中学。"此集收诗 29 首,其中译诗两首。

五月小唱[*]

浅塘中映照着一树榴火
和一盏高悬的红灯球
鸣蝉喑哑的叫嚣
水车又在痛苦里唱起了情歌
风扇动了绿海的万顷波涛
阔大的芭蕉叶子击碎阳光的影
烈阳下行人的汗汇成了洪流
明天会不会来一场骤雨呢

---

[*] 未刊稿,写作日期应为1948年12月。曾编入作者自编诗集《诗总集》,为第3集《呻吟集》第3首。

1949

短章遥寄[*]
——给燕子

"这儿的天空在渐渐地昏暗,这儿的太阳也失去威力。雪花飘下来了,风呼啸着,这儿对于我没有什么值得留恋,朋友,我将远行他方,明年的第一声春雷响动时,看我高翔云霄带来了温暖的种子,朋友,等待着吧!"

三百多天贫困的日子,我困守着每一个严寒的夜晚,寂寞侵蚀着我颤抖的心,朋友,我期望着你的来临。

我曾经独坐窗前,遥望辽远的苍穹,我希望会有你的影子,和你带着春天的翅膀,在蔚蓝的高空中出现。可是,我的想象一直落了空。

我曾经梦见你被无情的枪,穿透了胸部,你的血从半空中滴下,你驱坠下来了。你被人猎取了,之后,我自己又否认我的荒谬,因为我不敢无情地摧毁了我自己希望的寄托。

我一直想念着你,像农人久旱时渴望着甘霖,因为我枯萎的心田也需要我所关怀的希望的滋润。

去年廊前檐下的一番话,你可曾忘记?别忘记,荒芜了的故园的友人在万里外的故居期望着你的归来,更祝福你旅途上的安康。

---

[*] 此文刊于1949年1月1日福州《三民日报》,署名谢鱼梁。据此编入。

送一九四八年*

我不叹息，我不唏嘘，
太阳底下的哭泣与颤动
树叶再一度凋零
流水哗哗逝去
迎我的是
新闻纸一张涨红的脸
日历一张涨红的脸
飘展空中的国旗一张涨红的脸
是一张张希望的脸
是一张张兴奋的脸……
迎我的是
春的讯息
和平的讯息
和早晨鸡鸣的讯息……
迎我的是
是笑
是新
是喜乐
是祈愿的话语……

1949 年元月二日早

----

* 未刊稿。曾编入作者自编诗集《诗总集》，为第 4 集《萌芽集》第 3 首。

没有太阳的日子[*]

老人蹒跚在落日
的时光,跟太阳一道滚入
西山,丛林施展在夜的
帷幕上,老人的冀望
目光,向远处,远处张盼……
我有夸父的心肠
今天,我空自惆怅,天空中
乌云紧骤,那光,那灼人
眼目的光——落入黑暗的深渊
梦境里恍惚的火亮
惊醒,午夜彷徨于街头
的幽灵,空自喜欢
那天顶,有乌云鼓舞腾翻……

---

* 此诗曾编入作者自编诗集《诗总集》,为第 4 集《萌芽集》第 4 首,写作日期为 1949 年 1 月 8 日,作者诗后注:半月不见日影,作此以寄感慨。初刊 1949 年 3 月 12 日《三民日报》,署名谢鱼梁。据《三民日报》编入。

淘金者[*]

从干黑的土层深处
你们用双手,用锄尖
发掘地层心脏的秘密
那些蒙着污垢的
原始浑然的美
粗犷的颜面
经历了时间的考验
试探,淘洗,熔冶,磨练
一天,光辉灿烂的发光的日子
在你们手中完成

1949 年元月 12 日

---

[*] 未刊稿。曾编入作者自编诗集《诗总集》,为第 4 集《萌芽集》第 5 首。

村庄的冬天[*]

冬天是肃杀的
村庄在冬天里颤栗
太阳温暖不了冰冷的心
太阳晒不干如雨的泪
生活在这里
——生活在冬天里

咱们的手抚摩着嫩绿的幼芽
咱们的锄尖舔吻着松软的泥土
咱们用水灌溉着它们
　开花
　　结果
咱们的歌呵,歌唱着收获
明天呵,收获的季节
却是咱们哭泣的时候
咱们的劳力换来了眼泪
一担担的谷子,被抢走了
咱们只得喝些薯汤……

为了活命,要活下去呀

---

* 未刊稿。曾编入作者自编诗集《诗总集》,为第4集《萌芽集》第6首。

咱们的命真如虫蚁
桃花山倾崩了
压死了十多个"淘金者"
有些人从树顶上摔死了
为了砍树枝卖钱
为了活命
咱们用性命作了代价
最后是葬身荒原

咱们生活在这片土地上
咱们死了也要埋在这片土地中
咱们的骨灰
肥沃了自己的田园
田地上长出了丰满的果蔬

冬天是肃杀的
村庄在冬天里颤栗

严寒冻结在心之窗棂
咱们冀企着春风
　冰雪消融的时候……

　　　1949年1月14日,学校寒假开始。

春夜的感想[*]
——预写,为旧历元旦

家家户户
宏敞的厅堂里
一双双
红烛高烧
闪闪的光
抖动着辉煌
灿烂的
梦幻般的
春来之讯息

看,午夜
不停息的人流
在街头巷尾
忙忙碌碌
因了
新日子就要来到,因了
恋恋于旧日的
风雨

1949 年元月 17 日

---

[*] 未刊稿。曾编入作者自编诗集《诗总集》,为第 4 集《萌芽集》第 7 首。

大地篇[*]

海

像许多高举的拳,聚成一座森林。

一小滴一小滴的水点,无数的江流,汇成一个海洋。

海浪汹涌着,怒涛澎湃着,它有颗沸腾的心;和永远诉不清的委屈——

虽然"远方的阴云越来越浓重,有满天的风雨接踵而来",但它将咬着牙去领受这苦难时代的赐予!

路

路逶迤在两山的中间,路旁开着花——苍白的小花。

千万遍的锄尖吻过,寂寞的响声,伴着每个严寒的时日,路,寂寞地躺着,像个在沉思的老人,他在想:"为什么好多人走过不曾回返?"

"每人走的路虽不同,而每人的路必要走的。"

"一个伟大的光圈已和我们靠近,那将引导全人类走向美好的明天",路,这就是走向明天的路,看,"在落日的金光面前,飘展着一支旗帜",那就是辨别方向的指南针!

---

[*] 此辑散文诗初刊 1949 年 1 月 21 日《星闽日报·星瀚》第 436 期,署名谢鱼梁。据此编入。作者按:这是作者第一次在该报发表作品。《星闽日报》是胡文虎先生的"星系"(如《星港日报》、《星洲日报》等)报纸系列的一种。

山

见过太多的兴衰隆替,听过太多的呻吟与控诉,山沉默了,它以沉默代替更多的话语。

韶光的飞逝,使它在一天天地苍老了,"逝去的辰光原是春梦呵"!

草 原

菜园上铺横着一层模糊的血肉,在这月黑风高的夜晚,"谁能容忍异邦人的子弹,射进自己兄弟流血的心胸"!风愤怒地呼喊着,草原上的丛树也呜呜地悲泣。

"产后妇人一样患着虚弱症的平原,呀,丰饶的,却是多么抑郁而凄凉——"

田 野

是收获的季节了,田野上交响着急促的打稻声,农夫凄然的脸上挂着含泪的微笑:"年岁不好,总还可收五成的数目呢——"

如是,他们又把希望寄托在遥远的春天了,"来年他们下进去的种子,听泣血的杜鹃叫一声,你看那干臭的黑泥里,像霹雳似的爆发出一个春钟",这是他们所唯一企望的。

是收获的季节了,一年的努力,这时是付出了"代价",可是,别气馁,"这不是一个结束,这还只是一个开始"!

昏[*]

鸦扑扑之翅集敛了阳光
当灰色侵向大地的时候
你到底有无怜惜的心思
林之阴处游子倦旅归来了
担了一身尘埃和支离破碎的夕阳
带着满脸沧桑——雕刻着风雨痕迹
急促地跨过梅林

1949年元月22日晚

---

[*] 未刊稿。曾编入作者自编诗集《诗总集》,为第4集《萌芽集》第8首。

岁 暮[*]

户前贴满了红春联
即使是醉红的枫叶
最后免不了也要凋零
那些春联纸做着春之梦
风雨剥蚀之后
醒来还是一纸苍白

      1949,1,22,旧历12月25日。

---

[*] 未刊稿。曾编入作者自编诗集《诗总集》,为第4集《萌芽集》第9首。

鱼虾们的末日[*]

它们每分秒都宁静
一天,水车车干了水分
当污泥从底层突现
为着活命,最后的挣扎
终于逃不脱干涸地死去

1949 年元月 24 日早

---

[*] 未刊稿。曾编入作者自编诗集《诗总集》,为第 4 集《萌芽集》第 10 首。

村　庄[*]

　　溪流张开热情的臂膀拥抱住村庄,像一个美丽多情的少女紧搂着她的情人;在甜蜜地私语,唱着永恒的歌。

　　远方的号角在召唤,村庄中年青的男子都驰骋上战场去了。如今,田地荒芜了;果树园,麦田都开始龟裂,水车低微的呻吟声也无力挽住这垂死的病人——村庄,呀!溪流也悒郁了,唱不出歌。人们的面上也罩上一层灰色的阴影,生活在村庄里再不会有笑——春天开花的日子呢?让冰雪之后来了温暖吧!

---

[*] 此文初刊 1949 年 1 月 28 日《三民日报》,署名谢鱼梁。据此编入。

茅 舍[*]

  茅舍像年青的农人,挺着胸,昂着头,屹立在田野的中央。
  一夜的暴风雨,屋顶的稻草被雨洒得湿淋淋地。几根木桩子也七斜八倒,现着一场大屠杀之后的凄凉景象。
  昔日梦似的繁荣,如今失落在深渊里了,天亮了呢,烂泥在阳光下蒸发着臭气,冉冉地上升,年青的茅舍在痛苦中祈望着明天的好日子。

---

[*] 此文初刊 1949 年 1 月 28 日《三民日报》,为《村庄》外一章,署名谢鱼梁。据此编入。

黎明之什二章＊

太　阳

早晨。
太阳红得像二月怒放的花朵。
太阳红得像秋天山野上的枫叶。
雄鸡叫来了黎明。
在天亮的时候,田野,溪流……重又活跃起来——
让我们在耀眼的阳光下工作!
让我们尽情地歌唱!
"让我们出发在每一个抛弃了黑夜的黎明"!
"让我们踏进一道道倾圮的城墙"!
"让我们庄严地向生命展开投进一个全新的世界"!

雾和风

舞织成一幅黎明的帷幕。
风是骄傲的得意英雄。
当阳光从山后探首出来,雾便渐渐散去——
雾是黎明的前导。
雾是光明的歌手!

＊　此诗初刊 1949 年 1 月 28 日《星闽日报》,署名谢鱼梁。据此编入。

当有雾的早晨,世间将见不到罪恶和污秽了,因为,"凡是陈旧的姿态应该改变,凡是不堪积压的都须急速突破",凡是罪恶的,污秽的,都该活活地埋葬……

"透过风,将使人们日渐看见新的土地;花朵的美丽,鸟的欢叫;一个人类的黎明。"

《迷途集》序*

至少,我是缺少一盏灯笼,一支指南针,或是一块指路牌。现在,我彷徨于新诗的分歧路口。

在朦胧里走,在苍茫里走,在烟雾迷漫里走……

渐渐地,我碰壁了,我迷了路。于是,我意识到,"前面已没有了路"!

今后,也许我会"摸索"上大道的,只要我肯用点力的话。那我只得以一颗虔诚的心来替自己祝福了!

1949 年 1 月 30 日谢鱼梁序

---

* 未刊稿。曾编入作者自编诗集《诗总集》第 5 集《迷途集》。集前作者自注:"谢鱼梁诗习作第五集,三一高一上,1949,1。"

忠 告[*]

你们,这些愚笨的人们啊!
为什么紧闭你们的双眼
为什么缄口不语
为什么不打开捆缚你们的绳索
你们,为什么!

时代的巨轮轧死多少好梦
迷离扑朔的风雨中多少远行人倒下
严寒的黯夜里饥寒带走了多少生命
市侩商贾的算盘珠
　　像一枚枚子弹,射穿了
　　多少人的胸膛
那些特定的律则致多少人于死地

那些严厉而伪善的话语
使你们惊惧么
那些打击民众的黑手
那些暴戾的飓风几番吹折了大纛

这些,这些,使你们害怕么

---

[*] 未刊稿。曾编入作者自编诗集《诗总集》,为第5集《迷途集》第1首。

啊,请你们睁开眼
看漫天烽火里,血和肉
筑成一座人民的记功碑
历史为见证,战后的国土
是自由的、庄严的
——为你们而建立
请你们张开失眠的、灰色的瞳孔
认清了
那些人是罩着面壳的
那些人是穿着黑外套的
那些人是屠杀你们的刽子手
历史为见证,在公理的法庭上

你们呀,这些愚笨的人们
请张开口来,不怕牙齿污垢
应当对着大众说话
——说出普天下人民想说的话
应当迎风一起唱歌
——唱出普天下人民心中的歌

你们,用迟钝的口舌
大声地说呀,喊呀
说:你们是多么地冀望着自由
冀望着吃得饱,穿得暖
唱!唱出一曲人民的进行曲
不管那声音是多么粗犷
——甚至是充满野性
唱出时代的最强音

——像我们的诗人一样

啊！你们应当挣脱掉
捆缚你们双手的镣铐
你们应当粗暴地呐喊，反抗
把数十年来阻碍人民行进的
　绊脚石搬开！
用双手，解放出来的双手
建立一座巍峨的人民宫殿
奠定宫殿的基石和栋梁
一个崭新的国度在你们的
歌声里诞生！

呀！愚笨的人们
假使你能这样做
我将高兴地称你为"人民先生"
伟大的"人民先生"啊
在春天的菜畦上
我将看见你们在专心致志地
开垦！
在斗争的路途上
我将看见你们在勇猛地
搏杀你们世袭的仇人呢！

1949 年元月

寄 怀[*]
——寄仓山中心小学同级十六个伙伴

今天怀着一眼晶莹之泪珠
我拜访过我们童年的故居
一把铜锁关住了五载时光
尘封了椅桌埋葬了昔日悲欢

俯下首
白须桥下流水依然
水底里有寂寞身影
白云悠悠飞过——

五年前那一群顽皮的孩子呢?
流水请告诉我
天之那一边,海之那一角
有他们年青的足迹
打在风霜的
　　崎岖的征途上?

　　　　　　38,3,27,抄旧作于31。

---

[*] 此诗曾编入作者自编诗集《诗总集》,为第5集《迷途集》第2首,写作日期为1949年2月4日,作者诗后附注:修改前作:"寄同级十六个伙伴。"初刊1949年4月8日《劲报》,增副题,总题《诗二首》,署名谢鱼梁。据《劲报》编入。

序日记*

当蜗牛作生之旅行的时候
它把鲜明的迹痕打在路上

---

* 此诗曾编入作者自编诗集《诗总集》,为第 5 集《迷途集》第 4 首,题《二行序日记》,写作日期为 1949 年 2 月 5 日;初刊 1949 年 2 月 18 日《福建时报》,改为此题,总题为《小诗二首》,署名谢鱼梁。据《福建时报》编入。

寒　夜[*]

严寒向夜的国土突击
摇闪的星
是双双带着灼热的冀望的眼
苍白的月流泪了呢
向日葵为什么低下头去
风,别再咆哮,呼啸
鸡鸣自远处来了
失眠的人
眷恋着明天的太阳

---

* 此诗曾编入作者自编诗集《诗总集》,为第 6 集《寒夜的歌》第 1 首,写作日期为 1949 年 2 月 5 日;初刊 1949 年 2 月 17 日《福建时报》,总题为《诗二首》,署名谢鱼梁。据《福建时报》编入。关于《寒夜的歌》作者封面自注:"谢鱼梁诗习作第六集。1949,2,26 。(三一高一下)"

听 雨[*]

路上有行人蒙头而过吗
何来急促的脚步
隔窗遐思
春来多少幼芽被摧残
泥泞满路呢
远行人当心点
想必总有一天会天晴的

---

[*] 此诗曾编入作者自编诗集《诗总集》,为第6集《寒夜的歌》第2首,写作日期为1949年2月6日;初刊1949年2月17日《福建时报》,总题为《诗二首》,署名谢鱼梁。据《福建时报》编入。

池[*]

池不知道什么叫"海"
最熟悉不过的是
一块豆腐干大的天
一湾混泥的污水
也许它是照相机的镜头
可往往总是"歪曲"了真相
苦寒的日子里
为了保住自己的生命
池塘吝啬它的每一滴水
它有个贪婪的心
希望收容更多的水
（像那些有钱人希望有更多的钱）
可就是因了这个
它失去了自己

1949 年二月七日夜

---

* 未刊稿。曾编入作者自编诗集《诗总集》，为第 5 集《迷途集》第 3 首。

夜　曲*

狗吠带来冷漠
是更夫的柝声吗
敲打在黑夜的泥土
鸦噪击碎了夜的静穆
又是被迫害者的控诉

---

* 此诗曾编入作者自编诗集《诗总集》，为第 5 集《迷途集》第 5 首，写作日期为 1949 年 2 月 14 日；初刊 1949 年 4 月 16 日《三民日报》，署名谢鱼梁。据《三民日报》编入。

池[*]

水中有星月的影
鱼虾搅乱了宁静的天
希望的星火忽隐忽现

---

* 此诗曾编入作者自编诗集《诗总集》，为第 5 集《迷途集》第 6 首，写作日期为 1949 年 2 月 14 日；初刊 1949 年 4 月 23 日《三民日报》，署名谢鱼梁。据《三民日报》编入。

草　籽[*]

夜来
繁露润湿了草籽们
贫瘠的生命
早晨的
阳光好温暖
草籽们穿上了
绿色的新装
舞动一双双
年青的手臂
远远地召唤
春天的梦

1949,2,15

---

[*] 未刊稿。曾编入作者自编诗集《诗总集》，为第 5 集《迷途集》第 7 首。

火*

在火中我见到真理，
那面庞是红涨的，
像急于说话而说不出来
的样子，火，真理的火焰！
顺着风，火，
刈光了莽原上的荆棘！
它要下种在春天，
把真理的种子
撒下来，开出一朵火的花。
火把旧的消灭，让新的
生——
我曾见到火以愤怒的
姿态，把顽固的黑石，
锻炼成
真金。
火是慈心的老人，
生活在寒冬之国里的人，
以热情的心拥抱着火！

38，3，27，抄旧作于31。

---

* 此诗曾编入作者自编诗集《诗总集》，为第5集《迷途集》第8首，写作日期为1949年2月22日；初刊1949年4月8日《劲报》，总题《诗二首》，署名谢鱼梁。据《劲报》编入。

窗*

窗是灵魂的瞳孔
窗外有绿色的生命
让悒郁的心扉打开来
让灵魂拥抱向春天

---

* 此诗曾编入作者自编诗集《诗总集》,为第 5 集《迷途集》第 9 首,写作日期为 1949 年 2 月 22 日;初刊 1949 年 4 月 23 日《三民日报》,署名谢鱼梁。据《三民日报》编入。

烛[*]

伴着每个征夫的妻子
从黑夜流泪到天明
当流完最后的一滴血泪
烛,把生命交给了真理

---

[*] 此诗曾编入作者自编诗集《诗总集》,为第5集《迷途集》第10首,写作日期为1949年2月22日;初刊1949年4月16日《三民日报》,署名谢鱼梁。据《三民日报》编入。

花[*]

花是春天的鼓吹手
吹奏着新季节的欢欣
带着了雨露的润湿
花吹起激昂的号角
向远方召唤结果的日子

1949,2,22,夜

---

[*] 未刊稿。曾编入作者自编诗集《诗总集》,为第 5 集《迷途集》第 11 首。

棕　榈*

温柔的掌高擎在空中
————一把把张开的绿油伞
多少行人受益于你的绿荫
崔巍的身躯，笔直地树起
————一支青春的大纛
招展

1949,2,23,梁作

---

* 未刊稿。曾编入作者自编诗集《诗总集》，为第 5 集《迷途集》第 12 首。

岑 寂[*]

不会是爝火的熄灭
不会是秋深的落叶
不会是死亡的沉寂
是生的抗争和奋进

像火山积蕴着潜力
像大海在狂飙前的隐匿
像奴隶们在暗室的角落
倾听春天轻微的步履

1949,2,24,抄正

---

[*] 未刊稿。曾编入作者自编诗集《诗总集》,为第 5 集《迷途集》第 13 首。

野*

寂静
　丰满
　　青
　　黄……

---

* 未刊稿。曾编入作者自编诗集《诗总集》，为第5集《迷途集》第14首。

春[*]

蚯蚓翻松了冻结的泥土
春蠕动在田野
雨后的天宇是澄清的
太阳的轻光似万支金箭
蓓蕾的桃花笑出个春天来
又是燕子衔泥的时节
别辜负了布谷鸟的一番好意
快把春天的种子
带向每一个发霉的角落

---

[*] 此诗曾编入作者自编诗集《诗总集》，为第6集《寒夜的歌》第3首，写作日期为1949年2月26日；初刊1949年2月28日《福建时报》，署名谢鱼梁。据《福建时报》编入。

晨*

远山是雾的世界
清早的辰光还是朦胧的
高昂的鸡鸣代替了
喑哑的犬吠
蔚蓝的天空中
有郁结的云块么
一声叫卖飘过了
春天的鸟鸣是多情的
婉转的歌声
牵来了黎明雄健的步伐

     1949,4,13。抄旧作在 31。

---

* 此诗曾编入作者自编诗集《诗总集》,为第 6 集《寒夜的歌》第 5 首,写作日期为 1949 年 2 月 26 日,28 日改;初刊 1949 年 4 月《三民日报》,总题《诗五首》,署名谢鱼梁。据剪报编入。

阴 沉[*]

阴沉的心
阴沉的影
阴沉的影压着阴沉的心

阴沉的日子
阴沉的人
阴沉的人过着阴沉的日子

阴沉的天宇
阴沉的地球
阴沉的地球打转在阴沉的天宇

1949,2,27,早

---

[*] 未刊稿。曾编入作者自编诗集《诗总集》,为第5集《迷途集》第15首。

山 野[*]

啄木鸟敲打着春天的音响
百合的号角吹醒冬日的噩梦
山野上的桃花怒放了
春涨的绿波涌上田塍
夜空上的星星装饰了梦的繁荣
问今夜花落几许
让骄阳抚拭枯草的伤痕
听一曲燕子迎春的歌吧

1949,2,27作,3,15改。

---

[*] 未刊稿。曾编入作者自编诗集《诗总集》,为第6集《寒夜的歌》第4首。

昏[*]

淡淡的炊烟冒出暮色
乌鸦的翅膀
剪碎了
夕阳的斜晖
是归鸟收翅的黄昏了
流水轻奏着一日的挽歌
当蝙蝠出行的时候
白日无声地隐匿了
山道之上
有荷锄者
模糊的背影
农夫把希望
挂在明天的黎明

1949,4,13。抄旧作在31。

---

[*] 此诗曾编入作者自编诗集《诗总集》，为第6集《寒夜的歌》第6首，写作日期为1949年2月28日；初刊1949年4月《三民日报》，总题《诗五首》，署名谢鱼梁。据剪报编入。

夜[*]

有月的夜是悲惨的
坟场上有残留的纸钱
谁家孩子的啼哭
引来猫头鹰凄楚的鸣叫
夜是大地受难的时候
远处闪烁的
是绿色的鬼火吗
露水湿重了小草的绿衣
营火是寂寞中
唯一的点缀

      1949,4,13。抄旧作在31。

---

[*] 此诗曾编入作者自编诗集《诗总集》,为第6集《寒夜的歌》第7首,写作日期为1949年2月28日;初刊1949年4月《三民日报》,总题《诗五首》,署名谢鱼梁。据剪报编入。

自 叙[*]

常常在夜晚的时候,我闭了电灯,我会凝神于壁上那一叠日历——在窗外泻进的朦胧的月光里,留下了一道模糊的阴影。我在想,于是我发愕惊奇。夜是这么地静,连楼下母亲轻微的鼾声,桌上一根细针的坠落,都会给我以清楚的觉醒。

因此,我想起了这一长串漫长的岁月,从抑郁的目光中,从混沌的脑际中,是怎样地滑了过去?

从仅有的少量的零用钱里,我买来了诗人辛笛的《手掌集》,那还是月前的事。为了这两句短短的诗,我流泪朗诵了它:

> 一生能有多少
> 落日的光景?

我反问自己,我责备自己,我悔恨自己。我反复地念,念得烂熟。我终于了解了它,是的,我有点愚钝。

"一生能有多少,落日的光景?"诗人像慈祥的哲人,以最温柔的语句对着我:"在你短暂的生涯里,你准备做些什么?你应当怎样做?孩子,告诉你,要抓住每一分每一秒的时间。亲切的话语,温馨了我,我得到启示。诗人给了我一把心灵的锁钥,我将以它去开启成功之门。

---

[*] 未刊稿。作者按:这是作者在福州三一中学高中一年级的第一篇课堂作文。国文老师仍是余钟藩先生。本篇评分:95分。《自叙》之后的文章都录自高中一年级的作文簿,应该都是1949年8月离校以前的作品。这本作文簿的封面上署明:"福州私立三一中学高中一年下学期 甲组十六号学生谢冕 担任教师余钟藩"。

我不过是茫茫大海中的一滴小水点,我知道我是卑微的,我渺小得几乎看不见自己。但是,几年来我受到欺辱和践踏,而无力反抗。有一日读到杜甫的诗句:

阑风长雨秋纷纷
四海八荒同一云
去马来牛不复辨
浊泾清渭何当分

那时的杜甫和此时的我,该也有同样的感受吧!我当然也可学他的样,摇着脑袋说:"浊泾清渭何当分?"但是我所面对的,根本什么了不起的事,我是有些大惊小怪了。在这"四海八荒同一云"的时候,我欲无言!

春天花开,夏天骤雨,秋天叶落,冬天风雪。在有限的生之旅途上,我已度过近二十座困危的关隘。我眼见暴戾的冰雹压倒了许多同行者,我眼见秋风扫落了依依母体的果子,我眼见到许许多多不写意的事。可是我能说些什么呢!

现在,我想引几段臧克家的《自由》,也好作为这篇短文的结束:

永不回头,我朝着前进,
像一只大鹏掠过了苍空,
翅膀下透出来一串响声。
百炼的钢条成了我的骨头,
那么坚韧,又那么锋棱,
不受生活的贿赂去为它低头,
喧虺的大河是我的生命。——
在这一片撒谎的日子里,
我给人间保留一丝天真,
我是热情,要用一勺沸水

去浇开宇宙的坚冰。——
我将提起喉咙高歌正义,
不做画眉愿做只天鸡。

1949,3,2

溪[*]

  沿着曲折的山涧,泉水幽幽地舒流。是一面明净的青铜古镜,映照了碧空万里。归雁几只,悠悠的白云,有淡墨古画里的意境。

  有人说过:"一朵野花里看见一个天国"。那么,我便是说:"一条溪流里见到生命的征象"。也许我这观感并不真确,但也总算是我对人生的"主观"的一种看法。何以见得是生命的征象呢?容我慢慢地说。

  阴湿的森林丛里,腐叶的霉烂气氛闻了使人想呕,在这里只有沉郁的鸟鸣,这里没有欢笑!静静得像到了死域,泉水——那污垢的,鼓胀起黑色泡沫的,从高峰,从悬崖,千辛万苦地"流亡"到这里,呜咽着,叹息吗?悔恨吗?为了"生",为了肮脏地"生",还是忍声活下去吧!

  有天,污秽的水流从四面八方汇合来,见到了太阳明亮的影子,泉水大声地说话,泉水大声地歌唱,但,渐渐地他们又沉默下去了,因为"生"对于他们的磨难太多了,"生"对于他们的阻碍太多了!

  生命本无所谓生命,一个人若使真肯把"生命"加入他的生命里边,这生命便显得激动,更有活力!

  溪流也本没有生命,假使一个人真肯把内心真淳的情愫加入晶莹的溪流里头,这个人便赋予无知觉的溪流以生命了,我对于生命之流的名词便作如是的注释——

3 月 8 日

---

 * 此文为作者的一篇课堂作文,未刊。余钟藩先生评语:"意味深长。"成绩 95 分。

浪花集[*]

鞋

装饰了人的"宝座"
你们又被无理地践踏着

梅

寒冬里一枝
春天的花朵

蚕

忙忙碌碌的一生
只为了那个幽囚自己的茧

沙

一粒粒的沙
是一颗颗坚贞的生命

---

[*] 此辑诗曾编入作者自编诗集《诗总集》，为第6集《寒夜的歌》第9题，收入小诗13首，写作日期为1949年3月11日；初刊1949年3月16日《福建时报》，增《瓶》、《根》、《刀》、《诗》、《门》、《光》小诗6首，署名谢鱼梁。据《福建时报》编入。

船

船是感情的桥梁
它把两岸连系了

花

有虔诚的信念
是春天的发音筒

露

黑夜里润泽了小草的生命
太阳来了你又无声退去

雷

你唱着愤怒的歌
是正义的呼喊呀

燕

一片低婉的呢喃
在诉说着严寒的故事呢

血

是生命的光辉
有人把它严肃地牺牲了

路

锄尖吻过的地方
路的尽头又是一条路

瓶

小小的嘴巴
却蕴有着更多的智慧

恨

是笼罩在心上的阴影
擦也擦不去

书

历史的里程碑
真理的宝典

旗

是一首进行曲
它引历史的列车走上轨道

刀

正义的刽子手
你砍断了人的手足

诗

呼喊出奴隶的声音
是被损害与被侮辱者的咆哮

门

门外别有个世界
一条通往黎明的路

光

黑暗之后来的是光
可是光却投下了一道阴影

泥　土[*]

初春毕竟还有轻寒
田野是沉寂的
泥土也觉得人世的冷寞么
清明前的一场巨雷
泥土从冬眠之国里
醒来了
春风撒下了希望
要来的日子将不再是荒芜
泥土冀企着锄尖的舔吻
和耕牛亲切的脚步呀
油菜花的十字架
为它说明了生命的坚贞
绿色的繁荣世界
将渐渐地靠拢来了

      1949,4,13。抄旧作在31。

---

* 此诗曾编入作者自编诗集《诗总集》，为第 6 集《寒夜的歌》第 8 首，写作日期为 1949 年 3 月 14 日；初刊 1949 年 4 月《三民日报》，总题《诗五首》，署名谢鱼梁。据剪报编入。

残废者*

前面有路；
但你不能走。
因为上帝在造你的时候，
忘了你的两条腿骨。

前面有光；
但你不能得见。
你一生悲惨的时光，
只能够在黑暗中彷徨。

像一只失去主人的野犬，
你向着每一个行人乞怜，
可是，人性早已消失，
世界早已把你遗弃。

沉积的午夜里一声悠长的叹息，
你为这苦难的世纪而哭泣？

---

* 此诗曾编入作者自编诗集《诗总集》，为第7集《轮轴》第2首，写作日期为1949年3月14日；初刊1949年3月17日《福建时报》，署名谢鱼梁。据《福建时报》编入。

海 滨*

  我并没见过海,可是,从那些描写海的文章里,我体味了海。如是,我便"虚构"了一幅海滨的图画。
  自然啰,那情景是动人的,先映进我眼帘的,是个"秋水共长天一色"的镜头,白云随意卷舒,海今天竟如此平静,也许这时是黄昏,几只灰白色的海鸥低低地在海面上打转,远远地几只航船倦旅归来,引起岸边上欢迎者雷般的掌声。
  习习风凉,夕阳的斜晖给海水镀了层薄金,海滩上有几个拾贝壳的孩子,彩色的贝壳在他们的手里,成了世界上以任何代价都不能换来的宝物了,当然,笑声是伴着海浪的私语的。
  海是这么大,用句老话说即是"一望无际",我想到了"渺沧海之一粟",哦!伟大的造物者!但愿我的胸襟像海,那么宽,那么大,那么一望无际,那么明净。
  我想到了一个人,那曾经在海上只身过了好多年的鲁宾逊,有人说他寂寞,有人说他可怜,可是,我说世界上最不了解海的人,是最寂寞,最可怜的。
  你看,夜晚,天上一个月亮,水里也有一个月亮。碧波中也有星的影,水动荡,星月摇漾,哼一首歌吧,在这时,你过的生活却是一首诗。
  也许你回笑我傻,我早说过,只有你——不了解海的人,才最傻。

---

* 此文为作者的一篇课堂作文,未刊。未有评语,成绩90分。

我想做一个梦,一个海的梦,梦中也嵌满了星!风帆,沙滩,贝壳——可是,什么时候我才能做那个梦呢?

什么时候呢,我做了一个梦,梦中嵌了星星——

38,3,15

见 解[*]

泪是对仇恨的报复
锁链会促使暴徒的叛变
法律原是罪恶的渊薮
冰封中有春来的信念

黑夜后会不是黎明
有人在冀企着春天
历史的车轮永不后退
寂然的火山孕有愤怒的火焰

1949,3,16,于 31

---

 * 此诗曾编入作者自编诗集《诗总集》,为第 7 集《轮轴》第 3 首;初刊 1949 年 4 月 23 日福州英华中学和三一中学等校联合出版的学运报纸上,署名谢鱼梁。据剪报编入。

湖*

青蛙组成的乐队
芦苇丛中轻哼着和平之歌
有多少只渔船摸索在黑夜里
今夜的月出何其珊珊

1949,3,16

---

* 未刊稿。曾编入作者自编诗集《诗总集》,为第 6 集《寒夜的歌》第 10 首。

发[*]

青春是朵昙花
在蒙尘古镜上
你又窥见了它
已灰白了大半

那曾经是一条
可希望的生命
现在你想回首
却是一段伤心

那曾经是一条
可走的大路途
现在对你呆笑

还是那个叛徒
带走晨的欢欣
与薄暮的哀郁

1949,3,16

---

[*] 未刊稿。曾编入作者自编诗集《诗总集》，为第 7 集《轮轴》第 1 首。关于《轮轴》作者封面自注："诗习作第七集，1949,3,29，谢鱼梁作于三一中学。"

窗　外*

屋　顶

屋顶是小麻雀的操场。早晨天一亮,他们起身得很早。他们吱吱喳喳地做着健康操。"多亮呀!那朵初开的太阳之花!"麻雀们都大叫起来,都鼓起掌来了。真的,太阳的面庞像喝醉了酒一样呢!

屋顶上,有一丛嫩绿色的羊齿科植物,闲时,我时常对着他们,在他们那里,我得到了他们好多非常非常勇敢的故事呢!如是,我便时常想起他们来了!

有一天晚上,下着很大的雨,而且,还刮着很大的风。雨滴,在我的想象里,好似戈壁荒原上移山倒海般的飞沙,哗啦啦,呀,那真可怕极了,我真替他们担心——那些脆弱的小生命,唉,那些被春风一度挽救过来的小生命们,又临到了他们的末日了!

这一夜,我再也睡不着,天哪,那到底是为了什么呢?

当玻璃窗透露出曙光的时候,我从床上一骨碌地跳起来,推开窗门,我探首到屋顶上,天空是碧蓝碧蓝地,没有一丝云翳,麻雀们又在做着健康操,唱着歌。那些,我所关心的小生命们,呀!我看见了,那才使人高兴呢,在新生的太阳底下,他们歪歪斜斜地都昂起头来了——虽然是经过一次大屠杀之后。

还有一次,又是很大的风,屋顶上,瓦片东一块西一块地飞

---

* 此文初刊 1949 年 4 月 7 日《天闻报·天风》,署名谢鱼梁。据此编入。

起来,摔碎了。那棵高大的老龙眼树,也被刮得一晃一晃地,可是,那些嫩绿色的小生命并没有惧怕,他们互相依偎着,互相扶持着,终于,风也奈何他们不得。

我时常坐在窗前,我想写一点东西,我张开稿纸,我应当写些什么呢?好吧!我写一首名叫《屋顶》的诗,我要说关于屋顶上好多好多动人的故事。

柑　园

窗外,是一片田野。

柑园在田野的靠南角落里。

柑园的周遭,围绕着一列短篱,从竹篱笆的缝隙里,我见到了一长列苍苍翠翠的柑树,还有一间矮小的茅屋,那是老园丁的住宅。

春天来了,我看见老园丁挑了好几天的泥土和肥料,堆在每棵柑树的树根下,接着,又浇了好多的水。

冬天又来了,柑树都瑟瑟地打起颤来,我又看见那位白发银须的老园丁,用许多干稻草扎住那些怕冷的柑树的身体,不然,他们定会受冻而死的,我想,老园丁真是柑树的母亲呀!

接着,柑树结实的日子到了,树枝挂满了累累的果实,红橙橙地,多亮眼!如是我便想起一句话来,我觉得极有理由:

流泪播种的,必得欢呼收获。

38,3,17,于31。

我爱夜星*

夜晚,我站立在旷野上。

面对着悠悠苍穹,匆匆行云,我有句话要向夜空询问:为什么那些灿烂的明星会无言地飞过,而无有半点留恋的心情?为什么因为要完成一个明亮的圆弧,便献出它们坚贞的生命?

今天,我看到了太阳,那红得像——像漫天烽火下成流的血!是那些不怕死好汉的血——又像是都市贵妇人唇上的香脂,红,红得也像血——

我怕——我怕那些血呀!那些贵妇人唇上的"血"!

但我也爱——也爱那些血;那些荒原上滔滔不息的血流!我爱那些不怕死的好汉,我爱广大的人民群!

他们的生命也像夜空上的明星,所以,我也真情地爱恋着夜星!

他们为什么会无言地消泯呢?

---

* 此文初刊 1949 年 3 月 21 日《三民日报》,署名谢鱼梁。据此编入。

河[*]

多少处埋伏有凶险的暗礁
夜里渔火照不破宇宙的黑暗
多少只生命的小舟
梭巡在人生的河道上

---

* 此诗曾编入作者自编诗集《诗总集》,为第6集《寒夜的歌》第11首,写作日期为1949年3月21日;初刊1949年3月25日《福建时报》,总题为《诗三首》,署名谢鱼梁。据《福建时报》编入。

山 道*

蓊郁的森林里
有人为"苦难的世纪"送葬

山道上有苦力歇脚
生活的担压得他们喘不过气来

耕牛背上的犁耙
投了道暴力的影子

黄莺歌唱着希望
布谷鸟歌唱着播种

牧童吹笛走过
难道是和平的消息

农人们用锄头
建筑个收获的国度

---

* 此诗曾编入作者自编诗集《诗总集》,为第 7 集《轮轴》第 4 首,写作日期为 1949 年 3 月 21 日;初刊 1949 年 4 月 13 日《福建时报》,署名谢鱼梁。据《福建时报》编入。

乞 丐[*]

以最不平的心情
说着最使人可悯的话语
流了一碗子的泪
换来一纸单薄可怜的同情

---

[*] 此诗曾编入作者自编诗集《诗总集》，为第 7 集《轮轴》第 5 首，写作日期为 1949 年 3 月 21 日；初刊 1949 年 3 月 25 日《福建时报》，总题为《诗三首》，署名谢鱼梁。据《福建时报》编入。

希望*

在黑夜想着黎明
在冬日想着花开
是梦与现实的孔道
失望里有它的存在

---

* 此诗曾编入作者自编诗集《诗总集》,为第 7 集《轮轴》第 6 首,写作日期为 1949 年 3 月 21 日;初刊 1949 年 3 月 25 日《福建时报》,总题为《诗三首》,署名谢鱼梁。据《福建时报》编入。

雾　晨[*]

雾替早晨穿上黑色丧服
我们伸出企求的手呼唤黎明
铁的队伍集合在民主广场
太阳出来,我们就要出发

1949,3,27

---

[*] 未刊稿。曾编入作者自编诗集《诗总集》,为第 7 集《轮轴》第 7 首。

瀑 布[*]

十万匹马力的悲愤举起了我
——多少人被推落黝黑深渊
——多少幽灵被泥土深埋
我怎能不永生永世地呐喊

1949,3,27

---

[*] 未刊稿。曾编入作者自编诗集《诗总集》，为第7集《轮轴》第8首。

真　理[*]

臭虫只爱吮吸穷人的血
饥饿只爱在苦难的国土繁殖
荒草只爱在贫瘠的田地生长
镣铐也只爱加在奴隶身上

1949，3，27

---

[*] 未刊稿。曾编入作者自编诗集《诗总集》，为第7集《轮轴》第9首。

轮　轴[*]

时间跋涉在长途上
画着永远数不尽的圆圈
车轮滚过坎坷的土地
驶向平原的尽头
——那里有旗帜在召唤

1949,3,27

---

[*] 未刊稿。曾编入作者自编诗集《诗总集》，为第 7 集《轮轴》第 10 首。

都 市[*]

这里有的是失去灵魂的人
这里有的是纸醉金迷的寄生虫
罪恶和黑暗是这里的主宰
这里等待着一次激烈的破坏

1949,3,27

---

[*] 未刊稿。曾编入作者自编诗集《诗总集》,为第 7 集《轮轴》第 11 首。

病 人 *

今夜的思想是一张白纸
悲哀涌上了混沌的脑际

梦里谁加给你一身沉重
醒来抽搐着满心的愤怒

这屋子凝结着紊乱与嘈杂
生命失去了应有的光耀

温度计告诉你岁月的零点
你依然喟叹着梦里的呓语

1949,3,27

---

* 未刊稿。曾编入作者自编诗集《诗总集》,为第 7 集《轮轴》第 12 首。

雨天杂诗*

伞

让泪洗过的灵魂
都聚拢到这里来
这里,阴沉的天将看不到
这里,留给你里一个绚烂的梦
这里,没有风雨的侵袭
这里,痉挛的灵魂热烈地拥抱

雨　衣

惯于生活在雨中的人们
是穿着反抗的衣服的

耕

一场雨后
　　牛很快就把地翻松了
一场雨后
　　绿色的幼苗苗长起来了

---

* 未刊稿。曾编入作者自编诗集《诗总集》,为第 7 集《轮轴》第 13 题,其中《梦的失落》一诗初刊 1949 年 4 月《三民日报》,总题《诗五首》,署名谢鱼梁。

行 人

雨中的路是难行的
有人在泥泞中倒下去了
黄浊的山洪
冲走了希望的小纸船

继续走下去吧
路毕竟是要走的

梦的失落

春天把希望挂上树梢
露珠滴下了泪的凄凉
有谁从远方摇来扁舟
而又倾覆在浩淼汪洋

他叛逆了土地

别再留恋这里的荒芜
到前面去
前面有光

一年到头的日子是一片烂泥
一双脚浸在冰冷的泪河里
土地充满血腥味而不再芬香
生活鞭挞着空洞的心
田中的乱草是一丘忧郁

饥饿如同肺结核的病菌
悲哀把完好的肺部蛀空
他曾经徘徊在绝望的边沿
现实的利刃给他的梦想
深镌着焦苦的烙印
幻想里有个开花的日子
犁耙和山锄却在暗处生锈

捧着一颗赤热的心
他迈步在崭新的路途上
他背着包袱
并不带雨伞
那些骤来的风雨
他准备去反抗

太阳多美
野花多香
这一切将是他新生命的征象

1949,4,4

都市的歌 *

春天带来了无边的阴郁,
悲哀浸透了人们空洞的心,

狼犬学会了人的话语,
骷髅套上了文明的衣裳。

　　　＊　　＊　　＊　　＊

霓虹灯闪着魔鬼的眼,
柏油路开不出希望的花,

汽车闯上了人行道,
脆弱的生命在一声惨叫中毁灭。

　　　＊　　＊　　＊　　＊

被生活鞭笞的菜色的脸,
汇成了反饥饿的巨流,

＊ 此诗曾编入作者自编诗集《诗总集》,为第 7 集《轮轴》第 14 首,写作日期为 1949 年 4 月 7 日;初刊 1949 年 4 月 15 日福州某报。据剪报编入。作者当时只注明该报日期而未注明报名。

带泪的人们心中喊出来的口号,
是无比的执拗和倔强。

　　　　＊　　＊　　＊　　＊

一泓失去了活力的水呵!
腐败,窒息,苦闷是你的特征,

我坚信在春雷响动后,
你能流涌着壮阔的波澜。

潮[*]

一

  天,像快要塌下来的样子,铁板着脸孔,灰沉沉地,乌云一堆堆一朵朵,匆促地飞驰着。

  三月,天气本是十分暖和的,穿一件夹衣,足可使人感到轻松与安逸。太阳也是迷人的,嬉笑着脸孔,对着每个人招手,祝福,油然地使人从心的深处生出一种充沛的喜悦。春来了,春赐予大地以新生!

  我们初二甲组的教室是设在楼上靠左朝南向北的一间房间里,有十多个向外洞开的窗子,春天,樟树梢头新绿的叶子,从窗外探首进来像一旦逢见久别的挚友,我们童稚的心淌出了感激的泪水,是的,我们是酷爱着春天。

  我们,生活在这里的一群好闹的小伙子,一共是六十二个人,我们天不怕,地不怕,整天价跳跳蹦蹦,除非是敲钟老头敲响了上课的钟声。

  我们有好多位师长,我们爱那个称为"阿保机"的训育主任,我们可怜"王礼勇",我们看到"斜高"觉得好笑,但是,我们却深恨"秃头江"——这一切的爱与恨的形成,在我们不是无因的。

---

[*] 此文初刊1949年4月13日《三民日报》,署名谢鱼梁。据此编入。作者按:记得前面曾录入同题的习作《潮》,那是民国三十七年四月三十日从本人的作文中"改写"的未刊稿。事过一年,作者又以同样的题目再次"改写",并正式发表。可见这一来自亲身经历的真实故事,是怎样地令人难忘。六十年后重读自己少年时代的作品,对前后两文加以比较,除了为自己当年的"用心"所感动,还在些微的"进步"中得到了安慰。2008年4月19日,作者附言于北京大学畅春园。

天,蓦地从头顶上压下来,雨稀稀疏疏地落起来了,豆子那么大的雨点,沙沙地叫噪着,鼓舞着。一只燕子从窗口掠过,风又呼呼地闯进了教室。

雨越下越大,偶然地有几颗飞溅进来,靠近窗口的桌子上都洒满了泪迹似的雨点。隔位的人康恨恨地说:"这鬼天气,他妈的,就这么黑,看书也看不来——"他手中正拿着一册线装的《三国演义》,抬头望一望浑黑的天际,又扫兴地摇了摇头。

这时教室里窒息得使说话的声音都成了嗡嗡的苍蝇似的鸣叫,大家的心都沉默默地像加上了铅块。这情景,终于有人按捺不住了,"好吧!"利光以尖锐的声音高呼道:"让暴风雨早些来临,我们不高兴再过这种沉闷闷的日子。"

二

静悄悄的教室。

现在是午后第二课的公民。

站在上面的是脸色灰白的"秃头江",他阖上了点名册,不想再教下去了,把身子斜倚在窗口。外面的雨滴沾到他光秃的脑袋上,他一动不动,他正在回味刚刚发生过的一场可怕的噩梦。

又是一阵十分紧张的沉寂。

"这成什么世界!妈的,公民先生这样不讲道理,没道德,我们得提起抗议!"利光忽地站了起来,他准备讲话,脸孔涨得红红的:"同学们!我们应当站起来,我们应当驱走这教育界的败类!"掌声起了,空气顿形活跃,有生气!

"秃头江"睁一睁老花眼,抢到讲台前,把公民课本狠命地摔到桌上,张开了吃人的嘴巴,露出一排污垢的牙齿!

"你们这些王八蛋!这些杂种,你们要胆大,给我滚出去——"

小停,他又说:"好,你们目无师长,我告诉陈校长去。"他奸笑一阵正要走出去,忽然见了四五个同学在一起大声地说着嘲弄他的坏话,愤怒极了送了两个耳光给荣和枢。被打的哭丧着脸,要哭,旁的人喊打,接着都拥出门外。

三

临时的会议开始了。小小的心灵,都觉得有说不出的兴奋,大家都说:"胜利是属于我们的。"

利光最先说话:"现在,同学们,'秃头江'没道德,乱打人,破口骂人,不配当我们的师长,他是禽兽,他是挂上了教育幌子,而卖鸦片烟毒害青年的流氓,同学们,这就是他的罪状——"说到最后,声音已经嘶哑了。

"对!"大家都坚决地喊。

"同学们,这种教师我们要他滚蛋!"人康举起了他的手臂,挥舞在空中。

"对呀!"下面又是一阵的鼓掌声。

"我们应当拒绝上课,我们向校长请愿!"

像一壶水烧到千多度的光景,沸腾得特别厉害,在这时许多人还喊出"团结就是力量"的口号。

现在我们都走出了课堂,我们罢课了。

四

雨,已经停了。

天空露出一丝微弱的阳光,但是,路还是湿漉漉的。

有人在远方吹出喇叭的声音,这是胜利的声音吗?我想是的。

38,4,10 日于 31。

诗的闲话[*]

　　一首诗应该是一件艺术品,而且是到了艺术的至高的境界。一首好诗,梁宗岱这样说:"最低限度要令我们感到作者的匠心,令我们敬佩他的艺术手腕。"

　　诗中的情感是诗人的情感,诗中的灵魂是诗人的灵魂。所以诗人应该有充沛的情感和崇高的灵魂。

　　诗应该在现实中生根,在生活里生根,有人说:"诗从现实来",是千真万确底一句话。

　　一首词句鲜丽而没有"生命"的诗,等于一个浓妆艳饰的卖淫的妓女。

　　李广田比喻得好,一首诗正如一株树,一首诗的形成应当是"生长"出来的,而不是凭空"造"或是"添"出来的。

　　诗应该去其蔓枝繁叶。

　　关于内容和形式的问题,李广田曾说,形式固然由内容决定,但并不需要作者去用心,去创造,作者如创造了或利用了那最好的形式(应当说是最适切的形式),那内容将表现得更好。

　　"让诗人先是人,先是一个寻常人。"

　　"诗人是两重观察者,他的视线一方面要内倾,一方面又要外向。"(梁宗岱:《谈诗》)

---

[*] 此文初刊1949年4月10日《三民日报》,署名谢鱼梁。据此编入。作者按:这是作者最先的关于诗歌理论的习作,当然其中沿用了许多中外理论家的言说,谈不上自有的见解。

诗人必须和木匠一样,认识体验所要表现的内容或者人生某一片段。(刘西渭)

今天的诗坛,将不再允许那些专事吟咏"风花雪月"的"诗人"们生存下去了,在今天我们要的是有血有肉的诗。

诗人应该说出人民所欲说的话。

诗人应该站在时代的前头。

艾略特这样说关于诗的鉴赏问题:"的确,只有非凡的读者才能够在时间的过程中分类和比较他的经验,藉着别一个来了解这一个,诗的经验增多,则了解便更正确,欣赏的原则扩大到鉴赏,便给原有的情感强度加上更多的智力,当我们不只是选择和摈弃而是组合时,我们的了解便进入第二阶段,甚而我们还可以谈到第三阶段——"对于鉴赏新诗的问题,这实在是个最真确的论点。

牛[*]

曾经有过
生活在草原上那段快乐的日子——
站在高高的山冈上
站在春天的旗帜的下面
啃嚼着鲜嫩的青草
倾听着欢乐的山歌
嗅野花迷人的芬香
或者躺卧在松荫下
让蝴蝶轻舞在你梦的边沿
太阳照着你温暖着你
生活在春天的阳光下
　　是幸福的
　　是绚灿的
如今
在一片吆喝声中
欢乐的歌谱带上了低沉的音符
永远的辛劳
使你抬不起疲乏的头
粗大的麻绳勒住了呼吸
囫囵吞下去的

---

[*] 此诗初刊1949年4月《三民日报》，署名谢鱼梁。据剪报编入。

是土块
是沙砾
　不是甜草
是泪
是痛苦
　不是幸福
生活的犁耙再也拖不动
　得拖着,还有主人的鞭
　管它抽得多狠
为了免受更多的痛苦
得忍受这眼前的迫害
笨重的脚步不要停留
　在泥泞的冬天
　总得迈进一步
　春天的门槛

38,4,11夜

春假记事*

放了一星期的春假,这在我们是意外的收获。

各校继声援"省文联"教师争活命运动之后,又来了一场不大不小的反放春假的风波,理由是:"我们的学业要紧!"

这其间有个口号这样说:"请教育厅不要以放春假来躲避责任"。据说这次放春假的举动是个阴谋,为了避免事态的扩大,才来了这个"缓兵之计"。结果呢?当然是扑了一鼻子的灰,而招来了普遍的不满,闹得满城风雨,于是便有了"不能挨着饿吟诗","草木鲜肥人瘦瘪"等的冷讽热嘲,弄得当局啼笑皆非。

但是,放春假的自放之,反对的只不过喊喊口号贴贴标语而已,"各有千秋"。

题目是"记事",我想还不如改做"闲谈"来得好,好!谈些什么呢?就引上边所引的二则标语来说吧!

先谈"吟诗",吟诗不失为一种风流韵事,封建时代的士大夫常常玩这个把戏,竟想不到我们的贤明政府也教我们的青年学子来吟诗!我可以说,这是个无聊的勾当,那么,放春假还有什么更崇高的意义呢?就说来"吟"一两声吧!叫我们束紧裤带子,无米下锅,无饭下肚,"吟"也许竟变成了呻吟呢!这是个讽刺!

把"草木"两字来比拟某些官僚政客,是最妥当不过的,草木无知、无灵魂,更没有人性,这批贪官污吏刮尽了民膏,揩尽了民

---

* 此文为作者的一篇课堂作文,未刊。未有评语,成绩 90 分。

脂,如今,更变本加厉,不要教育了,"省文联"的事件虽已告一段落,但是"厦大教授罢教"的消息却继之而起。据说协大有个教授太太无钱进医院,竟难产了,数十学生输送鲜血,这真是乱世的一件惨事,而那些"达官贵人"呢?却日夜"跳舞馆店聚春园"(高商宣传品中白字诗之一句),包车来来往往地兜风!真是"草木不如"!

这个时代,草木鲜肥了,真正的人却瘦了,这个时代真是个大矛盾!

38,4,12

悼*
——祭"四·一"死难同学

在今天
人吃人是常事
"打死一个人
还不是踩死一只蚂蚁!"(注:追悼会上一个同学讲词)
没有法律
没有真理
刺刀
木棍
铁尺……

血的债
要用血来偿
"一个人倒下去
千万人跟着站起来!"

---

* 未刊稿。曾编入作者自编诗集《诗总集》,为第8集《人民之歌》第1首。作者按:《人民之歌》是作者自编《诗总集》的第八集,收有《悼》、《信》、《人民的歌》、《行列》、《不要消极,屈原!》、《诗一章》等六首。诗集封面除了"鱼梁习作,1949,5"之外,别无其他记载。这册诗集是一个重要的标志,1949年5月之后,国内战争形势急转直下,当时上海已告解放,福州正忙于"应变"。这是作者在三一中学学习的最后一个学期(高中一年级下学期),也是作者中学阶段的"结束"。1949年8月29日,作者参军,开始了艰难的军旅生涯。

没有眼泪
没有哀愁
鲜花
挽联
悲壮的歌声
沉痛的话语……

    写于 1949 年 4 月 12 日,
  "'四·一'死难同学追悼会"归来。

新春草*

迎春曲

当大地上的冰雪消融的时候：——
活泼的杜鹃第一个拉长了咽喉，唱出春天的歌——
当和煦的春风吹苏万物的时候：——
白杏光秃的枝干也茁长出绿芽——
当太阳第一支温柔的光线投向人民的海：——
褴褛，忧郁，苍白的一群，微笑了——

流水的欢歌

冰河解冻了，岸边的芦苇，田里的麦苗，舞动了一双双激情的手——
河水重再拨动罩满了灰尘与青苔的古磨，哗哗地工作起来了。
河，像个清白的处女，白皙的脸上开着花（一朵朵笑涡显现在她富有曲线美的波面上）。
流水潺潺地流着——
天真地嬉笑着——
高声地呼喊着快乐与自由——

---

* 此辑散文诗初刊 1949 年 4 月 13 日《星闽日报》，署名谢鱼梁。据此编入。

泥土的翻身

太多的噩梦,出现在昨天的世界里,苦难像嵌在天宇上数不清的星星——

鸡啼了,梦也醒了呢!

泥土翻身起来,揉一揉惺忪的倦眼,再埋下头努力地织造着一张张春天的花朵。

柳叶卷成的号角

尖锐地,尖锐的声音刺破了长空。

绿色的旗帜竖立起来;春之树迎风招展——

柳叶,是春天的象征,柳叶卷成的号角,是春天的发音筒——

尖锐地,尖锐的声音刺破了长空,尖锐的声音感动了人民——

春天,已来到。

旧的日子,让它过去!现在,我们来迎接一个崭新的时辰——

我们应该面对着新来的春天狂舞!

乡村漫步*

我到过一个偏僻的乡村。那曾经是个安乐的伊甸园,那曾经是个永远丰收的场所,生活在那里的人永远年青,活泼,生活在这里的人了却了一切的烦恼,哀愁,生活在那里是一首油然的诗。那里有眉样的山,那里有动人的歌,那里有水磨房的流泉,那里有深夜的纺车,那里有绿色的海,那里有丰满的果园——

"可是,现在呢?"一个老人对着我说:"冬天来了,这里好多的人还穿着单衣,日间只能够喝二碗的薯汤果腹,年青力壮的小伙子都拉走了啦,田园都荒芜啦!先生,你是念书人,告诉我,现在到底是在跟谁打仗呀!"

我默然,点头而已,我能说些什么呢?对于这么个善良的、而受难太多的灵魂我不能放一支有毒的箭矢,伤害了他的心,唉!我不能。

我转过身来,低着头漫步着。

我来到一列篱笆围住的门前,有一个只剩得"皮包骨头"的孩子,孤苦地,探望着正在园中操作的母亲,锄头闪着寒光,孩子深陷的眼眶中充溢了泪,泪珠也闪着寒光!孩子的脸更加惨白起来。

有个诗人曾经这样写着:

好孩子,你饿吗?
你该等着

---

* 此文初刊1949年4月16日《星闽日报》,署名谢鱼梁。据此编入。

让我在这里开荒
　　因为
　　果实是属于劳苦的人民

"因为，果实是属于劳苦的人民"，那么，在这儿，让我替这两个伶仃无靠的母子祝福吧！

我走着，我看着每一方的田地，"那比瘦干的母牛更瘦"，我看茅屋顶上的炊烟，也是那么有气无力地，袅袅地，冉冉地。我看着骑在牛背上的牧童，天哪，谁教他们，这么小的年纪就学会了深锁着双眉呢？挑情的歌曲，再也唱不出了，苦难剥夺了他们仅有的欢乐！

我看溪流，溪流也哑然呜咽失声。

当我回头的时候，夕阳滚入了山凹，灰色吞噬了乡村，渐渐地整个的乡村便浸在黑暗的世界中了。

远远地有谁家的孩子，唱着悲惨的歌：

　　田荒了
　　地荒了
　　田地里不长稻苗了
　　稻苗不长长野草
　　野草长得比人高
　　田荒了
　　地荒了
　　草根树皮啃光了
　　他有钱的仍然吃的白米饭
　　你穷人连一碗粥也想不到——

人民的歌[*]

从东北神秘的丛林里
从黄河两岸的麦田里
从驼铃叮当的戈壁大沙漠
从扬子江北岸的贫瘠的土地
　兽蹄践踏下的人民
　饥饿迫害下的人民
　黑暗吞噬下的人民
　跃起了
　　挣脱捆缚他们的锁链和镣铐
　　结成一道铁的洪流
　　高擎起血的旗帜
　　为了求自由
　　　求民主
　　　求温饱……
　　他们用锄头
　　　用镰刀
　　　用斧头……
　　刺向那些可耻的帝国主义的尾巴们
　　刺向那些剥削人民的反动官僚们
　　刺向那些法西斯强盗们

---

[*] 未刊稿。曾编入作者自编诗集《诗总集》，为第8集《人民之歌》第3首。

刺向那些可怜的懦怯的傀儡们
刺向那些虎狼似的黑色流氓们

血红的斗争的大纛
浩大的解放的队伍
似一道钢铁的洪流
涌向江南冰封的土地
涌向江南腥膻的土地
　愤怒的行列
　　在坎坷的
　　在崎岖的
　　在被强奸的
　　在被蹂躏的
　　　土地上
　　前进！
这是人民的世纪
这是奴隶翻身的世纪
这是魔鬼灭亡的世纪
土地
　得到了解放
罪恶
　得到了应得的审判！

1949.4.22

春天的鸟*

燕

为了那可爱恋的故乡,你回来了!

如今,在遥远的北方,阴霾早已消失了,雪已开始溶化,北国的田野,都已下种了!

而你,你只向往着南国昔日温馨的原野,只向往着那些富丽的堂宇——屋梁上你曾经娱游的家——

可是,故乡所给予你的只是满目疮痍!

都市——是一片废墟,被剥削留下的残骸,历历可以臆断到当日被迫害的惨状:田野早已荒凉了,铁蒺藜和有刺的野花更像那些凶狠的阴谋者——

你,还留恋着什么?这里,只是地狱,只是罪恶的城,这里呀,并不值得你留恋和歌唱!

春天来了,然而,这里的人还是生活在冬天里——

夜莺

你流血,你把自己的生命点缀着别人眼里的美丽,然而,在王尔德的笔下,你只是可怜的殉道者,你博不了别人半点的同情,应当知道,如今人间早已没有真理了。

---

* 此文为作者的一篇课堂作文,未刊。约作于 1949 年 4 月,未有评语,成绩 90 分。

春天,在重重的苦难下,早已抬不起头来,在今天,你应当为春天流血,因为,新人类的春天是用血换来的!自然,也许有人会骂你愚蠢。

说　话[*]

　　"上帝照他自己的形象造人",当然,也替人造了一个嘴巴。上帝是"仁慈"的,首先他怕人们会饿死,所以,嘴的第一功能是吃东西,其次,他怕人们生活在世上将会"寂寞",所以嘴的第二功能是说话。据说人们之所以要说话,是为了消除"寂寞"。

　　可是,问题就发生在人们太过"热闹"之时,当人们说到高兴,连上帝也被"骂"起来了,上帝是怕人们揭他的"短"的,何况上帝并不是"十全"。你只要看一看他的"令郎"基督先生,不是有一副慈悲的"好心肠"吗?"有其子必有其父"是必然之理,若你稍稍念了一些遗传的知识,这问题是不难解决的。

　　千错万错,错只在于人们多了个嘴巴!

　　"教徒弟打师傅",上帝深恨这些人,这些被认为"大逆不道"的人,真是"罪该万死",居然连上帝也敢拿来"开玩笑"!

　　可是,嘴生在人的身上,并不如目下那些刊物报纸,只要说一声"歪曲事实"、"为 x 张目",封闭,拉倒了事!不要怕,上帝"法力无边"!

　　上帝说,"不要把这些人的'话'当'话',只把它当狗吠吧!"哦!上帝变成了阿Q,阿Q万岁,上帝万岁,阿弥陀佛!

---

[*] 此文为作者的一篇课堂作文,未刊。约作于1949年4月,未有评语,成绩88分。

书斋散记*

近来我感到读死书的无用,我以为分数主义者迟早总会被人淘汰。目前办教育的人,多半都根本不懂教育,他们只晓得死把书本往学生的脑袋里塞,消化与否就根本不管。而学生之中也有很多思想固陋的"遗少"们,他们也根本不认清这个时代,根本打不开他们顽固的想头,以为"万般皆下品,惟有读书高",于是,他们加紧地念,读,背弯了,眼花了,他们便也"成功"了一个"标准"的读书人。背了成套的"子曰"和"三字经"、"千字文"的句子,自以为"功德圆满"了。而为人师者,也不禁"自鸣得意"起来,以为达到了教育的目的,其实,他们造成了这许多新的"士大夫",正是他们的罪名。

本年度三月三十日的上海《大公报》上发表了一篇论文,题为《学校教育走着失败的路》,作者是赵有为,他说:当前的教育本质至少有三个弊点:一、当前的教育是特殊阶级的教育而非平民阶级的教育;二、是消费教育而非生产教育;三、是新士大夫的预备教育。第一点,涉及目前各校的收费标准及入学的费用问题,关于第二、第三两点的成因,却是学问之有否实得的问题了。因此,我以为应当彻底打倒分数主义者,和顽固教师的不理智的教授方法。

时局急转直下,大人先生们都逃之夭夭了,因为他们有大卡

---

* 此文为作者的一篇课堂作文,未刊。约作于 1949 年 4 月,未有评语,成绩 90 分。

车,有轮船,有飞机!所以要走就走,不生任何问题。因此冤家未到,就开始搬马桶,运姨太太,忙作一团,搞得乱糟糟。为此之故,整天来民心惶惶。戒严部下令"造谣者杀"!老百姓不敢生事,而高高在上者,竟是如此兴波作浪,"只许州官放火,不许百姓点灯",这成什么世界?

既已兴波,既已作浪,池鱼于是遭殃。我们的"贵校"也打算"应变"了。起先,校当局想阻挠宿学生回家,以贯彻其"保卫大教会","保卫大三一"的主张,但终于压不了同学们的心头怒火,他们至此不得不穿上"尊重民意"的外套,准许学生"请假"还乡。但这时交通已断,多数同学去而复返。起先是一意拖延时日,拖到交通中断之后才"核准"、"请假",当局之存心可知!

应当做怎样一个人?我读了沈志远的《新人生观》之后,知道了下面这一段话:"做一个进步的人,必须站在多数人的一边,为大多数人的生存要求而跟少数害群之马的败类集团进行坚决的战斗,藉此以达到人类最大自由与幸福的目的。"

革命的人生观,要求我们站在时代的最前列,而要坚决反对"开倒车",坚决反对任何堂皇动听的藉口之下的复古阴谋。要做一个现代的模范青年,应当把自己的目光朝着前面望,而万不可向着后面看,新青年的胸膛是永远向前挺出的。

查经班全是胡诌,那些上帝的信徒们,惯爱说些飘渺玄虚的"神",在反帝反封建达到最高潮的今天,他们竟然如此大胆地大谈其唯心论,真是时代的反动者,所以我以为应当彻底破除宗教的观念,二十世纪的主宰者应当是"人民",而不是虚无的"神"、"上帝"!

还有应当提及的,是上帝和耶稣早成了英美帝国侵略的工具,他们想以"神"的观念来征服全世界,使之成为他们过剩物品的推销场所,从而剥夺我们民族最基本的权利。所以我们应当打倒帝国主义者以及帝国主义的走狗尾巴们!

信上帝的人,该是先天赋予他们一副奴才的软骨头吧!

现阶段的学校教育全是灌输些封建思想的毒素,公民课本是一部宣传印刷品———一部罪恶宝典,军训课又是一批批炮灰的制造厂。×××企图把青年学子送上前线替他们争取不合法的统治权。

我又想到我们校内的写作风气,我们都感到有许多话要说,然而我们却似"哑巴吃黄连",有苦说不出。这有两点原因:第一,在学校当局压制手腕之下,同学们的刊物往往未出生便遭到"极刑";第二,同学们平常所念的都是死课本,而各种功课所排的时间挤,除死诵课本之外,阅读课外报章杂志的时间又少,所以大家都变得暮气沉沉。因而被"赞"为"三一的学生都庄重沉默"了。大家都不喜写作,有满腹牢骚,而无法说出。这是我们的耻辱。

公 园[*]

这是一所美丽的公园。

这里,表面上是充满着快乐、安逸与恬静。没有纷扰、杂沓的市廛,更没有漫天的火药味。

然而,在堂皇富丽的虚伪的场面之后,正隐藏着更多丑恶的现实。

有淫荡的笑声。

有幸灾乐祸的"好人"们。

有杀人的狼犬、政客、官僚、奸商、流氓。

都市是黑暗罪恶的,都市充满着垃圾。

而这里,更是垃圾的总汇呵!

用不着颂赞,也用不着诅咒!

这里,需要着一群年青力壮的清道夫,来打扫垃圾,来铲除废物、果皮和一些寄生虫们。

公园,需要有清洁的一天。

---

[*] 此文为作者的一篇课堂作文,未刊。约作于1949年4月,未有评语,成绩85分。作者按:这可能是学校生活的最后一篇作文。

信[*]

有人从远方寄来一封信
他说那边的农田都已下种
他说那边的士兵不取民物
他说那边的学生不闹学潮
他说那边的工厂不再罢工
他说那边的教师都安心教书
他说那边的人都有饭吃

他说那边的河流不再浑浊
他说那边的山不再皱眉
他说那边的小草也会开花
他说那边的小麦长得茁壮
他说那边的人民都欢乐
他说那边的人民都唱歌

1949,5,1

---

* 未刊稿。曾编入作者自编诗集《诗总集》,为第8集《人民之歌》第2首。

写在文艺节*

今天是我们自己的节日,我们有权力来说几句算是所谓"希望"的话。

鲁迅说:"希望本无所谓有,无所谓无,正如地上的路,其实地上本没有路,走的人多了,也便成了路。"那末,我们现在所说的"希望",只要是正确的,只要是对大家都有益的,我们便可大胆做去,把本来十分坎坷的山野,踩出一条崭新的途径。

这样,在目前紊乱的文艺界中,我们应当努力的是:在紊乱中开出一条光明的大道来。

其次,我们在今天所要的是学习!学习!再学习!作为一个文艺工作者,应当学习闻一多的革命人生观,更应当学习朱自清的沉默苦干的精神。

---

* 此文初刊1949年5月4日《三民日报》,署名谢鱼梁。据此编入。作者按:此文是文艺短评的最早一次习作。

血的日子[*]
——纪念五四

"五四"
是血的日子
许多人
举起手臂
许多人
唱歌
许多人
写下了血的诗篇

年青人
爱五四
年青人
爱石榴花
年青人
爱太阳
年青人
更爱前进
鲁迅

---

[*] 此文初刊1949年5月4日《三民日报》,署名谢鱼梁。据此编入。

闻一多
倒在他们的前面
倔强的
神圣的躯体
做成了桥梁
引导他们
走向战斗
走向更美丽的明天

五四
是血的日子
为了五四
许多人
受伤
流血
许多人
燃起火炬
许多人
擎起旗帜
许多人
都团结起来了
都团结起来了

年青人
爱前进
爱战斗
他们的血

不是白流
他们应得的答案
将在明天
显示

　　　　　鱼梁写在"五四"前夕

不要消极,屈原*
——写在诗人节

不要消极,屈原
以及许多的诗人
不要再蓬发跣足
装出名士的样子
行吟泽畔
要坚强地活下去
不要听从那渔父
糊涂的话语
更不要憧憬那
水底的水晶宫
世界虽然污浊
但你,以及许多的诗人
应当知道有更多的人们
在污浊的氛围中
痛苦地活着
为了更多的人群
应当活着,诗人
用你们的诗篇

---

* 未刊稿。曾编入作者自编诗集《诗总集》,为第8集《人民之歌》第5首。

呼唤美丽的日子
那许多人都祈求着的
快乐、理想的王国

1949,5,5

我们的导师[*]

导师是个上了五十的老头子，本来，是可以"寿终正寝"的时候了，可是，你别咒他！不信，请看他讲书讲到"忘形"的时候！

导师兼教我们的本国史，他虽然说不上是什么"家"，但总可说是很"渊博"而无愧的了。他给我们许多历史补充教材，油印了分发给我们，有时，他还在末尾上印着"编著者：XXX"，或者还有"版权所有，翻印必究"的字样。其实，天晓得，他的"大作"还是从二十四史中全盘托来的呢！

导师的面色苍白，高耸的鼻梁上架着一副花边的眼镜，远看酷似连环画上的王先生，使我们忍俊不禁。导师的衣着十分朴素，他经常穿着土布退色的中山衣，据导师自己对我们说：他节俭了半年的薪资，最近才添置了美国哔叽的天青色的大衣，同学们问他，"先生，你不爱国了吗？"他红了红脸庞，发窘地说："其实，真不可解，一个中国人，为什么要用外国货呢？蓝袍青褂不也是一样的吗？中国人真不可解，不可解——"

他十分看重卫生，他时常劝我们吃大豆，豆腐，他说他曾经研究过大豆的营养素，"含有脂肪啦，蛋白质啦，淀粉啦，等等，等等，总之是很多！"他还告诉我们，他每餐都没有间断过这种食物呢！

导师读透了四书五经，他会给你满口文绉绉的"文言"，听了叫人丈二金刚摸不到头脑，但也有时会闹出笑话来。"神仙也会

---

[*] 此文初刊1949年5月7日《三民日报》，署名谢鱼梁。据此编入。

失剑",我导师是凡人,自然不能无过失的,例如在书本上读到古扬州的商业时,他便信口说出诗句来:"腰缠十万贯,骑'马'上扬州。"大家都说是骑鹤,他却硬说是骑马:"哪有这回事,'骑鹤'?无稽之谈!"

又有一次导师组里要举行一次辩论会,题目亦经导师拟就,是"精神与物质孰重?"据说导师当日十分有兴致,漏夜"开车"做功夫,一口气抄了几大张的"子曰"来做辩论的材料,而且还指定了几个同学来"背诵"以应付辩论之用。这几个同学十分为难,因为他们说不惯"之乎者也"的国音!

导师是个行事谨慎的人,可以说是凡事都"考虑,考虑"的一位心情懦怯的人,他既不愿生事,又不愿做负有责任的事,把他比为鼠真妥当,因为他是"胆小如鼠"的人,甚至比鼠还更厉害些。姑且不谈这些,让我再来说另一些事。

有一次我们打算出个刊物,几个人负责写稿,拉稿,编排,抄写——忙得"不亦乐乎",过了二天,总算就绪,可是,负责抄写的舟,却已手上结茧了!但是想到刊物张贴出去的情形,我们便兴高采烈地把刊物送给导师看,本也想乘机可以夸耀我们的才干,可是,我们毕竟还过分的天真幼稚,我们何曾想到导师竟是个"复活了的秦始皇"!

一夜过去,怀着忐忑的心情,大清早大家都到学校,走进了导师的办公室。

导师皱一皱眉,拿出了我们那张刊物,摆出了一脸严肃与十分不安的、犹豫的表情:"你们做事就这么不谨慎,这样的一题文章也登出去——"他指着一篇恋爱小说发牢骚:"唉,年轻人不懂事,太腐化了,这世风!这文章,唉,真是,也太肮脏了——"接着,他用墨笔在抄写工整的文章上狠狠地打了个大叉!

"还有,这题序文也不对!说不出什么充分的道理,就满口'黎明',你迎接黎明?黎明到底在哪里?"他摇了摇头。"还有,这首,这首,什么——"他问我,"是,是,诗——"我嗫嚅地说。"哦,这就是诗?一点不像!句子不平长,没有对偶,没有韵,这成什么诗?"他几乎要疯了。

他用墨笔在刊物上乱点乱画,那个编排美丽动人的我们用心血耕耘的园地,终于被破坏了!

"老顽固!"我心中这样骂他。

我们拿着四肢不全的刊物退出来的时候,哭起来了。

我们的导师,他就是这么一个人。

行 列＊

在荒凉的原野上
我见到这么浩荡的行列
就像俄罗斯冰封的十月里
革命的洪流震撼了西伯利亚
　列宁格勒
　　莫斯科
我见到一支哀郁的愤怒的队伍
有从地主的铁掌下逃出的雇农
有从灰黑的牢狱里逃出的囚犯
有从工头的鞭挞下逃出的苦工
　今天，就在今天
　　他们明白了人的尊严
　　　人不是一部机器
　　　人不是被愚弄的玩物
　　　人不是供人奴役的牛马
　　　人更不是一群驯顺的羔羊
今天，人要真是个人
　他们明白了人的价值
　　千万颗被损害的心灵连结在一起
　　千万颗被侮辱的肉体连结在一起

＊ 未刊稿。曾编入作者自编诗集《诗总集》，为第 8 集《人民之歌》第 4 首。

千万人举起了血红的旗帜
千万人钢铁般的意志汇成了洪流
千万人从绝望中迸出惊天的口号
千万人倔强的行列
进行在荒芜的原野上
向一切罪恶的
　封建的
　贪婪的
　顽固的
　　集团
　　　进攻!

　　1949年5月,写在三一中学,鱼梁。

诗一章[*]

自从你做了我们的叛徒
这古大陆便封锁在冰雪中
这片土地四千年的忧郁
未曾消失,而是更显沉重

谁会对你的诺言树立信心
除非你下决心彻底改变
你的口是心非已令人绝望
我们的醒悟就是批判和抗争

从前我们用鲜血养肥了你
如今你要全部偿还给土地
感谢你应得的刑罚和死亡
带给我们可以预期的日子

从你每一次精心扮演的闹剧中
我们学会了冷静的观察和判断

要生,得痛痛快快地生
要死,得轰轰烈烈地死

---

[*] 未刊稿,写作日期应为 1949 年 5 月。曾编入作者自编诗集《诗总集》,为第 8 集《人民之歌》第 6 首。

旗帜和追悼[*]

旗

> 旗帜飘扬着,人们咬着牙,发着誓。
>
> ——丽尼

年青的人,都爱在旗帜的飘扬下,集合!

风吹着,旗在风中猎猎地狂舞,年青的人,唱歌了;唱一支激昂的进行曲,热情的歌声,唱出千万受难人群的言语!

旗号召着人的脚步,马蹄的飞跑;旗号召年青人雄壮的歌!

太阳照耀着原野,旗,扶摇而上——

年青的人,爱旗!爱太阳!年青人,向旗敬礼,向旗朗诵着最美丽的诗篇!

年青的人,扛着旗,结成整齐的队伍,在旗的招展下,集合!在旗的招展下,出发了!

悼

在黑夜与黎明的转换点,在痛苦与欢乐的十字路口,当他快要望见光明的彼岸的时候,他——以及和他同时代的人们,倒下了。

像扑火的灯蛾,像殉身的夜莺,他,以及一切和他同时代的

---

[*] 此文初刊 1949 年 6 月 13 日《星闽日报》,署名谢鱼梁。据此编入。

人们,献身给人民广大的爱!

"爱是给与!"伟大的哲人曾经这样说过。他们所给与广大人民的,是沸腾的、血红的血!

在一篇叫做《平原》的散文里,我见到了这一段话:

欢迎啊!太阳,从地底里涌上来的!你照耀着我们,使我们的脸面变成黑色,使泥土发出香味。你从原野来到城市,使城市里开出了无数鲜艳的花朵。人头攒动着,齐聚在广场上面,布招上用拙劣的字迹所写的是:"我们追悼死去的兄弟"。

然而,没有人哭泣,没有人用眼泪作着祭祀。人们昂着头,想着无尽的转徙,想着从身边失去了的熟悉的兄弟,想着在原野上增加了多少无家可归的孤儿,在茅舍里有多少的寡妇忍住哭泣。

追悼死者,是的,我们并不流泪,我们早把一颗颗的眼泪化作了复仇的子弹!

龙眼树下[*]

想起故乡，我总忘不了那龙眼树下的石凳，和那夏夜绮丽的情景。

当五月，龙眼花开的时节，入夜，一轮半弦月挂在树梢，孩子们拿着大蒲扇，追逐着萤火虫，玩倦了！就蹲在树下或是仰卧在冰凉的石凳上听着大人们的闲谈，从那里，可以听到好多的奇闻逸事。年老的一辈说起年青时代的打野猪，说起了那年的长毛乱，说起了十三乡的大火拼，说起了光绪年间的大水，总之，真实的和不真实的故事，在这里都渲染得有声有色！

永冀爷是个老头，他喜欢胡扯，口中含着旱短烟管，话匣子一打开，他便滔滔不绝，口沫四溅，当他说到兴奋的时候咽下了一口水，十分感慨地说道："三伯，你说是不，时光过得太快了，三十年前我们都不是有着小犊般的气力吗？——"

龙眼树的花播散着阵阵幽香，夏夜，有人睡在树下，有人提着萤火虫的瓶子照路回家——

---

[*] 此文初刊1949年6月18日《星闽日报》，署名谢鱼梁。据此编入。

路　灯[*]

夜晚,没有月亮,没有星星;只有远处的路灯,在一下一下地闪着眼——

雾,沉甸甸地用迟钝的脚步,走动在模糊的山冈,古老的木屋,和沉郁的溪流下——雾替整个宇宙披上了黑色的丧服!

没有光,夜将显得更冷漠,更悲惨——

当一个倦旅归来的流浪子,拖着疲惫的步伐,行走在没有月亮,没有星星的夜里,他的心是多么地恐惧呀!

是的,他一定会想到温暖的家。

顺着电杆,他看见一盏豌豆大的火,黄澄澄地;和线谱似的电线。望望前程,远行人燃起了希望的火焰,他的心激动了,他用幻想在线谱上一个个激动高昂的音符,欢乐在他窒息的心境中开拓出一个崭新的境界!

路灯,是走向光明的站口。

有路灯的地方,就有光! 就有路!

---

[*] 此文初刊1949年6月18日《星闽日报》,为《龙眼树下》外二章,署名谢鱼梁。据此编入。

渔　船[*]

江水奔流着——

五月,太阳直瞪着眼照着这世界,江边垂下的柳丝低拂着古老渔船顶上的竹篷——和风悠悠地吹过——

渔船,它永远奔波在岁月的洪流里。

渔船的主人,它永远奔波在生活的洪流里。

为了生活,渔船和渔船的主人不能歇下身子舒一口气!它只永远行驶,行驶——

不论是刮风的日子,打雷的日子,或是雨淋着,太阳照着;它只永远地驰向前面——像一只矫健的海燕,向恶势力搏斗!

渐渐地,海浪吞噬了它年青的躯体,它衰老了。

主人离不得渔船,因为离开了渔船主人便会活不下去;渔船也离不得主人,因为离开了主人渔船便只有永远被抛弃!被轻视!

他们将永远厮守在一起,不管风吹!雨打!

---

[*] 此文初刊1949年6月18日《星闽日报》,为《龙眼树下》外二章,署名谢鱼梁。据此编入。

墓　地*

我时常徘徊在林丛深处的墓地上。

这里,太阳光照不到,阴暗得很,使人不能不感到悲哀,烦郁。

墓很多,实在多得可怕,一眼望去,尽是密密麻麻的许多隆起的黄土堆,有新的,也有旧的。有的墓旁还残留着纸钱的灰和烛油,烛油洒在地上,斑斑地,好像刚才有人来哭过一样——

青苔爬满的墓碑上,有着模糊的字迹和斑驳的花纹。

很多的墓。很多的墓碑,很多的已经死去的生命埋在下面——

*　　*　　*　　*

我时常走到那里去。

不论是清晨,午夜,每当我的心感到激动时,我便毫不犹豫地走向那里。

非常的静,偶尔,只有黄莺一两声清脆的鸣叫——

我可以静静地想——我原是个爱胡思乱想的孩子,在这里我可以想许多有趣的问题时而我感到由衷的喜悦,时而我被自己的问题问住了,我得不到正确的答案,呆住了,我自己也觉得好笑!

---

*　此文初刊 1949 年 7 月 16 日《星闽日报》,为《散章辑》第 1 篇,署名谢鱼梁。据此编入。

* * * *

时常,当我在这里的时候,出殡的行列缓缓地来了,好多的人穿着白色的丧服,好热闹的浩浩荡荡的队伍! 我想,这就像迎娶一样呢!

然而,有的时候我所见的却恰恰相反:两个人抬着一具小得可怜的黑色的棺木,一个年青的妇人跟在后面号啕大哭——而吹鼓手更疯狂地咆哮着,多么讨厌的单调的声音呵!

当我从墓地回去的时候,我蓦地记起了何其芳说的"这是送葬的世纪"这句话来。

"是的,"我兀自点头自语道:"旧的绝没有被人留恋的价值,要死的让它死去,正如抛弃了无用的废物一样,活着的人,一定要坚强地活下去。"

于是,当我朗诵着下面这两句诗的时候,我加倍地感到真切:

"让生者倔强地爆裂开土地
让死者埋下去填补他的空位"

死　域[*]

生活在这里，犹如生活在见不到阳光的暗室。许多悲惨的故事，都在这里开始和完成！在霓虹灯强烈的光线下；在黄沙滚滚的沙漠中：人和兽分不清，把敌人当作朋友，把野兽认做人，结果便会活活地被咬死，剩下一堆骨头。阳光下，狼犬狐狸满街跑，夜里，蝙蝠出来了，而善良的人性，却永远被囚在暗室里，没有阳光，没有窗，而有的是，黑暗，黑暗，无边的黑暗呵！

这里，分不出白日和黑夜，分不出真理和虚伪，更分不出敌人和朋友！

这里，没有人哭泣；只是笑，阴险的笑，奸宄的笑，和凄楚的暗淡的笑，这里，连笑也是这么的不自然啊！

* * * *

这里的人，像一群生活在死水中的鱼，他们正在寻找着活的源头。

* * * *

"不在沉默中爆发，就在沉默中死亡"，善良的老人这样地警告着我们！

是的，沉默并不可怕，沉默地死去，那才是更可怕的事呵！

---

[*] 此文初刊1949年7月16日《星闽日报》，为《散章辑》第2篇，署名谢鱼梁。据此编入。

桥[*]

桥静静地卧着,静静地卧着——
桥底下,是流水,是滚滚东去的流水。
许多的船载着旅客驶向远方,又载着远方的旅客回来了,船,永远是忙碌呵!
汽车从它身上走过,货车,脚踏车也从它身上走过,人也从它身上走过,桥,永远地,一动不动——

* * * *

桥是我所熟悉的,每天,我都走过几回,这确是一座伟大的桥,看呵!多宽广的臂膀,多善良的心!

* * * *

在桥上我看见过好多够悲惨的事:
一天,我从桥上经过的时候,我见到一个人奋身从栏杆上跃下去,接着,江水起漪涟,人,从此泯没了,江水愤怒地吼叫着。
桥哞,许多可怜的人们,在饥饿的边沿,挣扎,呼喊,呻吟——呵,没有人瞧,没有人去注意他们——

---

[*] 此文初刊1949年7月16日《星闽日报》,为《散章辑》第3篇,署名谢鱼梁。据此编入。

* * * *

夜来了,夜带来了桥的"繁荣",爵士音乐可以传到这里来,酒的香,肉的气息更可以传到这里来!

许多人迷醉了,踟蹰在桥上。

* * * *

许许多多的罪恶,在桥上开花结实。

许许多多的生命,在桥上丧失了。

呵!为什么?为什么?有人去投水,有人去求乞,而也有人在享乐,在轻歌曼舞中过日子——

向阳光拥抱*
——写在福州解放日

好热闹的城市
好热闹的街
好热闹的人的潮水
来哟
你们这世纪的主人
打开长久封闭的窗门
让阳光进来

街上
人头攒动着
歌声飘扬着
粗犷的喉咙
喊出了洪亮的口号
大红旗迎着晨曦
被风吹着呼啦啦地响
红红绿绿的标语
告诉你们

---

* 未刊稿。作者按:此诗写于1949年8月17日的晚上,这是福州解放的纪念日。随后,作者还以当地驻军的身份,参加了1949年10月1日在福州举行的庆祝中华人民共和国成立的火炬游行。

天亮了
太阳出来了

看
街上
来来往往的
是工人
是农民
是人民的战士
是年青热血的青年
是商店中的小伙计
有男人
有女人
也有老者
他们
都以激动的心情
向着随着黑暗的死亡而来的
耀眼的阳光
拥抱
他们
都以虔诚的善良的心地
祝福着
这人民的
民主的国度
永生

阳光嬉笑
人们嬉笑

旗鼓舞
因为
一个美丽的
人民共和国的远景
已在向着他们招手

来哟
你们这世纪的主人
去扳动机抢和马达
去挥起锄头和笔杆
去建筑
去开垦
去播种
去向那新来的
阳光
拥抱

1949,8,17 晚,于 Foochow。

我走进了革命的行列[*]

我看见了红旗在招展,我听见了解放的歌声在中国的每一个角落震荡着,我看见了无数的至今还在受难的人民,向着我,他们伸出了求援的手,我看见了广漠的至今还在兽蹄践踏下的土地在哭泣。呀!是的,我应当为他们,为他们献出我的血和汗。

因为我向往于一个美丽的人民民主的共和国,因为我向往于一个世界大同的人类的乐园,于是,我以激动的心情,张开了热情的两臂,向着广大的人民大众拥抱;我投入了革命的洪流。

我提起了我的勇气,鼓起了我的热情!在八月末梢的一个中午,我带着一包小得可怜的随身衣服,离开了十数年来不曾离开半步的家,我年老的双亲,以及我的兄弟们!呀,我那朝夕相处的小书房,那些心爱的存书,那熟悉的门后的山和门前的水井,还有,我那些相识的和不相识的朋友们,为了人民,为了革命,我得离开您们了!

我并不孤独,因为,我和人民生活在一起。我也不会失望,因为,我有信仰!我有勇气,所以我能够毅然地向前走去。

不再留恋家的温馨,父母的爱,我知道,那是狭小的,自私的,去爱人民,去爱祖国,去扛起枪杆向那些祸国殃民的反动匪

---

[*] 此文初刊1949年9月16日《星闽日报》,署名谢鱼梁。据此编入。作者按:作者于1949年8月29日参加了中国人民解放军,从此告别了中学时代。这篇文章是在参军后于陆军二十八军八十三师投稿给《星闽日报》的。这篇文章标志着作者中学习作时期的结束,也标志着在"旧"报刊上发表文章的结束。

徒开火！惟有革命，才有我们完全美满的家，才有各人安定的生活。

伟大的人民领袖对我们说：

"新中国站在每个人民的面前，我们应该迎接它。

"新中国航船的桅顶已经冒出地平线了，我们应该拍掌欢迎它。

"举起你的双手吧，新中国是我们的。

"新中国是我们的。但要凭着我们去创造，去建设。正如我们必须播下种子，才能收成。

"要向前看，不要向后看！腐朽了的东西一定要死亡，发展着的东西一定要胜利。"我正是抱着这种正确的信念，走出家庭和学校的。"

我走进了革命的行列，我满心充沛着喜悦！

1950

挥手别福州[*]
——南进断章之一

向你告别，福州
南街，不断的人流
吉祥山上矗立的大楼
闽江滔滔流过中洲
车马繁沓的大桥
慢慢地，都留在我的身后

向福州投下最后一瞥留恋的目光
我远行的意志变得更坚强
因为我在你的怀抱里成长
因为我和你共过患难
因为我和你一起获得解放
如今我要拿起枪杆
去解除他人的苦难
向福州投下最后一瞥留恋的目光
我远行的意志变得更坚强

向你告别，福州
我将不再回头

---

[*] 未刊稿。

千万受苦的人伸出呼援的手
我要勇猛地向前走
以坚强的意志和狼犬搏斗
为他们雪尽大恨深仇

      1950,7,8,莆田县黄石镇。

无 题[*]

早晨我张开惺忪的睡眼
视线投向窗外阴霾的云天
浓雾遮住这世界的真实
这样的天气我已习惯多年

有时下雨,有时闪电
有时起大风黄沙满天
我惊奇恐惧心情忧郁
曾怀疑这物候失去晴天

曾想把心寄托给天边的云彩
曾想把心飘荡在浩瀚的大海
也曾想学大雁远走高飞
却总是污浊弥漫在周围

生活要我向阴暗的环境下跪
陈腐的旧势力将我重重包围
低沉的空气罩住了心的晴朗
愤恨在发霉的角落发芽生长

[*] 未刊稿。

向往于"山那边"自由的土地
那里的人民在同声歌唱胜利
浩荡的铁流行进在祖国旷野
战争的凯歌已在远处播扬

真理的火光召唤我真实的情感
鲜红的旗帜照亮我内心的光明
为自己能诞生在伟大的时辰
我兴奋且为自己的命运庆幸

从此我不再沉默叹息
坚信美丽的时光终将到临
从心中燃起了年轻的火焰
我要跟随那火光勇敢向前

1950,7,18,莆田黄石军次。

爆炸大王刘相芝[*]

（刘相芝同志现任二四九团三营副营长，是一级人民英雄）

人物：战士甲、乙
幕启：甲、乙两人从天幕两旁愉快地舞上

唱：（曲一）《人人立功》

  上级号召再号召，
  解放战争中人人立功劳。
  拥政爱民要做好，
  四大技术要提高，
  猛打猛冲缴枪炮，
  功劳簿上美名标。
  看哪！人民的功臣啊，

---

* 此篇快板演唱约创作于1950年7月，初刊中国人民解放军二十八军政治部编印的1950年8月10日《前哨文艺》第4期（英模专号），作者署名为：八十三师文工队队员谢冕、林起光合作。作品后有军政宣传科《两个小剧的演出说明》，讲："《二级人民英雄陈继中》与《爆炸大王刘相芝》这两个小剧（快板演唱）都是写英雄事迹的。严格说来，这不像是个'剧'，因为这些英雄事迹不是当场'演'出来而是从别人嘴里'说'出来的，就好像唱大鼓、说快书一般。但是，它确也是个'剧'，它不像唱大鼓、说快书似的一人弹弦子，一人自打鼓自唱；它里面虽然讲的是英雄事迹，可是讲的人彼此之间还是有点'事儿'的，谈吧也不是一口大气不喘直穿下来，而多少还有点变化曲折的。因此，咱们排这两个剧首先就得把它当'剧'排，不能以为只是说故事，就马虎凑一凑推上台就算了。"

　　　　个个是英豪,
　　　　人民的英雄们,
　　　　真是荣耀。
　　朗诵:
　　　　英雄出了千千万,
　　　　有一位英雄出在二四九团。
　　　　爆炸大王刘相芝,
　　　　田柳庄战斗美名传。
　　　　禹城泰安显威风,
　　　　宣张屯里逞好汉。
　　　　一切事迹暂不表,
　　　　先把田柳庄战斗谈一谈!

甲:(白)二四九团爆炸大王刘相芝在田柳庄、禹城、泰安宣张屯每个战斗中,都为人民里下了立大功劳,被评为一级人民英雄,让我们把他的故事拉一段给大伙儿听听吧!

　　　　(唱曲二)英雄刘相芝,
　　　　功绩说不完。
　　　　机智沉着英勇顽强,
　　　　爆炸任务每次都完成啊!
　　　　每次都完成。

　　乙:(唱曲二)他对爆炸术,
　　　　教育更热心,
　　　　培养了无数爆炸员,
　　　　个个爆炸员都立功啊!
　　　　个个都立了功。

甲：(唱曲二)田柳庄战斗中，

他有谋有勇，

手抱炸药大显威风，

他真是人民的功臣啊！

人民的功臣。

乙：(白)小王，你就把刘相芝在田柳庄战斗中的故事详细地说一说吧！

甲：好，我说不到的地方你做个补充。(快板)

同志们，仔细听，

听我把田柳庄战斗说个分明：

土汉奸，马成龙，

聚集匪徒胡乱行。

招兵买马做起土皇帝，

欺诈压迫老百姓，

八路军，救人民，

消灭敌伪除祸根。

一九四五那一年，

夏季攻势开始进行，

爆炸员，刘相芝，

接受任务他打头阵。

乙：爆炸任务交到手，

急忙把器材准备好，

再去详细观察地形，

田柳庄外围工事修得牢又牢，

稀稀拉拉的鹿砦和竹签，

绊马索陷阱在后面。

反击鸿沟有四道，

两道围墙筑得高又高,
看来足有十二米宽,
汽车在上面可以跑。

(白)田刘庄的工事修得真坚强,匪首马成龙,天天出来抓夫,修了三年多方才修好,粮食堆积如山,汉奸张景月吹着说:"三年也别想拿下田柳庄",这次渤海军区子弟兵,接受了攻打田柳庄的任务,全体干部战士一致下决心说:"任凭它是铜墙铁壁,一定要打下田柳庄,活捉马成龙!"

甲:(快板)刘相芝,是好汉,
看好地形有主张。
决定利用坑道作业来爆破,
首先挖到一道围墙,
连夜修起碉堡十多座,
轻机重机架在上,
碉堡大约高一丈,
枪口对着田柳庄。
机枪迫炮齐开火,
掩护挖洞把炸药来送上。
乙:枪炮打了一整天,
打得庄内屋塌墙又倒,
匪徒们慌做一团团,
东跑西窜无处逃。

(白)为了掩护爆破,咱们四门迫击炮大显威风,响了一整天,打得敌人叫爹喊妈。

大家动手挖地道,
不到半天就挖好。
三米宽,五尺高,

四个人并排可以跑。
甲:地道挖好送炸药,
五十斤一包两人抱,
送到墙根放妥当,
拉了火绳就往后跑,
轰隆哗啦一声响,
并没有把墙来炸倒,
只是炸缺一个口,
敌人立刻用麻袋堵上了。
乙:一见缺口被堵上,
刘相芝,心不慌,
他英勇果敢又送第二趟。
地道再挖到第二道沟,
敌人一见就开枪,
二道沟里来反击,
刘相芝他们被堵在一旁。
甲:迫击炮,隆隆响,
机关枪,达达叫,
我们的火力发了疯,
敌人的火力被压倒。
乙:敌人一看事不好,
夹着尾巴就往回跑。
甲:一见敌人往回跑,
刘相芝急忙出地道。
乙:动作迅速快加工,
二道墙上又炸个洞。
甲:炸药一共五百斤,
几十斤几十斤来送上了,

刘相芝大胆又沉着,
拉着那导火管就往回跑。
甲、乙:轰隆哗啦一声震天响,
十二米宽的围墙炸塌了!
甲:冲锋部队早准备,
上好子弹和刺刀,
爆炸声中向前冲,
通过围墙占碉堡,
居高临下向里打,
打得敌人乱喊叫。
乙:手榴弹步枪齐开火,
敌人这时受不了,
有的被打死,受了伤的哇哇叫,
有的跪下来,举手投降了!

(白)八路同志我们缴枪缴枪……缴,你们饶命吧!

甲:这时候,敌人外围工事已经突破,我军在火力的掩护下,冲入庄中,没有多久时间,就结束了战斗,俘虏了敌人一个多团,活捉了匪首马成龙,匪副师长孟祝三,缴获枪支弹药无数,爆炸大王又立下了大功劳。

甲、乙:

(合唱曲三):刘相芝爆炸技术,实呀实在高,趁敌人火力间隙送炸药。破坏工事早就有计划,一下子通过了鸿沟、围墙和碉堡。

遇事情,他沉着机灵英勇又果敢,能随时解决困难把任务来完成。围墙上挖窟窿把炸药放妥当,炸塌了围墙,部队胜利冲进了田柳庄。

刘相芝他真是好呀么好模范,又果敢又机灵,他智勇两全。同志们齐努力大家比一场,下决心跟老刘学呀么学个好名堂。

1951

姐妹开荒[*]

金金菜开花一片黄
姐姐妹妹来开荒
太阳照在荒地里
锄头起落闪金光
野草连根锄
碎石都拣光
卷起袖子擦把汗
姐姐妹妹把话谈
姐姐说：
"开好荒地快下种
抗美援朝不空谈"
妹妹说：
"多加肥料多加水
青菜萝卜长得欢
当墟城里卖了钱
捐献武器上前方"
太阳偏西天傍晚

---

[*] 此诗初刊于1951年《闽北人民》。据此编入。作者按:《姐妹开荒》是作者参加闽北水吉县营头村土改时的作品。

姐姐妹妹回家转
路上姐妹来挑战
"明早看谁先起床"

1951年10月2日于水吉营头

菩萨快滚蛋[*]

三神庙里阴暗暗
千年烟火从不断
天天有人来问卜
烧纸烧香供猪羊
祈求保平安
菩萨全不管
穷人多少辛苦钱
被他吃冤枉

千万丈金光
毛主席下乡
领导穷人大翻身
千年穷根一刀断
香炉烛台莲花座
一股脑儿快滚蛋

新社会劳动能发家
新社会不用木雕泥土刷
快把节约的烧香钱
当墟买口小猪娃

1951,10,4,写于水吉营头；11,4,于福清重改。

---

[*] 未刊稿。

小组会[*]

抽袋烟,喝口茶
围着桌子都坐下
今天开的小组会
组长老刘先讲话:
"抗美援朝大事情
咱们农民要齐心
捐献运动怎么搞
大家认真来商讨"
贫农小咕说:
"打粗不能没锄头
打仗不能没大炮
志愿军人人都勇敢
就是武器太缺少
志愿军打仗为咱们
不能让他们少枪炮
抗美援朝大道理
一说就知道"
王二叔,急说道:
"一根筷子易折断
一把筷子折不饶

---

[*] 未刊稿。

只要全国一条心
困难难不倒"
青年团员龚水元
放开喉咙大声道：
"捐献全在一片心
捐献不在钱多少
我保证半年增产十万元
买上武器打强盗"
这一来
你一枪，我一炮
有的捐献买飞机
有的捐献买大炮
小组会开得真热闹
组长老刘乐开了
老刘最后说：
"不但要俺一组搞得好
还要带动别组来赛跑
全国人民都动手
美国鬼马上就报销！"

1951,10,4,于水吉营头

1952

龙眼树下设课堂[*]

龙眼树下设课堂
摆上桌椅十几张
树根底下放茶水
树枝上面挂黑板
七月炎阳晒不到
清风拂拂好凉爽
个个战士精神好
静心听着教员讲
一边翻书一边念
波坡末佛声朗朗
拼一字,讲一字
印象深刻不会忘
课教完,就分散
互助小组开始干
一对对,一双双
三人四人成一帮
头碰头,面对面
生字本子晃得忙
你拼一个莫昂盲
我说消灭大文盲

[*] 未刊稿。

我拼一个佛昂防
你说决心保国防
一个拼,一个讲
拼得准来慢慢讲
拼过五十就六十
好似流水哗哗淌
你会念,我会讲
忘了意思大家想
笔画偏旁记得清
俘房生字不困难
黄沙地,松又软
松枝当笔地当板
细细划来细细想
一个生字不漏网
纸框框,遮符号
露出字儿大家讲
你考我来我考你
错了众人来评判
一人单干困难多
集体学习力量强
互助小组一碰头
人人都是诸葛亮
休息哨子一声响
擦去汗水把歌唱
班长打来洗练水
文教就把茶水上
说道大家辛苦了
休息休息再听讲

你看真是不简单
树荫成了跳舞场
青年舞,红军舞
一场跳过又一场
那边乙组大树下
排长指挥把歌唱
唱了文化大进军
又唱争取当模范
广播筒子大喉咙
介绍经验加表扬
板报跟前一堆人
经验心得贴满墙
凉风吹,树叶响
龙眼树下真爽朗
上起课来是教室
下课就是游戏场
愉快轻松有精神
学习带劲信心强
不说老粗脑子笨
不怕困难如山梁
手拿钢笔如拿枪
学习就像上战场
占领生字三五千
提高文化保边防

1952,8,19,于莆田二十八军军部驻地。

每晚都来看一趟[*]

夜深人静四围暗
风吹树叶沙沙响
呼呼海风冷透骨
班长小刘把岗站
班长感到身上冷
对着小刘把话讲：
"刚刚起风天转冷
要不要拿条棉被来披上？"
小刘说："不用了
咱身上冷些又何妨
刚才上岗过连部
文教屋里灯明亮
窗户缝里往里看
教员们正埋头做教案
教员们，真辛苦
白天上课哑了嗓
夜里备课到夜半
现在起风天转冷
冻坏他们可咋办？"

---

[*] 未刊稿。作者按：此诗写于28军83师249团3营当日的驻地。石城是突出海中的一个半岛，面对南日岛。

班长说：
"文教辛苦为咱们
我们不能把他忘
你留这里站着岗
我到连部去看看"
班长转身正要走
小刘记起事一桩
"叫班长，先别走
这包'腰鼓'你带上
教员晚间干工作
抽支香烟精神旺"
接过香烟笑嘻嘻：
"小刘尊师真正强"
王班长，到连部
只见屋里没灯光
打开电筒推门望
三个文教睡正香
江文教身子露半截
摸摸胳膊冻冰凉
班长心里疼得慌
赶紧把被盖妥当
转头再看林文教
白纱蚊帐忘了放
一群蚊子嗡嗡转
班长过去放蚊帐
打着电筒细心看
走路轻轻手脚忙

心想文教受了累
吵醒他们不应当
班长取出"腰鼓"烟
顺带也就放桌上
这些事，做好了
好像有话要端详
掏出洋火点上灯
哗哗写了字几行：
"你们各方都不错
课也讲得蛮漂亮
工作积极固然好
注意睡眠保健康
希望你们多休息
夜间不要熬半响
海边风大蚊子多
夜里别忘放蚊帐
你们要是累了病
全连学习受影响
这些意见供参考
希望你们多想想
另外附上烟一包
但愿你们能用上
晚上备课疲劳了
抽上一支精神旺
一包香烟深深意
我们一片热心肠"
写完字，心喜欢
吹熄灯火出了房

一路还是在盘算
今后每晚来看望
只要教员身强壮
咱们学习有保障

1952,11,3,于石城前线。

炊事员送饭高山上[*]

炊事员,陈庆南
攀登高山送午饭
一副扁担肩上挑
一头菜来一头饭
斜肩背着热水瓶
不怕山高路又远
登上山顶擦把汗
吆喝同志快吃饭
小刘跑来说快板:
"老陈来送饭
累出一身汗
上山下山来回跑
阵地上茶水常不断"
老陈笑着说:
"你们抢镐爬高山
手打血泡汗湿衫
日夜劳动不怕苦
我们累点啥稀罕?
你们努力修工事
我们把伙食来改善

---

[*] 此诗初刊1953年5月15日《华东战士》第18期。据此编入。

木耳蘑菇黄花菜
豆腐青菜炒鸡蛋
早饭中饭下午饭
大米馒头饺子常常换
营养好,身体健
把国防工事修得好
保卫祖国永向前"

1952,11,18,于南日岛前线。

运土机[*]

海岛上,修地堡
工具真缺少
少铁锹,少洋镐
还少畚箕把土挑
二排刘兴元
利用废物来创造
找到一个子弹箱
想方设法来改造
箱子前头拴上绳
底下轱辘装两套
装上土,拖着跑
又轻便来又灵巧
一次装土几十斤
赛过美国工厂造
刘兴元拖着车子跑
同志拍手都叫好

1952,11,20,于南日岛。

---

* 未刊稿。

工事场[*]

工事场,真热闹
有的唱歌有的笑
洋镐不管满头汗
领着大伙把舞跳
铁铲擦擦身上汗
顾不得休息又干开啦
扁担在抽烟
畚箕在喝茶
炸药大哥说笑话
哨子一声响
各就各位又开干
丁字镐,力气大
一上一下舞得欢
不到一刻钟
刨出泥石一大摊
大家齐声喊:
"洋镐同志本领强
只要身子一动弹
地下泥石翻身晒太阳"
铁铲分工修坑道

---

* 未刊稿。

一铲一铲干得好
又管出土又管平
一人就把两人顶
畚箕力气大
扁担腿子长
来回运土两头忙
顽石中间来挡道
洋镐一碰火星冒
敲不碎,移不动
请来大哥猛炸药
轰隆隆,哗啦啦
顽石霎时搬了家
弟兄们,乐开啦
战胜困难信心大
都说道
"只要咱们配合好
不怕困难如山高
筑就铁堑壕钢地堡
保家卫国乐陶陶"

1952,12,7,于1南日岛。

阵地安家[*]

甲：竹板敲,竹板响
　　大家听我说快板
　　一不说祖国大建设
　　二不说志愿军打胜仗
　　这不说来那不说
　　单把海岛守备谈一谈
乙：海岛战,不简单
　　阵地上面把家安
甲：安家安在高山上
　　飞机大炮炸不烂
乙：安家安在深洞里
　　主动歼敌守阵地
甲：阵地上面安了家
　　敌人一见真害怕
　　他要胆敢爬上来
　　叫他王八吃西瓜
乙：解放军,决心强
　　寸土必争守海防
甲：说海防,好地方
　　阵地修得铁一样

[*] 未刊稿。

乙：看前沿
　　密密麻麻铁丝网
　　左右陡壁数不完
甲：交通壕，一道道
　　前前后后通坑道
　　坑道修的真漂亮
　　米二宽来米七高
乙：坑道说完说地堡
　　咱的地堡真不孬
　　土木堡，钢筋堡
　　堡身坚固死角少
甲：敌人要敢来侵犯
　　无数枪炮冒火光
　　大炮轰，机枪扫
　　叫他一个跑不了
乙：海防工事修得牢
　　个个同志有功劳

甲：部队来到最前线
　　战士情绪万丈高
　　这个说，战斗争取立功劳
　　那个说，修好工事最重要
乙：讨论好，动手干
　　你管挑土我管刨
　　你用洋镐我用锹
甲：不怕风大小雨飘
　　月落干到星满天
　　不怕沙子迷了眼

不怕浑身汗湿遍
乙:同志们,情绪高
　　　个个手上起血泡
　　　老血泡,磨平了
　　　上面接着重起泡
　　　血炮起得一层层
　　　痛在肉上喜在心
甲:哎,争取工事早修好
　　　岛上老乡也忙开了
　　　老头们参加打石子
　　　小姑娘抢着把沙挑
　　　这个说,要想过的好生活
　　　不能让敌人上海岛
乙:那个说,敌人要是敢上来
　　　定打他头破血流哭嗷嗷
甲:说阵地,道阵地
　　　咱们的阵地真神气
　　　有饭堂,有寝室
　　　吃饭休息都便利
乙:说稀奇,真稀奇
　　　寝室做在石洞里
　　　天花板是大石头
　　　床下石子来铺地
　　　睡觉枕的石枕头
　　　脚跟顶着石墙壁
甲:要问这石房有多大
　　　宽三米来长十米
乙:要问寝室怎开的

洋镐就是开山机
甲:吃饭时候当饭堂
　　晚上睡觉当寝室
　　擦枪擦炮都方便
　　闲来可以做游戏
乙:做游戏,做游戏
　　阵地生活要调剂
　　胡琴扑克康乐球
　　爱玩什么全由你
甲:墙上挂着俱乐部
　　红色的边绿色底
　　稿子丰富又新鲜
　　有表扬来有建议
乙:同志们,心欢喜
　　都说寝室有意义
　　和平代表住宾馆
　　咱们大伙住阵地
　　住宾馆,住阵地
　　保卫和平是第一
甲:石头墙,光又滑
　　大幅画报墙上挂
　　这边是集体农庄大生产
　　拖拉机一辆又一辆
乙:那边是成渝铁路通了车
　　英雄挂着军功章
甲:见了画,心思量
　　咱们这里守海防
　　为的是全国人民享安康

乙：咱们这里把苦尝
　　为的是家家幸福歌声扬
甲：受点累，吃点苦
　　英雄战士不在乎
乙：不在乎，不在乎
　　打起仗来如猛虎
甲：壕沟里面把兵运
　　依靠工事打胜仗
　　石垒壕沟真漂亮
　　又坚固来又宽敞
乙：顺着壕沟走一步
　　前面就是弹药库
　　咱们弹药堆如山
　　子弹炮弹打不完
甲：手榴弹，开红花
　　敌人见了喊爹妈
乙：黑炸药，一箱箱
　　敌人见了喊爹娘
甲：弹药库，真坚固
　　军械上士房里住
　　看报看书都可以
　　高兴起来拉二胡
乙：咱们阵地真是好
　　炊事房住进大地堡
　　菜刀锅铲都全备
　　也有罗锅也有灶
甲：屋左一只大水缸
　　一次装水几十担

坚守阵地半个月
　　　烧饭用水不犯难
乙:屋右堆着米和面
　　　一堆一堆像小山
　　　白菜芹菜波棱菜
　　　还有洋葱和大蒜
　　　油盐酱醋全都有
　　　要甜有甜酸有酸
甲:烧柴就在地堡边
　　　上面盖着大草帘
　　　刮风下雨全不怕
　　　烧水做饭都方便
乙:光吃熟食还不算
　　　还有罐头和饼干
　　　猪肉罐头鱼罐头
　　　堆起就是一座山
甲:咱在阵地吃饼干
　　　敌军饿得直叫唤
乙:咱们棉衣穿得暖
　　　敌军裤头二尺长
甲:咱们坑道真暖和
　　　敌军冻得打哆嗦
乙:打哆嗦,打哆嗦
　　　机枪小炮齐开火
　　　他们敢到阵地前
　　　歼敌千百不算多
甲:咱们阵地是铁山头
　　　竖立祖国最前头

人民见了直拍手
　　　反动派吓得缩了头
乙:咱们阵地是锥子尖
　　　扎在敌人心中间
　　　他想攻山碰钉子
　　　他想登陆把他歼
甲:阵地守得坚又坚
乙:保卫钢铁海防线
甲:志愿军,在朝鲜
乙:咱在祖国大东南
合:两支力量钢样强
　　　打败美蒋野心狼
　　　两支箭头一个心
　　　一心保国保和平(完)

　　　　　　1952,12,31,南日岛。

1953

感谢你们[*]

用船载,用车装
越过山冈,跨过海洋
你们的慰问品
送到了海防线上

当汗水湿透了衣裳
当沙石把鞋底磨穿
是你们,亲爱的同志们
是你们知道我们的困难
节省下一双鞋一件衣
送到了前方
穿上你们送来的衣服
大汗如雨也觉得清爽
穿上你们送来的鞋子
干起活来浑身是力量
在坑道里,在工事旁
文化教员念着你们的慰问信
每一封都是火热的心肠
亲切的慰问

---

[*] 未刊稿。作者按:《感谢你们》是一首朗诵诗,1953年1月8日作于南日岛。1953年2月1日,在福建军区有线广播电台第三次播音时间内播出。

热情的鼓励
好比是冬天里温暖的太阳

吃着你们慰问的橘子和香烟
心里越想越喜欢
通红的橘子火热的心
心里想的感激的话
不知怎样表达才恰当

晚点名时指导员讲话
号召要以实际行动来报答
不怕手起泡
不怕风沙大
前方后方紧牵手
同心协力保国家

1953,1,8,于南日岛。

海防线上过新年[*]

大年夜,我们正在修工事
浑身上下一片泥
豆大的汗珠往下滴
手上血茧一重重
开山挑土过除夕
我们受累不要紧
为了人民过年穿新衣

过新年,我们蹲在工事里
地堡要伪装
坑道要修理
坑道修的宽又平
地堡顶上盖草皮
一切准备都做好
为了人民享安逸

过新年,我们住在坑道里
枪炮擦得瞠瞠亮
轻重机枪上阵地
哨兵的眼睛睁得大

[*] 未刊稿。

指挥员守着电话机

施工现场响叮当
好比过年锣鼓响
口渴喝碗白开水
好比新年举酒觞
大江南北放鞭炮
战士日夜守边疆
迎接胜利的一九五三年
万里海防坚如钢

1953,1,10,于南日岛。

夜间挖坑道

甲：打竹板，抬头望
　　今天晚上好月亮
　　月亮照着北楼山
　　英雄阵地更雄壮
　　交通壕，曲又弯
　　地堡火口四面张
　　月亮底下看北楼
　　好比是铁虎蹲地上
乙：叫同志，别喝彩
　　你看是谁上山来
　　有拿镐，有拿锹
　　有的还把畚箕带
　　为首一位穿大衣
　　热水瓶子抱在怀
　　你看他们多精神
　　连蹦带跳上山来
　　咦，莫非是谁误时间
　　这才收工回家来
　　要不是工兵修地堡
　　连夜要来把山开

---

* 此为数来宝，初刊28军编印的1953年7月《连队文娱资料》第9期。

甲：别奇怪，别胡猜
　　睁开两眼看明白
　　头里走的七班长
　　带领全班上山来
　　那是夜班突击队
　　夜夜都把洞来开
　　为的是
　　咱们早把"会场"布置好
　　敌人来了好"招待"
乙：对，早把"会场"准备好
　　免得临时慌手脚
　　他要是飞机大炮胡乱来
　　咱在坑道隐蔽好
　　他要胆敢来攻山
　　咱就一个一个出来了
　　枪弹炮弹够他饱
　　叫他来了去不了
甲：打竹板，慢慢走
　　不觉走到洞门口
　　哟，洞里灯火名晃晃
　　照得上下好亮堂
　　五步一支白蜡烛
　　好像路灯一个样
乙：我一边走来一边看
　　只听见让路让路叫得欢
　　洞里边，黑影晃
　　你来我往真不慢
　　咦，这不是码头和车站

那来的工人把货搬
　　　定定神，仔细看
　　　原来是同志把土担
甲：往这瞧，往这看
　　　小傅挑担跑的欢
　　　别看他，年纪小
　　　这担足有九十三
　　　十冬腊月穿背心
　　　豆大汗珠流满面
　　　走起路来快如风
　　　压的扁担溜溜颤
　　　（白）小傅，可把你压坏啦
乙：我的肩膀压不烂
　　　它比铁硬比钢强
　　　只要扁担绳子能坚持
　　　保证挑到大天亮
　　　就是肩疼腿又酸
　　　为了祖国又何妨
甲：姬文友，不简单
　　　要抢小傅这一担
　　　你来抢，他不让
　　　两人抢扭成一团
　　　这个说，挑土人人都有份
　　　一人独占可不沾
　　　那个说，看你生来个子高
　　　挑土还要把腰弯
　　　低头哈腰累地快
　　　不如由我来包办

乙：这边你争我又抢
　　只听得前面歌声响
　　留神仔细听一听
　　还有胡琴竹板响
　　哎，这是怎么一回事
　　莫非夜戏刚开场
甲：打竹板，响连环
　　紧紧走来不怠慢
　　休息室出现在路旁
　　张灯结彩真漂亮
　　我朝里头望一望
　　吓，大夥正在把歌唱
　　罗班副，当指挥
　　老陈胡琴真不让
　　我爱我的祖国刚唱完
　　小姚又来搞名堂
　　（白）咱们欢迎班长来段快板好不好？
乙：好好好，妙妙妙
　　大夥听我说一套
　　别的暂且先不说
　　说今晚挖坑道
　　咱们大家情绪高
　　积极钻研有创造
　　对付沙土和石头
　　创造了经验好几套
　　挖洞遇到松沙土
　　两边挖，底下掏
　　然后洋镐猛一抢

大片泥巴就往下掉
挖来挖去遇硬土
洋镐一碰往回跳
伤工具，且不说
用劲越大蹦越高
好个老郑有办法
开动脑筋用技巧
你看他，一下轻，二下重
三下下去猛猛捣
只听哗啦一阵响
土块纷纷往下掉

甲：同志别尽在这里听快板
咱到前头去瞧瞧
看，洞尽头，更喧闹
老范赤膊抡洋镐
只见那洋镐前后转得欢
汗水泥土纷纷往下落
汗水湿透单军裤
手上起了大血炮
鲜血渗透白手巾
正眼不去瞧一瞧
正想和他打招呼
那边有人嗓门高
叫声老范快歇下
这会轮到我来刨
原来是小姚来换班
手上拿着一只表
（白）老范同志，你看，十分钟，一秒也不少，我

可没贪污你的
　　　嘿,这是搞的啥名堂
　　　挖洞还用看手表
乙:工具少,没办法
　　　只能歇人不歇马
　　　每人轮流十分钟
　　　不多不少大家挖
　　　大夥都说这办法好
　　　公平合理实行啦
甲:竹板达达响连声
　　　同志们越干越带劲
　　　忘了疲劳忘了苦
　　　挖洞挑土到天明
　　　日班已经上山来
　　　这才收拾工具出了洞
合:嘿,通红太阳出海面
　　　照着祖国海防线
　　　万千战士守海防
　　　保卫祖国万万年(完)

　　　　　1953,2,27晚,于南日岛山头村。

1954

年 货[*]

欢腾的海浪映照着片片红霞
寒冽的海风刮起漫天黄沙
从祖国大陆来的船只刚刚靠岸
战士就忙着把货物卸下

涉足而过的海水虽是如此冰冷
收下的却是祖国人民火热的心
看日历今天才腊月十一
祖国人民早把我们的年货备齐

肥美的肉类鲜红的水果
都来自我们亲爱的祖国
祖国关怀着远离他们的儿女
把她的慈母之心寄到这里

海滩上拣起一叶葱绿的菠菜
喜悦的激情充满胸怀
仿佛见到扬子江畔无垠的田园
在那儿鲜花永开不败

---

[*] 未刊稿。

看到礼物想起亲人
　　托晚归的帆儿寄语给北京
　　战士永远忠诚于祖国
　　如同孩儿永远孝顺他的母亲

　　　　　　　　1954,1,3,于莆田黄石。

在沙滩上[*]

夕阳落在水面，
彩霞烧红了天；
一群战士在沙滩上漫谈，
笑声掠过辽阔的水面。

"昨晚上我做了个美丽的梦，"
说话的战士笑容满面：
"梦见这里长满了庄稼，
陆地和大海绿成一片，
拖拉机游泳在稻浪上，
驾驶台上的姑娘拖着长长的发辫；
一边唱歌，一边耕地
她的歌声响亮又绵长
这歌声怎么这么熟悉，
我好像见过她的容颜？
哦，原来是我们房东家的闺女，
初中刚毕业的青年团员。
我正向她亲切地招手，
令人惊奇的景象又投入眼帘：

---

[*] 未刊稿。

远处出现一道绿色的绸带,
细看是防护林绕着海岸;
那本来光秃的石头山上,
压枝的苹果正红得耀眼。"

山间的泉水滔滔不断,
心里的话儿谁都爱谈:
"每当我站在山顶放哨,
我心想,
将来这里一定会盖个学校;
原有的那座小学也要扩建。
到天黑村村都扭亮电灯,
远航归来的渔民都把书念。

"到那时渔民的生活得到改善,
出海捕鱼也坐上新的轮船。
渔船带着歌声破浪前进,
咱们的舰艇就保护它们生产。

"这里要建个罐头工厂,
工厂的烟囱日夜冒烟,
造出千百吨鲜鱼罐头,
供给北京也供给鞍山,
让祖国人民吃到我们的产品,
万里外也想着海防前线!"

天上的云彩千幻万变,
战士的话儿越说越甜,

这时日落大海天色昏暗,
渔船上的灯火映着了炊烟;
晚风抚摩着兴奋的脸,
美丽的理想鼓舞他们向前!

      1954,1,10,于石城半岛。

迎亲人[*]

喜鹊叫,亲人来
这个消息传得快
地堡边上船喜讯
朵朵鲜花迎春开

十里高山二十里路
白云山巅常青树
为摘树枝扎彩门
汗水湿了棉军服

交通壕里竖彩门
青枝绿叶喜盈盈
千百个人儿动手扎
千百颗心儿迎亲人

墙报上新添欢迎栏
欢迎文稿似雪片
亲人走了千里路
感激深情写上边

---

[*] 未刊稿。

守岛如今四五年
时时都把祖国念
这番听说亲人来
半夜乐得难合眼

盼着亲人到咱班
知心话儿道不完
先问农村庄稼好
再祝工业多增产

汇报咱们学习好
苏军经验也学到
枪炮擦得溜溜亮
一心要把祖国保

小小彩旗红线牵
北京和咱心相连
咱托亲人捎个信
战士心似钢铁坚

1954,2,25,于莆田城。

咱托亲人捎个信[*]

千里探亲情意长
毛主席派代表到海防
咱托亲人捎个信
千山万水寄北京

信寄领袖毛主席
战士心中感谢你
想你工作那么忙
还把我们来惦记

毛主席,把心放
战士为你争荣光
提高革命警惕性
永远紧握手中枪

永远握住手中枪
不让虎狼来猖狂
要把沙滩变花园
海防线上建营房

---

[*] 此诗初刊1954年4月《解放前线》。据此编入。

起早贪黑练本领
雨水洗面汗洗裳
建设强大国防军
我们决心坚如钢

东拉西扯话儿长
英雄祖国有希望
希望早日工业化
拖拉机开到海岛上

    1954,3,3,于莆田。

我佩上了纪念章*

鲜花堆满会场
掌声好像海浪
一位白发苍苍的革命妈妈
把纪念章挂在我的胸膛

这纪念章
美丽有如鲜花
光亮有如太阳
它放出万丈金光
辉映着我幸福的泪光

我戴着纪念章
不住地把往事想
我想起参军的那一天早上
母亲把红花给我戴上
他脸上堆着笑容
拍着我的肩膀：

---

* 此诗初刊1954年4月16日《华东战士》第40期,同年收入辽宁人民出版社出版的《解放军战士短诗选》,题为《纪念章给我的力量》;又收入人民文学出版社1955年10月出版的《中国人民解放军战士诗选》,题为《纪念章》;又选入北京通俗读物出版社编选的诗集《战士的心》,以及解放军总政治部编印的"迎亲诗选"《战士的心》。

"带着这花儿到前方
记住妈妈对你的希望"
六七年了
我走过不少的地方
打了很多的仗
如今我胸前挂满了奖章
我没有忘掉妈妈的希望

像戴上那朵红花一样
我激动地戴上了纪念章
我一刻也没忘记人民的希望
戴着它,修工事
浑身长力量
好像快刀加层钢
戴着它,上战场
每一个战斗都打得漂亮
一枪也不虚放
戴着它,去站岗
狂风暴雨也不能阻挡
纪念章带到那里
那里就闪着胜利的光芒

每晚下冈回来
我借着月光
脱下了露水打湿的军装
取下了我心爱的纪念章
用绸布把它擦净
它在夜里还闪闪发光

我的心飞到了天安门上
拿着纪念章
我静静地想
我的责任是保卫和平
保护人民的幸福时光
我一定要对得起这纪念章
对得起人民给我的荣光

　　　　　1954,3,3,作于莆田。

亲人到海岛

激情大海哗啦啦
明亮的太阳天上挂
彩装的机帆船刚靠岸
咱们就拥上去献花
又拍巴掌又握手
欢迎慰问代表到咱家
又喊口号又欢呼
亲人说了第一句话
长年累月守海岛
同志可真辛苦啦
咱们忙回答
为了祖国建设好
再大的辛苦又算啥

北京的亲人走俺家
全连上下忙开啦
通讯员,林国义
屋里屋外洗又刷
玻璃窗,亮晶晶

---

* 未刊稿。

地板不粘一粒沙
挂上几幅画
插上几束花
做完端详花又端详画
喜的他,心开花

炊事班长和上士
忙着磨刀宰鸡鸭
"海防菜园"里割青菜
萝卜白菜大南瓜
这边劈啪劈柴火
那边忙着把面发
五里外挑来清泉水
要给代表泡香茶
这天伙房里好热闹
一边做饭边拉呱
家常便饭请亲人
东西不丰心意大
自己播种自己收
亲人一定把咱夸

亲人到阵地来参观
整齐列队欢迎他
红旗高举满天红
山前山后乐开花
亲人说,此山是英雄山
英雄的战士守卫它

战士说,要做人民好战士
祖国海防钢铁打
后方安心大建设
前方警惕保国家

     1954,3,11,于莆田。

亲人的话[*]

桃花红,菜花香
亲人和咱叙家常
一句话儿一片心
话儿不长情意长

代表祖国问咱好
毛主席身体很健康
这句话儿没断音
台下掌声哗哗响

如今春风度过玉门关
新城矗立戈壁滩
祖国遍地跑铁牛
千里荒原变农场

新建工厂座连座
四处马达连天响
兰新路畔淮河边
祖国到处建设忙

---

[*] 未刊稿。

社会安宁生活好
家家户户都安详
吃笋不忘栽竹人
祖国把咱记心上

亲人向咱作保证
要炼更多铁和钢
造出枪炮送英雄
保卫祖国保家乡

千里雷声万里闪
掌声口号连天响
咱们记住亲人话
困难面前永坚强

1954,3,12,于莆田。

三件礼物献亲人*

站在山头看红灯
红灯挂在天安门
光芒照耀遍地红
火热有如战士的心

战士的心爱祖国
心心要寄北京城
北京离咱千万里
千山万水难寄这颗心

刚好亲人来慰问
咱把礼物献亲人
三件礼物虽然轻
战士心意海洋深

一束蟹菊送亲人
花儿橙黄叶儿青
此花战士亲手种
它在海岛扎下根

任凭风吹和雨打

---

* 未刊稿。

抽枝发芽绿萋萋
花儿代表战士心
永远看好南大门

二献绸子大红花
黄蕾红瓣有精神
三枪三中成绩好
优秀射手挂在胸

此花是朵光荣花
光荣花儿送亲人
辛勤操练不怕苦
加紧建设国防军

三献一只和平鸽
银色铝片亮晶晶
东山岛上打胜仗
敌机残骸做礼品

和平战士不畏战
握紧枪杆保和平
敌人要是来挑衅
一阵枪炮来欢迎

礼物寄到北京城
好比捎上我们心
这心不是平常心
天安门上灯更明

1954,3,22,莆田。

看慰问演出[*]

亲人远自北京来
海防前线搭舞台
舞台搭在坡坡上
背靠高山面对海

一阵阵锣来一阵阵鼓
台上台下齐欢呼
亲人脸上露笑容
战士眼中含泪珠

唱的是建设歌
跳的是胜利舞
建设歌声传万里
胜利舞蹈不停步

祖国前进脚步声
社会主义好前程
歌声舞步到夜深
英雄战士守大门

1954,4,1,于莆田

---

[*] 未刊稿。

班长看家回来了[*]

小油灯,爆灯花
班长看家回来啦
喜报传来多高兴
全班战士欢迎他
小提箱,行李捆
班长手上接过它
点支香烟倒杯茶
说说别后知心话

天上星星千万颗
话儿更比星星多
先问问
家里生活可很好
是否参加农业社
爱人可曾上冬学
女娃可会扭秧歌
再问问
祖国建设怎么样
公路修的可宽阔
长江大桥动了工

---

* 未刊稿。

新建工厂有几多

桂圆开花花满山
祖国面貌大改变
打从上饶上火车
工厂厂房遮住天
火车飞快向前跑
像是进了大花园
四月初七到咱村
全村老少来欢迎
老伯捋着胡子笑
孩子来献红领巾
还有俺那小闺女
解放军爸爸不住声

向日葵花向阳开
农业社歌声传过来
田地早就变了样
小丘小垅连成块
一片葱绿不见边
禾苗茁壮迎风摆

麦子成熟滴滴金
眼前日子美煞人
四年前
这墙就像麻子脸
草房顶上出星星
如今是

红墙绿瓦玻璃窗
白灰粉刷气象新
想从前,一件破袄穿三代
看今天,洋布衫子花头巾
棉裤棉袄三层新
新房子里住新人

俺爱人,李秀英
冬学校里优等生
学习文化勤用功
下田劳动胜男人
十五夜,月光华
夫妻双双定计划
俺在家里勤劳动
将来要把铁牛驾
我在外边守海防
保卫祖国工业化

水过滩滩溅浪花
掌声打断班长话
祖国亲人多可爱
咱有责任保卫他
勤学习,勤操练
亲人永远笑哈哈

1954,4,30,于石城半岛前线。

祖国东海边上[*]

祖国东海边上
山颠白云飞翔
海上碧波滚滚
战士守卫海疆

有时狂风骤起
黄沙漫天飞扬
有时豪雨倾盆
山冈顿成汪洋

山洪冲垮岗亭
大雨湿透衣裳
军帽刮上半空
沙砾把脸打伤

战士依然挺立
双眼紧盯前方
任凭雨暴风狂
一步也不退让

---

[*] 未刊稿。

因为战士懂得
这是祖国边防
高山接着平原
通向祖国心脏

沂蒙山的牧童
如今守卫边疆
虽然不见黄河
守的却是家乡

家在黄河边上
遍地长的高粱
麦穗迎风起舞
犹如海中波浪

战士心里爱它
所以更爱海防
海防钢铸铁打
祖国一片阳光

> 1954,6,14 开始写作;
> 7,25,定稿于石城半岛前线。

查 铺[*]

一夜海风紧
草木尽折腰
乌云染天幕
空中卷惊涛
指导员半夜去查铺
踏上山涧泥泞道

五班住山颠
山路陡且高
更因风雨夜
泥浆充满道
路滑本难走
山洪又滔滔
一片慈母心
岂知风雨暴

---

[*] 此诗初刊1954年11月16日《华东战士》第54期,题为《指导员查铺》;后刊1954年12月7日《华东青年报》第518期;1955年7月《解放军战士》转载。据手稿编入。此诗正式发表时诗体更为工整,如下:

一夜北风紧,大海卷怒涛,乌云布满天,雷雨如山倒!五班住山颠,山路陡又高。指导员查铺,走的羊肠道。泥浆埋脚面,风雨头上浇,一颗热爱心,那管风雨暴。雨点敲门窗,狂风掀屋草;指导员进屋,手灯四下照,战士睡得香,脸上还带笑。先把被盖严,又把帐放好,伸手关门窗,又把茅屋瞧,手脚轻又轻,恐把战士吵;整日做操练,休息很重要,明天风雨住,还要去出操。

来到山头上
夜黑风正高
浪拍石崖雨敲窗
狂风卷去屋上茅
指导员进屋去
电筒四下照
战士睡正香
脸上还带笑
先将被盖严
又把帐放好
顺手关紧门和窗
免得雨点屋里飘
手脚轻又轻
空把战士吵
只因操练苦
休息很重要
明早太阳没上山
海边山下又出操

指导员查完铺
皓月挂树梢
风停雨也住
万物正睡觉
明月伴着指导员
山前山后去查哨

1954,7,25 开始写作。
8,16 日清晨,于涵江中心小学写毕。9,5 日重改。

铃　声[*]

在这百草含珠的早晨
晨风里传送着一阵阵铃声
这铃声充满着青春的欢乐
所有的音符都无法描绘它的清馨
它比戈壁滩上的驼铃更悦耳
它比萦回天际的鸽铃还要轻盈
到底是那里传来的铃声
这样的感人又是这样动听

感谢晨风把我带进球场
解除了我疑虑的心情
一群搬运女工在竞打篮球
她们的笑声赛过银铃
朝霞映红她们的笑脸
黝黑的发辫舞弄着春风
跃动的花朵簇拥着篮球蹦跳
鲜活的生命在欢呼新生

我还遇到一位年长的女工
她也在追逐着篮球"冲锋陷阵"

---

[*] 未刊稿。

她鬓边已有几丝白发
额上也已隐现皱纹
也许她的女儿已进了大学
也许她已是几个孩子的母亲
但她毕竟是这样的年青
她的生活充满着笑声
也像我们祖国所有的人民一样
她的生活也有过苦痛的历程
反动派的压迫使她苍老
在悲哀和叹息里失去了青春
新社会使她焕发了生机
伟大的理想引导她前行

见到这情景我深深感动
耳畔回响着那银铃般的笑声
笑声从祖国的每一个角落发出
笑声荡漾在祖国的每一个早晨

1954,8,25,于二十八军第五届英模大会。

年青的战士站在海岸上*

年青的战士站在海岸上
脚下的波涛发出喧响
滚滚的海水流向天边
战士把怀念寄给家乡

在那战士的家乡
　美丽的台湾岛上
天也这么青
海也这么蓝
宽阔的芭蕉叶遮住了阳光
战士在那里长大
他热爱那里的风光

在那战士的家乡
　美丽的台湾岛上
蒋介石把糖厂卖给外国人
丰饶的甘蔗田变成了机场
战士的田园早已荒芜

---

* 此诗初刊1954年9月10日《福建日报》第4期,同年选入上海新文艺出版社出版的诗集《台湾,祖国的明珠》。作者按:这首诗原稿中出现的"匪"字使作者深感不安,为此作短文《我只想改一个字》以表自责之意,详见《你早啊!祖国的前线》注。据手稿编入。

父母被迫走出工厂
大哥的收入连自己都养不活
弟弟也不能进学堂

年青的战士站在海岸上
愤怒的火焰燃烧在他的胸膛
　台北街头他拉过洋车
日寇的枪托滋味至今难忘
二·二八他举过红旗
蒋匪的报复使鲜血染红基隆港
满清日寇再加上美蒋
六十年的灾难像那大海汪洋
如今他自己虽已获得解放
可是美蒋的铁蹄还踩着他的家乡
一想起灾难深重的台湾没有解放
就像无数支钢针扎在心上
一阵惭愧又一阵痛楚
连晚上睡觉都不能安祥

祖国发出了庄严号召
"我们一定要解放台湾!"
多年的心愿就要实现
战士的眼里闪着兴奋的泪光
对着大海
举起钢枪
他向祖国宣誓
"一定要把红旗插到台湾岛上!"

大海的水呀
块块地流吧
流到战士的家乡
告诉他的亲人爹娘
快擦亮复仇的刀枪
准备着迎接解放
人民解放军早已整装待命
指日大军就要远渡重洋

      1954,9,1,作于石城前线。

祝寿的歌*
——献给国庆五周年

在这伟大节日的前夜
明月照着万里碧波
海风把喜讯到处传遍
朵朵浪花都充满快乐
士兵的心也激烈跳动
有许多话要告诉祖国
亲爱的祖国
在深沉的午夜
请谛听我们祝寿的歌

跨过黄河长江的波浪
踏破淮海平原的冰雪
越过武夷山的崇山峻岭
你的士兵驻岛至今五年多
那一个孩子不爱母亲
那一个战士不爱祖国
尽管北京离我们很远很远
千山万水把我们阻隔
但在这白浪滔滔的小岛上

---

* 未刊稿。

我们听到了北京的脉搏
祖国啊
从一九四九年你诞生以来
新的胜利消息就没有断过
胜利激动着我们的心
使我们无时不感到幸福和欢乐
想起了你
腊月天里的满脸汗珠
也会变成浪花朵朵
修工事手上的重叠血泡
也不会使我们畏难退缩
战斗中流血挂彩
依然高唱着战歌
这都是为了你
　——亲爱的祖国

在这伟大的节日前夜
所有的字眼都无法形容这种快乐
我们都是农民出身的普通士兵
粗犷的喉咙不会唱歌
为了表示对北京的怀念
还是唱了这首祝寿的歌
我们的刀枪早已磨亮
号角已经在云天传播
我们要把红旗插上基隆港
士兵的队伍要开进台北、高雄
台湾要重归祖国的怀抱

台湾同胞也分享我们的欢乐
这就是士兵献给你的高贵礼物
　——一首平凡而真挚的祝寿的歌

　　　1954,9,20 晚 11 点于石城。

战士接到红领巾[*]

战士杨贵庭
接到挂号信
天津小朋友
送他红领巾

拿起这条红领巾
战士眼里泪珠莹
说不出的激动和幸福
心似江水在翻腾

多少英雄舍身炸地堡
多少战士鲜血染衣襟
为了它,多少人冒着弹雨插红旗
为了它,多少人长征路上留脚印

红领巾,颜色鲜
烈士鲜血印上边
孩子把它送战士
深情厚谊记心间

---

[*] 未刊稿。

战士想起年少时
穿着单衣过冬天
树叶糠皮当饭吃
沿街要饭过新年

宝贵童年泪里过
哪时想起都心酸
如今孩子生逢世
幸福童年蜜样甜

战士珍惜红领巾
藏在贴心口袋里
不忘千里海河边
一片童心有深意

      1954,10,11,于石城。

在炊烟四起的时候*

夕阳映照着万里平波
远航的渔船已在内港停泊
晒网的渔民早把渔网收起
牧童也把牛羊赶下了山坡

在这炊烟四起的时候
辛苦的边防战士也停止了操作
但在山后的矮树林里
一位战士正端枪瞄着什么

战士的身上落满黄沙
演习场的污泥还沾着裤脚
战士的枪口对着那块石头
那是假想敌人的脑壳

"战士,夕阳已经西下
你为何还不回家
战友正等着你来读报
业余乐队也等你参加"

---

* 未刊稿。

"不拉手风琴也不读报
有一桩事情使我苦恼
前天打靶我才打了及格
这样的成绩难对人说

"我是个拿枪的士兵
我的责任是保卫祖国
如今台湾同胞还在受苦
想起这些我心如刀割"

母亲的嘱托祖国的希望
英勇的神枪手驰骋疆场
战士在林丛中苦练瞄准
他胸前的奖章闪着光芒

1954,10,24,棣头

山[*]

我曾到过祖国的不少地方
那里的山都雄伟而又秀丽
红花绿草覆盖着山坡
青松翠柏把天空遮蔽
也有清澈的泉水潺潺作响
也有奔腾的瀑布一泻千里
秋天来了枫叶烧红山野
迎着春风它又穿上绿衣

但这里的山却不一样
它只是光秃的石头巍然耸立
汹涌的海浪冲击着它的底层
咸味的海风扑打着它的躯体
树木无法在这里扎根
只有衰黄的野草包着地皮
海鸥在它的头上低低盘旋
白云在它身旁飞来飞去
海上涨潮又落潮
它只巨人般地站在这里
挺起它那饱受风霜的胸膛

---

[*] 未刊稿。

迎向狂风巨浪的袭击

我爱那祖国内地的名山胜景
我更爱这海洋上光秃的山岭
我知道
要没有它将风沙挡住
所有的山都不会那样青翠动人
就像我爱祖国的人民
但我更爱为六万万人站岗的哨兵
他们为了千万人的幸福
情愿自己饱受艰辛

1954,11,12,于石城半岛。

你早啊！祖国的前线[*]

你早啊！祖国的前线，
晨风把海上的浓雾吹散，
金色的海洋显得更加绚烂，
嘹亮的军号唤醒甜睡的人们，
村庄顿时又一片喧腾，
沿着雨后润湿的公路，
合作社员扛着锄头走上山顶；
把昨夜染好的渔网抬上船舱，
一片片白帆又开始愉快的航行；
老大娘高声地呼唤着她的鸡群，
小学校里响起了悦耳的歌声……

蓝天里飘着白云，
白云下站着哨兵，
他用手巾抹去枪上的夜露，
又擦擦被风沙打得红肿的眼睛，
哨兵深深地吸上一口空气，
空气里带着浓郁的稻草的清馨！

---

[*] 此诗初刊1955年10月5日《福建日报》，选入新文艺出版社1956年10月出版的《海防前线之歌》，题为《你早啊！祖国的海防前线》。据《福建日报》编入。

祖国的早晨多么迷人哟，
可是他的眼里还飞着愤怒的火星：
因为昨夜敌占岛上的枪声和马达声，
如今还在他的耳畔轰鸣，
哨兵的枪刺对着海洋，
他的目光明确而又坚定！

高射炮口伸向云端，
无数尊大炮指向敌人阵地，
年青的炮手把炮衣脱掉，
炮膛擦得有如明镜，
指挥员一刻不离地守着电话机，
兴奋地等待着战斗的命令，
只要一声令下，
骤雨似的炮弹就要飞越海峡，
高射炮火就要穿过云层，
颗颗炮弹都带着战士的仇恨，
要叫敌人在海洋葬身！[1]

舰队在海上逡巡，
神鹰在高空飞旋，

---

[1] 作者按：此诗的写作时间是1954年11月14日，作者时在陆军249团3营的驻地莆田石城。此诗刊登于1955年10月5日的《福建日报》，时作者已经到了北大。该诗原稿有"蒋匪帮"的用辞，投稿给《福建日报》时自觉不妥，改为泛指的"敌人"（当然也有新的不妥）。这样的用语，不仅表现了时代的错误，而且表现了作者的无知和盲从，为此深感愧悔。2009年2月，整理旧稿发现此句时心不能安，作短文《我只想改一个字》以自责。（《我只想改一个字》刊登于2009年2月25日的《中华读书报》）。

你早啊,祖国的前线!
在劳动歌声四起的时候,
你又开始战斗的一天!

    1954,11,14,于海防前线石城。

候车室里[*]

电灯散发着柔和光线
叫卖的声音响成一片
搬运工人匆忙来往
候车室里谈笑正欢

少先队员摇着英雄臂膀
"叔叔,快把战斗故事来讲讲"
"战斗故事说来话长
还是谈谈回家感想

"我已经七年没有回家
如今的家乡真是大变模样
小块的土地都连成一片
放牛的小孩当上了乡长

"人们见面就问拖拉机工厂几时完工
还问前线打了几次胜仗
就恨没有长上两个嘴巴
不能把所有的问题都说个端详

---

[*] 此诗初刊1955年2月5日《福建文艺》第13期。据此编入。

"家乡的变化令人惊喜
我带了无比的力量返回前方
小弟弟,你搭车要去哪里?"
"现在就要离开家乡

"这学期我考进了工业学校
立志要把建设祖国的任务担当
叔叔啊,等我毕业了
要为你炼出更多的铁和钢"

灯光照着奖章也照着红领巾
候车室里响着他们的笑声
一群乘客围着劳动模范
在询问人民代表大会的情景

"毛主席身体十分健康
天安门怀仁堂喜气连天"
听到这话欢声雷动
又把北京问上千遍万遍

年青的姑娘一边听着一边把毛衣打
她考虑着和他见面该说些啥
对,我要告诉他快点把工厂建成
别老想着我也别想家

车子怎么来得这么迟啊
开完扩干会的干部正等得焦急
秋季办社的计划等着回去布置

抗旱保秋的工作更是十万火急

是什么把人们的心震撼
一位学生大声地把报纸来念
"我空军机群猛炸大陈岛
炮兵隔海轰击一江山"

一阵欢呼夹着一阵掌声
人们把英雄举在空中
对着英雄发出誓言
"要尽全力支援你们解放台湾"

时间到了,车子进站
人们匆忙地收拾行装
像战士将要走上火线
今夜都要奔赴祖国的各个战场

     1954,11,15,于石城前线。

锻炼身体为祖国[*]

我们住营房
面对大海洋
海岸平地少
海滩辟操场
埋上篮球架
竖起单双杠
清晨来跑步
精神真舒畅
日落晚风吹
练得汗水淌
要遇风沙天
尘土齐飞扬
篮球随风跑
刮到海中央
浪拍操场边
沙掩篮球场
沙粒钻口里
浪花溅衣裳
环境虽艰苦
情绪高万丈

---

[*] 未刊稿。

要问啥原因
听我说端详
房边有高地
战士在守望
绿波接白云
海鸥在飞翔
帆儿含笑过
鱼虾满船舱
再看四邻地
庄稼长得旺
地瓜肥展展
花生绿苍苍
甘蔗比人高
菜花十里香
老人锄地勤
姑娘浇水忙
祖国海防线
一片新气象
战士看见了
浑身是力量
保护好光景
需要身体棒
经常来锻炼
生铁变金刚
身体练得好
胜利有保障

1954,11,18,于石城半岛。

风吹在战士身上[*]

风吹在战士身上
抚摸着战士的胸膛
是这来自祖国的风
把战士的心激荡

越过丛树笼罩的中南海
把平静的水波荡漾
越过天安门广场
带着狂欢之夜的歌唱

越过白雪铺盖着的淮海平原
当年硝烟弥漫的战场
弹坑和堑壕都—填平
废墟上立起无数工厂

越过丰收的淮河沿岸
把沉甸甸的麦穗摇晃
带着她的清脆歌声
带着家乡的五谷芬香

---

[*] 未刊稿。

风吹到海岸的山巅
把站岗的士兵拜访
带来祖国的嘱咐
带来无穷的力量

风声带着凄厉的呼喊
这声音来自台湾岛上
传来芭蕉腐烂的气息
也带来屠杀人民的枪响

风吹在战士身上
敲打着战士的心房
台湾多难的兄弟
战士一定要把你解放

任凭太平洋海阔浪高
战士的决心在闪烁发光
为了高山族的姑娘穿上绸缎
为了台湾人民不再遭殃

战士不惜牺牲生命
要把红旗插上台北上方
淡水河边拴住战马
要在基隆港口扎下营帐

1954,12,5,于莆田棣头二四九团团部。

1955

漂海回来[*]

日落晚风吹
海浪哗哗退
万家炊烟起
战士漂海回
全村都出迎
掌声如响雷

漂海一整天
腰疼手脚酸
背上起水泡
烈阳晒破脸
战士累坏了
倒头睡得甜

持灯走进屋
大娘来查铺
轻抹战士脸
再擦脚上土
浪大太阳毒
练兵真辛苦

---

[*] 未刊稿。

同志快休息
大娘把饭煮
临走三回头
捎走脏衣服

窗外明月圆
大娘立床前
连声叫同志
起来吃点饭
饭菜香又甜
情意记心间
围着好大娘
争着发誓言

1955年1月1日于石城。

送别的话*

山顶上野菊花开得鲜艳，
我们送班长到了阵地前，
就是大海也显得不平静，
跳起的浪花都充满留恋。

像离家前母亲的叮嘱，
班长把他的叮咛说了千百遍，
要我们起居饮食谨慎小心，
要我们服从命令勇敢作战。

敬爱的班长请你放心，
我们一定把你的话记在心间，
你离开前线走向生产建设岗位，
我们祝福你永远胜利向前。

一旦你站在灼热的马丁炉旁，
你的热情将会像火热的钢；
也许你会提着风钻工作在矿井，
就像高举冲锋枪战斗在战场。

---

* 此诗初刊 1955 年 2 月 5 日《解放前线》第 822 期，选入福建人民出版社 1956 年 4 月出版的《海防战士短诗选》。据《解放前线》编入。

当你驾驶着拖拉机奔驰在田野,
我们将回忆起骑马战斗在边疆。
班长啊!我们相信你无论到了那里,
战士的荣誉将使你取得新的荣光。

你留下的枪我们我们会准确地射击敌人,
解放台湾的任务我们已把它担在肩上。
班长,你放心去建设祖国吧,
假如帝国主义侵犯,欢迎你重上战场。

1955年1月1日于海防前线莆田石城。

我背上班长的冲锋枪*

在班长临别的那个晚上,
煤油灯跳动着惜别的光芒,
班长把他的冲锋枪交我手中,
他脸上闪着晶莹的泪光。

班长和它在一起已有六年,
它随着班长走过不少地方,
它身上沾过夜渡长江的浪花,
也沾过淮海战场的冰霜。

闽北剿匪班长带着它,
它身上也沾过武夷岩茶的芳香,
解放平潭班长负了重伤,
鲜血也曾染在它的身上。

记得去年我来到前方,
部队训练十分紧张,
班长天天教我瞄准,
那时它使的也是这支冲锋枪。

---

* 此诗初刊 1955 年 2 月 16 日《华东战士》第 60 期。据此编入。

如今为了祖国的需要,
班长要走上建设的前方,
他把冲锋枪交给了我,
握着我的手久久不放。

我背上班长的冲锋枪,
他的期望我牢记心上,
我要完成班长交给的任务,
决心练好本领把台湾解放。

1955,1,4,于石城。

"决心"寄到巫山旁

炮兵阵地上,
一片喜洋洋,
人人心花开,
笑声掩海浪;
有条红领巾,
战士手中扬。
这条红领巾,
来自巫山旁,
千山共万水,
深情寄前方。
抢着摸一摸,
抢着围脖上,
就像握着孩子手,
听见孩子在歌唱。
战士热爱红领巾,
都想把它贴身藏。

有人提意见,
送给咱班长。
只因为,

---

* 此诗初刊1955年4月8日《青年报》第552期。据此编入。

炮击金门战斗中，
班长打得最漂亮，
荣立二等功，
上了功臣榜。

英雄围上红领巾，
显得更雄壮，
英雄照张相，
紧握冲锋枪，
照相送给小朋友，
"决心"寄到巫山旁！

   1955年1月17日写于石城半岛。

守夜者的歌[*]

记得当我年小的时候
常跟着母亲在大年夜守岁
据说是为了祈求来年的幸福
天真的想法曾使童心沉醉

如今我日夜守望在海岸
常想起那时的天真幼稚
我知道如今是为了什么
想起祖国我就信心百倍

每当夜幕降临的时光
海浪咆哮,海风呼啸
仿佛听到学堂里朗朗书声
多少孩子在母亲怀里甜睡

每天我第一个迎接黎明
朝阳把大海镀上一层光辉
我看见渔船张帆出海
我顿时忘了一夜的劳累

---

[*] 未刊稿。

送走黄昏又迎来黎明
我听着潮涨又潮退
如今我守卫着和平的夜晚
内心感到幸福和安慰

    1955,1,26,春节假期中。

欢迎你,我们的新战友[*]

握枪的手曾经挥过锄镰欢迎你,英雄阵地的年青主人
欢迎你们来到海防前线
热情的海浪将为你日夜歌唱
美丽的月季花将为你朝夕开放

你们昨天还在广袤的家乡
用双犁耕耘肥沃的土壤
试验怎样把果树移植上山
怎样用小株密植增加产量

你们昨天还在火热的车间
计划着要和王崇伦发起挑战
还在水电站工地挥汗如雨
叫野性的江河听人使唤

你们一定要温馨的家
年轻的妻子鲜丽如花
祖母喜欢带上眼镜做活
孩子也会嫩声叫着爸爸

---

[*] 未刊稿。

但今天你已穿上军装
军帽上的红星闪闪发光
为了千万家庭充满笑声
你们依然离开了家乡

你们深知和平环境的意义
珍惜祖国的每一寸土地
决不容忍侵略者肮脏的足迹

欢迎你,我们的好兄弟
用我们内心的赤诚和欢喜

1955,2,26,于石城。

新战士之歌[*]

（歌词）
离别父母，离开家乡
我们跨枪奔向前方
头顶上五星四射光芒
年轻的心翻滚着激浪

身上还带着稻谷芬香
工厂的马达声还响在耳旁
我们昨天为建设祖国流汗
我们今天守卫着人民安康

保卫祖国是我们的责任
人民的希望牢记心上
毛泽东领导我们战斗
凯歌将传向四面八方

（副歌）
我们建设富强的家园

---

[*] 未刊稿。

决不允许野兽猖狂
为了人民的和平幸福
我们坚守在祖国海疆

  1955,2,29,晚十点,与叶树平合作。

第一晚[*]

树梢明月圆
站岗上山颠
一双影子洒地上
班长和我肩并肩

枪儿上午才领到
崭新棉衣没穿暖
行军千里路
汗水还未干
首长要我早休息
我坚决要求把岗站

到山巅
抬头看
不见茂密桑树林
只见沙滩连着地瓜田
不见太湖湖水平如镜
只见浩浩大海浪滔天
想这时
明月照在妈窗前

---

[*] 未刊稿。

妈妈凭灯做针线
妹读《宪法》给妈听
笑容嵌在皱纹间
想这时
合作社里评分忙
夜校灯光映笑脸
孩子齐集月光下
同声高唱丰收年

隔海敌占岛子上
忽然升起照明弹
兵舰马达震耳响
敌机夜空乱打转
班长告诉我,敌人演习登陆战
他想叫人民重新受灾难

一阵寒风吹
星月也打颤
班长问我冷不冷
班长问我倦不倦
我说浑身都是火
寒风刺骨不觉寒
为了祖国和妈妈
再大辛苦也情愿

1955,3,7,石城。

仿佛还是在家里一样[*]

我们的汽车刚停在路旁,
欢呼的声音比打雷还响,
许多人上来和我们握手,
好像见了自己的亲人一样。

老同志替我们拿着行装,
手拉手儿进了营房,
有的人忙着问寒问暖,
有的人忙着扫地搭床。

一位红脸蛋的同志端水进来,
叫我们洗脸洗脚换换衣裳。
有个同志悄悄地告诉我:
那就是我们的模范班长。

正说着班长来到我面前,
拿着崭新的鞋子要我穿上;
接着就有多少双热情的手,
把手巾、袜子堆在我身旁。

---

[*] 此诗初刊 1955 年 3 月《解放前线》。据此编入。

我拿着我的新伙伴——步枪正在端详,
有位同志走过来对我讲:
"我每次打靶都是优秀,
保证把你教得和我一样。"

熄灯了,老同志替我打开背包,
又把草垫替我铺上。
班长挨个催我们快睡,
吹了灯,他自己又去上岗。

躺在床上我心跳得厉害,
有个问题我不住地想:
为了解放台湾,保卫可爱的祖国,
我一定要尽献自己的力量。

这里看不到波平如镜的太湖,
窗外大海在翻滚着巨浪,
我虽然离家在千里之外,
仿佛还是在家里一样。

1955,3,9,于石城。

慰问信[*]

连队收到了一大捆的慰问信
邮局的日戳记载着它们的旅程
它们来自遥远的呼和浩特和迪化
也来自毛主席居住的北京城
它们曾经在骆驼背上走过沙漠
也曾经坐上火车在原野飞奔

蝴蝶爱停在最没的花朵上
四方的慰问信都飞向前方
慰问信传阅在前沿的各个角落
像百花在英雄阵地上开放
战士比接到爱人的来信还要高兴
虽然这些信并不来自自己的家乡

钢铁学院的学生向我们报告成绩
少先队员说要向最可爱的人学习
工人要把最好的石油运往前线
农业社员说他们已用上了双铧犁
尽管慰问信的内容都不一样
同样表达着他们的祝福和敬意

---

[*] 未刊稿。

我们把慰问信和决心书贴在一起
六亿颗心在鼓舞我们前进
我们用刚学会写字的持枪的手
尽情抒写充满感激的回信
我们之间纵然有山水阻隔
但我们的心靠得很近很近

        1955,3,12

战士和鸽子[*]

海防前线碧蓝的天上
一群鸽子在自由地飞翔
海涛轻吻着沙滩石崖
鸽群欢快地拍着翅膀

不选择京城堂皇的屋檐
不选择西子湖畔秀丽春光
尽管这海滨风急浪大
鸽子依然在这里搏击风浪

士兵热情地欢迎这些客人
精致的鸽舍紧矮着营房
他们在阵地旁边种下谷子
给贵客准备充足的食粮

迎着军号战士起床
把鸽舍清扫才去上岗
巡逻归来打着电筒查看
就像关心自己的战马一样

---

[*] 未刊稿。

自修的时候鸽子停在窗前
休整的时候鸽子飞到肩上
战士深爱这些和平鸟
就像他们深爱和平一样

      1955,3,22,在石城写就。

会 师[*]

在迎风招展的红旗下
在飘着歌声的工地上
两支队伍胜利会师了
会师在国防修建的战场

一支来自遥远的中原
英雄的双手征服过荆江
是他们竖立了拦河坝
是他们保卫了武汉的工厂

一支来自福建的边防
大海的浪花还沾着军装
他们把红旗插上敌占岛屿
他们把海岛当成家乡

武汉三镇的工厂在轰鸣
长江大桥在安装桥梁

---

[*] 未刊稿。作者按:这首诗基本不是虚构(当然有想象的加入),篇末注明的时间也是真实的。那时我从28军83师249团3营被调往一个工地做临时记者,这是1955年的4月。过了不久,我即被通知复员。所以,《会师》是我在军队的最后一篇习作。往后一篇《访灾区》则是我结束了军旅生涯回到家乡之后的作品了。谢冕,2009年2月14日,记于北京昌平北七家。

防汛的汗水还没擦干
辛苦的战友又奔赴远方

战士栽种的树木已绿叶成荫
渔民的白帆如鲜花盛放
就是为了坚守这美丽边防
士兵的足迹又向着前方

两支部队在工地会师
肩并肩挑土手拉手打夯
曾经流淌在两地的汗水
如今流在同一个战场

祖国的疆土这么辽阔
谁知道再见又是何方
他们的推想富有远见
那一定是在宝岛台湾

1955,4,6,于福清龙田,
5795工地指挥部《工程生活》报社。

访灾区*
——回乡散记之一

都说从前线回来的士兵
最想知道家乡的新气象
可是我回来后的第一件事
却是要把1—20灾区拜访

我走进被敌机滥炸的地方
仿佛是到了一片混乱的工场
杂乱的弹坑都已填埋
地面看不见碎瓦破砖

马路比以前更加宽广
路边新盖起座座楼房
年轻的教师领着红领巾
动手修建自己的课堂

这里有一棵烧蕉的柳树

---

* 未刊稿。作者按:这是我复员回乡后的第一篇作品,可能也是我结束了六年军队生活之后在家乡福州的唯一一篇作品。这是1955年的4月。此后,我便投入了紧张的高考准备。1955年8月,我北上京城,开始了大学生活。据记载,《访灾区》之后的作品是《当我进了北大》,那应当是我在北京创作的开篇了。谢冕,2009年2月14日,记于北京昌平北七家。

迎着春风发出生命光芒
这双手昨日掩埋过亲人
今天要亲手重建家乡

我曾是一名普通士兵
在海边度过六年时光
我悔恨太早离开前线
我要用辛勤的汗水回报家乡

    1955,4,20,于福州仓前山。

当我进了北大[*]

当我进了北大
像是到了自己的家
我家没有这样好呀
湖光柳影衬着晚霞

当我进了北大
像是到了自己的家
友爱的手向我伸出
兄弟般的温暖和融洽

我来自南中国的海滨
那里有我亲爱的爹妈
我爱他们爱得深沉
但我更爱我的北大

我曾经是一名士兵
曾经持枪守卫过国家
我爱祖国的首都北京
也爱以它命名的我们的家

---

[*] 未刊稿。

不仅因为它的声名远大
也不仅因为它的风景如画
是它那优良的革命传统
使我深深地爱上了北大

在红楼的一个窗前
毛泽东点亮午夜的灯花
在沙滩的一间教室
鲁迅留下了警世的谈话

一九一九的天安门前
愤怒的吼声犹如千军万马
在白色恐怖的日日夜夜
团结的力量战胜了血腥屠杀

五十年的校史不算漫长
北大,光荣的学府,我的新家
你出了多少的教师如李大钊
你出了多少的学生如邓中夏

当我进了北大
我开始了崭新的年华
昨日的荣誉使我感到骄傲
未来的岁月召唤我新的出发

1955,9,1,初进北京大学

赠德国朋友[*]

广场上的歌声还在耳畔震响
狂欢夜的火花还在我心中怒放
为欢呼而沙哑的喉咙还未复原
又一桩喜事又令我们欢唱

节日的十月阳光多么明亮
欢乐的歌声在世界的各方传扬
歌声来自北京的每一个窗口
歌声也来自柏林的每一条街巷

昨天我们战胜了万般苦难
今天我们并肩走向社会主义前方
我们是创造幸福生活的能手
又都是保卫和平的无敌力量

我虽然没到过你们美丽的国家
却熟悉莱茵河上的明媚风光
我虽然没学过德国的文字
用中文唱《蓝旗歌》同样漂亮

---

* 未刊稿。诗后有注:"为德意志民主共和国成立六周年而作。赠给我敬爱的德国朋友——崔义和、叶丽莎、梅薏华同志。"

就像祝福自己的祖国一样
我祝福你们的国家繁荣富强
让我们都宣誓在伟大的节日里
让我们为世界和平贡献力量

      1955,10,5,于北京大学。

狂欢之夜想起的[*]
——国庆诗草之一

当我离开沸腾的天安门广场
五彩的烟花还在我心中怒放
我激动地翻开了记忆之页
仿佛又回到了福建的海疆

在那里我也曾度过国庆的夜晚
每个节日都过得热烈又紧张
十月的大海总是失去平静
战士的目光穿越大海汪洋

前年的节日在战壕中守夜
我们紧张修工在节日的晚上
没有会餐也没有举行晚会
我们却倍感意义的深长

去年当天安门的歌声起时
我正守在指挥所的电话机旁
耳机里传来前方哨兵的报告

---

* 此诗初刊 1955 年 12 月 5 日《北大诗刊》1955 年 11－12 月号,总题《国庆诗草》。据手稿编入。

海里头闪现可疑的火光

我们的欢乐引起敌人的仇视
我警惕地把情况报告给营长
巡逻队一组一组地出发侦察
我也守着电话机直到天亮

在这欢乐的节日的午夜
在这万众欢腾的庄严的地方
我珍惜如今每一秒的幸福
我知道什么人在保卫这里的灯光

　　　1955,10,26,于北京大学——北京西郊。

有一个青年走在队伍的前面*
——国庆诗草之二

在国庆游行队伍的前面
我见到一位穿军装的青年
红墙映着他胸前的奖章
也映着他那英俊的笑脸

东山岛战斗的一等功臣
奖章记载着他的英勇善战
他那惊心动魄的战斗事迹
像一首战歌流传在海防前线

五三年七月蒋贼袭扰东山岛
那时他参军刚过了半年
尽管握锄的手还不习惯打枪
但他要实现自己的誓言

那时部队冲锋受到挫折
班长舍生堵住了枪眼
但部队前进停在了山腰

---

* 未刊稿。

残敌在山顶新开了火眼

耳畔响着母亲的嘱托
心中燃烧着复仇的火焰
从战友手中接过手榴弹
红旗招展在高地的山巅

今天他走在队伍的前面
带着荣誉走过检阅台前
人们向勤劳的建设者欢呼
也欢呼这来自前线的青年

　　　　1955,10,27,于北京大学——北京西郊。

黄　昏*

农人扛锄回家转，
鸟儿归林飞得忙；
只有战士恋着夕阳，
还在田边举着步枪。

不是前次打靶不优秀，
也不是明天要上靶场；
钢刀磨快是为杀敌，
战士百练为了打胜仗。

薄薄的烟雾四面围来，
远山近树一片苍茫；
前方的胸靶忽隐忽现，
射手的两眼炯炯发光。

瞄过一枪紧接一枪，
直到树梢挂上月亮，
战士擦去枪上的尘土，
欢欢乐乐回到营房。

---

* 此诗初收《中国人民解放军战士诗选》，人民文学出版社 1955 年 10 月出版。据此编入。

这不是梦境[*]
——国庆诗草之三

不,这不是梦境
现在我手举鲜花走过天安门
我看见华表的上空飞翔着白鸽
也看见检阅台前的红灯

我看见毛主席在含笑向我们招手
我看见来自世界各地的观礼贵宾
我看见欢乐的人民向前汹涌
它使我联想到海浪的喧腾

我曾在银幕上看到长安街的花海
我曾在画报上看到鲜花的红领巾
我曾想什么时候我也能这样幸福
亲眼看看这彻夜狂欢的北京

我曾像朗诵心爱的诗篇一样
读着记载游行的热情通讯
然后又像送一件火急的战报
把报纸转送给前哨的士兵

---

[*] 未刊稿。

我也曾站在巨浪拍打的悬崖
昂首眺望北方的夜空
望着那蓝天上繁密的星云
心中描绘广场狂欢的夜景

一个夜晚我做梦到了天安门
幸福的感觉燃烧在心中
突然战友呼唤我上岗
迎着海风我登上峻峭的山顶

小岛上没有信号收不到广播
电话员用听筒接到了北京的声音
战士们围着听筒轮流收听
那时就觉得和北京靠得很近

现在我手举鲜花走过天安门
一切都是真的再不是梦境
你看着十月的太阳多么明亮
映照着黄金般的琉璃瓦屋顶

毛主席站在他宣布开国的位置
指点着社会主义建设的远景
我们尽情欢呼这伟大的节日
我们向祖国表达钢铁的决心

1955,11,4,晚,于北京大学燕农园。

十 年[*]
——为纪念世界青年联盟成立十周年而作

当朝鲜的游击队和红军在平壤会师
当柏林国会大厦顶上升起了红旗
十年前战争的烽火刚刚熄灭
世界青联在伦敦宣布了和平和友谊

纽伦堡用绞索惩办战犯的日子
百万关东军在中国投降的日子
一切都像是发生在昨天
战后建设的十年已经过去

民主德国的青年在修建斯大林大街
苏联的青年在开垦西伯利亚的荒地
中国的青年脱下了汗湿的军装
把超高压电线伸向遥远的天际

北非的青年在反抗殖民统治
日本的青年高呼反对原子武器
全世界青年肩并肩手拉手
高举保卫和平的战旗

---

* 未刊稿。

和平的敌人还在策划阴谋
亲爱的朋友我们不会忘记
在庆祝光辉十年的日子
我们前进的脚步永不停息

  1955,11,12,北京大学燕农园。

学生运动大联唱*

（朗诵诗）
（接唱《解放区的天》）

在那难忘的1949年
在那十月的天安门广场
毛主席庄严地宣布：
占全世界四分之一的中国人从此站起来了！
一个崭新的共和国出现在世界的东方
就在这片多难的土地上
五星红旗第一次在高空招展
亲爱的朋友们
看看这面旗吧
这面飘扬在我们头上的共和国的旗
这面沾满了先烈们鲜血的旗
骄傲的、光荣的旗啊
我们向你致敬
在苦难中诞生的共和国啊
我们向你致敬

---

* 未刊稿。作者按：这是为纪念一二·九运动二十周年和一二·一运动十周年，接受青年团北京市委的委托而写的诗歌大联唱的诗朗诵部分，合作者温小钰等。这里的两章由谢冕执笔。写作时间是1955年11月25日。

我们,"一二·九"、"一二·一"先烈们的继承者
我们要高举红旗前进
我们要把年轻的共和国建设得更加美丽
看吧
从白雪皑皑的长白山下
到波浪滚滚的东海之滨
从驼铃丁冬的戈壁沙漠
到天府之国的四川盆地
在祖国辽阔的土地上
解放了的人民展开了英勇的劳动
工人们
把破烂的工厂从资本家手里拿回来
铲掉高炉边上的青草
把生锈的机器上满机油
马达又唱起了新的歌谣
农民们
用枯瘦的颤抖的双手
第一次在自己的田地上耕种
他们要为共和国生产第一批粮食
为了在国土上把敌人彻底消灭
镇压反革命运动正大张旗鼓地进行
为了扑灭朝鲜半岛上的战火
人民志愿军跨过了鸭绿江
而我们
曾经被关进监狱的人
曾经被水龙头和机关枪扫射过的人
战斗过来的学生们
有的在明亮的教室里向科学的堡垒进军

有的已穿上军装走上保卫祖国的前线
亲爱的同志们祖国在一日千里地前进
我们的前面是无限光明的明天
让我们尽情地歌唱吧
唱我们伟大的领袖
唱我们光荣的人民
唱我们英雄的祖国

(接唱《歌唱祖国》)

是的
红旗在飘
歌声在响
祖国在走向繁荣富强
但是,同志们
我们不应该忘记
在距离大陆不远的地方
天空还布满乌云
那里是一片黑暗
没有红旗
也没有歌声
有的只是哭泣
看吧
茂密的甘蔗林被砍光了
修起了罪恶的机场
成批的香蕉腐烂了
人民一口饭都吃不上
天上飞的是美国的飞机

港口停泊的是美国的军舰
大街上跑的是美国的吉普车啊
这是什么地方
这是什么地方
同志们,这是台湾啊
这是祖国身上的一块肉
可是如今
它还被践踏在蒋介石卖国集团的铁蹄下
台湾是我们的
台湾不能被霸占
五十年来受尽苦难的八百万同胞
不能再过那牛马般的生活了
祖国已发出庄严的号召
我们一定要解放台湾
六万万人民
在城市
在乡村
在工厂
在农场
用辛勤的劳动
为解放台湾积蓄力量
我们
新中国的学生们
努力学习,积极锻炼身体
准备随时响应祖国的召唤
走上最前线
千百万的人民战士
在福建

在浙江
在广东
在祖国漫长的海岸线上
从白天到夜晚
从冬天到夏天
进行着紧张的操练
现在
刺刀已经磨亮
子弹已经登膛
舰艇扬帆待发
神鹰就要张开翅膀
祖国啊
一切都已准备好
就等着你那
霹雳一样的
闪电一样的
向台湾进军的命令啊

(唱《我们一定要解放台湾》)

1955,11,25,北大

1956年骑着骏马飞奔*

当兴安岭飞舞着雪花,
江南的腊梅初吐芬香。
当家家门口贴上耀眼的春联,
我听见1956年的脚步在响。

1956年骑着骏马飞奔,
它把五亿农民拜访。
像春风带来花开草绿,
它把合作化的喜讯传到各方。

它祝福李顺达多多增产,
它希望徐建春积极扫盲。
它说它走过那里,
那里就要出现合作化的农庄。

1956年骑着骏马飞奔,
来到冬季施工的第一汽车厂,
工人们向新年热烈欢呼:
"我们的汽车就要跑在公路上。"

---

* 此诗初刊1955年12月31日《北京大学》(校刊)第66期,又刊1956年1月15日《北大诗刊》1956年1月号。据《北京大学》(校刊)编入。

1956年来到三门峡,
黄浊的河水发出欢唱。
1956年来到北大荒,
遍地的麦苗在茁长。

1956年越过仙霞岭,
鹰厦铁路施工正紧张,
铁道兵和民工紧紧握手:
"要提早把铁路铺向前方。"

1956年骑着骏马飞奔,
来到波浪翻滚的炮阵地旁,
年轻的炮手把春联贴上炮身,
又把野花插满伪装网上。

在北京大学的未名湖畔,
我也听见1956年的脚步在响。
虽然冰雪封冻着大地,
可是我的心却燃烧得发烫。

祖国的每一天都不平凡,
新的年度又是这样的充满阳光,
我要不虚度每一个有意义的时日,
像勤劳的工人农民那样。

1955,12,17,晚十点,于北京大学。

寄家乡*

我站在古老的北京城墙，
唱歌给我亲爱的家乡，
让歌声飞越宽广的华北平原，
越过那浪花翻飞的黄河长江。

飞得慢点啊！我的歌声！
你要替我多看几眼武夷山的风光，
飞到那橘子红遍的闽江两岸，
你要把我的祝福悄悄带上。

在山明水秀的昆明湖畔，
在彻夜狂欢的天安门广场，
首都的人民问我来自那里，
"我来自荔红茶香的地方！"

"我们那里大海闪着金光，
我们那里榕树的根须又粗又长。
我的家乡距离台湾最近，
它如今站在战斗的最前方。"

---

* 此诗初刊 1956 年 1 月 21 日《福建文艺》第 33 期，选入《海防前线之歌》，福建日报编辑部编，新文艺出版社 1956 年 10 月出版。据《福建文艺》编入。

说这话时我充满骄傲,
因为我成长在这英雄的土地上!
二十年前建立苏区的人民,
今天又把解放台湾的任务担当。

就是一天数度的空袭警报,
也阻止不了学生上学工人进厂,
福建人民都记得1—20的血海深仇,
在反轰炸的斗争中更加坚强!

年轻的母亲背着孩子挖空壕,
白发老人在废墟上修建新房,
支前的人走了一批又一批,
像英勇的战士奔向战场,

家乡的人民一边战斗一边建设,
鹰厦铁路的路轨在向前伸长,
它像祖国母亲温暖的手臂,
要把苦难的台湾同胞解放。

不久,我这个唱歌的人,
也将坐着火车把家乡探望,
看车窗外高入云霄的烟囱,
会以为是闽北的丛林苍苍①

---

① 这两句诗所想的"美好"图景,在当年是一种时髦,现在看来非常可怕。好在如今人们已熟知并理解这一切,包括当年所憧憬的"工业化"在内。录原稿,仍依其旧,不改。这样的例子后文还有,不一一说明了。总之,是一切照录,留给后人批判,这也是一种"贡献"。作者,2009年2月20日,附记。

但也许我将看不到我所熟悉的一切，
连同我参加土地改革的地方，
康拜因骄傲地工作在田野，
汽车在村道上来来往往……

   1955,12,18,于北大燕农园。

1956

寄战友[*]

早晨,太阳映照着天安门顶的白霜
民航机越过万寿山颠徐徐下降
中央台的广播开始了:
"又有两架蒋贼飞机葬身在福建的海洋"

现在是北京时间七点十分
祖国的大海该已闪烁着万顷金光
战友,我仿佛又看见你们随着号音
跑步进入海滩边上的操场

虽然我幸福地生活在祖国的心脏
虽然我已看不到东海的波浪
但总像游子想念着亲人和家乡
这心啊,总喜欢飞到遥远的海疆

我想念第一个迎接海上日出的哨兵
还有不知疲倦的连长屋里的灯光
那冒着硝烟把饭菜送上前沿的炊事员
还有那鲜红的号穗映着海风飘扬

---

[*] 未刊稿。

在紧张修工的没有星星的夜晚
在奔赴火线的大雨倾盆的行军路上
我们总喜欢谈论祖国和北京
这时,所有的疲劳也都忘得精光

现在你们不断地传来捷报
一份捷报就是一份热爱的心肠
战友,你一定急于知道这里的一切
让我告诉你吧,这里美丽又安详

当嘹亮的军号唤醒东海的黎明
当你们迎着风沙走向演习场
第一列电车也从西直门出发了
把人们送向机关和工厂

节日之夜人们高举紫色的酒杯
没有忘记亲爱的人驻守在边防
礼花纷飞的激情的夜晚
多少人深情地推窗远望

早安,亲爱的战友
祝福,祖国的边疆
我把北京的问候带到你身旁
祖国是你们坚强可靠的后方

1956年1月1日—1月5日,北京西郊。

大学生情歌[*]

待

柳丝迎风摇曳
夕阳映着湖水
在这欢乐的周末傍晚
有个姑娘在独自徘徊

看电影的人们已涌向操场
舞场里的灯火闪动光辉
你是愿看电影还是跳舞
只要愿意我都奉陪

今天放的电影我已看过
我也懒得参加舞会
好心的人请不要打扰
我已与他约好这里相会

花蝴蝶

不管是严冬的日子窗外飞着雪花
或是秋天到了枫叶红似榴火

---

[*] 未刊稿。

甚至当我在灯下闭眼思索
总有一只花蝴蝶悠悠飞过

当我聚精会神在课堂听讲
当我在实验室里紧张地工作
这时在不远的地方
蝴蝶的翅膀在阳光闪烁

当我在晚会上轻歌曼舞
当我在运动场上龙腾虎跃
这时在我的身前身后
还是那蝴蝶在眼前跳跃

这对招人喜欢的花蝴蝶哟
为何总在我的左右飞着
我的心湖失去了平静
我多想变身你停泊的花朵

　　　　　1956,9,23,北京大学29斋4楼。

丁香花

去年丁香盛开的时候
我们攀着树枝谈得很久
她拒绝接受我的爱情
说我们只能做个朋友

我摘下一束花朵送她

含泪在深夜和她分手
那一束丁香也许早已枯萎
可是爱情还在我心中驻守

春天到了丁香再一度开放
她和我一样都依然如旧
在花前我献上燃烧的爱
花收下了爱依然没有接受

要是嫌我不是青年团员
我将在团旗前庄严举手
丁香花会有凋谢的时候
我爱你的心是不变的永久

　　　　　　　　1956,9,22,北大。

窗

我们大学里有一个窗口
它常常在我的梦境出现
喜鹊常在窗台上停歇
紫藤花悄悄爬上窗沿

每次我经过这个窗口
总想停下来望它几眼
但每次只能匆匆走过
为了不让窗内的人望见

不是姑娘她不爱我
也不是我这男生不够勇敢
她说同学见了不免笑话
这小伙怎么老缠在姑娘身边

我多想变成喜鹊或者紫藤
早晚都能向亲爱的人问安
然而她的想法自有道理
我只能忍受痛苦的熬煎

1956,9,22,北大。

不　曾

我们不曾一起上过公园
也不曾一起度过湖畔的黄昏
但是每当人们提到他的名字
我的心总是跳个不停

习题课上他起来回答提问
我字字句句都为他担心
老师赞扬他就像赞扬了我
我乐得几乎要发出笑声

姑娘们在一起也爱谈论男生
谈到他我总低头默不作声
我感谢她们对他的赞扬
恨不得热烈地拥抱她们

我们不曾一起上过公园
也不曾一起度过湖畔的黄昏
但是我总是牵挂着他
喜欢人们把他夸奖和谈论

1956,10,6,晚,北大。

信

自从昨天托人送信给他
直到现在我总放心不下
站在窗前等他回信
从日出等到落了晚霞

也许是那人把它忘了
也许是作业多无暇回答
不会是不小心将它丢失
此刻我茶饭不香心如乱麻

打从我识字的时候算起
信来信往平凡又平常
却从来没有这般忐忑
心也随着信笺失去了方向

1956,10,7,于北大。

唐　诗[*]

教室充盈着温柔的花香
丁香花影描绘屋外春光
板书在播散盛唐的气象
唤醒我们诗意在飞翔

这里汇聚着肤色不同的青年
他们带来了世界各地的风光
埃及的同学是古铜色脸庞
德国姑娘的眼睛是蓝海洋

那秀丽工整的是朝鲜文字
这波兰文看起来凤舞龙翔
李杜若活着该是多么惊讶
整个世界诵读他们的华章

这笔记飞舞着欢乐的紧张
他们在分享中国古典的辉煌
我们的心曲也在轻轻荡漾
撒下了满纸浪漫的想象

　　　　1956,10,19,于北京大学29斋4楼。

---

[*] 未刊稿。

红旗下的白发[*]

五四运动天安门散发过传单
联大的草坪做过反内战演讲
多少夜晚寒光映着反动派牢栏
那牢门锁不住正义的翅膀

三十年苦读书伴一盏油灯
三十年奔波南北西东
挣不脱内战耻辱还有贫病
在额上在心间刻过伤痕

延河边的歌声将他呼唤
革命理想指点前进的路径
火红的旗帜映照满头白发
老树吐绿芽又一度青春

1956,10,26

---

[*] 未刊稿。

海滨晨歌(之一)*

千百艘渔船离开海港
千百朵白云落到海上
吸一口咸味的晨风
披一身金色的朝阳

军号拨开雾的帷幔
奏一曲送行的乐章
托大海喧腾的潮音
哨兵把祝福带给远航的渔船

送走一船船劳动的欢笑
迎来一船船跳动的鳞光
哨兵殷勤的迎送
用刺刀点亮每日的星光

1956,11,19,于北大29斋4楼。

---

* 此诗初刊1957年福建文联主办的《园地》月刊,总题为《海防前线抒情诗》。据文稿编入。

海滨晨歌(之二)[*]

渔村的炊烟还没有升起
第一班公共汽车也没有开到
滨海的群山啊
为什么醒得这样早

从雾气磅礴的深沟峡谷
炮口摇落满树露珠
满山的士兵,满山的流泉
满山的操练声,满山的瀑布

群山睁着警惕的眼
士兵的生活没有夜晚
要问白天和黑夜在哪里交替
看红旗何时染红晨曦

    1956,11,20,于北京大学29斋。

---

[*] 此诗初刊1957年福建文联主办的《园地》月刊,总题为《海防前线抒情诗》。据此编入。

国庆日*

这是国庆日的拂晓
战士在倾听天安门前的礼炮
是什么震撼他们的心
是炮声还是澎湃的波涛

远隔重洋听不见礼炮轰鸣
战士仍然凝望大陆的远影
仔细分辨那些南来的云彩
看哪一朵带着祖国的命令

1956,11,21,于北大

---

* 未刊稿。

军　鸽[*]

不选择北京巍峨的殿堂
不选择杭州西湖的春光
翻洋过海，餐风饮浪
鸽子安家在士兵的营房

只认得前进的方向
飞行的目标永远是正前方
鸽子有士兵的性格
不知道什么是逆风，什么是险浪

　　　　1956,11,21,改旧作《战士和鸽子》于北大。

---

[*] 未刊稿。

海 岛[*]

海岛像一只金色的贝壳
金色的山在金色的海里闪烁
它是一首美丽的情诗
也是一首雄壮的战歌

每一片白帆都带着希望
悠扬的号角追逐着绿波
月光下恋人的低语如微波轻漾
家家的窗口闪着安谧的灯火

别看海岛温柔得像渔家少女
它要发怒可是巨浪狂涛
这里的每一个居民都是兵士
这里的每一座房屋都是碉堡

不要说海岛小得像一叶轻舟
它却是一只风浪拔不走的巨锚
他背靠着祖国温暖的胸脯
祖国用绿波白浪将它拥抱

1956,11,22,始写,1956,11,29,第 6 次修改。

---

[*] 未刊稿。

海岛夜歌(之一)*

月亮爬上岩顶了
海摇闪着欲睡的眼睛
唱催眠曲的母亲也疲倦了
不想睡的是抢修坑道的士兵

镐头啊,你轻点再轻点敲
开山的炸药啊,不要惊醒劳累的渔民
海浪快把这些声音都淹没吧
别让母亲在梦中为我们担心

我们能使祖国日新月异
也能把钢铁的海岛一夜铸成
明早当千万只渔船扬起白帆
也将有千万个射孔对着敌人

1956,12,1,北大 29 楼。

---

* 此诗初刊 1957 年福建文联主办的《园地》月刊,总题为《海防前线抒情诗》。据文稿编入。

海岛夜歌(之二)[*]

巨风夹着急雨
岛在轻轻摇晃
夜空漆黑如墨
不见星星月亮

护耳不能放下
远处犬吠紧张
风镜不能戴上
警惕神秘灯光

放心守夜战士
那是友军换岗
岸边灯火闪烁
渔帆就要张扬

1956,12,2,北京大学。

---

[*] 未刊稿。

墓　前*

墓地对着海洋
浪花日夜歌唱
墓碑立在山颠
山颠松柳苍苍

你是爱海的人
爱听海的乐章

---

* 未刊稿。作者按:此诗作了多次改写。写作的初衷是为了一个"真实"的纪念,是纪念南日岛战斗中失踪(半个多世纪过去了迄今仍找不到他的下落)的我的朋友——一位部队文艺工作队员而写的。他(我在诗中改成了"她")是一个小提琴手。此诗初稿甚冗长,计删存12行72字。为了印证当年的写作风尚,也为了印证作者审美追求的艰难历程,现收录被修改的部分原稿如下:
多少个黄昏赤脚去拣贝壳　你说我爱它因此我爱海洋
多少个清晨你身披薄雾站在山颠　你说我愿意终身守卫这美丽的地方
如今你头枕亲爱的土地　你要永远为它站岗
在还是戴红领巾的年纪　你擦干妈妈脸上的泪离开家乡
在需要姐姐帮你扎小辫的年纪　你穿的军装像是爸爸的长衫
你甩着辫子和战士一起跳圆圈舞　你的小手指挥过全营的大合唱
战士亲热地叫你刘胡兰　因为你塑造了英雄的形象
十月敌人从海上前来偷袭　我们要叫他葬身在海洋
你放下手中的小提琴　你放下没有谱写完的乐章
你像快乐而忙碌的小鸟　你在阵地上勇敢地飞翔
蝴蝶结松了顾不上重打　烟尘弥漫顾不上拍打军装
战斗的硝烟逐渐消散　红旗在制高点上重新飘扬
战士把鲜花放在你的墓前　你的琴声萦绕在战士心房
2009年2月21日作者附记于昌平北七家。

你是爱山的人
山风为你吟唱

站在你的墓前
满耳松涛海浪
长记美好灵魂
心中默念坚强

   1956,12,8,北大;1957,3,1,重改。

1957

我怀念红楼上面一盏灯*

我怀念红楼上面一盏灯
怀念灯下思想的那个人
昏黄的灯光夜色深沉
他针针编织明天的图景

今夜我眺望红楼这盏灯
那窗外点起了万点繁星
北京城焕发了瑰丽青春
昨日的蓝图现实的美景

我怀念红楼上面那盏灯
怀念设计明天的那个人
今夜的灯光照着不眠的他
他的思想飞向遥远征程

1957,4,7,再次修改。

---

* 此诗初刊《红楼》1957年第3期。据此编入。

新青年[*]

我打开一卷新青年
仿佛站在前辈面前
每一页都在向我告戒
青年要站在时代前沿

       1957,4,7,北大。

---

[*] 未刊稿。

给水手[*]

再过两天就是五四
我想起了你,就给你写信
可是我的诗要往哪里投
今夜,你停泊在哪一个港口

我们相识在一九五五年
你给我寂寞的旅途带来了温暖
那时我怀里揣着北大的录取通知
你要去秦皇岛畔度过夏天

你告诉我你是一名水手
你熟悉长江上的每一个浪头
你说你参加过"六一五"罢工
和北大的同学曾经一起战斗

那时你在沪南商轮公司一只船上
祖国的危难要淹没疲惫的轮船
是赵家楼上的熊熊火光
激使你们把罢工的汽笛拉响

---

* 此诗初刊《红楼》1957年第3期。据此编入。

长风吹动你斑白的头发
望车窗外你说着意义深长的话
五四时代的理想已经实现
年青人啊,祖国需要锦上添花

尊敬的前辈,我的朋友
你的话响在耳边,记在心头
我记着五四这个光芒四射的节日
也记着驾驶祖国前进的水手

在这五四的前夕,我多想告诉你
教室里的阳光多么柔和多么美
哦,你的轮船该又要开航了
你说对不对,我们仍然战斗在一起

> 1957,4,9,于北大。

无　题[*]

我多么喜欢清澈的小溪
从那里可以望见五月的太阳,星星和云
我愿意接近这样的心
但愿我们的心也那样明净

1957,6,23

---

[*] 未刊稿。

遥寄东海[*]

> 芙蓉塘外有轻雷
> ——李商隐

忽如一夜春风来
——梨花开了

路屏：

　　读了你的信，仿佛闻到硝烟的气息。怪啸着撕破长空的炮弹，在蓝色的海岸爆炸。房屋倒塌了，传来了母亲和孩子的哭声，于是，我们愤怒的炮火也飞越海面。然后重新恢复宁静，海鸥在白云绿波间翱翔，战士们拍掉身上的尘土，抽一根烟，眯眼瞻望背后的祖国；火车沿着鹰厦路，缓缓驶过银链般的海堤……这就是祖国前哨的日日夜夜啊！是吗？朋友，但是，我们离开队伍已经整整两年了。

　　又是五月，北京的五月多么迷人！槐花飘香，柳絮轻扬，蓝的天，沉静的云，未名湖垂柳碧波，"凡是能开的花，全在开放；凡是能唱的鸟，全在歌唱。"在这样的春天，到处谈论着整风。我们

---

[*] 此文初刊1957年7月1日《红楼》双月刊1957年第4期，与张炯合作。据此编入。

也不例外，前天党内进行了动员，先整领导，后整一般党员，我们怀着兴奋的心情，期待着……然而运动并没有按两步走的计划进行……

昨天出现了第一张责问出席团三大的代表由谁选出的大字报，随后出现了用大字报助党整风的建议。年轻人的心中有多少话要说啊！党应当支持这个建议。但是，晚上全校团员大会上党委副书记崔雄崑却说"不提倡也不禁止，因为它不是最好的形式"。同学们议论纷纷，夜里，大饭厅前出现了更多的大字报。今天副校长兼党委第一书记江隆基同志在全校同学大会上宣布："党委欢迎用各种形式提意见，党委全力支持大字报。"同志们掌声雷动，大字报更多了。围绕大小饭厅的宿舍区的墙壁上琳琅满目：有诗、有词，大的小的，五颜六色。对党委、校、系行政提出许多尖锐的意见，批评官僚主义，宗派主义作风，以及教学上的严重教条主义。林昭同志见到我们说："这可真是'忽如一夜春风来，千树万树梨花开'了。"

但大字报上也出现了一些不健康的东西，譬如：

"一株毒草"。作者："一个'强壮而怀有恶意的小伙子'谭天荣"。文章先引了赫拉克利特的话："爱菲索人中的一切成年人都应该死，城邦应该交给尚未成年的人去管理"。这大概是中心思想吧。文章说："一切报刊（例如人民日报、中国青年和物理学报）的编辑们是对马克思主义的绝对无知，对辩证法的一窍不通"，"再论"是"赤裸裸的唯心主义"，魏巍写的"春天漫笔""简直是神经错乱，语无伦次"，"无耻的李政道，杨振宁剥夺了物理学的最后一点光彩"，三好学生是"白痴"，最后说："应该改一改那种听到一句不习惯的话就本能地反对那种条件或无条件反射，要不我说西郊公园比北大对你更合适"。

这"一株毒草"招来了公愤，四周贴满了抗议，质问和批评。有副对联："墙上芦苇，头重脚轻根底浅；山间竹笋，嘴尖皮厚腹中空",有幅漫画题上了"辱骂并非战斗,狂言岂是勇士？错误何惜丢弃,真理必须坚持。"妙极了。

昨夜张元勋、沈泽宜贴出了他们写的诗"是时候了",立刻遭到了反对,但也有人鼓掌。它写道:"向着我的今天,我发言,昨天,我还不敢,弹响沉重的琴弦……"(全文另附)今早出现了江枫等批判他们的"我们的歌"、许栋梁等的"评'是时候了'",以及陶尔夫、王磊等的"我们的激动",一致批评了这首诗不健康的情绪和对待整风的偏激态度。而林昭又以"这是什么歌"对"我们的歌"的批评提出了批评。

诗,永远是心的歌,作者的心为什么这样沉重？而且为什么会引起某些人的共鸣？这是今天生活中值得思索的问题。生活是复杂的,看简单了,只是自己幼稚天真而已。但是,我们都不欣赏"是时候了",不喜欢它的基调,我们的时代应当有它自己的基调,对吗？你,战士的歌手,该有最好的评语。

整风在前线如何？我们感到部队文艺工作领导上有严重的宗派主义和教条主义,你感到了么？应该好好的将它一军。

不写了,再见。

1957.5.20 于 29 斋。

左右开弓
——我们也在战斗

朋友：

信和书均收到,走了七天。鹰厦路修成了,怎么还那么慢。"海防战士诗选"不甚好,内容冗杂,装帧不大方,用道林纸印,大可不必。

这二天我们忙极了。大字报像狂风骤雨,搅得满天星斗都荡动了。

群众行动起来,到处是贴大字报和看大字报的人,大家都无心复习功课。二十日晚,许多同学和谭天荣在广场上展开辩论。第二天这方式便推广了。学生会还设立了有扩音器的辩论台。到处是一团团的人群,有的边拿饭碗,边听演说;演说者针锋相对,慷慨激昂,畅所欲言。听众多至数千,少则数人。群众高昂的主动性和积极性使"百花齐放、百家争鸣"的政策在这里真正贯彻了。人们提出多少值得党深思的问题啊! 如果你在这里,你就会觉得"青年"这一字眼包含着怎样的意义。当有一些人对"百家争鸣"吞吞吐吐的时候,我们大学生都大胆地把一切说出来了。

但在五光十色的意见中,我们也嗅到一股阴霉的气息:没落阶级的观点、对新制度的仇视、对共产党人的痛恨,在某些字里行间露脸了。他们企图混水摸鱼。当然,战士的眼睛应该鹰一样犀锐,我们永远不会忘记荷枪屹立海岸的那些日子……

(张炯参加辩论会去,谢冕接着写:)

有人反对谩骂和恶意的攻击和煽动,主张整风要说理要提出实质性的问题来;有人便说他们是"卫道者",张元勋甚至在广场上公开叫喊"我真想像狼一样吃掉卫道者!"

有人说:"现在是等级社会,像古印度,人们被分为高低贵贱的四个等级……",张元勋竟称赞说:"这是真正的歌。"

还有攻击共产党人"杀人,强奸妇女……"是"便衣警察""特务"……

在他们气焰嚣张,把党描绘为"纳粹"的时刻,辩论会上有人高声说:

"我郑重宣布:我是卫道者;为了保卫马列主义,我不怕一切!"

"我现在还不是共产党员,但我相信,有一天,我一定能够加入这光荣的行列!"这些激动的话语博得热烈的掌声。

今天,墙上出现了这样的标语:

"坚持爱党整党原则,反对恶意煽动诽谤!"

"马列主义卫道者万岁!"

"社会主义万岁!"

"中国共产党万岁!"

是的,正直的人都不能忍受对党恶意的诬蔑。许多同学来找我们,我们和江枫、王磊、赵雷、任彦芳、杜文堂、曹念明、刘登翰、李鑫等三十多北大一部分"文艺界人士"出版了"卫道者论坛",我们宣称:

"有人说我们是卫道者。

是的,我们是卫道者,我们捍卫社会主义、捍卫马列主义之道。

正因为我们是卫道者,我们拥护党的整风,坚决要把官僚主义、主观主义、宗派主义反掉。

正因为我们是卫道者,我们坚持真理,反对空洞的呼喊,颠倒黑白的叫嚣。

有人说我们毕竟不代表真理,我们愿意和所有一切愿意追求真理的同志,把真理探讨。

有人说我们是宗派。

我们的宗派之门向一切人开放,只要他也是从爱护党出发,要把整风搞好。

有人说要像狼一样吃掉卫道者。

那么吃吧,如果办得到!"

总之,一切都复杂起来了,我们要进行两条战线上的斗争。要反对对社会主义的攻击,又要向三风不正的现象发起进攻。这些日子,午睡取消了,每晚总得到两点以后才睡。这是从来没有的。我们经常想起那些战斗的日子:记得么?在清清的水吉溪旁,那个公路通过的村庄,我们几个背着短小的三八马枪活动着。一边剿匪,一边土改,在熊熊的篝火旁,我们召开斗争恶霸地主的大会,而经常在深夜,我们带着民兵翻越重山搜捕匪巢……我们两人都这样感到:那时还没有现在这样紧张。鞭打一个将要覆亡的阶级,消灭公开活动的敌人,毕竟是容易的事情啊! 然而这里……是同志,是朋友,还是什么? 一时很难分。但愿都是我们的朋友。

借着夕阳的最后一抹光辉,我们写完这封信。

它什么时候才能送到东海边上,假使现在就能送到有多好! 这时,该是你一天最闲的时候了。太阳西下了,风从海上吹来,你又在那满布相思树荫的公路上散步了吧! 那真是一条非常美丽的公路:左边是海,右边是山,笔直地通往码头。而且这时,电台的同志该把军鸽放出去了吧,我们最爱听那鸽翅拍打的声音了。带枪的朋友,请接受北京读书人的问候。

祝好!

1957.5.23 于未名湖畔

我看见
——革命的风暴掠过历史的长河

中尉同志:

信下午收到。

照片也收到了。我们非常喜欢它,不仅因为看到了"雄姿英发"的你,还因为看到了久别的海防前线。白帆片片,惊涛拍打着石崖……多么熟悉的镜头啊。

我们仍然忙。昨晚十一点开全校党员大会。十二点多始散。会上,党委书记江隆基同志对当前整风情况做了分析,认为:运动基本上是健康的,要求全体党员虚心耐心地听取群众的意见,不要沉不住气,要继续支持大鸣大放。说明党委几天来对大字报上的不正确意见保持缄默,正是为了鼓励大鸣大放。

这两天的确大鸣大放了。有个叫刘奇弟的提出:"胡风绝不是反革命分子",还有人挂"招魂幡""为鬼伸冤",对联是:"人道之光必明;三害之仇必雪",这些人对镇反、肃反发出一连串的怀疑和攻击。仇视我们的人骂共产党残忍、没人性。"人道主义"者喊道:"讲人道呵!岂可杀人!"

杀人是可怕的,张炯有一则札记正说出我们的看法:

> 暮色苍茫,斗争会后我们押着三个恶霸分子走向刑场,群众雷鸣般的呼声在我的耳畔萦绕着,我从未亲手杀过人,感到胆怯,但今天我必须执行人民付托的使命。就在这时,犯人忽然回过头来恶狠狠地翻起白眼,喊道:"穷鬼们打吧,二十年后又是一条好汉!"我不是穷鬼,我出身于地主阶级,但我扣动了扳机。

> 难道我失却了人性?不,我看到革命的风暴怎样掠过历史的长河,人类为了从充满不平,黑暗和丑恶的社会走向一个崭新而美好的世界,正经历着多么痛苦的充满血泪的蜕变啊!过去读到太平天国革命中死了二千五百万人,觉得震惊;然而从1851—1951年这动乱的一世纪中又有多少人死去。这将是中华民族走向永不互相残杀的最后一刻。在这一刻中,谁要坚决阻挡生活的车轮,谁便将被送上历史的祭坛。我们应当是最后看到血的一代人,而万代子孙将永远在友爱中生活,为了我们的和平和创造性的劳动,我甚至愿意三倍地献出我的鲜血、青春以至于生命。(谢冕插几句:难道你不也正是这样吗?朋友,月黑风高,当你逡巡在浪涛狂啸的海岸时,当你为了祖国的母亲和孩子而下令击杀进攻的敌人时,你心里涌起的是残忍?是爱?是人道?是非人道?)

我们的生活中并非人人都了解共产党人,了解革命。"革命是痛苦,其中也必然混有污秽和血,决不是如诗人所想象的那般有趣,那般完美"(鲁迅),有的人有一颗人类美好而仁慈的心,但却不懂历史的严酷,不懂马克思主义,不懂立场,观点和方法!

在惊心动魄的斗争年代,对敌人仁慈,就是对自己的残忍。当然,我们不仅镇压了敌人,甚至也冤屈了自己的一些同志,但这是可以理解的。历史的急流,有浪花、有漩涡、也有迴流,然而,终究奔腾着前进了。我很同意美国记者斯特朗的看法:"人类的一切进步都是用极大的代价去换取的,不仅要有英雄们死于疆场,也要有人受冤而死去。"

当然,违法乱纪的必须严惩。也当然,对于钻进我们队伍中借刀杀人的匪徒,党和人民绝不饶恕他们。

你看这样的看法对吗?

至于别具用心地攻击我们的一小撮人,你一定会说,我们藐视他们,是的,只要我们共产主义者继续站在新生活的前列,迅速推进它的发展,那么,留给他们的只有绝望和悲哀了。

这封信就写到这里。同时给你寄去最近两期的北大校刊,上面有一些关于整风的记载。你要的"曲艺"创刊号,昨天在岛亭书店不意间发现了,亦随同校刊寄上。

你的"她"近况好吗?是否还坚持练小提琴,告诉她,应当继续练,"熟能生巧"。好了,祝你们幸福。

1957,5,25 下午,北大。

写在邮筒旁
——也算新闻

屏:

简单告诉你两件事.

一、今天下午七点多钟,我们在广场上看到了年过古稀的马寅初校长。他精神奕奕,在人群中看大字报,对向他致敬的人们频频点头。

二、今晚,大饭厅举行辩论会。盛况空前,人们还没吃过饭,桌子还没抬出,就有人挤着要进去了。会后,给你详细地报道一番罢。

握手!

1957,5,27,于大饭厅前邮筒旁。

失眠之夜,林姑娘和百花社

我们的军官:

你从定方处听说的情况乃无稽之谈,北大怎会那样。前些时外边也有人说北大已为反革命掌握,要"造反"云云,其实,我们的运动仍然在正常地进行着。

昨天我们班上第三次开座谈会。几天来成百个这样的座谈会在各班、各系、各部门举行着,广泛听取非党同志的意见。同学们发言空前热烈。许多尖锐、甚至含着愤懑的意见敢于提出来,不能不令人激奋。

夜里,我们都失眠了。什么时候我们曾想到同学们对自己"敬而远之",作为共产党员,生活在群众中,而人们却避着你,这是何等可悲的啊!(有人找谢冕,他出去了,以下我继续写——张炯)我觉得羞耻,然而当你从校刊上,从报纸上看到类似的、甚至更坏的情况时,你却感到那样的难过。我想得很多:临解放的那年,在特务的追踪下,我好容易逃出中学校时,一位大学生极其巧妙地把我掩藏在他家里,每天送饭给我,从大学图书馆里借"资本论"给我读,直到我转移到游击区为止。他不是共产主义者,为什么冒着性命掩护一个共产党员?因为我是他的朋友、他们中的一个,而且因为他们把希望寄托在共产党人身上。而今天,党执政了。我们却自以为是,盛气凌人,漠视群众的呼声,盲目地相信党在群众中的威望,逐渐脱离了人民。如果不整风,不整好风,难道我们不正沿着历史上无数可悲的轨辙前进吗?昨夜,我睡不着,谢冕也睡不着,睁着眼,窗外风声飒飒。我们思索着,为什么会这样?我们的党在新的历史条件下,将怎样重新呼吸着人民的一切,她将沿着怎样的道路前进?整风,是的,我们要整风,但是,我不知道我的同志们,在共产主义的旗帜下和我并肩前进的千百万同志,是不是都这样想,想党的命运,人民的命运。你呢?站在国防岗位上的共产党员,你是怎么想的?

谢冕回来了。他认为我的调子太沉重。好吧!换个话题,谈一谈昨晚的辩论会以及林希翎吧!

你对她也许并不陌生,中国青年报曾为她发表过社论。这位人民大学法律系四年级的姑娘,大前晚在我校辩论会上支持关于胡风不是反革命的说法,还发表许多带有煽动性的言论。她说:"毛主席在最高国务会议上提出解决人民内部矛盾的问题时,有百分之八十的人不同意,有的高级干部还中场退席。因此,中央最近就要'收'了。""一切统治者都有共性和局限性,一旦执政就要镇压人民。"她说:"我们现在过的不是真正人的生活。"认为:"整风是改良,我们不要改良!"号召"要作根本的改革!"但遭到猛烈的反驳,以致半途溜走了。在刘奇弟等人支持下,到十六斋后另辟讲坛,并把持会场,不让旁人发言。人大的一位讲师要揭露林希翎造谣竟被推下讲坛,法律系的一位女同学还被人打了一下。群众嘘声四起,林希翎也没讲成就走了。但大字报满墙飞,有要求和她辩论的、有揭露她造谣的(其中还有马老的辟谣声明)、还有画漫画讽刺她的。但是竟也有人称赞她,高喊"林希翎万岁",说什么"我愿和美丽的林希翎携手前进"等等。总之,她一夜之间成了新闻人物。第二晚的辩论会,她没有来,昨天才来了。

辩论会不下三千人参加。林希翎承认上次讲话"胡说八道"。讲了一会,脱掉外衣,露出白色的水手上装,头上翘着两只白蝴蝶结。一口气讲了十三个问题。她知道像上回那样是不"策略"的,口气改变多了。但仍然遭到同学们的反驳。当曹念明同学谈到毛主席告诫我们"一切离开社会主义的言论行动都是完全错误"时,数千听众报以暴风雨般的掌声。今天的会场秩序比上回好。但有一位研究生在揭露她造谣时措词比较尖刻,不够严肃,而林希翎竟也恼羞成怒,对听众大骂"对牛弹琴"。总之,一个相当"泼"的姑娘。

经过座谈会、辩论会后,党委和校行政对大家提的意见,本着边整边改的精神向全校作了处理情况的报告,同学们初步满意了。于是大字报进入低潮,运动深入了。这几天大字报中出现了用章回体写的"儒林内史"、"新拍案惊奇"等小品杂文,大量揭露"三个主义",活泼辛辣,百般诙谐,笑声中令人深省,可谓讽刺文学之新例。

最近以谭天荣、张景中、龙英华、刘奇弟为首的几十人组织了"百花学社",包括黑格尔—恩格斯学派、爱智社等。据云他们容许分歧意见存在,互不干涉、互不负责,真是新奇。

已经十点二十五分,再过五分钟就要熄灯。在宿舍,这是一天当中最热闹的时刻,盥洗室传来面盆的碰击声、龙头的放水声,还有热烈的争论声。争论"三个主义"的根源,争论整风中发生的一切……。

好了,朋友,拉拉杂杂谈到这里吧。

晚安!祝你有一个没有炮声的、蔚蓝色的梦。

1957,5,28,灯下。

写在黎明
——澎湃的思潮及狂妄家

军官同志：

十天没给你写信。期终是算账的时候，总要忙些，加以近来风平浪静，没啥可以奉告。昨天连着收到你的两封信。你认为张炯对于党群关系的议论太低沉，应当把某些党员的脱离群众和全党的基本情况区分开来，这是对的。大概，这也是小资产阶级的片面性和夸大狂吧。可是，你又要我们"全面"介绍这里的运动，要记着，我们是学生，只能就耳闻目见的给你说说，哪能全面概括呢？还是简单地介绍一下吧！

首先，辩论会，讲演会继续在开，刊物如雨后春笋，有大字墙报"广场"、"自由论坛"等，（"广场"是张元勋等四人办的）还有油印小报"五月"、"观察家"、"红楼报"、"除三害"、"春雷"、"助整风"、"争鸣"、"百花坛"等，都是自己凑资出版的同人刊物。大部分都是帮助整风，有切实的议论，但也有唱"是时候了"的调子的。然而，多数同学是突破教条主义的框子，思想有如春水，饱含生气、喧嚷着、汹涌着，在一切领域内漫起来，而且在一点上汇流了——探索党内三个主义的根源，要求扩大社会主义民主。

关于根源，意见纷纭，大部分认为"三个主义"的产生有其复杂的主客观原因，主要是思想方法上的主观主义。但有些别有用心的人却归罪于社会制度，实际是想否定社会主义。关于扩大社会主义民主，意见倒是一致的。我们也认为社会主义民主要扩大。除了整风，从主观上克服"三个主义"外，应当调整国家制度的某些环节（发挥广大群众的积极性、主动性和创造性），充分发扬民主。这是消弭官僚主义，主观主义、宗派主义的客观保证。譬如大字报，人人有权贴，这就会叫我们生活中的官僚主义者震动，使他们再不敢无视群众的呼声。反社会主义的大字报并不可怕，他们的言论在这儿是老鼠过街，人人喊打。在新的历史时期中，党应当领导人民扩大民主。只有在民主的基础上，党才能永远不脱离群众，党的温度计也才能正确地反映出政治气温的哪怕是微小的变化。"无产阶级政权的实质是劳动人民的广泛民主"（哥穆尔卡），今天，怎样创造条件，领导人民去正确实现这种民主，确是现阶段马克思主义应从理论上实践上加以探索的巨大课题。我们的整风和百家争鸣，无疑正以千百万群众的磅礴气势，向历史提供正确的答案。

思想的洪流中，也涌现不少无政府主义思潮。有人抬出普鲁东的干瘪古董，沾沾自喜，高呼："不要共产党，不要专政；要民主、自由、思想解放；要更好的社会制度……"。甚至狂热到像一世纪前可怜的巴枯宁那样，挥舞着拳头宣称："人民准备造反，只要投以一根火柴，暴动之火便将爆发"。但是他们要的是什么制度，连自己也说不出所以然，那就无怪群众不欣赏了。民主按其本质是对人的尊重，是少数人对多数人的尊重，是限制少数人的自由去服从多数人的自由。绝对的自由，即使到共产主义社会也不会有。马克思谈到共产主义社会时民主制将要消亡，因为人们将习惯于遵守公认的社会规则而生活着，无须乎谁服从谁。但毕竟还得"遵守""规则"呵！对不，军官同志。不过，那时你是肯定失业了。

这种偏激到狂热地步的可以谭天荣为代表。

你对谭天荣发生兴趣，原在意料之中。他曾成为张炯一篇特写中的主人公。四月中旬，谭在医院针灸室的白色病床上高谈其哲学，张炯惊讶之余，便决定把真人真事搬入特写，他在叙述了谭宣布自己最懂辩证法、列宁主义是马克思主义的否定等等以后，写道："我不能不震惊，面前也许是个不平凡的人。他能独立思考，不墨守成规、敢于提出自己新颖的见解，敢于触动权威;这是一个富有创造性的人。如果说世界上有天才的话,这或许就是天才的起点。是的,我们祖国需要这样的人、这样的学者和科学家。只有这样的人才能把科学向前推进一步以至一百步。教条主义者除了像学舌的鹦鹉那样,不问什么时候都重复着'八点钟,八点钟'以外,还能给人们什么呢?我满怀喜悦注视这位同学,微黑的脸孔架着眼镜,眼里射出桀骜不驯的光芒……"

然而现在,他却像吹得气球那么大的五彩夺目的肥皂泡似的,在我们面前破灭了。他自封为哲学家、黑格尔—恩格斯学派的鼻祖。然而,我们发现,他说的不是哲学,而是一堆概念的糊涂账。他的哲学,连研究哲学三十多年的教授也不懂。他自炫读过马、恩的一切著作,其实不过支离破碎地背诵一些片言只语,他抓住"否定之否定"到处套,自称理论前提是:一切现实的是合理的,一切合理的是现实的。据解释:合理=理性=客观规律=现实。看吧!连三段论式的基本逻辑法则也不懂,却奇妙地变起概念把戏来。他把一切绝对化,有次演讲时说:"对的就是不对的,不对的就是对的",刚好有人给他拍照,他立即说:"我一向反对拍照"。台下有人应道:"按他的理论,他反对,也就是说他赞成"。结果全场哄然大笑。总之,这是个"语不惊人死不休"的狂妄家。

关于他,以后再谈吧!再给你谈谈新的"乌托邦主义者"对科学社会主义的攻击。

关于阶级复活的问题一直攫住人们的心。有个叫谈谈和三〇一教师的都认为新的阶级正在或者已经形成。三〇一教师认为今天的生产关系存在着剥削。谈谈则把人依党、团员、群众分成若干等级、比作古印度的婆罗门、刹怀利……当然,关于党团员等级之说十分可笑,但其用意则在取消党、取消无产阶级专政。他们要使我们忘记列宁的名言:"无产阶级手中除了党便没有旁的武器,取消党就等于解除无产阶级手中的武装"。但是,你怎么能忘记呢？是吧！带枪的人，没有人比你更知道：在敌人面前，党意味着什么了。然而从工资谈到阶级的学说却不能不唤起我们的回忆：地下时期有次争论——未来的社会什么样？那时，我们赞成太平天国式的"无处不均匀"。然而后来革命却要我们党团结旧社会遗下的全部知识分子，按照旧法权的成规给他们生活资料，使他们同我们一道前进，否则我们就难免蹈太平天国的覆辙。于是我们才惊服列宁引用马克思的一段话："……共产主义的第一阶段，还不会有什么公平与平等：富足程度的差别依然存在。而这种差别是不公平的，但是人剥削人的事情已经是不可能了，因为那时已无法把生产资料——工厂、机器、土地——据为私有。……这是一个缺点，但这在共产主义的第一阶段是不可避免的。因为若不陷于空想，就不能以为一推倒资本主义以后，人们就立刻学会替社会劳动而不需要任何法权标准，而且，资本主义的废除并不能立刻造成这种变更的经济前提。"今天，我们更不能不惊佩一百年前这位巨人的洞察力了。所以，这些先生就应当读一读这些话，如果他们不愿成为空想家巴比夫的信徒，而宁愿成为马克思主义者的话。是吗？

但从等级问题的讨论中，我们兴奋地看到共产主义思想怎样深入人心了。是的，正是这个思想，无论年老或年轻一代的共产党员以及共青团员们，都永远忘不了自己的任务：消灭城乡的对立、体力劳动和脑力劳动的对立，让原子能举起历史的巨笔，在人类的旗帜上写出金光灿烂的字眼："各尽所能、各取所需"。

目前物质生活有些不合理的悬殊现象引起了不满，这是正当的。我们认为党和政府应当继续调整这些差距。至于你，军官同志，人民优待你们，你们也别忘了人民是怎样生活啊！

午夜前我们绕着镜春园的湖边小路散步，谈近来的心情，当然也谈你的来信，好久都没这样谈过，抬头望天，一弯新月，把银光倾泻到假山亭榭和苍郁的松树上，竟忘了夜已深沉。回来，两人还很激动,就在盥洗室——大学的"不夜之城",给你写信了。当我们放下笔杆,燕园已经苏醒。百草含珠,空气清新而潮湿,啊!我们竟然迎接了黎明。走到窗前,本能地想看看那熟悉的海上雾晨,想看看那个年轻的红脸蛋的小司号兵,还有他那鲜红翠绿的号穗,然而我们没有看见,多远的距离啊!早安,海防的战士,要珍惜我们共和国的晨光啊!致以战友的敬礼。

1957,6,7 晨 4 点。

"在风浪中要站得稳!"

路屏:

前后的信都收到了吗?你交待的任务还未完成,这两天大字报又起高潮,考试又逼近了,虽然忙,虽然不希冀得个勋章什么的,但诺言既出,总还得抽空提笔给你写,不然,又要骂我们到了北京就"乐而忘'本'"了。

你认为张元勋的诗"勇气可嘉",的确,此君是颇有"勇气"的。最近,他和百花社一起要出版铅印的综合性刊物"广场",担任主编,专门选登大字报中"勇气可嘉"的作品,预定发行一万份。为了筹款,大事宣传,大书:"救救孩子,'广场'在难产中!"但是,许多人看了第一期要目和编委名单后,纷纷提出质问:"'广场'究竟是谁的孩子?"许多同学都根据"广场"要目所显示出来的鲜明的反动倾向指责:"广场"是"毒草园",有人干脆答道:"不救",有一个哲学系同学为庆贺"广场"创刊,题赠对联一副:

为离开社会主义言论开辟"广场"窃用"救救孩子",革命先行如在定以"横眉冷对"

创少数人垄断之刊物名曰"民主"又说"代表同学",此种自欺欺人已是"路人皆知"

还有叫旧闻馆主者不厌其烦地编了"'广场'编委考",对编委们在整风中的言行作了客观的介绍。但半夜里竟被人撕掉了,这手段实是"空前"的,应该由"新闻馆主"加以考证了。

这些天,惹人注意的大字报有谭天荣的"又一株毒草",他写道:"亲爱的毛泽东同志现在处于十分困难的地位",我们青年学生应当"领导当前的运动"。他又说:"一支可怕的百万大军正在形成",这"百万大军"是由下列三种力量组成的:"①认识了历史必然性的为真理而战的战士们;②那些无辜被蹂躏的人们;③反对社会主义的敌对力量。"在"这是为了反三害"一文中,他评论人民日报"这是为什么"等社论以及报上反驳右派分子的言论时,写道:"人民日报所组织的十字军,充分地表现了没落阶级的绝望情绪",是"垂死挣扎",他狂喊:"红色的是火焰,白色的是剑,这是一场最后的战斗,让真正的勇士前进吧!"简直是歇斯底里了。

还出现了"自由主义者宣言",写道:"拥护一个最完善的社会制度及一个最正确的领导,应当放在第一位。至于它是否是社会主义及共产党则是另一个问题。"

可见人民日报的社论是正确的:"国内大规模的阶级斗争虽然已经过去了,但是阶级斗争并没有熄灭,在思想上尤其如此。"二十天来北京大学的大字报正是全国已经消灭和正在消灭的各阶级思想的检阅台,"在这里,人们的心排着队走过"。

水既落,石既出,一切人都得在严肃的现实面前表示态度了。今天,墙上出现了"坚决与谭天荣划清界限","坚决站在无产阶级的立场"等标语;出现了"社会主义者宣言";出现了无数篇反驳自由主义者的文章。墙上顿然又万紫千红了。在这浩大澎湃的浪潮下,那些可怜虫们无力的反社会主义"呼声"完全被淹没了。

偏激的同志们发现自己的热情、自己对于黑暗和丑恶的憎恨,以及对于美好的社会生活的追求竟然差点被人引入歧途,都清醒过来了。是的,这就是年轻的一代,年轻人是我们国家的未来,年轻的、更年轻的、更更年轻的一代,他们越来越离开旧世界的黑暗和丑恶,他们痛恨那一切是必然的。人类的心灵应当一代比一代美好,正是依靠这种美好的心灵,我们才能够把人类引向共产主义。当然,年轻人是狂热的,不成熟的;但是,在生活的浪涛中,他们会成熟起来。陆定一同志在团三大会上叮嘱"共产主义者要在风浪中站得稳",我们绝大部分人是站得稳的,他们相信毛主席的话:"一切离开社会主义的言论行动都是完全错误的。"

关于谭天荣的"百万大军",有张大字报说得好:

"为谭君计:呜呼,君之志大矣,而世人莫能知焉。故广大燕园之中与君者寥寥无几,君虽赴津(赴南开大学),但仍未见成效,哀哉!中国之知识界人士,亦属少数,'百万大军'之统帅,至今尚为一空军司令。吾等不才,深感遗憾,请为君计,何不速投身工农,阐明大义,集亿万之众,以早成君之雄愿,望君三思,再拜,再拜。"

这就是右派的悲剧了。但是,我们还是希望谭天荣冷静下来,谦虚点,实事求是点,如果他想成为真正的哲学家的话。

不写了,余容后告,专此布达中尉同志

老百姓的敬礼

1957,6,11 文史楼。

整去歪风除却害
奏凯方旋

亲爱的朋友:

有些事本当昨天就告诉你,或者索性过几天再说。可是马上要停课考试了,你是过来人,该知道考试是"何等严重"。所以我们议决,今天给你写后,半个月内就不再同你啰嗦了。

谈谈我们校内已出现和将出现的两种"大型"刊物罢:"浪淘沙"昨天下午出版了。这是由"儒林内史"编辑部和求实书会("清华园奇观"和"新拍案惊奇"的作者们)合办的同人刊物。以一首浪淘沙代序,词曰:

"一九五七年
除害声喧
欲扫三风岂畏难
底事沉渣随波起
歪语狂言
曲不谐弦
敢将肝胆暴君前
整去歪风除却害
奏凯方旋"

"浪淘沙"昨天还出了号外,登了一则颇引人注意的消息,消息说到"广场"正副主编张元勋、沈泽宜在印刷厂为工人包围的事情。昨晚"广场"编委会向同学报告了事实经过,原来:北京第一印刷厂承印"广场",但工人排了几行字就不愿排,认为毒气太大,夜班工人向厂长抗议,不排了。厂长认为应贯彻"百家争鸣"的政策,又交给日班工人排,工人排了发刊词和"是时候了",实在排不下去,大家闹起来,停工拥向礼堂,认为不能用自己的手排出把毒箭射向党的文章,正巧张、沈二君到厂,工人便围起他们来教训了一顿,弄得他们瞠目结舌,承认年轻无知云云。工人毕竟是工人,凭着阶级的直觉,他们懂得什么是帮助党整风,什么又不是。幸亏谭天荣之辈不曾去同工农结合,否则,也不免狼狈而回的。他今天同刘奇弟一起声明退出百花学社,说是因为"意见分歧",据赵霞秋同学说:"龙英华也不同意谭的意见。因为谭'主张自下而上的改革,先到各大学中宣传他的主张,然后再发展到中学去。因为今年有许多中学生考不上学校,他们不满意,于是就可以把这种力量搞到一起,上街闹事,游行示威。工人、农民有不满意的,也到工人、农民中去宣传。这一下子全国人民都动起来了,共产党的很多领导干部就要站不住了,共产党员就要站不住了'。"

写到这里,竟搁了一周,因为我们全校同学又投入一场紧张的战斗——打退右派分子的猖狂进攻。正如你信里说的,我们像书呆子一样把校内的各种反动思潮学术化了。的确,我们是怀着最大的善意去揣测别人的。但今天,从谭天荣、龙英华到刘奇弟全都裸露了他们的真面目,原来他们怀着多么狠毒的恶意对待我们啊!反动言论而外,他们甚至跑到校外搞秘密的组织活动了。但是,当司马昭之心昭然若揭,他们只好悲哀地发现自己是那样孤立了。这几天我们全校同学正如全国人民一样,坚决地给这些右派分子以迎头痛击,直到他们真正领教了人民和社会主义的力量为止。

但我们将继续整风,当"整去歪风除却害"时,无疑,我们党和社会主义事业将百倍地强大,让右派先生们永远悲哀和绝望吧!

告诉你,暑假我们将回家,看看久别的故乡、久别的海防前线。我们多么想飞驰在闽北的崇山峻岭和闽南的橘林蔗园中,怀着激情喊道:"哦,武夷山,你好!九龙江,你好!你的儿子回来了……"

当然,我们还要和你们做长夜之谈,那时候,一杯浓茶,几点萤火,我们在南国夏夜的星月辉映下,在浓密的龙眼树下,谈祖国、谈爱情、谈这场动人心弦的风浪,谈怎样更好地做一个共产党员……

北雁就要南飞,请等待。

1957,6,20,于北大图书馆。

给朋友*

走过错路的兄弟,快擦干泪水
共青团员的责任不仅是忏悔
社会主义祖国要我们保卫
来,快跟上反右派斗争的大队

---

* 此诗初刊1957年7月16日《红楼》反右派斗争特刊第3号,又刊1957年7月27日《人民日报》。据《人民日报》编入。

不是战歌[*]

1

真想问你她走后是否给你来过信
真想问你战斗过后我们是否南行
可是当我走进你那不眠的编辑部
我惭愧了,战斗正紧张地进行

2

忘不了荷花塘边的月色和花香
忘不了湖滨小径微弱的灯光
斗争虽然紧张,记忆常来拜访
我们都在谱写战斗的乐章

3

你说母亲已在我案前换了五束鲜花
三岁的侄儿总问叔叔何时回家
弟弟,你理解兵士的心情么
枪声一响,他什么都忘啦

1957,7,19

---

[*] 未刊稿。

厦门组诗[*]

厦门(其一)

厦门港。黄昏
每一个窗口都飘着花香和歌声
合欢树在灯下温柔地笑了
给碉堡也给岗亭撒下一片温馨

记不清也不想起今天响了几次警报
去吧,让木屐敲响这宁静的海滨
渡轮匆忙地把游客送上鼓浪屿
巡逻艇带走了人们对战士的激情

探照灯的光柱掠过烈士碑的尖顶
照亮了一双双柔情的眼睛
防空兵在向情人们问好
数吧,数数看天上有多少星星

1957,8,15,作于厦门;
同年,8,22,重作于福州;23日改成。

---

[*] 未刊稿。

厦门(其二)

木屐敲打着夜的街道和码头
海风把花香送进每一个窗口
月下飘荡着南国醉人的音乐
情人们在海滨看满天星斗

探照灯把微笑的星星拜访
巡逻艇穿行在宁静的鹭江
在滨海大道如潮的人群中
闪现着边防军警觉的目光

海浪吹拂着彩色的裙衫
菽庄花园有乐声在轻漾
而在南普陀的花荫深处
防空壕守护着人民的安康

厦门是天才的纺织女工
把和平和战争织成了华章

1957,8,15,作于厦门中山路

鼓浪屿

黝黑的鬓发常年插着鲜花
十里海风飘送着十里花香
鼓浪屿是温柔的南国姑娘
为何总是日夜把战鼓敲响

每当渔歌唱晚
每当晨雾迷茫
鼓声总是响起
激昂而又悲凉

树丛中淹没了侵略者的足迹
今天已告别了昔日的哀伤
可是姑娘的心依然忧愁
她望见那乌云笼罩的地方

波浪多激昂
鼓声多响亮
鼓浪屿有一颗团圆的心愿
鼓浪屿有一个美好的愿望

1957,8,于厦门。

郑成功

你把战马系在龙头山下
俯首进入水操台寨门
你的战船拢岸在集美海滨
登延平故垒望漫天星云

在南普陀的榕荫下面
你和卖茶老者促膝谈心
在紫云岩的山涧边上
流水伴着你的朗朗书声

海洋呼唤着你的名字
山谷传响着你的声音
什么时候你挥鞭东向
统率着你的英雄子孙

1957年8月24日自厦抵榕,写成。

厦门小辑[*]

开始的歌

用上工的汽笛
用空袭的警报
用充满情感的声音
厦门向我问好

花　边

一根白色的缎带
系在爱人芬香的鬓间
祖国给厦门天蓝的裙裾
绣一道精致的花边

仙　境

长堤如虹
碧波如云
列车如龙

---

[*] 未刊稿。

乘长龙
凌彩云
越长虹

哦！仙境不在云中

车过海堤

梦中骑龙游过大海
波涛惊叫着两旁闪开
睁开眼原来是车过长堤
列车用汽笛向厦门敬礼

海堤落成纪念碑

每人的心中都有这样的碑石
上面镌刻着移山填海的业绩
奇幻的神话如今成了事实
新时代的山海经从头写起

1957,8,北京—厦门。

诗传单[*]

我要一把刀

我要一把刀,一把大夫用的刀
用来替我的朋友挖掉温情主义的脓包

我要一把刀,一把战士用的刀
用来刺穿右派分子虚伪的面罩

问王大鹏

当你和张元勋一起散步谈心
难道真是为了"探索他的心灵"
难道不正是"是时候了"的声音
在你心里引起了共鸣
当你和谭天荣在一张桌上打牌
难道真是为了"想把他教育过来"
难道不正是"一株毒草"在你心里生根
难道不正是因为仰慕他的"天才"

1957,10,13

---

[*] 未刊稿。作者按:王大鹏是我的1955级1班的同窗好友,1957年"反右"斗争中被划为"右派分子",受尽磨难,后改正。现在,我把当年张贴在宿舍中的"诗传单"收在这里,是为了自责并向他道歉。这种迟到的道歉,当然也包括了诗中提及的张元勋和谭天荣二位学长。谢冕,2009年2月22日,于北京昌平。

誓[*]

我不会在你的脖子挂上项链
温柔地说多么爱你一九五七年
不,这不是爱情,这很虚伪
我要给你真正的爱的誓言

我和祖国一起度过战斗之年
但只是这船上不称职的船员
狂风曾经迷糊过我的双眼
我还把噪音寄往海防前沿

战士的一生应当无畏无愧
年轻的生命真的缺乏锻炼
种子从播种开花再到结果
不离土地也经得起冰雪熬煎

从今起要练就坚强的翼翅
经历风雨勇敢地搏击蓝天
这是我给一九五七的誓言
是真心燃烧着真爱的火焰

1957,12,23

---

[*] 未刊稿。

题在几本书的扉页[*]

一

当我面对着狡猾的敌人
我想：我应当有一支准确的枪

二

有一个人口众多的家庭
双亲关怀子女的命运
妯娌没口角
弟妹不争吵
有一个团结美好的家庭
共产党是它的当家人

——题毛主席《关于正确处理人民内部矛盾》

三

这里有活生生的事实
这里有驳不倒的真理
右派分子用辱骂和造谣进攻
我们用真理和事实反击

——写在周总理政府工作报告上

---

* 未刊稿。此诗作于1957年。

1958

方志敏团团歌[*]

(用"华沙工人歌"曲调)
我们战斗在十三陵
迎着那朝霞顶着星星
征服那狂暴凶猛的洪水
修好那水库造福人民

我们战斗在十三陵
斗志昂扬高歌猛进
我们有移山倒海的壮志
我们有百炼成钢的决心

(副歌)
方志敏同志鼓舞我们前进
我们是方志敏团的士兵
我们是劳动锻炼的新军
我们是方志敏团的士兵

---

[*] 未刊稿,作于1958年4月。作者按:1958年"大跃进"修建十三陵水库,号召全民以军队建制参加劳动。北京大学中文系师生组成方志敏团参加。这是作者为该团创作的团歌歌词,一时在工地日夜传唱。

十三陵水库工地晨歌(之一)*

当红日爬上十三陵的山峦
代替了奇幻的灯海灯山
我坐在未来的大坝顶上
让晨风把我的湿衣吹干

工地上红旗装点了天空
夯板机敲打得天地抖颤
这黎明给人们无穷灵感
谱就我心中美丽的诗篇

我用彻夜不眠迎接黎明
快乐是因为手上的血茧
拦河坝一夜间高了几寸
那里面有我的几滴热汗

---

* 未刊稿。作于1958年4月。

十三陵水库工地晨歌(之二)*

捧着星光和灯光走进工地
披一身朝阳甜蜜地睡去
我们把夜晚当成了白天
为了乘快马奔赴社会主义

当年这里活跃着革命先辈
出没山林在这里打过游击
他们餐风宿露历尽艰苦
崇山峻岭是他们的营地

想到这些总是心旌摇荡
忘了饥寒也忘了劳累
我们在接过历史的重担
内心充满了前进的欢喜

1958,4,于十三陵水库工地。

---

* 未刊稿。

遥寄阿拉伯*

贝鲁特

我知道贝鲁特有秀丽的山宁静的水
如今和平的画幅被战争撕毁
啊！黎巴嫩的山顶战云密布
地中海的上空弹片横飞

我知道贝鲁特有勤劳的人古老的城
如今贝鲁特四处响着枪声
啊！成千成万的劳动者穿起军装
贝鲁特的市区巷战在进行

今夜贝鲁特有炮弹横飞的战斗
今夜北京有惊天动地的怒吼
贝鲁特啊英雄的兄弟
北京向你伸出热情的手

天安门前伸向天际的愤怒的拳头
正义路上终夜不停的示威的人流

---

* 此组诗前二首初刊《红楼》"反对英美侵略者,支援阿拉伯人民斗争"特刊。《贝鲁特》又刊《东风颂——北京大学文艺创作诗歌集》,北京大学"红楼"编辑部1958年9月出版,题为《遥寄贝鲁特》。据手稿编入。

贝鲁特啊,你可听见北京的心跳
贝鲁特啊,北京在和你并肩战斗

战斗吧,英雄的贝鲁特
战斗吧,腓尼基人英勇的后代
你们一定会获得胜利
因为真理与你们同在

不能让罪恶的战火
焚烧那十棵五千岁的神圣的杉树
不能让罪恶的战火
摧毁那太阳神之宫古老的石柱

不能让可怕的枪声
埋没费露茨①和平的歌声
不能让可怕的枪声
破坏黎巴嫩山上的松荫

战斗吧,英雄的贝鲁特
战斗吧,英雄的黎巴嫩
北京在支持你们
世界在支持你们

1958,7,20夜。

---

① 费露茨,黎巴嫩女歌唱家。

利比亚

你们在那里发现他们,就在那里杀戮他们。

——《古兰经》

"英国强盗又从土布鲁克登陆
侵入了利比亚神圣的国土"
我手中拿着今天的晚报
突来的消息激起满腔愤怒

野猪溜入菜园
小偷进了大屋
盗贼不改本性
侵略者居心狠毒

起来,利比亚的人民
起来,阿拉伯的人民
谁胆敢侵占我们的神圣国土
我们就在利比亚把他们驱除

伊拉克

一颗明珠在西亚大陆闪烁
光芒照耀着叙利亚沙漠
幼发拉底河滚滚的波涛
请传送我热忱的赞歌

人民的巨手多么神奇

一夜间使山河变了颜色
抽刀怒斩费萨尔王朝
双手捧起崭新的共和国

它吹响民族独立的号角
它给侵略者以迎头棒喝
如今在保卫和平的旗帜下
昂首站立着英雄的伊拉克

1958,7,20

旧体二题[*]

如梦令：未名湖

佳树芳草鸣蝉
塔影波光柳岸
最美是燕园
夏日未名湖畔
湖畔，湖畔
荷红蒲绿好看

赠　友

燕园三载忙中过
手植杨树已婆娑
花神庙前朝闻柳
临湖轩旁夜听荷
犹忆明陵颂劳动
难忘后海唱战歌
夜话枫岛君记否
石舫无桨心蹉跎

1958，7，22

---

*　未刊稿。

写大字报[*]

在沸腾的深夜
在静谧的灯下
笔在纸上飞舞
心在和党谈话

蘸一笔墨水浓浓
心满含感情的水分
蓝蓝天上嵌着明星
大字报上跳动着爱党的心

---

[*] 此诗初刊《东风颂——北京大学文艺创作诗歌集》,北京大学"红楼"编辑部1958年9月20日出版。据此编入。

我们支持你,黎巴嫩兄弟*

六万万人的手臂
　　高高举起
六万万人的声音
　　惊天动地
我们支持你
　　黎巴嫩兄弟
虽然隔着千里万里
　　虽然隔着海洋陆地
但我们的心
　　靠得很近
我们的肩
　　并在一起
我们支持你
　　黎巴嫩兄弟
人民的手臂
　　强大无比
人民的力量
　　无坚不摧
帝国主义——

---

* 此诗初刊《东风颂——北京大学文艺创作诗歌集》,北京大学"红楼"编辑部1958年9月20日出版,与顾倬宇合作。据此编入。

纸老虎
　正义的火焰
　　　要把它
　　　　　烧作飞灰
我们支持你
　　黎巴嫩兄弟
前进
　　高举起战斗的大旗
前进
　　团结成铜墙铁壁
为了世界和平
　　为了民族独立
我们支持你
　　黎巴嫩兄弟
隔着山隔着岭
　　隔着重洋千万里
山连水水连山
　　我们永远在一起
我们支持你
　　黎巴嫩兄弟

贺年信[*]

寄厦门前线

一封信遥寄到战斗的城
南乐的弦歌里织着炮声
大年夜战士们想起什么
北京城挂起了朱红的灯
北京城挂起了朱红的灯
阵地上又滚过阵阵雷鸣
六亿人今夜里高举酒杯
全中国怀念着前沿哨兵

寄清河制呢厂

晶莹的雪花飘满燕园
我好像重到细纱车间
梳毛机滚着白云朵朵
却不见织女来往云端

---

[*] 此诗初刊《北京大学》(校刊)1959年元旦文艺专刊。据此编入。作者按:《贺年信》组诗四首及随后的《沿着红毡铺成的路》,是当时几位朋友的集体写作。前者署名是:任彦芳、刘文昭、刘登翰、谢冕,后者署名是:白虹、山风、鱼梁(即谢冕)。注明的写作时间,前者是"1958,12,22,晨二时半写毕",后者是"1958,12,31"。这些作品均刊登于《北京大学》校刊的1959年元旦文艺专刊第一版。记得那是几个不眠夜晚的急就章,大学时代真挚友谊的难忘记忆。2009年3月1日,作者录旧作时随记。

清河的织女欢度新年
鹅毛雪带去心意一片
愿巧手织出跃进山河
乘快马奔向新的一年

寄密云红旗人民公社

今夜的食堂里多少酒菜
多少个打谷场搭起戏台
多少座敬老院盆火通红
多少个俱乐部结起红彩

大年夜歌声里推窗远眺
灯影下公社的红门敞开
托东风寄贺信庆功席上
丰收的五九年马上就来

寄徐水人民公社

八月大地滚过春雷
主席含笑拜访徐水
挥手唤来春风雨露
人民公社扬花吐穗

主席扬鞭骏马万里
丰收捷报瑞雪纷飞
万斛深情酿成美酒
北向京城遥遥碰杯

1958,12,22,晨二时半写毕。

沿着红毡铺成的路 *

沿着一条路,我奔向 1959
远处,重重叠叠的黄金般的山峦在发光
那是七千亿斤丰收的稻谷所堆成
而从那高山深谷之间滚滚而来的
是通红通红的钢河
漫天飞来的亿万张喜报如红毡铺地
在这条路上,我狂喜地飞奔
我捧着"1070"所织成的帅印

白虹、山风、鱼梁 1958,12,31

---

* 此诗初刊《北京大学》(校刊)1959 年元旦文艺专刊,与白虹、山风合作。据此编入。

给我们写首诗吧！*

夜空中飞舞着雪花。

透过路灯的光线，雪花是银白色的蝴蝶。我听得到雪花被树枝撕裂的声音。顷刻之间，屋顶、树木、道路都铺上了白银……

啊，北京宁静的天空中，大雪纷纷。

我凝神。背后响起银铃般的声音："给我们写首诗吧，回忆过去，迎接一九五九年的……"

写首诗？好啊，写首诗，不仅可以，而且应该！

我写诗，岂止是由于你的要求？我写诗，岂止是为了你们的墙报？亲爱的同志你知道，在这样的夜晚，在这迎新送旧的夜晚，我有太多的话语，太多的喜悦！

从一九四九到一九五九，数字只换了一个，祖国横跨几个世纪。

生活是饱含水浆的果子，甜美的汁液，我们来不及尽情地吮吸，便已过去。而新来的日子又唤起我们百倍的爱情。是啊，痛苦的时刻即使是一天也长似千年，而和幸福做伴，千万年也不会满足。

从一九四九到一九五九，三千多个日子，三千多颗晶莹的珍

---

* 此诗初刊《北京大学》（校刊）1959年元旦文艺专刊。据此编入。作者按：《给我们写首诗吧！》是一首散文诗。作于1958年12月底。当时确是应《北京大学》校刊编辑之约而写的。

珠。这珍珠,是先烈的血滴,是我们自己的汗水,是太久的痛苦之后欢乐的眼泪。每一个人的心灵深处,都埋藏着这样的珍珠,像一串串成熟的紫葡萄,丰满而甜蜜……

我很幸福。在我懂事之后,有一半以上的日子,生活在共和国的怀抱里。

"给我们写首诗吧!回忆过去……"要回忆吗?童年时代的心酸早已无影无踪,而短暂的九年的欢乐,即使用九十年的时间也说不尽。

亲爱的同志,原谅我,只能写下过去一年,我,还有我们,做了些什么,想了些什么。

一九五八,在祖国的历史上,是了不起的一年;一九五八,祖国给我们很多很多……

*　　*　　*　　*

春天。十三陵。方志敏的战旗在夜空中招展。春夜有很重的露水,春夜还有寒意。

灯的海,灯的河流,我挑着担子奔跑,我的同志挑着担子奔跑。

火车来了,我们抢上去,扑上去,趴在地上卸料。像炸碉堡,像夺取制高点。我们汗流浃背,气喘吁吁。

于是,喝一口水,啃一口窝窝头;

于是,我们跳舞,我们唱歌,慰问坦克兵;

于是,我们坐在坝顶之上,向蟒山,向温榆河,像七一号火车头呼唤诗句。

收工回来,躺在稻草铺上,摸摸那隆起的红肿的肩膀,和那打着紫黑血泡的手掌,一阵喜悦。想着思想上可多了什么没有。

每时每刻,方志敏的形象总来拜访。

* * * *

也是春天。燕园烧起双反的烈火。

朋友们给我贴上许许多多的大字报。大字报,是不留情面的镜子;大字报,也是同志温柔的手……

是啊,为一架浅绿色的台灯活着,为一幅天蓝色的窗帘活着,为一桌线装书活着,为家庭,为自己活着,这不仅可耻,而且卑鄙!

我抄下所有的大字报,在日记本上,在心灵中。

我怀着激动定下了红专规划。我多么惭愧,一个共产党员如今才走上红专大道。

* * * *

九月,一部"中国文学史"在我们手中诞生。为了这部红色的书,我们把夜晚当作白天,但并没把白天当作夜晚。

党给我们以无穷无尽的力量和勇气。集体给我们以聪明的头脑,无限的智慧。我们办科学:无比信赖集体。我们的格言:个人微不足道,集体力大无边。我们以此向资产阶级专家挑战!

艰苦奋斗的夜晚,楼上有彻夜不灭的灯光。灯下埋着蓬松的头,书页哗哗,笔尖沙沙。楼是船,水手在工作,船只在科学的海洋上扬帆远行!

一队学术界的新兵跳上科学之岸。向资产阶级射击!

十一月,我们的代表坐在全国社会主义建设积极分子大会的席位上。这是我们毕生的光荣和幸福。

＊　　＊　　＊　　＊

　　我们背起行囊,从一个家走向另一个家。麦种时节在平谷,枣熟时节在密云。
　　我们幸福,目睹人民公社如朝阳东升;我们幸福,和第一代的公社社员一起劳动;我们幸福,在那里找到了自己的亲人……
　　深刻的印象,难忘的记忆:统军庄上的明月,满载花生晚归的大车,挥鞭赶车的小伙子。大雨之夜的恶战。大爷大娘端来的花生、红枣,煤油灯映着白发……
　　从此我们知道,世界是宽广的,友谊无处不在。

　　＊　　＊　　＊　　＊

　　也曾在炼钢炉旁度过不眠的夜晚;也曾在寒风凛冽的早晨练习刺杀;也曾在一夜间写出一百首诗歌;也曾在教学改革会上慷慨陈辞,向旧传统开火;而现在,就在这一年终了的时刻,我们仍然在日以继夜地战斗!
　　为了在一九五九年的第一道霞光中,捧献上五十万字的"共和国文学史",我们一次一次地牺牲周末的休息一次一次地彻夜不眠……
　　在祖国和人民面前,我们永远有负疚的感觉。当共和国进入十周岁的时候,在钢山粮海的面前,我们怎能赤手空拳?共和国抚养我们十年,我们已经成人;我们已经成人,该用什么报答母亲?……

　　＊　　＊　　＊　　＊

　　我已经骑着记忆的马,在一九五八年的国土上,作了一次旅行。我的心滚烫滚烫,而我的诗句暗淡无光。

啊,写这不争气的诗已经好久好久了。天色已经微明。

北京的天空,大雪纷纷。

一个美好的早晨已经来临。于是我熄了电灯,走向白雪铺盖的操场,伸一伸腰,吸一口清凉清凉的空气。

"给我们写首诗吧……"亲爱的同志,诗已写完,这就交卷。对了,八点钟我要开个会议,讨论有关过年的问题……

一九五九,那将是更加光辉灿烂的年度。

民歌的民族性格[*]

大跃进中涌现出来的民歌,在中国的诗坛上放射着夺目的光彩。山风浩浩,江流滔滔,这歌声激荡着每个人的心,六亿人民把它看做是自己的心声。水村山郭,大街小巷,都在同声朗诵这些诗篇。

在诗歌的百花园里,它是最鲜最美丽的一朵,是最引人注意的一朵。

因为它说出了人民惊天地、泣鬼神的豪言壮语;

因为它反映了日行千里,瞬息万变的大跃进;

因为它洋溢着气壮山河的、勇往直前的乐观主义精神;

因为它把中国人民苦干实干的现实主义和高瞻远瞩、富于幻想的革命浪漫主义精神结合了起来;

而且还因为:它非常出色地体现了我们民族的性格:

> 十五月亮当太阳,
> 万亩荒地欠我粮,
> 猛攻猛干忘辛苦,
> 汗湿战袍不下场。

"汗湿战袍不下场"这七个字,多么精当,多么传神!这里所勾画出来的英雄形象,对我们又是多么熟悉!他使我们想起了出没山林的梁山英雄,想起了仆仆风尘的赵子龙、程咬金、岳

---

[*] 此文初刊1958年《北京大学》(校刊),据剪报编入,缺日期。据此编入。

飞……"汗湿战袍"是道地的民族语言。"汗湿战袍"的形象也是中国人民千秋万代所崇敬的英雄形象。劳动人民就这样用自己所喜爱的语言,用自己所喜爱的形象歌颂了自己!

> 仔细看,仔细瞧,
> 嘿!社员垦荒在山腰。
> 头顶蓝天手拿镐,
> 驾着云雾满山跑。
>
> "要和神仙比高低!"
> 喊声冲上九重霄。
> 硬石头上种五谷,
> 白云上面摘仙桃。
>
> 太阳出海大吃惊,
> 吓得虎狼到处逃。
> 明天要去闹天宫,
> 夺取天河浇仙桃。

腾云驾雾,大闹天宫,这里所描写的简直就是孙悟空了。这是新时代的孙悟空,是集体的英雄,是要在"硬石头上种五谷,白云上面摘仙桃"的人物,是要"夺取天河浇仙桃"的人物。孙悟空的神通又怎么能比得过他们?孙悟空的形象"闹天宫","摘仙桃"这些字眼,对于人们是亲切的,也是逗人喜爱的。再读一首诗:

> 社员志气坚,
> 人马布山巅。
> 锄云又犁雾,
> 庄稼种上天。

我们民族的传统精神，我们民族的英雄气概，在这二十个字里得到了淋漓尽致的抒写。

　　不能不在这样的诗句之前发出赞叹之声！劳动人民成功地通过我们的民族语言和传说的英雄气质，塑造了新时代的英雄形象，表达了我们伟大民族的新情感，新风貌。

　　"中国文化应当有自己的形式，这就是民族形式。"大跃进以来的民歌之所以受到热烈的欢迎，说明了毛泽东同志这一指示的正确性。写诗的人应当考虑这个问题。"洋八股必须废止，空洞抽象的调子必须少唱，教条主义必须休息，而代之以新鲜活泼的，为中国老百姓所喜闻乐见的中国作风和中国气派。"

1959

在哈瓦那街道上[*]

咖啡园起风暴,
太平洋卷怒涛。
又一座火山爆发了,
一百万人前进在哈瓦那街道。

一百万人前进在哈瓦那街道,
六百万被害者派来了代表。
十七年的血泪深如海洋,
变成了愤怒的巨浪滚滚滔滔。

愤怒的巨浪滚滚滔滔,
卡斯特罗发出了号召:
一定要严惩巴蒂斯塔杀人凶手,
站起来的古巴人不畏强盗。

站起来的古巴人不畏强盗,
全世界爱和平的人们心一条。
英雄的古巴人仰望太空,
传来了红色火箭的信号。

---

[*] 此诗初刊1959年1月25日《光明日报》,署名为:北京大学学生 谢冕。据此编入。

传来了红色火箭的信号,
中国人和古巴人同声欢笑。
保和平争自由的人都是远亲近邻,
支援反帝斗争就不怕山高路遥。

大跃进万岁^{*}

党中央在庐山发出的声音
是大跃进战鼓的声音
它驾风驭气
以飞电惊雷的气势
顷刻间传遍了祖国辽阔的大地
党中央声音所到之处
　　被人民公社的雨露
　　　从旱中救活了的
　　　　千万顷绿苗
　　　　　在挥手欢呼
祖国辽阔的土地上
如林的烟囱①
　　　把浓艳盆吐
抒写着
　　工人阶级响应号召的
　　　豪言壮语
听啊！
　　六亿五千万个英雄的

---

*　此诗初刊1959年8月29日北京大学校刊《红湖》。据此编入。
①　作者按：这里又是一个"喷吐着浓烟"的"如林的烟囱"，何等可怖！然确是当日所宣传并为人们所向往的"工业化"的"远景"。史实如此，仍因其旧，不作改动。2009年3月2日，附记。

　　　　男男女女
一个声音
一个愿望
　我们拥护
　　　我们拥护
我们要使祖国前进的脚步
　　永远踏着
　　　　大跃进的速度
　　　让我们把大跃进
　　　　　再三赞美
让我们把大跃进
　　永远欢呼
它是
　　社会主义
　　　　雄壮的步武
它描绘了
　　新中国
　　　　巨人的风度
有了它
　　我们又穷又白的土地上
才能
　　　画上最新最美的
　　　　　图画
我们响应党中央的号召
击退
　　　右倾机会主义
　　　　　可耻的诽谤
把保守思想

连根拔除
让我们高举总路线的红旗
　摇起更响更响的
　　大跃进的战鼓
从胜利走向
　更大的胜利

刚　果[*]

宝石在闪烁
富饶好刚果
受苦八十年
要打碎枷锁

火山在喷火
英雄的刚果
烈焰三千丈
烧死侵略者

---

* 此诗作于 1959 年，初刊《红楼》"反对英美侵略者，支援阿拉伯人民斗争"特刊，题为《刚果颂》，署名司马鲁芝。据手稿编入。

祖国春天无限好[*]

春天好
春天好
祖国春天无限好
河山春景写不尽
遍地春光难画描
纵然是
春山隐隐水迢迢
也难比
万朵心花迎风笑

春天好
春天好
祖国春天无限好
春去春来转眼间
第十个春天来到了
千山万壑表决心
五湖四海听号召
万里江山一盘棋
服从中央好领导
钢煤粮棉挂帅印

---

[*] 此诗应作于1959年,初刊《北京大学》。据剪报编入,缺刊期。

万马齐奔新指标
苦战三年关键年
淮海大战夺英豪

春天好
春天好
祖国春天无限好
春风杨柳花开日
苦战歌声震九宵
干劲足
智慧高
六亿神州尽舜尧
一穷二白都抹掉
风流人物看今朝

新诗发展概况

此组文章作于 1959 年,并自当年开始发表,现集中编在一起以保持其完整性。谢冕附记:1958 年冬,在诗刊社臧克家、徐迟、沙鸥、丁力等的倡议下,由当时北京大学中文系学生谢冕、孙玉石、孙绍振、洪子诚、殷晋培、刘登翰六人合作编写《新诗发展概况》。1959 年元旦、春节期间投入工作,利用一个寒假,编写工作告成。

自1959年6月号开始,《诗刊》以显著篇幅连续发表《女神再生的时代》(刘登翰撰写)、《无产阶级革命诗歌的高潮》(殷晋培撰写)、《暴风雨的前奏》(洪子诚撰写)、《民族抗战的号角》(孙玉石撰写)等四篇。随后停止刊登。余稿历经文革劫难幸存至今。2007年11月,北京大学出版社《回顾一次写作——"新诗发展概况"的前前后后》刊登了全书的文稿。除《诗刊》已发表者外,尚有《唱向新中国》(孙绍振撰写)、《百花争艳的春晨》(谢冕撰写)、《唱得长江水倒流》(殷晋培撰写)等三篇。洪子诚老师建议,这几篇文章都是集体写作,经过了大家传阅和修改,应该全部编入文集,故将这些青年时代友谊、激情、幼稚的写作一并编入以为纪念。2012年3月31日。

女神再生的时代*
——《新诗发展概况》之一

> 我要去创造个新鲜的太阳!
> ——郭沫若

一

新诗诞生在风雨如晦的五四前夜。

五四前夜,中国面临着一个大变动的时代。也是我们民族和民族文化再生的时代。发生在五四前夕的新文化运动是新民主主义革命所要求和规定的。新文学的革命是新文化运动的一面最鲜明的旗帜,而新诗的出现又是新文学革命的一个信号。

新诗是应着时代的呼唤诞生的。它是无产阶级崭新的文化生力军中勇猛的一员,从它诞生之日起,便受着无产阶级思想的影响和领导,担负起反帝反封建的任务。

在中国诗歌史上,我们可以看到:经过了长久的发展,到了五四前夜,旧体诗已经完全地显露了它的局限性和衰亡的趋向了。随着封建社会经济基础的崩溃,作为它的上层建筑的封建文化也摇摇欲坠。在封建文人笔下,中国古典诗歌优秀的传统、充溢在诗行间的人民性与时代精神已经消失殆尽。对于声韵、格律、骈偶、典故等的形式主义的追求,像一条捆仙绳似的束缚

---

* 此文初刊1959年6月25日《诗刊》1959年6月号,署名:谢冕、孙绍振、刘登翰、孙玉石、殷晋培、洪子诚作。此文由刘登翰撰写。据此编入。原文前有题诗,刊出时未印,现据原稿补上。

着它,使它不能担负起表现新的时代和革命的思想感情的任务,妨碍着它作为革命的工具和人民的斗争结合起来。这是在新的历史条件下出现的新的矛盾。清末封建社会中一些受资产阶级民主主义思想影响的知识分子曾经企图解决这个矛盾。这便是黄遵宪等人的"诗界革命"和谭嗣同、梁启超的"新派诗"的出现。但由于他们在政治上是改良主义的,所以在诗歌"革命"上,也只能从形式上着手,他们提出"我手写我口",也仅是希望把"即今流俗语"写入诗歌,使"几千年后人,惊为古烂斑",却不敢根本地冲破旧形式的束缚。诗界革命和新派诗反映了这一历史时期初步的资产阶级民主思想的要求。他们没有、也不可能完成诗歌革命的历史任务。后来,连这一点点形式上的改良也如他们政治上的改良主义一样,烟消云散了。但是,他们的努力在当时是有进步意义的,为五四新诗的出现起了一个先导的作用。

  旧体诗和表现新时代新思想的矛盾,决不只是一般的形式和内容的矛盾。为封建文人所掌握和玩弄、在封建文学中占有正统地位、并用来宣扬封建思想为封建社会服务的旧体诗,是建立在封建社会的政治经济基础上的。因此,诗歌的革命决不是孤立地从它本身的发展中可以解决的,它必须和整个革命运动联系在一起。五四前夜,这个矛盾的重新提出,就有了新的意义。在这时期诗歌革命的口号是和打倒孔家店,要求科学民主的口号一起提出来的。新诗的出现和宣传冲破旧的束缚、追求自由解放、光明理想等民主主义的和社会主义的思想一起出现了。新诗的革命是整个新民主主义文化运动中强有力的一环。反对封建文学在当时也意味着反对封建的道德观念、思想意识和封建制度。彻底的、不妥协的反帝反封建的精神是新诗革命的最主要的精神。其次,在五四前夜,共产主义思想的传播,民主民族主义的思想潮流像山洪瀑布般地到处汹涌,冲刷着封建制度,催促人民的觉醒,酝酿着一次伟大的革命。而诗是现实生活中最直接的反响,最善于抒发思想和感情,因此最活跃,最富于生命力。中国又是一个有着光辉的诗的传统的国家,诗,在人民中有着深远的影响。这是宣传革命思想的最好的武器。但是要表现五四时代追求光明和理想,要描绘气势磅礴的革命浪潮,要使诗成为革命斗争的武器,就非要冲破旧的形式的束缚不可,就非要用一种能使广大人民群众读得懂的、更适于表达思想感情的更自由的形式不可。历史的发展是这样,革命的要求也是这样,诗已经到了非改革不可的地步。

在整个文学革命运动中,新诗比其他的文学形式更早和更激烈地遭到封建文人的反击。他们把新诗视为"洪水猛兽",最早的有林琴南,稍后又有胡先骕、吴宓、李思纯、章炳麟等人,不管他们唱的什么腔调,打的什么旗号,或说中国诗歌已到百尺竿头,主张复古,或说白话卑陋,不能入诗……根本的一点是他们都站在封建遗老遗少的立场上,对蓬勃的反帝反封建的革命浪潮采取顽固保守乃至敌对仇视的态度。不过他们这些反历史的叫喊是微弱的、无力的,很快就为五四革命的狂涛所淹没。

二

1916年以后,伟大的革命先烈李大钊写了一系列光辉的文章:《青春》、《今》、《新的,旧的》、《庶民之胜利》、《布尔什维克之胜利》……这些论文最早地宣传了共产主义思想,呼唤人们"冲决过去历史之网罗,破坏那旧学说之囹圄,勿令僵尸枯骨,束缚现在活活泼泼之我",充满热情地号召"联合世界上之无产庶民,拿他们最强的抵抗力,创造一个自由乡土。"李大钊把对于旧的一切勇猛地决裂的姿态,对共产主义热烈的歌颂,倾泻在纸上,在这些激扬、尖利的文学和他自己的诗歌创作中,使人感到他是一个诗人和思想家。这些火炬一般的最新的共产主义著作,照耀了整个五四文学革命,深刻地影响着同时代诗人的创作。

鲁迅先生对新诗的建立更有过不懈的努力。早在1907年，他发表了《摩罗诗力说》，对新诗的出现发生了重大的影响。他着力介绍了外国民主主义的革命诗人拜伦、雪莱、普希金、莱蒙托夫、密茨凯维支和裴多菲，强调他们诗歌作品中的革命精神，"举全力以抗世界，宣众生平等之音"，表彰诗人"不惧权威、不忌金帛、洒其热血，注诸韵音，其力如巨涛，直薄旧社会之柱石"的叛逆性格，而更进一步对这死寂的旧中国诗坛发出疑问："求之华土，孰比之哉？"很清楚，鲁迅先生在这时已经隐约地指出了中国诗的发展必须走革命的路。在1918年新诗草创时，鲁迅先生也是抱着战斗者的心情参加新诗的建设的，他说他写新诗是"因为那时的诗坛寂寞，所以打打边鼓，凑凑热闹。"伟大的文学家是在有意识地维护与巩固新诗的地位。

一方面是现实的革命浪涛的推动，另一方面又有光辉的初步共产主义和激进民主主义思想的指引，从民主革命的暴风雨中诞生的新诗，在它的草创时期就显示出崭新的面貌。这表现在两方面：它继承着我国古典诗歌中浪漫主义和现实主义的传统，接受外国进步诗歌的影响，在五四革命的潮流中，成为时代精神的号角和现实生活的一面镜子，表现了人民在封建主义和帝国主义压迫、侵略下的痛苦生活和反抗情绪，表现了人民对自由解放和光明理想的追求与斗争。在诗歌中开始出现了——哪怕还是很少——在共产主义思想领导下的无产阶级运动的题材。其次在摆脱了旧体诗的束缚之后，在语言和形式上比较能够为更多的人所接受。一些诗人还比较自觉地去寻求能为人民大众所接受的形式，产生了一些用民歌体写的诗歌。这些努力显然还很不够，但这种现象的存在却很可贵，说明新诗在一开始就有着走向人民大众的趋向。

刘半农，是"五四"时期较早发表新诗，并取得显著成绩的现实主义诗人。他在1917年8月写的《香山纪游诗》，严格说来，更接近于白居易的新乐府；但是在同年10月写《相隔一层纸》和以后的《卖萝葡人》、《学徒苦》等篇中，则逐渐地消除旧体诗的痕迹。在这些最早的篇章中，我们可以看到他的创作的主要特色：以严肃的现实主义的态度，面对生活，描写那个不平的社会，诗人同情劳动人民并且表现出他们的反抗情绪，而对封建及剥削阶级发出愤怒的控诉与诅咒。在《相隔一层纸》中，诗人写的是这样的生活："屋里摆着炉火，老爷吩咐开窗买水果，说天气不冷火太热，别任它烤坏了我。"而"屋子外躺着一个叫化子，咬紧了牙齿对着北风喊'要死'，"诗人最后说"可怜屋外与屋里相隔只有一层薄纸！"从这愤激的声音中，我们看到诗人对这个黑暗社会勇猛的揭露与抨击，对人民却寄以深切的同情。表现下层贫苦人民的生活，一直是刘半农诗歌中的主题：诗人给我们展示出一幅幅劳动人民悲苦生活的图景："终日奔走，不敢言苦"的学徒，为伪警察砸锅捣灶四处流浪的卖萝葡老人，沿街高叫的卖菜小贩……他的诗充满着因劳动人民饱受压迫的悲愤，充满着对封建社会控诉的勇猛精神。由于他的思想还是停留在民主主义的水平，对于封建社会制度缺乏更深刻的认识，因此，他早期的声音还比较暗淡。但是现实生活中蓬勃的斗争浪潮和共产主义思想不能不影响他的创作。在五四运动以后所写的《铁匠》一诗中，就赋予主人公以崇高的形象。1920年写的长诗《敲冰》，则有着强烈的浪漫主义气息，影射着当时的革命斗争必然冲破重重障碍，走向胜利的艰难历程。而在《拟拟曲》、《呜呼三月一十八》和《瓦釜集》中大部分的民歌，则更强烈地表现了诗人对封建势力的反抗。

在刘半农的创作中能够较早地注意民歌和应用人民群众的口头语言。《扬鞭集》自序中，诗人把民歌比作"永远清新的野花香"，清楚地认识到"我们要说谁某的话，就非用谁某的真实语音与声调不可"。《拟拟曲》、《拟儿歌》就是这种主张比较成功的尝试。1922年出版的《瓦釜集》,则全是用江阴方言写的四句头山歌。在《代自叙》中诗人说:"集名叫瓦釜集,是因为我觉得中国的黄钟太多,"因此他要尽力"把数千年受尽侮辱与蔑视,打在地狱底里而没有呻吟机会的瓦釜之声,表现出一部分来"。在《瓦釜集》中,诗人不是机械的模仿和形式的抄袭,而是经过加工和提炼,应用人民自己创造的喜闻乐见的形式和日常生活的口语,表现了人民生活的愿望与声音。在刘半农的全部创作中,最有价值的作品,也就是这些真实的,对黑暗现实愤慨控诉,充满强烈的阶级对立思想的民歌体诗篇。

刘半农的创作思想一直停留在民主主义的基础上,当他在揭露黑暗的现实而充满反抗情绪时,他并没有找到这个斗争的力量,也不可能表现出革命斗争的一面,他的诗深沉、悲愤,但五四时代那种高昂、自信、乐观的精神,却没有充分的表现出来。特别是当他在国外留学归来以后,革命斗争向前发展,他依然停止不前,甚至逐渐失去对封建势力的战斗精神,躲进了研究室,从此诗人的声音便逐渐暗哑和消失了。但是刘半农五四时期的那些创作,却是新诗现实主义创作的可贵的开始。

在创作上与刘半农相近的还有刘大白,他的诗集《卖布谣》表现了在封建地主剥削下的农民生活。作者用民歌体的形式,在《卖布谣》、《田主来》等篇中,刻画了地主阶级丑恶、残酷和贪婪的形象,描绘了劳动人民的面貌。1919年以后,他也写出了像《红色的新年》、《劳动节歌》那样歌颂十月革命和无产阶级运动的诗歌。不过,刘大白与革命共脉搏的时间并不长,接着,作者就写了《叮咛》、《再造》、《邮吻》等几个诗集,表现了他向资产阶级的靠拢。在那些充满颓废、孤寂情绪的诗歌中,勇敢的反封建的声音已经消失殆尽了。随着,便是他在政治上的堕落。

五四运动的革命浪潮冲击着进步的小资产阶级知识青年。他们虽然与中国的现实没有密切的联系,但接触到更多的新事物、新思想,因之在创作中带着清新的气息,反映了这一历史时代的新主题。朱自清在五四运动后便开始写作。他的诗集《踪迹》,确实表现了一般知识分子在五四高潮到低潮时期思想变化的"踪迹",诗人在第一首诗"光明"中说:"你要光明,你自己去找"。这是积极、乐观和自信的态度,敢于和旧的决裂。这种向上的五四时代的精神还存在于《歌声》、《新年》等篇中。特别是在《送韩伯画往俄国》和《赠 A.S.》二诗中,充分地表现了诗人十月革命后对俄国的向往和赞美。不过,朱自清和革命还保有着距离,他寻求光明的人生,希望那颗"未来的种子"能"好好地种起来",但是他却没有在群众的革命斗争去栽培这颗"金澄澄的圆粒"。他不满现实,敏感地感受到新的思潮,但却不能从现实的斗争中去获得革命的力量,因此在五四的低潮期,他感到苦闷与怅惘。1922 年他写了《小舱中的现代》,他"从小舱里的一切","稍然认识了这个窒息的现代"。但他只能看到这个现代窒息的一面,而看不到斗争的另一面,这也更加剧他的苦闷和惶惑的情绪。同年长诗《毁灭》发表了,描绘一颗苦闷的心灵,寻求解脱的自我斗争的过程。他想上天:"白云中有我,天风的飘飘",想入地:"深渊中有我,伏流的滔滔"。诗人走投无路,只好重新回到现实的世界来,"还原了一个平平常常的我",决心"一步步踏在泥土上,打下深深的脚印"。五四时期那种充满希望,追求光明的态度,在这时只剩下虽不是消极,但却是个人孤寂和茫然的探索了。这是诗人自己的写照,也是五四落潮期彷徨徘徊于革命之外的小资产阶级知识分子的写照。这首长诗在当时所以能发生影响,是因为他用较熟悉的传统的艺术手法,提出了这一时期一部分知识青年的苦闷与出路的问题。朱自清缓慢地一步步地靠拢革命。而后来他的兴趣转向散文与学术研究,诗坛上就很少再听到他的声音了。

郑振铎也是文学研究会比较有影响的诗人。在他的创作中,我们可以感到五四时代知识青年对革命追求的勇猛精神。"我是少年,我是少年,我有如炬的眼,我有思想如泉",这些诗句表现了五四时代彻底的革命精神。诗人还从黑暗的社会里看到许多不合理的现象:"三等车拥挤不堪,头等车里只坐着三个人",而"中间只隔一屋玻璃的门",因此作者问:"为什么不把这扇门打破?"在《被侮辱的人》中则更进一步号召要团结起来:"只要我们把无数线的太阳光集在一起,就可以把黑雾散开。"但是作者却感到自己的无力,怅惘,于是他在"我愤怒,我想大声地说话"以后,便感到"但是我不能说什么,只有合掌的祈祷"。这种悲观的情绪到二七罢工和五卅惨案以后,在蓬勃的革命形势和血的教训面前,才又高昂起来。《死者》等诗表现了诗人愤怒的革命的情绪。

坚持着积极踏实地探索人生道路的艺术倾向的,我们还应该提到王统照、徐玉诺、叶绍钧、刘延陵等人。他们都是文研会成员。在五四时期开始写诗,但创作活跃时期却在五四运动的落潮期,因此在他们诗中虽然流露着对人生的不满,对劳动人民的同情,但也有着较浓厚的悲观、苦闷的情绪,但他们并不消沉,仍努力地要使自己的文字去求得人生的解脱,王统照出版过诗集《童心》,其中六十多首诗几乎全是对人生道路解释,离开了人民和斗争,当然得不到正确的回答,因此,诗中便流露着一种诡秘的色彩。徐玉诺在《将来的花园》里更进一步地表现了在军阀混战,天灾人祸下的农民生活,《农村之歌》、《水灾》等有着更广阔的现实基础,因此他的愤慨与呼喊也更深沉和猛烈。

描写恋爱的主题,在五四时期也是有进步意义的。歌颂自由恋爱,本身就意味着对封建道德观念的否定。1922年潘漠华、应修人、汪静之等出版了他们的诗合集《湖畔》,次年又出版了潘、应等三人的合集《春之歌》,和汪静之的《蕙的风》。虽然,他们都表现了"自由恋爱"这一共同的主题,但是却有着不同的思想高度。潘漠华的诗歌还在更广阔的生活幅度上反映了城市贫民穷愁的面貌。夜歌十一首中,有着较深厚的现实基础,作者以强烈的感情反抗封建的礼教束缚下的婚姻制度,热烈追求纯真、自由的爱情。在组诗的最后一首《寻新的生命去》中,作者描写了一对相依逃亡的爱人,说"尽我们光明的血汗,去日夜创造我们的宇宙",这显然已经不仅停留在纯粹的自由恋爱的吟咏上了。汪静之在"蕙的风"中,把恋爱自由和对光明理想的追求结合起来,在这个意义上,他比其他写爱情的诗人进了一步,在这些爱情诗中,多半都有比较清新的风格,感情真率,表现了五四青年在爱情生活上冲破封建礼教和束缚,追求自由解放的愿望。但是最大部分诗中,还缺乏深厚的生活基础。

三

五四时期的新诗在反帝反封建这个基础上,也是由早期共产主义知识分子,激进的民主主义者和资产阶级三部分人组成的统一战线。但这并不意味着在统一战线的内部不存在着斗争。无产阶级与资产阶级的分歧首先就表现在:新诗是坚持着彻底的,不妥协的反帝反封建的道路,还是走形式上的妥协的改良主义道路,这个分歧酝酿着后来文学革命统一战线的分化。

胡适是资产阶级改良主义较典型的代表。他认为文学革命只是"文学工具的革命"。新诗的出现只是"试验白话可为韵文之利器否"。这种本末倒置"形式决定内容"的改良主义主张,只能说明胡适站在旧的资产阶级革命的立场上,他的文学革命纲领并没有比黄遵宪等人的诗界革命进步多少,而且连这种形式上的革命主张也是妥协和不彻底的。在形式解放的幌子下,胡适更高唱文学的内容只是:"想写什么,就写什么"的滥调,反对现实的革命斗争中汲取题材的。这种既不反帝又与封建文学妥协的改良主义主张,随着革命的深入,便越显出它的反动作用。

在创作实践上，胡适的《尝试集》是这种改良主义观点的尝试。这部被资产阶级学者封为中国的第一部新诗，虽然创作在五四运动前后，却丝毫看不出五四时代的革命精神。由帝国主义抚养起来，带有侵略使命的洋奴胡适当然不可能在诗歌中有任何反帝的思想，在反封建上也是软弱和淡漠到极点的。在《尝试集》中，我们能明显看到的胡适的形象是一个封建士大夫的形象。在那些宣扬着游山玩水、感秋忆旧的闲情逸致和庸俗轻薄的士女情怀的诗歌中，无不渗透着封建有闲阶级的生活趣味和情调。这样的作品只能是五四革命精神的一个反动。在形式上，《尝试集》也没有完全从旧的套子里解放出来。他直接间接地继承封建文学那一套陈腐的形象和意境。被胡适所大肆宣传的所谓"白话文"，也只是陈腐的文言文中夹杂白话。这种不文不白、非驴非马的句子，实际上是对祖国语言纯洁的破坏。

　　五四文学革命的主要对象是封建文学。因此在新诗出现的最初几年，一般的资产阶级诗人的创作还有反封建的色彩。但是，随着革命的发展，中国出路的问题提出了：是走无产阶级领导的新民主主义革命的路还是走资本主义的路，抑或彷徨苦闷，徘徊观望于革命斗争之外？资产阶级右翼坚持着背弃人民的道路，在诗歌上则首先表现在处理诗和人民的关系这个问题上。资产阶级诗人一再标榜"诗是贵族"的，认为所谓"艺术激动的起"，"审美观念的起"都是在"人生静观的时候"，而"大多数的人是终日奋斗的，我们不能使大多数人作诗"，"使大多数人都得诗的享乐"，因此足证"诗的起源"和"诗的效用"都是贵族的。这种贵族老爷的态度，实际上是反映了资产阶级在革命的风暴中，惧怕诗和革命结合起来，惧怕革命的诗走向人们的心里，其荒谬和反动是昭然若揭的。

　　在诗歌的创作上，资产阶级也企图顽固地来表现他们的心灵，宣扬他们的生活情趣，美化他们的理想，流露出一种十足的虚伪性和庸俗性。构成康白情的诗集《草儿》基调就是这种资产阶级的生活情趣。就是在那些所谓歌颂人道主义和劳工神圣的题材上,也不过是用来表现资产阶级美德的一种手段。现实在他的笔下是被按照资产阶级"理想"来改造和歪曲的。《草儿在前》写着一个"一东二冬的走着"的农民,一手鞭儿,一手草儿,"牛啊,你不要叹气,快犁快犁,我把草儿给你……牛啊,快犁快犁,你还要叹气,我把鞭儿抽你!"这俨然是资产阶级老爷的口气,决不是在残酷剥削与压迫下的中国农民的形象。而那条"喘吁吁的耕牛"倒真是资产阶级理想的农民形象。《女工的歌》则更进一步通过女工的口来赞美资产阶级:"我没穿的,工资可以买穿,我没吃的,工资可以买饭,我没住的,工资便是房钱,我再没力气,他们也给我二角一天,他们惠我,他们惠我。"事情恰恰这样巧,《草儿》中仅有的两首描写工人和农民的诗歌,便画出了康白情所理想的生活的图景,渴望着有安分守已被资产阶级剥削而还感恩不尽的工人与农民;这样的诗在五四革命浪潮中出现,其反动的实质是显而易见的。

也有这样的诗人,他们不满这个黑暗的社会,却惧怕严酷的革命斗争的考验。反封建,却找不到坚强的斗争力量。因此他们只有远离于社会现实之外,避进个人情趣的象牙之塔里。巨大的革命斗争的形象,走不进他们的诗行。如俞平伯,听到了人民艰苦的声音,便"催车赶快走,不愿再多听",径自去欣赏"日光照河水,清且明"的景色,用对自然山水的点缀来粉饰现实,用对资产阶级的生活方式,和所谓人性爱等虚无飘渺的追求,来填补生活和思想感情的空虚。

冰心也是一个这样的诗人。《春水》和《繁星》出版在1922年,都是一些片段的思想和感触。当时,作者对现实不满,而"五四"时期追求光明的勇气却消失了。惧怕革命,又摆脱不了思想上矛盾,便逃进了对于母爱、儿童、大海的歌颂中:"我在母亲的怀里,母亲在小舟里,小舟在月明的大海上。"

　　这种对待现实的态度,是对封建社会一种微薄的不满和反对。作者显然也没有能完全逃避而超脱。因此,在她的诗作中流露了对人生空虚和无常的苦闷和忧郁。在一些描写自然的诗中,她有独特风格。在母亲和小孩的描写中,我们也能体会到作者亲切的感受。但她的诗的题材是狭隘的。而她所歌颂的纯粹的爱也并不存在。

　　随着革命的发展,这些小诗很快就被人忘却了。风行一时的小诗,到了1924年宗白华《流云》出版时,已经带有更多神秘色彩和朦胧、晦涩的哲学成分,甚至发展到不知所云的地步。

　　在五四时期,各个诗歌统一战线的内部也存在着明显的分歧和斗争。无论在诗歌理论和创作实践上,都反映了参加统一战线的人们的政治态度与艺术主张。随着革命的深入和发展。它们的斗争越加尖锐,分歧更为明显,并埋伏着后来统一战线的分袭。

四

　　新文化运动,为即将爆发的革命运动了催生作用。一旦五四运动的烈火在北京这个古老的京城里燃烧起来,无产阶级领导的人民大众反帝反封建的新民主主义的革命号角吹响了,中华民族在这个新时代的黎明里,迎着社会主义的曙光英勇战斗。一种新的强烈的革命精神在文学中就要有所反映,新诗必然要反映这种彻底的、不妥协的空前未有的革命精神以及决定我国革命方向和命运的社会主义因素。五四运动以后两三年刘半农等诗人并没有充分地反映这种革命精神和决定性的社会主义因素(虽然他们在一定程度上也曾反映了一些)逐渐在地诗坛上变得黯淡,而伟大的革命却孕育了伟大的诗人。新诗的旗手的重任却让一个年青的诗人来担负了。这个年青诗人就是郭沫若。

1921年他的《女神》出版。在思想内容和艺术形式上,《女神》为新诗,作为新民主主义文化革命战线的一个组成部分的新诗,奠定了基础。《女神》给新诗开辟了一个广阔的天地。

"女神"是应时代要求而出现的。

1914年抱着爱国主义理想的郭沫若赴日留学,在那里接触了资本主义社会早期灿烂的进步文化和文学。十月革命又给诗人很大的启发和推动,社会主义思想熏染了郭沫若,使他由一个酷爱光明、疾恶如仇的爱国主义者很快地成为民主革命洪流中的勇猛的战士。1919年的"五四"运动点燃了诗人创作的激情,开始了创作的黄金时代。"民八、民九之交,将近三四个月的期间,差不多每天都有诗兴来袭我,我抓着也就把它们写在纸上。""当我接近惠特曼的《草叶集》的时候,正是五四运动发动的那一年,个人的积愤,民族的积愤在这里找到了喷发口,也找到了喷火的方法。"诗人的自白帮助我们理解了时代的浪潮是怎样冲击着他的诗歌创作热情。

对黑暗势力,腐朽传统彻底破坏的叛逆性格,对个性解放、自由、理想热烈追求与赞美的火山爆发般的感情,洋溢在《女神》的全部诗篇中。这是五四时代彻底的、不妥协的反帝反封建精神的体现。在《女神》中,我们看到诗人的自我形象,是一个反抗的、自由的和创造的形象。他立在地球边上放号,以雷霆万钧的姿态,要提起太平洋全身的力量来推倒一切腐朽黑暗的东西。面迎着青沉沉的大海,吹奏着"光芒万丈地,将要出现了哟——新的太阳!"(《立在地球边上放号》,《太阳礼赞》)在《天狗》中,诗人宣告要把日月星辰全部吞了,这种愤怒的感情,表达了诗人要粉碎这个丑恶世界的决心。在《日出》中,诗人明确地感到"明与暗","这正是生命和死亡的斗争",而诗人愿意在这场斗争中做太阳的助手,是叛逆、反抗的,又是有所追求和创造的,是创造前的破坏,是有理想的反抗,这是五四革命运动的特征,是新的历史条件所赋予《女神》的时代色彩,也是《女神》超过另外一些民主主义诗歌的根本原因。

在《女神》中,我们处处可以感受到诗人对于祖国深沉的感情,随时随地把个性解放、自由、理想的追求和对祖国新生和解放的期待结合起来。这种爱国主义的民主主义思想,便是《女神》反抗和创造精神的出发点和基本内容。

基本上是激进的民主主义思想,但又有社会主义思想因素:这就是"女神"的特点,也是当时新文化运动的特点。和新文化运动中社会主义因素有着决定性意义一样,《女神》中的社会主义因素,对郭沫若本人,以及后来新诗无产阶级化的发展都是有决定意义的。如果说在1919年的《匪徒颂》中,还只是对马克思、恩格斯、列宁个人的礼赞,而1920年4月的"巨炮的教训"就进一步赞美列宁的:"为阶级消灭而战哟!"和"至高的理想只在农劳"!而在1921年《女神》的序诗中就干脆宣布"我是个无产者",宣布"我愿意成个共产主义者"了。把革命最高的理想寄托在工人和农民身上,强烈地要求自己能成为一个无产阶级的战士,并且以此为无上的荣耀,这就决定了郭沫若的诗以后逐步向无产阶级化的道路发展。由于郭沫若在诗坛上居于旗手的地位,这条道路也就是新诗的道路。

《女神》作为五四时代精神的代表作,还在于作者所表现的社会哲学思想的复杂性。民主主义、社会主义、泛神论、唯物论等等,这一切都统一在他那种彻底的不妥协的革命精神和叛逆性格之中,统一在他的爱国主义的思想中。当日本帝国主义者的报纸侮蔑我国伟大的"五四"运动是匪徒运动的时候,郭沫若写了《匪徒颂》,他歌颂了华盛顿那样的"政治革命的匪徒",释迦牟尼、马丁路德那样的"宗教革命匪徒",达尔文、尼采那样的"学说革命的匪徒",也歌颂了惠特曼、托尔斯泰那样的"艺术革命的匪徒",而马克思、恩格斯、列宁是作为"社会革命的匪徒"和上述诸"匪徒"一视同仁地被歌颂的。"一切的一切"只要是"革命"的,就无条件地赞美,就狂热地推崇;这正是五四时期激进的革命青年的典型的心理状态。《女神》就是这个陈腐偶像彻底大破坏、思想大解放的时代典型的表现。

郭沫若的《女神》脚踏在爱国主义的思想基石之上,因此它的反抗和创造便不是飘渺凌空的,而有着现实的内容。由于从十月革命得到启示,受着社会主义思想的照耀,因此,这个反抗的、自由的和创造的女神便获得了理想的力量。第一次这些淋漓尽致地体现了五四时代彻底的、不妥协的反帝反封建的革命精神。在这样的思想基础上,郭沫若才能够创作出概括五四时代,中华民族新生的长诗:《凤凰涅槃》和《女神之再生》。

《凤凰涅槃》写在五四运动发生以后。它象征着古老的中华民族伟大的觉醒。诗人以最高昂的声调为象征我们民族的凤凰的更生献出了一支欢乐的颂歌。这是诗化了的五四时代的一个写照。诗人塑造了凤和凰这样两个性格不同的叛逆者的形象。它们昂首向天,低头向地,发出了与这黑暗世界决裂的诅咒:

> 啊啊!
> 生在这个阴秽的世界当中,
> 便是金刚石的宝刀也会生锈!
> 宇宙啊,宇宙
> 我要努力地把你咀咒:
> 你脓血污秽着的屠场呀!
> 你悲哀充塞着的囚牢呀!
> 你群鬼叫号着的坟墓呀!
> 你群魔跳梁着的地狱呀!
> 你到底为什么存在?

在衬托着凤凰华美崇高的形象同时,诗人还竭力嘲笑了那群卑下、庸俗的群鸟：岩鹰、孔雀、鸱鸟、家鸽、鹦鹉、白鹤。群鸟的合唱不仅增强了悲剧的壮美性，更重要的还在于加强了这首长诗的战斗性。

在《女神之再生》中诗人表现了同一主题，借用神话女娲补天与共工颛顼的故事，愤怒谴责当时的南北军阀的混战，以伟大的人道主义精神，申诉人民的苦难；但是，和《凤凰涅槃》一样，诗人光辉的思想还表现在诗的后半部；那些"炼就五色彩石会把天空补全"的女神们，已经不屑于修补残破的世界，她们要去创造个新鲜的太阳：

待我们新造的太阳出来，

要照彻天内的世界，天外的世界！诗人描绘出了那种感受着"新鲜的暖意"，"心脏好像鲜红的金鱼在水晶瓶里跳跃"的欢乐情绪。

在这两首长诗中，诗人没有以凤凰的自焚为结束，而以凤凰的更生为开始，不以女神补天来终了残局，而以创造新鲜的太阳预示未来。革命的浪漫主义理想在这里闪射着光辉。《凤凰涅槃》中的最后一个乐章，诗人为我们民族的新生发出了至高无上的赞颂，华美芬香、挚爱悠久，这一切最崇高的形象满怀信心地来展示我们民族的前景。在那个军阀混战，人肉相吃的黑暗年代里，诗人却不顾一切地放声歌唱"你便是我，我便是你""一切的一，和谐。一的一切，和谐"的大同社会，体现了早期共产主义知识分子如李大钊的启蒙思想，这是理想的力量，也是抨击的力量，诗人以他心目中美的未来否定了丑恶的现实。

在这两首长诗中所体现的革命态度是彻底的坚定的，如果说凤凰自焚的精神有不朽性，那是因为它形象而准确地概括了中华民族在无产阶级领导下的自觉革命的精神。这种思想在五四时期的郭沫若，虽还是朦胧的，但却贯彻始终，以形象的力量，鲜明和准确地表现出来了。

郭沫若在《女神》中，充分地表现了他创作的个性：火山爆发般的浪漫主义精神。五四时代的中国，本身就是一座愤怒的火山。长久以来中国人民对封建统治和帝国主义侵略仇恨的积愤，一旦受到激进的民主主义思想的鼓动，受到共产主义思想的启发，就找到了喷火口。加之郭沫若本人五四时代身居日本，帝国主义的压迫使他感到切肤之痛，隔着太平洋滔滔的海浪他遥望苦难的祖国，一颗心又像火红的煤一样燃烧终日。特别是在艺术上接受了西欧浪漫主义诗人的影响，火山爆发般的"五四"浪潮排山倒海地冲击着他的胸怀，从这伟大的革命运动中他获得了创作的灵感。这一切就决定了《女神》中火山爆发般的革命浪漫主义精神。他虽然不能直接从五四革命运动中吸取题材，但受着这种革命精神的激荡，在他的创作中充满了彻底的破坏一切旧的，与旧社会决裂的勇猛精神，和顽强地追求光明，追求理想的坚毅决心。而这一切往往都是通过爆发式的，热情的呼喊表现出来的。在他的创作中，贯穿着一种英雄的基调，浪漫主义的理想，丰富有力的想象，奇幻的构思，应用形象和比喻上极度的夸张，思想感情急切的跳跃，这一切，都统一在"英雄的基调"中，而形成了郭沫若浪漫主义创作的独特色彩。此外，他又从千百年来的民族文化吸取营养，选取题材，把新鲜的生命吹进那古老的躯体。于是我们看到浪漫主义的，动乱的破坏的，反抗的激情和狂热的创造的精神在诗中奔腾呼啸。就是诗人回国后看到血淋淋的现实，幻灭的悲哀向他火一样的心袭来时，火山爆发式的浪漫主义激情，仍然在对于上海滩马路上的行尸走肉的诅咒中迸发出来。郭沫若这种火山爆发式的浪漫精神是"五四"时代典型的革命精神。他用自己的诗歌形式痛快地，一泻千里地传达了"五四"的时代精神。这种浪漫主义热情是直接从现实斗争中激发出来的。因此虽然诗人早期受泛神论的影响，盲目地，抽象地崇拜力，崇拜创造和破坏，但诗人毕竟还是一个唯物主义者,泛神论并没有在他思想上投下很大的阴影。在这个特定的历史时期,泛神论接触到现实,便以浪漫主义表现方法出现,和诗人不顾一切地对丑恶世界的破坏与勇猛地追求光明理想交融在一起。

我们说《女神》奠定了新诗的基础,还在于《女神》在诗歌形式上的广泛尝试和对民族传统创造性的继承上。郭沫若是在中国古典诗歌的熏陶下长大的,幼年就写古体诗。出国留学后接受了资本主义国家进步文学的影响。在诗人中他喜欢泰戈尔、歌德、雪莱,从惠特曼那里更找到了"喷火的方法"。初期的苏联诗歌对他也有很大影响,他曾翻译过一本《新俄诗选》。诗人在《女神》中尝试了新诗的种种形式:自由诗、散文诗、格律诗、古体诗和诗剧。他第一次把新的血液输入历史题材的躯壳,把叙事与抒情,诗与散文结合起来。《女神》受外国诗的影响很大,但在那最有代表意义的诗篇中,像《凤凰涅槃》、《女神之再生》、《地球,我的母亲》等等都充满了中华民族伟大的血统精神,具有鲜明的民族作风和深厚的民族气派。诗人从祖国历史的主题中,从神话和诗歌的传统形象中,以及古典诗歌的意境中吸取了抒发自己感情所需要的东西,就是在那受外国诗歌影响很大的诗篇中,诗人也是吸取了外国诗歌的革命精神,溶入民族语言之中;郭沫若又从外国诗歌的传统形象和抒情格调中吸取了为革命时代所需要的新的形象、意境和表现方法,成为新艺术传统的一个组成部分。在诗人创造的自我形象中那种高亢的浪漫主义精神,深沉的爱国主义和人道主义精神,以及对真理正义的追求和锲而不舍的精神,愤世嫉俗,对丑恶世界的诅咒是和我国古代屈原、李白等伟大诗人所创造自我形象是一脉相承的。民族的传统,潜移默化地从内容到形式都影响着郭沫若的创作。他继承了我国古典文学的优良传统,汲取外国诗歌的革命精神和艺术精华,适应着革命的要求,从内容和形式奠定了新诗的坚实基础。开了一代诗风,他影响了后来许多革命诗人的创作。

"五四"时期的郭沫若还只是一个激进的民主主义者,在创作上也表现出一定的局限和消极因素。他接受共产主义思想影响,但这个理想还很朦胧,他不知道再生了的女神会有何作为,也不知道,"新鲜的太阳"究竟如何。"女神"还缺乏对现实世界更深刻的描绘。"欢唱,欢唱,翱翔翱翔……"表现了诗人的激情,也表现了诗人缺乏更深沉,更踏实的思想。诗中还留有一些对资本主义文明,大都会的盲目赞美。由于泛神论的影响,诗人还没能充分认识到自然后面人与自然、人与人之间的阶级斗争。为艺术而艺术的错误观点也使"女神"中少数作品沾上一些唯美主义的黑点,而"新生"一诗的朦胧晦涩,令人摸不着头脑,也是资产阶级没落艺术在郭沫若身上打上的痕迹。但这一切缺点在当时的历史条件下都是白璧微瑕,并不能妨碍"女神"发射出夺目的光辉。

新诗历史的第一页就是灿烂的,诗坛上的女神在创造"新鲜的太阳"。这时候:

　　太阳虽还在远方,
　　太阳虽还在远方,
　　海水中早听着晨钟在响:
　　丁当、丁当、丁当。
　　——郭沫若

无产阶级革命诗歌的高潮[*]
——《新诗发展概况》之二

> 我是一个叛乱的开始,
> 我也是历史的长子,
> 我是海燕,
> 我是时代的尖刺。
>
> ——殷夫

一

这是工人运动高涨的时期,无产阶级革命诗歌掀起了第一个高潮。

1921年,伟大的中国共产党诞生了。党的出现根本改变了中国革命的面貌。在党的领导下,红色风暴席卷全国。工人运动风起云涌。

有着光荣传统的新诗,必然要反映这无产阶级领导的波澜壮阔的革命高潮。无产阶级除了自己放声歌唱外,还需要有自己的诗人,需要用诗歌之火点燃自己的激情,鼓舞自己前进。

党的出现,无产阶级力量的壮大和全国革命热潮(特别是工人运动)的蓬勃开展,是无产阶级革命诗歌高潮出现的基础。

---

[*] 此文初刊1959年7月25日《诗刊》1959年7月号,据此编入。署名:刘登翰、孙绍振、孙玉石、洪子诚、殷晋培、谢冕作。此文由殷晋培撰写。

这一时期的文学运动有着党的坚强领导,党以先进的马列主义的文艺理论具体地指导革命文学的发展。1923年后,党的许多活动家发表了一系列论文:邓中夏的《新诗人的棒喝》、《贡献于新诗人之前》,恽代英的《文艺与革命》、《八股》,肖楚女的《艺术与社会生活》,秋士的《告研究文学的青年》等,对诗歌理论都作了革命性的贡献。他们首先驳斥了文学无目的、为艺术而艺术的谬论,指出:文学是"助进社会问题解决的工具",文学是唤醒人们的革命自觉、鼓起人们革命勇气的"最有效的工具",文学应当"激发国民的精神,使他们从事于民族独立与民主革命的运动"。他们指责很多诗人不了解社会情况,忽视人民的疾苦,而专做"'欣赏自然''讴歌恋爱''赞扬虚无'这一类没志气的勾当",谴责形形色色的"快乐主义"、"颓废主义"、"个人主义"、"无病呻吟",并进一步指出新诗人"须多作能表现民族伟大精神的作品","须多作描写社会实际生活的作品","须从事革命的实际活动",针对当时青年浮夸的风气,特别强调"先要一般青年能够做脚踏实地的革命家",先有革命的感情才有革命的文学,提出"到民间去"的口号。(引文均见上述论文)党的活动家这些精湛的见解引导青年和文学家走上正确的道路。此后鲁迅、瞿秋白、郭沫若、蒋光慈等又写下许多革命性的论文。

五四时期,一些进步的诗人虽然普遍歌唱"劳工神圣"的主题,但更多的只是基于人道主义的同情和怜悯,诗人们的思想还停留在民主主义的水平上,诗人们还不是无产阶级的一分子。这样的歌声。显然已不能满足新的革命高潮的要求。

五四后,一部分革命的小资产阶级知识分子,在革命斗争的实践中,逐步转化国共产主义知识分子。在马克思列宁主义的影响下,出现许多进步的,革命的文学团体:如"文学研究会"、"创造社"、"语丝社"、"太阳社"等,提倡进步文学,反击各种反动的文学潮流。同时它们不断地进行论争,逐渐克服宗派情绪,

1926年后提倡革命文学,并喊出"无产阶级文学"的口号。最后为着对付共同的敌人,党直接领导进步作家,组成了"中国左翼作家联盟"。无产阶级文学得到蓬勃发展。新的革命高潮提出了新的革命主题,许多诗人投身于革命实践,继承并发扬了五四诗歌的优良传统,在党的领导下,全力歌唱无产阶级的革命运动,特别是工人运动,写下新诗史上光辉的一页。

1923年,《新青年》发表工人某的《颈上血》,诗作于"二七"惨案当时当地:"军阀手中铁,工人颈上血;颈可折,肢可裂,奋斗的精神不可灭!劳苦的群众们!快起来团结!"诗写得慷慨激昂,充分表现了无产阶级昂扬不屈的战斗意志。同年,瞿秋白同志写下《赤潮曲》、《铁花》、《寄××》等诗,歌颂"劳工的汗",歌颂"锻炼着我的铁花,火涌",尤其是"赤潮曲",描绘出一幅赤潮汹涌澎湃的壮丽画面:

> 赤潮澎湃,
> 晚霞飞动,
> 惊醒了
> 五千余年的沉梦。
> 远东古国
> 四万万同胞,
> 同声歌颂
> 神圣的劳动。
> 猛攻,猛攻
> 捶碎帝国主义万恶丛,
> 奋勇,奋勇
> 解放我殖民世界之劳工。

这些都是无产阶级革命诗歌的先声。此后,革命诗人刘一声也在党的刊物《中国青年》等杂志上发表了一些诗,充满着坚强不屈的斗争精神。他歌颂"前仆后继的冲锋",宣誓要"把歌喉喊出人生的痛苦,讴歌革命是诗人的超越!把颈血换取人类的自由。献身革命是诗人的壮烈!今后的诗歌是革命的誓师词!今后的诗歌是革命的进行曲!"(《誓词》)在最近出版的"革命烈士诗钞"里我们还看到许多革命先烈们用鲜血写下的宝贵诗篇。这些革命诗歌从无产阶级的立场和社会主义思想出发,反抗现实,高歌革命,决不妥协,它们共同促进了无产阶级革命诗歌第一个高潮的出现。

二

郭沫若继《女神》后,出版了《星空》、《瓶》、《前茅》、《恢复》四个诗集。

《星空》是《女神》的浪漫主义精神的继续,但也是诗人回国后尝到人生"苦味之杯"后的作品。诗人看到了现实的黑暗可怕,孤寂彷徨,忍不住窒息的苦闷。诗人沉痛地问:"这是世界末日的光景,大陆,陆沉了吗?"(《吴淞堤上》)于是继续探索、追求着光明与理想,热烈盼望着"青春"、"自由"时代的来临。但诗人的思想是朦胧的,从这些诗中看,基本上还是资产阶级民主主义的个性解放的要求,还找不到一条正确的出路。所以既歌颂"未来的开拓者"——劳工,而早期的泛神论又发生了严重的消极影响,回避现实,企图跳进自然的怀抱或缅怀清静无为的太古以求解脱。诗人在徘徊、怨愤中吟唱:"啊,闪烁不定的星辰哟!你们有的是鲜红的血痕,有的是净朗的泪晶——在你们那可怜的幽光之中,含蓄了多少深沉的苦闷!"(《献诗》)《星空》是郭沫若当时的思想矛盾的产品。

残酷的现实锻炼了诗人,酝酿中的革命高潮影响着诗人,郭沫若经过《星空》的苦闷后,就突破个人的圈子,走进社会斗争的洪流。于是在《前茅》里,思想有一个飞跃的进步。诗人决心告别小资产阶级知识分子的"低回的情趣",猛烈抨击黑暗的现实,想到自己和男女工人已分外相亲。看到马路上面的是劳苦人的血汗和生命时,诗人不禁燃烧起愤怒的火焰,热情地呼唤革命。诗人坚信工农的威力可以推翻旧世界,坚信革命风暴即将到来,预言:"就在这静安寺路的马路中央,终会有剧烈的火山爆喷。"(《上海的早晨》)诗人骄傲地宣称自己的诗是"革命时代的前茅",唱出了"到兵间去"、"到民间去"的歌声。不久,诗人就南下参加北伐战争。

1927年,蒋介石叛变革命,白色恐怖迷漫全国。郭沫若被迫躲在上海。但他冒着生命危险,在病床上写下了《恢复》。《恢复》强烈地蔑视白色恐怖。诗人明白宣告"我的阶级是属于无产",要用诗歌颂"我们新兴的无产阶级"。他竭尽全力高呼"在工人领导之下的农民暴动哟,朋友,这是我们的救星,改造全世界的力量!"(《我想起了陈涉吴广》)诗人对革命前途充满信心,洋溢着高度的革命乐观主义精神。虽然,郭沫若当时对革命理解得还不很深刻,但他终于以无产阶级革命歌手的姿态出现了。

《前茅》和《恢复》,有着坚实的现实基础。诗中,诗人自我的形象依然保持着热情、坦率的特点,像一座喷发的火山。诗人以强烈真挚的感情激动着读者。形式是自由奔放的,除了个别篇章稍嫌粗糙外,艺术上也更成熟了,革命斗争锻炼了郭沫若,由朦胧地歌唱马克思、列宁转为自觉地歌唱无产阶级领导的革命。《前茅》《恢复》是汹涌澎湃的革命运动的产物,它们推动了无产阶级革命诗歌高潮的形成。郭沫若的创作随着革命的深入而前进了。

在这同一个时期,蒋光慈从苏联回来了。1924年他唱着红光耀眼的《新梦》,走上诗坛。以后,他又写了《哀中国》、《乡情集》两个诗集。这些诗以充沛的无产阶级的革命热情感染着读者。他的创作才能是多方面的,他写诗,又写小说,特别在后期,主要精力集中于写小说,他还积极从事于革命文学运动,写了一系列富有战斗性的论文,介绍马列主义文艺理论和苏联文学,对革命文学的发展作出宝贵的贡献。

他说:"诗人之伟大与否,以其如何表现人生及对于人类的同情心之如何而定","我生适值革命怒潮浩荡之时,一点心灵早燃烧着无涯际的红火,我愿勉力为东亚革命的歌者!"诗人以其"全身、全心、全意识——高歌革命"。(《新梦序》)《新梦》等诗作正是在这种文学为革命服务的理论指导下写成的。

《新梦》是作者留苏时的作品,燃烧着炽热的革命热情,有如"鲜艳沉醉的朝霞",放射出迷人的光芒。诗人热情地歌颂十月革命,歌颂世界上第一个无产阶级的祖国——苏联,把她看成人类的希望。在《昨夜里梦入天国》中,诗人以抒情的笔调描绘了一幅未来共产主义社会的美丽图画,表现了对自由、理想的渴慕。自由只能从枪尖上夺得。如此诗人高登乌拉之峰狂歌革命,呼唤远东被压迫的民族起来解放自己。在《中国劳动歌》里,诗人号召中国人民奋起打碎帝国主义和军阀的镣铐,高举红旗,"努力向那社会革命走"。《新梦》热烈地呼唤社会主义革命,对前途充满信心。

> 朋友们!
> 莫回顾那生活之过去的灰色黑影,
> 那灰色黑影真教我羞辱万分!
> 我今晨立在朝霞云端,
> 放眼一看:
> 好了!好了!
> 人类正初穿着鲜艳的红色衣襟。
> ——《莫斯科吟》

蒋光慈是我国第一个以全力歌颂无产阶级领导的革命的诗

人。这时,尽管《新梦》与中国的革命实践结合得不够,诗的思想深度还差,某些诗篇还有些概念化,但《新梦》出版时,诗坛上正泛滥着淫靡之风,徐志摩在低吟着"怨谁?怨谁?这不是晴天里打雷",李金发也在呓语:"神秘、残酷、在生活之头颅上嬉戏了"。《新梦》的出版有如一声霹雳,震破乌黑的云层,推动了无产阶级革命诗歌的发展。

蒋光慈在回国以后,看到了汹涌澎湃的工人运动,这使他写出了像《短裤党》那样反映上海工人武装起义的小说,他的诗歌的现实性大大增强了。诗人声称自己"是一个无产者",诗人密切关怀祖国的命运,这种爱国主义远已超出民族主义、民主主义的局限,以争取祖国的社会主义前途为内容,而和国际主义结合起来了。《哀中国》、《血花的爆裂》等诗中,爱国之情那样深沉,那样强烈:"哎哟!我的悲哀的中国啊!我不相信你永沉沦于浩劫,我不相信你无重兴之一日……你快兴奋起来罢!你快振作起来罢!"诗人沉痛地喊出"不自由毋宁死呀",号召无产阶级起来推翻反动统治,"从那命运幸福的人们之宝库里,夺来我们所应有的一切!"(《我是一个无产者》)五卅周年时,诗人写下了《血祭》,情绪是悲壮的,激昂的:

> 我欲拿起剑来将敌人的头颅砍尽,
> 在光荣的烈士墓前高唱着胜利的歌吟。

大革命失败了,诗人非常愤怒,他觉悟到革命必须自己掌握武装,必须到军队中去,"在此严重的时期,在此危急存亡的时期",诗人一颗痛苦悲愤的心灵时刻惦记着革命,诗人高喊着"前进啊,前进!"(《寄友》)

蒋光慈回国后的诗由于紧密结合中国的实际,阶级色彩十分鲜明。在艺术上也有进步,结构比较凝练,抒情的笔调也浓郁了,感人力量比《新梦》大一些。

但也应看到:蒋光慈的思想还没有能够彻底地无产阶级化。诗中还时有小资产阶级情感的流露,有时对群众力量估计不足所以接触到残酷的现实后,原来的革命乐观主义精神就有些暗淡下来了,诗情也有些低迴、悲哀,特别在晚期的诗中,这情况更为明显。

诗人柯仲平写了部五幕诗剧《风火山》。《风火山》是一部狂飙式的作品。诗剧中叙述了人民的苦难,描写了人民走向革命和一队革命军在血战中突围的故事,剧中交响着暴风急雨式的节奏,指出被压迫的工农只有起来革命,建立劳动者的政权才有出路。剧末以象征性的"风火狂烈"作结,欢呼着"光明的我们"和"自由的人类",充满着浪漫主义的精神。《风火山》这部红色诗剧,出现于1930年那样黑暗的年代,有着积极的意义。

在这里,我们应当特别提及鲁迅先生的《野草》。五四后,散文诗并不发达,佳作也少,但《野草》却是一本最优美的散文诗集。鲁迅先生称它为《野草》虽然是谦虚,但也是有深意的。鲁迅先生在题辞中说:"野草,根本不深,花叶不美,然而吸取露,吸取水、吸取陈死人的血和肉,各各夺取它的生存。……我以这一丛野草,在明与暗,生与死,过去与未来之际,献于友与仇,人与兽,爱者与不爱者之前作证。"《野草》写于1924年9月—1926年4月。这时,正是五四后革命中心向南方转移,革命处于低潮的时期,新青年的团体解散了,同一战阵中的伙伴有的高升,有的退隐,有的前进,而先生却"依然在沙漠中走来走去"(《自选集》自序)。因此,这是鲁迅先生思想非常苦闷时期的作品。

鲁迅先生经历了几次革命,但每回都看着它给冷下来,所谓"革命"的结果,只是换了一批新的统治者,更残酷地摧残人民。(《失掉的好地狱》)这就更加剧了鲁迅先生对黑暗社会最强烈的憎恨,势不两立,断言这样的地狱必须失掉。在《野草》里,我们看到了鲁迅先生这种最彻底、最坚决的战斗精神。《秋夜》中代表鲁迅精神的那两棵枣树,不顾"鬼眨眼的天空""眨着许多蛊惑的眼睛",伸直"一无所有的干子,却仍然默默地铁似的直刺着奇怪而高的天空,一意要制他的死命",在《这样的战士》里,鲁迅先生歌颂这样的一种战士,他微笑,对着一切伪善、凶恶的敌人,举起投枪,不断地冲杀,掷中他们的心窝。这是多么伟大的韧性而又丝毫不懈的战斗精神呵!

鲁迅先生的战斗精神还表现在对世俗社会深刻无情的揭露和批判中。《求乞》、《复仇》、《狗的驳诘》、《立论》、《聪明人和傻子和奴才》等等,对世俗庸俗、虚伪、麻木、卑劣给以那样火辣辣的鞭笞。"惊异于青年之消沉",先生作《希望》,鼓励青年起来斗争。在《野草》里,我们还看到了鲁迅先生对光明和希望的执着的追求。先生所以要描绘《好的故事》中那样一个理想的美丽世界,所以要在《秋夜》中歌颂追逐光明的小飞虫,甚至把灯的纸罩也写得那样美丽,富于诗情,都是为了这一点。坚持追求光明,追求真理,正是鲁迅先生的伟大处。

可是,我们也应当看到鲁迅先生当时还不是一个马克思主义者,在对于现实失望、痛苦的心情中,并不知道将来应该是怎样的?新起的是否是好的?光明什么时候来?先生感到希望的渺茫,心情很矛盾,更多地看到了黑暗,没有很正确地估计正在酝酿着的新的革命高潮,又加以斗争的孤独,因此诗中就充满了彷徨、矛盾、孤寂、苦闷的心情。

然而,这丝毫没有挫伤鲁迅先生的斗志,在痛苦、艰难的路途中,先生摸索着前进,终于找到了真理,成为中国新文化革命中最伟大的战士!

《野草》中有些作品现在看来不够明朗,或者说有些晦涩,是由于当时环境的限制,由于当时北洋军阀的迫害,所以写作时用了曲笔。

《野草》是思想性、艺术性高度统一的作品,是一本极优美的抒情诗集。诗完全采用象征的写法,含蓄深刻,耐人寻味。许多复杂的思想,却通过概括集中的形象表现出来了,而且充满了极其浓郁的诗的抒情的美,这是《野草》艺术上很突出的成就。语言也带着先生一贯的特点:简洁、生动、锐利、深刻,着墨浓而又写得非常细腻。至于构思的奇特、想象的丰富以及意境的深邃,更是无可比拟的。

三

从 1921 年到 1931 年,中国革命经历了从高潮到低潮的阶段,"五四"统一战线剧烈地两极分化。一部分正直的知识分子,面对丑恶的现实,充满愤怒,他们不愿与黑暗苟合,他们热烈的追求光明。但由于阶级出身和世界观的限制,他们看不到人民的力量和日益发展的革命形势,因而产生了彷徨、苦闷的心情。

闻一多,王统照、朱自清、冯至等都是这样的诗人。

1922 年,闻一多在美国留学,遭受民族的歧视,激愤于祖国的弱小,看到了资本主义社会的罪恶,开始突破个人的圈子,写了一些深情的爱国诗篇。这些诗篇的主要题材是思念祖国如《孤雁》、《太阳吟》、《忆菊》等。《孤雁》里,诗人把自己比喻做"失群的孤客",一面诅咒美国的腐烂透顶的社会,谴责它的指爪"撕破了自然底面目,建筑起财力底窝巢。那里只有钢筋铁骨的机械,喝醉了弱者底鲜血";一面又热烈地呼唤祖国。看到初升的太阳,诗人想起了东方的祖国,"太阳啊,也是我家乡底太阳",诗人遥寄了多少深情啊!《忆菊》里,诗人迎着习习的秋风,更以颤动的声调高呼:

我要赞美我祖国底花!
我要赞美我如花的祖国!

但是,这个时期闻一多对于祖国和民族热爱,只是更多地浸沉在感性的对于悠久的、光辉的历史的陶醉里。

1925年,诗人回到了祖国,可是看到的祖国却是一朵受尽摧残的、憔悴的花。失望,痛苦,诗人迸着血泪喊道:"这不是我的中华,不对,不对!"从这时起,诗人强烈的爱国主义思想和黑暗的现实,民族的苦难结合了起来,热情更加浓郁深沉了。闻一多最好的诗大部分是在这时写的,如《死水》、《发现》、《祈祷》、《一句话》等。诗人是这样包含感情地喊道:"有一句话说出就是祸,有一句话能点得着火",这句话就是"咱们的中国",它使诗人一颗赤心片片碎裂了!

> 请告诉我谁是中国人,
> 启示我,如何把记忆抱紧;
> 请告诉我这民族的伟大,
> 轻轻地告诉我,不要喧哗!
> ——《祈祷》

诗人真是"呕出一颗心来"歌唱!在闻一多的心头,燃点着灼热的火!在闻一多歌唱的死水下面,隐藏着一座将要爆发的愤怒的火山!这样强烈的爱国主义精神,使诗人不能永远沉默。虽然他曾压抑着满脸的积愤,躲开现实,钻进故纸堆中去,但经过了一段曲折的道路,到1946年后,诗人终于又跨出书斋,走上民主战线,成为一名为人民争自由求解放的最勇敢的战士,用生命写完了他的爱国诗篇。闻一多是不朽的!

闻一多的诗在艺术上有很高的成就。他从中国古典诗歌和外国诗里吸取了营养来丰富新诗,融化了中国古典诗歌和外国诗歌的格律,努力于新诗格律的探索,讲究节和句的匀称,讲究格式、音尺、平仄和韵脚,写出不少好诗。这谨严对于当时过于松散的新诗有着良好的效果,成绩是应当肯定的。闻一多还继承了古典诗歌的优良传统,他的诗里,意境、形象、节奏、音韵都有相当浓郁的民族色彩。此外,他还借用了中华民族传统的菊花、青松等形象以及神话传说中人物故事,表达他那种充满自豪感的爱国主义激情和浪漫主义精神,他的诗结构紧凑,注意意境的深邃优美,用字造句也很考究,往往以浅白的语言,表达出深刻的内容,这对后来的诗人如臧克家等都有着不小的影响。

但是,闻一多的诗也有较大的局限性。他的爱国主义还停留在民族主义、民主主义的水平上;诗中也掺杂了不少消极浪漫主义的成分,他的《红烛》就是具有浓厚的唯美主义倾向的作品;他也写了一些意义不大的诗;对于新月派所起的颇为深远的影响也不能算是好的;至于闻一多前期的一些"艺术至上"的文艺理论,当然更是包含着不少问题的。这些是他的消极的一面。

王统照是文学研究会的小说家和诗人。这时期作有诗集《这时代集》,诗人的创作态度是严肃的,他说,"只要作者不是存心开玩笑,骗世人,谁能够逃避开这不容情的现实"(《这时代序》)。诗人称自己的诗是"在这样血肉模糊、纠纷困苦的时代里"所产生的"不成熟的苦果"期望它"能呼诉出我们对于时代中的真感!"

在这样黑暗的时代里,诗人感到孤独、彷徨,悲吟着"请你告诉我归宿的旅途",他要对人生"在苦寂中作深一步的寻求"。诗人对社会的污浊认识得很清楚,他渴望,执着地追求光明的前途,声称"这时代,火与血烧洗的地方是待燃的烛台"。但希望是渺茫的,真正的出路并没有找到,因而在不断的挣扎和奋斗中就不免于失望、痛苦和悲伤。现实不断教育着诗人,"五卅"惨案使诗人感到极大的震惊,在强烈的爱国热情的奔腾中写下了《烈风暴雨》。这是一支悲壮的战歌,一腔愤懑、仇恨终于喷发出来,诗中充满了爱国主义的激情和烈风暴雨般战斗精神。《烈风暴雨》是能代表诗人思想艺术高度的作品。此外,诗人还有一些描写现实的作品,反对军阀混乱及其残暴的统治,对于受压迫的劳动人民的贫苦生活寄于相当深切的同情。

　　王统照是一位现实主义的诗人,但在表现追求的理想和热情时,往往颇有浪漫气息。他的诗具有相当高的艺术水平,内容较深厚,风格是凝重的,色彩也较浓,在意境和艺术形式上都有独到之处,抒情深沉真挚,但痛苦太深,所以也时常给人苦酸的味道。

　　沉钟社的冯至是早在1923年就开始发表作品的抒情诗人。他早期的诗集有《昨日之歌》和《北游及其它》等。他曾说过,"我的诗里也没有一点悦耳的声音,读起来会使你的舌根都觉得生涩。"(《无花果》)的确,冯至的诗反映了五四后一部分小资产阶级知识青年,徬徨于艰难的人生旅途,而又不知所措的苦闷心情,这是有一定的现实典型意义的。在冯至的诗里,我们听到了一颗寂寞的、敏感的心灵的痛苦呻吟。他不满于社会的龌龊虚伪,于是就竭力追求美,希求温暖,歌唱爱情,然而现实竟是异样的吝啬。他也有希望,但却更是朦胧、渺茫。因此,诗中就充满了徘徊、孤寂、忧郁和感伤的情调。应当说诗人对现实的理解是很不深刻的,诗人没有把眼光扩大到整个社会现实和人民的苦难,所以就不能突破他的一个小天地。诗中只有个人的哀愁,感情是狭窄的。这也就使冯至的诗具有很大的局限性。

　　冯至的诗有一定的艺术水平。风格比较清丽,形式没有什么约束,情调也比较缠绵、温柔,抒情真实,不矫揉造作。诗的抒情味相当浓郁。

四

　　资产阶级知识分子在"五四"时期就是统一战线的右翼。"五四"后,随着工农革命运动的蓬勃开展,随着革命的深入,资产阶级知识分子从统一战线的右翼分化出去,开始疯狂地阻挠、破坏革命的发展。"四·一二"后,更追随在帝国主义和蒋介石的屁股后面血腥地镇压工农革命群众。这在艺术上的反映,就是资产阶级艺术的日趋反动和堕落。新月派和象征派所代表的资产阶级诗风,随着反动派在政治上的日趋反动、猖狂,而变本加厉地堕落、嚣张起来。它出现于无产阶级革命运动的高涨时期,正代表着当时反动力量,反映了资产阶级对革命的仇恨以及他们绝望、悲哀的心理。

新月派以《新月月刊》得名,它是一个代表买办资产阶级利益的反动的文学团体,在艺术上基本上是消极浪漫主义的流派。从内容到形式,他们拾取了西欧资产阶级颓废、唯美诗风的唾余,并继承了中国古典诗歌中的糟粕,而从胡适、现代评论派一脉相承地发展下来的。新月派主要诗人,徐志摩的创作活动很早就开始了,1926年徐志摩等人在《晨报》上办《诗刊》,他们的力量开始汇集。但新月派之成为一个文学团体却在1928年《新月月刊》创刊后。当时,正是大革命失败后的革命低潮时期,白色恐怖弥漫全国,蒋介石一面在军事上屠杀工农起义,一面又进行文化围剿。新月派的出现,配合了政治上的反动,在文化围剿中充当一名马前卒,摇旗呐喊。他们狂妄地叫嚣要以"纯正的思想"统治文坛,建立一个资产阶级文学的"伟大的将来",他们恶毒地诬蔑当时的革命文学为"标语派"、"主义派",宣扬"艺术至上",披着形式主义、唯美主义的外衣,以表现反动透顶的内容。他们的"理论大家"梁实秋更否定文学的阶级性,声称文学是个人的、少数人的事业,标榜资产阶级的"人性论"。在新文学的历史中,资产阶级文学家敢于这样公开地、大规模地、有组织有纲领地进攻革命文学,实在是仅有的一次。这正反映了当时反动派在政治上的嚣张气焰。然而"这个阶级的文化思想却比较它的政治上的东西还要落后。"(毛主席《新民主主义论》)革命文学界给新月派以猛烈回击。鲁迅、彭康、冯乃超等写了不少充满战斗精神的论文,与之展开激战。仅仅打了几个回合,新月派就溃不成军了。

新月派宣扬"艺术至上",否认自己是"唯美与颓废",标榜"健康"和"尊严",这真是弥天大谎。他们的作品里充满着对颓废、感伤、梦幻、神秘、色情、死亡的呻吟低唱。唯一支持他们精神生活的也只是"甜蜜"而"痛苦"的回忆以及享乐自私的"爱情"。但看《新月诗选》——这是他们最得意的选集,竟选了像邵洵美的《蛇》那样的色情诗,就足以证明他们不仅政治上反动,在艺术上也糜烂不堪了。

新月派的一些诗人有徐志摩、朱湘、邵洵美、饶孟侃、陈梦家、孙大雨等。新月派有前期以及后期之分,其中各人在政治上的情况、诗的内容以及艺术风格诸方面均有所差别,但总的倾向基本上是一致的。徐志摩是他们的代表人物。

徐志摩是典型的资产阶级诗人。他投靠帝国主义,反苏反共,露骨地为帝国主义张目,无耻地宣传"打倒帝国主义的口号是猜忌与分裂的现象";在诗中他疯狂地诅咒革命:"思想被主义奸污得苦"(《秋声》),"青年的血,尤其是滚沸过的心血,是可口的:——他们借用普罗列塔里亚的瓢匙在彼此请呀请的舀着喝,他们将来铜像的地位一定望得见朱温张献忠的。"(《西窗》)在这里,连"艺术至上"的遮羞布也扯掉了;在他的诗中甚至还流露封建士大夫没落情绪的《残诗》,这更证明了作为新月派代表诗人的徐志摩,不过是帝国主义、封建主义和买办资产阶级的混血儿。他的诗覆盖着绝望和颓废的阴影,"骑着一匹拐腿的瞎马,向着黑夜里加鞭",这就是徐志摩和他所属阶级的形象。他唱着:"我不知道风是在那一个方向吹",歌唱"今天的希望变作明天的怅惘",倒是真实地描绘了一个日暮途穷的阶级的心情。徐志摩的诗同样带着没落资产阶级文学的全部特点:内容的日益空虚、反动和堕落,形式则由于内容的苍白而逐步僵化。若说徐志摩开始还能用唯美主义的幌子迷惑一部分人,那么到了最后一部诗集《云游集》时,就只存下"别拧我,疼"那样无聊低级的东西了。

新月派的难兄难弟是象征派,它同样是敌视无产阶级革命诗歌的一股逆流。从形式上看,象征派是新月派的反动,采取自由诗的形式,否定诗和音乐的关系,把诗完全看成是视觉的艺术。但从内容上看,则同是一丘之貉:颓废、感伤、空虚、反动,反映了没落资产阶级的情绪。李金发是新诗象征派的创始人。他是典型买办资产阶级的产儿,在法国过了一段糜烂的生活。为了表达他的阶级所传给他的"世纪末"的颓废思想,李金发看中了法国象征派诗的朦胧晦涩,并把它搬到中国,表现对于生活的揶揄的神秘及悲哀的美丽,否定现实,在幻觉中逃避现实,歌颂"神秘、残酷",歌颂"生命便是死神唇边的笑"。诗中多用隐喻象征的手法,文白夹杂,极尽艰难晦涩、佶屈聱牙之能事,根本无法读懂,实在是对祖国语言的一种侮辱。李金发是个洋奴,他的诗也没有一点中国味儿。在诗坛上的影响极为恶劣。

这时期的资产阶级诗人尚有梁宗岱、白采等,但他们的影响较小。

五

无产阶级革命诗歌就是在与新月派和象征派的斗争中成长起来的。经过郭沫若、蒋光慈等人的努力,无产阶级革命诗歌日益进步。但他们对革命还缺乏深刻的理解,他们对工人运动还没有具体的、生动的描述,无产阶级完美的,巨大的形象还没有在诗中出现,他们的诗往往还更多地停留在个人的抒情上。殷夫则不然。

殷夫的重要创作产生于1929年以后。那时,在党的领导下,工人运动已经历了两次高潮,斗争尚在炽热地蔓延着。工人运动早已成熟,作为革命领导力量的无产阶级的威力在革命斗争中已充分显露出来，许多革命的知识分子在党的教育下，参加实际的革命斗争，投身于工人运动，经受了革命的考验。而在党领导下的革命文学运动有着马列主义的文艺理论的基础，击溃了甲寅派、现代评论派、新月派等的猖狂进攻，在斗争中发展壮大，成为文坛主流。这时革命诗歌也发展多年，渐趋成熟。殷夫就是在这样的基础上产生的。殷夫在党的直接教育下成长起来，17岁就参加革命活动，入了党。20岁后作为职业革命家深入工人中组织青年工人运动。22岁英勇牺牲。他的创作是在郭沫若、蒋光慈等人的直接影响进行的，许多诗都刊登在党的秘密刊物和进步刊物上。

殷夫是无产阶级诗人。他的一生很短暂，诗歌创作的时期并不长，但他天才的光芒，如一颗明亮的星永远闪耀在诗坛上。鲁迅对殷夫作了很高的评价："这《孩儿塔》的出世并非要和现在一般的诗人争一日之长，是有别一种意义在。这是东方的微光，是林中的响箭，是冬末的萌芽，是进军的第一步，是对于前驱者的爱的大纛，也是对于摧残者的憎的丰碑。一切所谓圆熟简练，静穆幽远之作，都无须作比方，因为这诗属于别一世界。"(《且介亭杂文末编》)这样的评价，殷夫是当之无愧的。

殷夫早期的诗反映了在黑暗的现实中一个青年人的精神苦闷。他渴慕纯洁的爱情，要求自由，追逐光明，一腔热血在时代的重压下，蕴藏着将要喷发的火焰，"预期着狂风和暴雨"，"热望未来的东方朝阳"。但对光明的憧憬是模糊的，反抗的意识也比较抽象。1929年后，诗人投身于无产阶级的洪流，他的诗歌创作中就开辟了崭新的天地。

殷夫在《别了，哥哥》(《算是向一个"阶级"的告别词吧！》)这首诗里，毅然决然地叛离自己出身的阶级"二十年来的保护和抚养"。为了追求永恒的真理，他投进了无产阶级广阔温暖的怀抱，成为一个无产阶级骄傲的歌手。诗人站在无产阶级的立场尖刻地嘲笑世俗的庸俗丑恶,猛烈地抨击现实的黑暗残酷,诗人预言在将来人民的审判中一定要清算这些罪恶。针对当时的白色恐怖,诗人对帝国主义和国民党表示了咬牙切齿的愤怒和憎恨。对资本主义剥削制度的凶恶也揭露无遗,而对于工人弟兄则充满着深刻的阶级友爱。他这样描写工人阶级的光辉形象:"他们她们默默地走上,哲学家般地充满思想,这就是一个伟大的头脑,思慕着海底的太阳。"(《一九二九年五月一日》)就在这一首一百多行的长诗中,诗人描绘了一幅亲身参加五一节示威罢工游行的激荡人心的壮丽画面,有领导有组织的阶级斗争的巨大画面,第一次出现在殷夫的诗中。

> 我突入人群,高呼:
> "我们……我们……我们……"
> 白的红的五彩纸片,
> 在晨曦中翻飞象队鸽群。
>
> 呵,响应,响应,响应,
> 满街上是我们的呼声!
> 我融入于一个声音的洪流,
> 我们是伟大的一个心灵。

在斗争中,诗人的心像一滴清水汇入大海,与阶级的心合在一起了。诗人笔下的无产阶级是作为自觉地担负着解放人类的命运的形象而出现的。在革命的低潮时期,在白色恐怖中,虽然牺牲了的同志"含笑躺在路上",但这个"青年布尔什维克"仍然充满激情地歌唱革命,高呼不建立自己的政权决不罢手,对本阶级历史使命的完成充满信心:"这尚是拂晓时分,我们必须占领这块大地,最后的敌人都已逃尽,曙光还在地平线底"。(《拓荒者》)诗人坚信我们已经一步步走近"胜利的早晨"了,而将来的世界又是那样美好:"未来的社会是大家庭的世界,千百万个爱你,你爱千百万。"(《最后的梦》)殷夫的诗充满了无产阶级磅礴豪迈的革命乐观主义精神,殷夫所歌唱的无产阶级雄伟的形象染上了革命浪漫主义的一霞光。他的诗是无产阶级革命斗争的交响乐,他的节奏是急促的时代的鼓点:

> 最高,最强,最急的音节!
> 朝阳的歌曲奏着神力!
> 力! 力! 力! 大力的歌声!
> 死! 胜利! 决战的赤心!
> 朝阳! 朝阳! 朝阳!
> 憧憬的旋律到顶点沸扬,
> 金光! 金光! 金光!
> 手下生出了伟大翅膀,
> 旋律离了键盘,
> 直上,直上天空飞翔,飞翔! 飞翔!
> ——《意识的旋律》

这是灿烂的革命前奏曲! 诗中有多么明显的《女神》的影响! 诗人所歌唱的革命斗争并不是抽象的,他具体描写了党所领导的革命活动:罢工、发传单、幽暗灯光下的议决、血的冲锋……通过具体的革命活动,刻画了无产阶级及其先锋队无比崇高、无比坚强的精神面貌。殷夫的诗是在和工人手拉手、与反动派搏斗中写成的。他首先是战士,然后才是诗人,像这样的诗句:"我在人群中行走,在袋子中是我的双手,一层层一迭迭的纸片,亲爱地吻我指头"。(《一九二九年五月一日》)没有实践的斗争生活经验是写不出这样的诗句的。这就是为什么说殷夫的诗达到了当时无产阶级革命诗歌高峰的原因。

殷夫的诗在艺术上也成熟了。他熟练地驾驭着自由诗的形式,诗写得谨严简练,语言也质朴、流畅、自然,但却充满了火样的热情。由于深厚的革命内容,诗的形象不但不显得粗糙贫乏,而且饱含血肉。暴风雨式的旋律急促高昂,必要的音节重复,又加强了音调的铿锵,强烈地激动着读者的心灵。殷夫的诗给新诗注进了新的血液,大大扩展了新诗抒情的题材和内容,使新诗的发展到了一个新的高度。在殷夫的诗中现实主义和浪漫主义也开始得到了初步成功的结合。

在白色恐怖弥漫全国的黑暗年代,殷夫犹如一只金色的凤凰,从浓烟烈火中冲起,骄傲地欢唱翱翔,他的革命家和诗人的人格纯洁光辉得一尘不染。殷夫是真正的无产阶级战士和诗人,他继承并发展了前人战斗的歌声,完成了第一个波澜壮阔的无产阶级革命诗歌的高潮。此后,由于党的领导重心转向农村,日本帝国主义的入侵又造成了新的民族危机,于是诗歌的主流也就逐渐转向新的主题。

殷夫一生坚持革命斗争,并为革命事业壮烈牺牲,死时还只有二十二岁,天才夭折了,没有为我们留下更多的作品,而许多作品又散佚了,但这决不妨碍殷夫的伟大。"中国无产阶级革命文学和前驱的血"(鲁迅语)是不会白流的!殷夫是永远不朽的!让我们记住他的声音:

未来的世界是我们的!
——殷夫

暴风雨的前奏*
——《新诗发展概况》之三

> 大时代的弓弦正等待年青的臂力
> ——臧克家

一

  大革命失败后,革命处在极端困难的时期,革命诗歌的发展受到了挫折和阻碍。这时,靡靡之音,消极颓废、放荡堕落的诗歌,腐蚀着人们的意志;反动的诗歌逆流,在国民党的文化围剿声中出现,向革命的诗歌进攻。但是,坚定的革命诗人郭沫若、蒋光慈、殷夫等写了许多毫无惧色、充满信心、充满力量的诗篇。

  到了三十年代,革命中心已转向农村,并且逐步地扩大和发展着。国内阶级矛盾有加无已,而在这个时候,日本帝国主义的侵略,使全国人民觉醒起来。一方面是党领导下的革命队伍开阔了苏区,数次粉碎反革命的围剿,逐渐地壮大;另一方面是民族存亡的危机日益加深了,抗战的高潮正在酝酿之中,而国民党却发出了"攘外必先安内"的叫嚣,继续进行内战、残酷地统治全国人民。

  这是个风雨飘摇、动荡不安的时代。它要求诗歌反映它的复杂激烈的现实矛盾,把根须伸进现实生活的土壤。它要求诗

---

  * 此文初刊1959年10月25日《诗刊》1959年10月号,署名:刘登翰、孙玉石、孙绍振、洪子诚、殷晋培、谢冕作。此文由洪子诚撰写。据此编入。

歌描写苦难的、饱受压榨的、正在觉醒的人民,特别是矛盾焦点的农村的人民。它要求诗歌来歌唱那即将到来涤荡一切污腥的暴风雨,歌唱对未来的光明的追求和希望。它要求诗歌激发人民的正在高涨起来的民族意识。

左联在上海成立是在1930年。这是革命文学史上的重大事件。在左联的理论纲领中,鲜明地提出新文学运动要"站在无产阶级的解放斗争战线上",加紧反对帝国主义,反对国民党统治的工作,并且指出无产阶级革命文学要注意中国现实生活的题材。与革命的发展和深入,工农群众的觉醒相适应。革命文学的大众化方向也被提出了。革命文学内容的战斗性和现实性,以及通俗文艺形式的采用等问题,初步在理论上明确起来。作家应该面向大众,"到大众中去,向大众学习"。

在这个时期,左联还和各式各样的反动资产阶级文艺思想和团体展开尖锐斗争,取得辉煌战绩:揭露了新月派反动的实质;打击了捍卫帝国主义和反动统治的民族主义文学;批判了打着马克思主义旗帜向革命文学进攻,为反动文艺张目的"自由人"、"第三种人"。

一系列的理论建设,为革命诗歌发展提供了坚实的基础,指出了面向现实、大众化的道路;对反动的文艺思想和派别的斗争,为革命诗歌的发展清除了障碍。

二

在国民党"文化围剿"下,革命诗歌处在困难的境地。但是,左翼的诗歌运动仍然在困难中展开和发展。

1932年9月,左联领导下的中国诗歌会在上海成立。主要发起人和会员有蒲风、杨骚、温流、石灵、王亚平等。次年2月,出版刊物《新诗歌》。它一出现,就坦露了自己鲜明的倾向和宗旨——强烈的现实性和战斗性。在《缘起》中说:"在次殖民地的中国,一切都浴在急雨狂风里,许许多多的诗歌材料正赖我们去吸取,去表现。但是,中国的诗坛还是多么沉寂,一般人还闹着洋化,一般人又还只是沉醉在风花雪月里。"他们认为,"把诗歌写得和大众距离十万八千里,是不能适应这伟大的时代的"。中国诗歌会的现实性和战斗性,正是表现在他们把诗歌作为明镜,来反映现实中的"急风狂雨",作为武器,来参加现实的战斗。他们锋芒所向,是帝国主义的侵略和国民党的统治,他们的这种战斗的诗歌,一扫诗坛上的污秽、渣滓。当时,在诗坛上,风花雪月的无聊吟咏和现代派颓废伤感的诗歌风靡一时。这种脱离现实,削弱斗志,引导青年逃避斗争的低徊呻吟,只能遭到革命、进步诗人的唾弃。中国诗歌会正是决意"挽回颓风",扫荡新月派、象征派、现代派的影响的。

随着革命文学大众化的提倡,中国诗歌会也开始注意到诗歌大众化的问题。如何把诗歌作为号角,鼓舞民众抗日意识。起来反对侵略和反动的统治,是诗歌会所关切的重要问题。当时,像蒲风、林林、王亚平等都写了许多文章,在理论上进行探讨,并在自己创作实践中取得一定的成绩。

在大众化诗歌的内容上,诗歌会提出要表现大众的心理,大众的生活和斗争;在形式上,提倡创造"通俗新鲜的文字",要有便于唱读的韵律,要利用民谣、小调、鼓词等民间文艺形式,创造新的形式,并且认为,要做到这些,最重要的是要深切体验大众的生活,用大众能懂的形式写作。因此,诗歌的音乐性、朗诵、歌谣小调的写作问题,也都一并提出了。朗诵是为了"直接的感动"和"大众普及性",把情绪传达给大众。蒲风曾指出,在这个变动的时代,歌谣小调是非常必要的,号召"诗应该到民间去"。当时,许多诗人,像蒲风、温流、石灵、曼晴等,都利用歌谣小调写作许多通俗的诗,《新诗歌》在1934年还出版了"歌谣专号"。

中国诗歌会的诗歌大众化的提倡和讨论,都更偏重于形式,由于世界观和客观环境的限制,当时没有也不可能把作家深入生活、改造思想的问题强调提出。因而,诗歌大众化问题也就不能得到根本的解决。但是,新诗已经开始在考虑和尝试着接近大众的方式。这是革命诗歌又一次向人民的贴近,它也为抗战时期的朗诵诗运动提供了一些经验。

中国诗歌会极注意组织工作。由于配合现实的斗争,它的理论和工作方向在一定程度上代表了当时革命、进步诗人的共同愿望。在广州、北京、青岛、厦门等地,先后成立了分会,出版了地方刊物。它和同时代的革命诗人一道,在理论上和创作上证明了现实主义诗歌强大的主导力量,推动了现实主义诗歌的进一步的发展。诗歌会诗人们的创作,基本上都取材于现实生活。特别反映了农村的破产,下层人民的疾苦。诗行间充溢着对帝国主义侵略和反动派统治的强烈憎恨,对革命、光明的追求和热烈的希望。他们在形式上的特点是通俗易懂,没有故作玄虚,没有雕琢,他们的诗不是迷离恍忽的,他们的诗采用了许多人民大众的口语。1935年为了配合即将到来的抗战高潮,诗歌会提出了"国防诗歌"运动的口号,并且出版了"国防诗歌丛书",对推动抗战起了积极的作用。

后来,田间、窦隐夫等人参加了诗歌会,负责进行了许多诗歌活动。

在诗歌会中,影响较大的诗人是蒲风。他在诗歌会的成立和工作中尽了最大的努力,表现了高度的热忱。从1934年起,先后出版了诗集《茫茫夜》、《生活》、《钢铁的歌唱》、《六月流火》、《摇篮歌》、《抗战三部曲》等。

年青的歌手蒲风始终用粗犷的、热烈的、毫无拘束的调子歌唱着。在他的诗中,强烈放射着年青人饱满的热情的光芒,诗人的脉搏一直跟着现实生活跳动,充满了时代的"火、风、电"。从第一个诗集《茫茫夜》开始,他就一直表现和歌颂着对于光明、对于未来的追求。有力的笔触表现诗人的激情。

> 我承认我满贮着火热。
> 我等待着将来的燃放:
> 那不是雷电般的闪耀。
> 我们把大地放在肘下,
> 任由五月的阳光
> 永远装饰着血色的美艳。
> ——《春天在心中》

在矛盾尖锐,斗争激烈的社会中。蒲风的诗描写了一幅幅生活的阴沉画面,特别是处于苛捐杂税、抽丁要粮、天灾人祸、苦难动荡的农村。在《茫茫夜》一诗中,他写了穷困的农民阿三,为了不愿当兵而逃亡。这首诗指责国民党把东北送给日本,而却在国内"杀自家人"。诗的结尾,还写阿三要回乡和农民团结起来,进行反抗。

在黑暗的现实中,蒲风的注意力从来没有被周围小事和纤细的情感所分散。在用自己的笔描绘令人痛苦的画面时,他没有流露无可奈何、不知所措的慌乱和沉闷。在许多诗中,特别是《六月流火》,他描写了蕴藏在劳动群众身上的巨大力量,描写了农民的自发反抗。他相信:"他们的力量足以把世界推翻,只有他们才能创造自己的幸福乡"。因此,他有着对未来的乐观情绪,歌颂了"一颗真心:解放贫苦朋友"的战士,相信在将来会"建造起新的城堡"。

《六月流水》是一首戏剧式的长诗,其中,诗人描写国民党为了"剿匪"想割去青禾修筑公路,农民忍无可忍起来反抗的故事。这部作品暴露了国民党进行内战的罪恶,同时写出了农民对土地的深沉感情,歌颂了他们的力量,指出只有起来反抗,才是唯一的出路。诗中充溢着饱满的热情,在紧凑的节奏中传达了紧张的情绪和激烈的场面。当然,诗人还不能站在现实的更高水平上,而指出一条农民在党的领导下进行自觉的有组织的斗争的道路。

在民族危机日趋严重的时代,蒲风还写了许多诗篇,谴责日帝的侵略,激发人民的民族情绪,表现了诗人强烈的爱国主义热情。

蒲风的诗很朴素,采用许多口语,非常注意诗歌的大众化。他的"摇篮歌"中,有的是歌词,有的是适于朗诵的诗。他一直注视着社会的重大事变,在一定程度上唱出了时代的声音。在斗争剧烈,社会变动急骤的时代,他又提倡诗的"斯达哈诺夫运动",表现了诗人迫切的战斗的要求和责任感。他这样说过:"我们的诗句——情感结晶的子弹"。

在蒲风的许多诗作中,我们可以看到他沿着一条现实主义的道路,诗歌为战斗服务,与人民结合的道路前进。但是,诗人还没有能够完成自己的风格。他的许多诗由于生活的限制和艺术上的琢磨不够显得粗糙。诗人有热情,有希望,但对当时下层人民的生活和党领导的革命事业缺乏深刻的认识。他多少还缺乏把各种生活现象加以集中概括,构成完整的艺术形象的力量。

诗歌会另一位诗人杨骚,因为追求光明失败,流浪南洋,充满了激情。他写过《受难者的短曲》,写作数量很多,以后又出版《心曲》、《春的感伤》、《迷离》、《他的天使》等。在长篇叙事诗《乡曲》中,表现了农村的骚动,在地主兵匪捐税灾荒压迫下民不聊生的情况以及农民的反抗,表现了大众"得打碎这乌黑的天地"的力量和决心。

杨骚是一个充满爱国主义感情的诗人。他早期的诗就体现了这一点。他积极参加了"国防诗歌"运动。在《福建三唱》中,他叙述了丰饶富庶、山明水秀的故乡福建受到敌人的蹂躏。诗中指出唯一的出路是"点燃武夷山上的森林","鼓起厦门湾的怒潮",把帝国主义烧毁和淹没。

温流是中国诗歌会广州分会的主要负责人。也是华南新诗歌运动的拓荒者。他的第一本诗集《我们的堡》出版在1936年；另一个诗集《最后的吼声》出版在1937年。从1933年起,这位年青诗人的创作就那么鲜明地贯彻了诗歌会的宗旨。诗中的主人公大多是手工业工人和被剥削、压迫的劳动群众,而且范围是那样的广泛,他描写他们的苦难,申诉他们的痛苦,坚信他们未来的光明前途:"小的锤,方的砖,咱们的世界在前面,不要怜悯不怕死,打呵,打呵,干呵干!"(《打砖歌》)

他的诗通俗而明朗。他写了许多顺口、流畅的歌谣。他的声音是嘹亮而乐观的。在那个黑暗的年代里,他就如此美好地、充满激情地描绘着未来的世界:"一千双手,一万双手,会把它造成新的村乡,让笑声围着这村子,让村子里播着四季的花香;新的农场,新的工厂,会筑在那辽阔的草场上,迎着血一样的阳光。"(《塔》)

1935年后在"国防诗歌"运动中,诗人写了许多反对帝国主义的战斗的诗篇,充满了反抗的呐喊。这时期,温流的诗歌是突击的、战斗的武器。他用这个武器射击反动派、汉奸走狗,他发出了对革命的坚决的誓言:"咱们等着个翻了天地的爆炸,咱们瞅着你的灭亡"!

王亚平有《都市之冬》、《海燕之歌》等诗集,大部分取材于下层(特别是农村)人民的生活。作者在河北农村中看到破产、凋敝的景象,"生活的铁鞭,残酷的槌击着背脊,恶魔的黑手在四周伸张着……"(《海燕之歌》题后)。他描写了逃难灾民、煤夫、伐木者、印刷工、盐工……的悲惨命运。

诗歌会的诗人和作品还很多,像江岳浪的《路工之歌》、孤帆的《孤帆的诗》,曼晴的《打夜工》,袁勃的《真理的船》以及溅波、方殷等人的作品。石灵的歌唱体诗《新谱小放牛》、《码头工人歌》曾得到好评,并由聂耳谱了曲,在抗战前期流传过。

三

1931年,新月派的反动本质已昭然若揭,他们的诗歌已经失去了市场。同年,新月派的机关刊物《诗刊》出了一期"徐志摩追悼号",唱出了他们自己的挽歌。他们正如新月派的陈梦家在《梦歌》中所说:"坦然将末一口气倾吐,静悄悄睡进荒野的泥土"了。

这时,与革命诗歌战线相对立的是现代派。大革命失败后,许多知识分子找不到出路,苦闷彷徨,其中一些人滋长了颓废、享乐、虚无的情绪。他们移植了欧洲现代派的诗风,写作晦涩、颓废、奇特的诗,甚至有低下恶劣的色情诗。1932年后,上海正是白色恐怖十分严重的时期,在诗坛上,便有一些经不住考验的人转向现代派。由于资产阶级和小资产阶级上层知识青年脱离了革命,对革命怀着恐惧,而国民党反动派又没有给他们什么好处,严重的压迫,生活的烦闷、精神上的压抑,使他们在都市生活,暧昧朦胧的调情中找寻刺激、找寻安慰、找寻寄托。这是现代派诗歌曾经流行的原因。

"现代派"的诗虽没有"新月派"那样追求格律,但在形式上是公开的形式主义者,在内容上,和新月派也是一丘之貉——无非是庸俗恶劣的官能刺激的调情,对歇斯底里的病态感情的歌颂。

现代派的代表人是戴望舒,他的诗集《我的记忆》、《望舒草》,后来合成一本《望舒诗稿》,是前期的作品。1934—1945年间,他又写了一些作品,收在《灾难的岁月》中,是后期的作品。

在他前期的作品里,充满着没落士大夫阶级知识分子的感伤和怀旧惜古的感情。他从旧诗词中吸取了一些寄托悲哀的词藻:如《可知》中的"为了如今惟有愁和苦,朝朝的难遣难排;恐惧以后无欢日,愈觉得旧时难再"等。他歌唱着他的"影子飘在地上,像山间古树底寂寞的幽灵",歌唱着"枯枝"、"死叶"、"残月",要"无情的风儿","吹断""飘摇的微命"。

稍后,他抛弃了这些陈词滥调,写了一些受有某些法国诗人影响的作品。这些作品,包括他的有名的《雨巷》和《我的记忆》,在艺术上还有些可取之处,《雨巷》的音节,《我的记忆》的语言都有特色,但情调却还是很低沉的,只能给青年增添怅惘。这两首诗:其一,写诗人徘徊在"悠长又寂寥的雨巷",听"雨的哀曲",感受到生活的"冷漠、凄清";其另一,写诗人在"破旧的粉盒"、"颓垣的木莓"和"喝了一半的酒瓶上"寻找记忆,他的好朋友,实际上是在苍白的享乐情绪中找寻刺激。

愈到后来,戴望舒的诗作愈是晦涩。1934年以后,他的诗已成为晦涩朦胧的欧洲现代派诗歌的翻版,如他的《灯》和《眼》等。他把诗歌表现为一种颓废、虚无的情绪,"由真实经过想象而出来的,不单是真实,也不单是想象"(《诗论另札》)的东西。《望舒诗稿》后一部分和《灾难的岁月》的前一部分所选的诗染上了严重的颓废、没落的色彩。到了写出像"孤心逐浮云之炫烨的卷舒,惯看青空的眼喜侵阈的青芜"(《古意答客问》)时,就更充满着避世的消极思想和对世界、人生的虚无态度。他在另一首诗中,竟说出什么"你绞干了脑汁,涨破了头,弄了一辈子,还是个未知的宇宙"这等话来了。

尽管在当时,现代派的诗歌仿佛拥有不少的读者,也有一些青年追随它,受它影响,但是,只要我们了解现代派出现的原因和当时的现实,我们就可以看到。这种现象只是暂时的和表面的。中国的脱离革命而又不满现实的知识青年,在"一二·九"以前,普遍感受到生活苦闷、精神厌倦。他们之中正是有一部分人在苦闷、回忆、寂寞和厌倦中,接受了这些诗歌。在矛盾尖锐、动荡不安的年代里,人们实际上不可能完全逃避乌烟瘴气的社会。而待到抗日高潮掀起,那种激动人心的澎湃的局面,很快就把他们卷入斗争的潮流。他们也就抛弃了"比天风更轻"的"黑茫茫的雾"。现代派的诗歌立刻受到青年的唾弃,在时代的暴风雨和革命诗歌的潮流面前干涸了,消失了。而现代派的诗人却一变政治"超然"的状态,开始分化。他们有投靠反动派,成为文化特务、御用文人和汉奸;也有更多的投向抗日怒潮,逐渐走向革命。革命反革命的营垒是那样分明,斗争是那么尖锐和激烈。从胡适开始的反动、消极的资产阶级诗歌逆流已经失去公开存在的可能了。而过去标榜"纯艺术"的诗人,不是走向反革命,就是靠拢革命同情革命,或者参加到革命的行列中。

1940年以后,戴望舒渐渐地在"血染的土地、焦裂的土地"上,在"坚苦的人民、英勇的人民"面前醒悟过来。他写作了一些有现实意义的,富于爱国主义感情的诗篇。他表示"只有起来打击敌人,自由和幸福才会降临"。在《我用残损的手掌》中,他对满是灰尘、血泪的土地上完整的一角(解放区)充满了深情和向往,那里"温暖、明朗,坚固而蓬勃生春","只有那里是太阳",并且对它"寄与爱和一切希望"。由于他已具有这样的感情,后来,全国解放后,戴望舒是参加了革命工作的,可惜在1950年就逝世了。

这个时期出版的《汉园集》,包括何其芳的《燕泥集》。李广田的《行云集》和卞之琳《数行集》。这三个作者在内容和风格上有相似的地方。他们所写的诗都反映了在丑恶现实下生活的空虚、忧郁和消极的人生态度。他们的作品都刻意求工,特别善于借助想象,比拟和暗示来传达情感。在何其芳的《预言》中,描绘了一个想置身于黑暗社会与纷纭、尖锐的斗争之外的小资产阶级青年的典型。何其芳的诗华丽婉约,充满感情,但脱离现实。他的许多爱情诗是纤细缠绵。充满温情的,而其中笼罩着忧郁,慨叹着"丧失的年华","饮着不幸爱情的苦泪"。当然,何其芳后来的创作有了很大的改变，就不在这里谈了。我们将在后面再谈。

卞之琳也写过一些美丽的抒情诗，但他的诗比较晦涩难懂，例如《距离的组织》："想独立高楼读一遍'罗马衰亡史'，忽有，罗马灭亡星出现在报上。报纸落，地图开，因想起远人嘱咐，寄来的风景也暮色苍茫了。"读懂这样的诗，要没有注解，对于许多读者来说是困难的，令人似懂非懂，相当地表现了作者生活的空虚，但卞之琳后来也写出了比较不那么难懂的诗，内容也比较坚实的《慰劳信集》等作品，这些也要在后面再谈了。

比起何其芳和卞之琳来，李广田的诗比较朴素，晦涩朦胧的诗也较少，多少带着某些生活气息。像在"地之子"中："但我的脚却永踏着土地，我永嗅着人间的土的气息。"这样的诗句就曾经使一些人喜欢过。李广田的诗以后也有很大的进步。

四

在这一时期，影响较大的诗人是臧克家。他的第一本诗集《烙印》出版于 1933 年。接着，《罪恶的黑手》、《自己的写照》、《运河》等陆续出版。在这些诗集中，诗人揭露了现实社会的黑暗，传达了他对革命的向往和追求。生活的磨练，对待生活的严肃态度，造就了他在诗歌内容上严峻的现实生活的主题和风格上谨严的作风，他自己说过："战斗的生活，痛苦的磨难，叫我用一双最严肃的眼睛去看人生（《我的诗生活》）"。在《论新诗》一文中，诗人表示了诗歌创作的现实主义的态度："闭上眼睛，囿于自己眼前苟安的小范围，大言不惭的唱恋歌……诗做得上了天……那简直是罪恶！"他还说："纵然不能用锐敏的眼睛指示着未来，也应当把眼前的惨象反映在你诗里"。他的诗作，正是这种态度的体现。

在臧克家的诗里，集中描写了下层人民的悲惨遭遇和命运，对于黑暗角落里的零零星星——洋车夫、贩鱼郎、当炉女，他寄以深切的同情，他们不幸的命运引起了诗人的悲愤的情绪。农村的主题在臧克家的诗里占着主要的地位。诗人对农村生活有着深切的体会，而1932年左右的农村，正是骚动不安、充满动荡和孕育着风暴的。在描写农村和农民的诗篇中，我们可以体会到诗人的深切的同情和满腔的忧愤。诗人笔下的农民，是勤苦耐劳、受尽苦难、含辛忍辱的形象。但诗人爱的同情的是悲剧性的农民。在那个苦难的年代里，他注视的，关心的正是受苦难的下层人民。但是他也没有从他们身上看到力量。他把农民的悲苦大声向我们传达，却缺乏对他们的希望和信心，在他们周围，只是"照不破四周的黑影"。无论是穿着"满染征尘的破烂的服装"的难民，夜雨中等待顾客的洋车夫，听着"饥困的吼叫，冷落的叹息"的涛声的渔夫，还是"家里挨着饿的希望"的贩鱼郎……我们看到一幅旧中国劳苦人民命运的缩影，使人同情，使人痛苦，使人忧愤，也使人抑郁！

《炭鬼》、《歇午工》、《罪恶的黑手》等描写了工人的形象。诗人对他们寄托了希望，相信着他们的力量。

他坚信"万年的古井说不定也会涌起波涛"，工人们会"用有力的手撕毁万年的积卷，来一个伟大彻底的反叛"。那时候："捣碎这黑暗的囚牢，头顶落下一个光天。"（《炭鬼》）

长诗《罪恶的黑手》的前半部，深刻地刻画了帝国主义借宗教来麻醉中国人民的阴谋，同时也描写了工人的力量。但是，诗人的信念还是比较朦胧的。虽然他相信工人有明天，但今日却是"黑夜的沉睡如同快活的死，早晨醒来个奴隶的身子"。

在这个人民受苦受难的漆黑年头里，他坚信"黑夜的长翼底下，伏着一个光亮的晨曦"。他带着浪漫主义的激情，期望、等待、预告着未来，一个"白鸽翻着清风，到处响着浑圆的和平"的世界；也预告着统治者的死亡：

不过，到了那时你得去死，

>   宇宙已经不是你的,
>   那时火花在平原上灼,
>   你当惊叹:"奇怪的天火!"
>   ——《天火》

在这些诗中,洋溢了诗人热烈的感情,"从今天又度到更美丽的明朝"的希望,表现了他对新的时代,新的力量和革命的向往。

诗人所处的年代,是动乱的年代。诗人的心"正在愤怒而悲伤",为了日寇侵略,使"中原一身是血",也因为国民党不抵抗,"被割去了这一条胳膊"。诗人也歌颂了"枕着一卷兵书,一支剑"的抗敌的壮士,对他们有了多少景仰与深情:

>   前面分明是万马奔腾,
>   他举起剑来嘶喊了一声,
>   从此不见壮士归来,
>   门前江潮夜夜澎湃。

1936年,自传体长诗《自己的写照》出版了。它反映了大革命前后的一些情况。他以雄浑、热情的调子,追求光明,写出了与时代一起跳动着的诗的心灵,好像是"站在船头听黑夜的海啸"。在这首诗的激动人心的历史的追忆中,可以感受到时代的风暴和对帝国主义、反动派的憎恨。在最后,带着激动的声音,诗人告诉我们,这年头,"悲壮的感情,传染了人群",这已经是"不做任谁的奴隶"的时候了,"民族的火把",已经"彻天的通红"。

在民族意识高涨,矛盾尖锐的时代,这样的声音引起了青年的共鸣,产生了不小的影响。有些诗表现了青春的奔放;诗人还歌唱了正视现实的坚忍的人格。他告诫他们:"这可不是混着好玩,这是生活!"要他们"相信自己的力量",要把"当前是错扣了的连环"的宇宙,"照着真理的墨线重新另安"。

但是,比起那个抗日呼声高涨,阶级矛盾深重,革命斗争激烈的年代来,诗人的声音还是缺乏澎湃、鼓舞人心的激情的。他的声音较为低沉和寂寞。诗人更多地看到时代和人民的苦难。这是一颗正直的、向往革命的心,在黑暗的时代,流露着忧郁和痛苦。在诗里,他沉重的反复给我们说着社会的黑暗,虽然期望、追求着光明的未来,但却没有看到正在艰苦斗争中壮大起来的人民革命的队伍,没有从他们通过艰难的道路取得的胜利中吸取勇气,吸取乐观的感情。诗人的忧郁和寂寞是苦难的现实所造成的,也是没有从革命的深入和扩大中感受到力量的结果。在当时的环境中,受到种种压迫,使得诗人不能更好接触人民的生活,也是形成这些缺陷的原因。

臧克家写诗的态度是极为严肃和认真的。他的诗受了闻一多很大的影响,他注意从古典诗词中吸取营养,学习它们的精练,节奏的铿锵,要在很少的字中包含丰富内容和含蓄、引人联想的力量。他做到字字推敲,尽力把每个字放到最适当的地方去。因此,他的诗朴素而深沉,精练而并不浮浅。但是,由于追求比喻、字句的新奇的偏重形式美的倾向,也给他的诗带来一些束缚。诗人的思想在一些诗里不能很好表达,常常因为这种"追求"而受到限制。而且诗人过于忧愤的感情,加上有时过分的雕琢,使得他的一些诗失之于苦涩。

1935年,只有十八九岁的诗人田间,像晨光开始闪耀,带着他的《未明集》走进诗坛。以后,他又陆续出版了《中国牧歌》、《中国农村的故事》。人们开始注意到这一个年青的诗人。他这些诗中,描写了各种各样受尽苦痛的工人、农民、孩子和母亲的形象。他对他们寄以深切的同情,呼唤他们起来斗争,而诅咒那压在他们头上的黑暗,他的诗一开始就有自己的风格,简短的诗行,急骤的旋律,充满着年青人对生活的朝气。在《我是海的一个》中写道：

> 我，
> 是结实，
> 是健康，
> 是战斗的小伙伴。

这些结实、健康，充满生活气息的诗诚然还没有十分成熟，但是，我们已可以看到，田间一出现就有着自己独特的声音，字里行间充满了抗日前夕那种激动愤怒的情绪。

田间的主要创作活动和发生较大影响的诗作，都在抗日战争爆发后。我们将把他放在下节去作全面叙述。

另一位诗人肖三这个时期在苏联写了许多诗。他的成就在于把中国苦难的现实和轰轰烈烈的革命运动传达给国际的朋友们。他把诗歌作为国际革命运动的战斗武器，在国外有很大的影响。许多关心中国革命命运的朋友，在肖三的诗中看到某些反映。自然，由于诗人长期居住在国外，与中国社会现实和革命实际不可能有深入接触，诗的现实性和深刻性都受到限制。但他的大部分诗都是通俗、流畅的民谣本。肖三翻译的《国际歌》的歌词，是对革命的一个贡献。

艾青在 1932 年，从法国回来，开始受到注意。他的第一个诗集《大堰河》出版在 1936 年。其中《大堰河——我的保姆》是令人注目的诗篇。艾青从一个"地主的儿子"变成为倾向民主主义革命的诗人，他在这首诗里，写出了"给予这不公道的世界的咒语"，倾注了对受难者的同情。在艾青早期的诗中，可以感受到他对苦难的祖国、对土地的感情和对反动统治的诅咒、愤怒。但他的诗中，也常常显露出忧郁和哀伤的情绪，这，一方面是一种不满现实的表现；另一方面，也反映了作者的个人主义的软弱和空虚的心情。他用笔名莪茄在《现代》、《新诗》等刊物上发表过许多诗,大都是没落颓废的现代派的作品。在《芦笛》、《马赛》、《巴黎》中,可以看到法国现代派诗歌深厚的影响。这些诗中有着令人窒息的比喻,朦胧的象征。这以后,他在抗日战争初期,曾有过创作上的高涨。艾青,作为资产阶级的革命家和诗人,在资产阶级民主革命阶段中,确乎表现出他的政治上的积极性,也同时显露了他的艺术上的才能,但到了社会主义革命和社会主义建设的新的时代,就日益暴露出他思想上的反动性。这一些,我们将在下面论及。

抗战的前夜,是郁闷、激情的暴风雨的前夕。诗坛也在积蓄着力量。全民抗战的日子,将要带来又一个诗歌的高潮。

在激动的忧愤、焦灼的等待中,在暴风雨前夕坚定的声音中,我们已经能够看到火光的闪耀。

> 我们的胸中落下了无边的天空,
> 我们将看见明早的太阳在大海上发红。
> 　　　　　　　　　　——臧克家

民族抗战的号角*
——《新诗发展概况》之四

>亲爱的
>人民，
>我们要战斗，
>更顽强，
>更坚韧。
>
>　　　　　——田间

一

卢沟桥上隆隆的炮声，宣布全民抗战的开始。卢沟桥事变第二天，中共中央就发表宣言，要求全国同胞"立刻给进攻的日军以坚决的抵抗"，号召人民用全力援助神圣的抗日自卫战争，并且提出了庄严的口号："武装保卫平津华北！为保卫国土流尽最后一滴血！"

这时候，从"九一八"以来积压已久的民族的忧愤和激动，一下子像火山一样爆发了。

一九三八年三月，中华全国文艺界抗敌协会在武汉成立了。一切爱国的作家都团结在抗日的旗帜下，形成了文艺界自"五

---

* 此文初刊1959年12月25日《诗刊》1959年12月号，署名：刘登翰、孙玉石、孙绍振、洪子诚、殷晋培、谢冕作。此文由孙玉石撰写。据此编入。

四"以来最广泛的统一战线。文协号召作家们"团结起来,像前线将士用他们的枪一样,用我们的笔来发动群众,捍卫祖国,粉碎寇敌,争取胜利"。

爱国的诗人们,为人民群众前所未有的高昂的战斗的情绪所鼓舞,纷纷到了前线,到了敌后,到了大后方的乡村城镇,用自己响亮高亢的歌声,投入了伟大的战斗的洪流。诗,真正地成了民族抗战的号角。诗歌工作者的队伍空前地扩大了。一些很久不写诗的诗人如郭沫若、冯乃超等又重新放声歌唱。一些从来不曾写过诗的作家如老舍等也写诗了,特别值得注意的是,青年诗人和诗歌作者更大批地涌现出来。抗日救亡歌曲,深入到穷乡僻壤。各地的诗歌刊物风起云涌;朗诵诗运动、街头诗运动广泛地展开。从五四新诗产生以来,还不曾有过这样一个汹涌澎湃的高潮。

诗人有了直接接触火热的现实斗争和人民群众生活的条件,主观上又努力使自己的诗歌为抗战服务。抗战初期的诗歌,更发扬了五四新诗光荣的革命传统,紧密配合抗战,表现了强烈的战斗性。当时的诗歌几乎都以宣传和鼓动抗战为主题。许多年青的诗人参加战斗生活,给战士们朗诵;把鼓动诗印在油印小报或诗传单上,送到战士们的手中,使诗歌发挥了很大的战斗作用。抗战时期的诗歌的主流,继续发扬了无产阶级诗歌运动的光荣战斗传统,而且把诗歌沿着大众化的方向向前推进了一步。

有了丰富复杂的现实生活的基础,大量诗歌创作就能够更深更广地反映了沸腾的现实。战时的生活丰富了诗歌的形象,诗歌的形式和表现手法也随着内容的丰富而得到发展。一些优秀的诗人的作品为革命诗歌的发展,增添了新的光辉。

抗战时期诗歌在全国各个地区的发展是不平衡的。1938年10月武汉失守后,蒋介石转为消极抗日,积极反共,诗人们的活动受到限制和迫害。一些诗人辗转到了解放区去,另一些诗人到了重庆、桂林、昆明等国统区的城市里,一小部分诗人跑到香港和南洋。诗歌高潮在国统区是低落下来了。但是,在延安,在抗日民主根据地和八路军、新四军的广大的游击区里,战斗的诗歌的洪流仍然蓬蓬勃勃地发展着。

二

抗战初期,全国各地诗歌运动汹涌澎湃。各种报刊杂志都刊登了许多抗战题材的诗歌。诗歌的刊物,纷纷出现,仅武汉一地在失守以前就曾出过《时调》、《新时代》、《五月丛刊》等几种诗歌刊物。

抗战初期的诗,一变过去一些诗人的自我抒情,而发出战斗的、高亢的、乐观的呼声。为表达奔放的思想感情,形式更多的趋向于自由体。读者范围已较以前扩大了许多,为了让诗歌更直接、更有效的教育群众、鼓舞群众,朗诵诗运动也逐渐的展开了。

抗战为朗诵诗运动的开展提供了更加广阔的土壤。载在《时调》创刊号上的冯乃超的《宣言》一诗,当时被看做是这一运动的宣言。

> 让诗歌的触手伸到街头,伸到穷乡,
> 让他吸收埋藏土里未经发掘的营养,
> 让他哑了的声音润泽,断了的声音重张,
> 让我们用活的语言作民族解放的歌唱!

和这一运动在武汉推行的同时,在延安也已经推行开来了。后来,在重庆、桂林等地也相继展开。柯仲平、光未然、蒲风、徐迟等人都是当时致力于这一运动的诗人。

抗战初期的诗歌,以短篇的抒情诗和政治鼓动诗为主。这些诗,如一声声"战叫",充分传达出了抗战初期的民族情绪与时

代精神,也更便于朗诵。这一时期在国统区的诗人有郭沫若、冯乃超、臧克家、蒲风、袁水拍、力扬、邹荻帆、戈茅、林林、徐迟、韩北屏、陈残云、陈迩冬、方敬、方殷等人,他们各以自己的声音加入了抗战初期的民族大合唱。

  抗战爆发后即从日本回国的革命诗人郭沫若一面从事抗战工作,一面用"高过敌人高射炮"的"战声",鼓动民族抗战。在诗里,他热烈地呼唤人民"要在飞机炸弹下,争取民族独立的光荣。"(《前奏曲》)听了炮声,诗人激动的欢呼:"这是喜炮,是庆祝我们民族的再生"(《民族再生的喜炮》)。他以坚定乐观的诗句告诉祖国人民:"我们终要战胜敌人,我们要以血肉新筑一座万里长城!"(《血肉的长城》)。

  这时期,郭沫若仍旧保持了无产阶级诗人特有的战斗精神,写出了许多充满革命激情的诗篇。在《人类进化的驿程》一诗中,他指责"制裁汉奸的民主机构扫荡无存","工农生活的最低保障化为了泡影",一面是资本家大发国难财,"窖藏资本",一面却是"成千上万的失业者无人过问"。由于深切地关心着祖国的命运,诗人在《战声》诗中愤怒地斥责了国民党的消极、妥协的态度:"一弛一张关系民族的命运,我们到底是要做奴隶还是主人?站起来呵,莫再存万分之一的侥幸,委曲求全的苟活决不是真正的生。"郭沫若抗战初期这些诗歌都收在《战声集》里。诗人能以清醒敏锐的阶级嗅觉,看到国民党的种种黑暗,而加以鞭挞和谴责,以保卫民族抗战的胜利,这是十分宝贵的。后来出版的《蜩螗集》正是这种革命精神的继续。

  臧克家在抗战开始后不久,带领一个战地文化工作团,在前方生活五年之久。他歌唱在民族革命的战场上,写下了大量的诗篇。诗集《从军行》、《泥淖集》、《呜咽的云烟》和报告长诗《淮上吟》是抗战初期的作品。在这些作品里,诗人歌颂了士兵的英勇、人民的觉醒和抗战的事迹。许多诗篇在对敌人野蛮暴行的揭露中,燃烧着亿万人民复仇的怒火。这些诗里洋溢着爱国主义的情感,带着鲜明的浪漫主义情调。《走向火线》和《淮上吟》两首报告长诗,记录了诗人在前线和敌后奔走的所见所闻。诗人描写了祖国的战斗,日夜监视敌人的战士。他还描写了在地主的长年剥削下农民的痛苦生活。"手脚不停的劳动终年",到头是"用树叶打发这个春天",以及"高利贷者张着血的大口,看禾时节地主那副脸……"。在尖锐的阶级矛盾里,诗人看到农民将在抗战中既解放了民族也解放了自己。皖南事变以后诗人写了《黎明的岛》、《第一朵悲惨的花》、《向祖国》和《古树的花朵》等诗集和长诗。这些诗在思想的深度和艺术的磨炼上,都比抗战初期的诗有一定的进步。对社会政治和抗战两条路线的认识,使诗人表现了鲜明的政治态度,"光明的,歌颂它,黑暗的,讽刺它"。(《我的诗生活》)《向祖国》写出了桐柏山一带农民群众的自发的抗日斗争,刻画了在曲折的战斗过程中成长起来的普通农民的形象。这些诗是诗人不断创造、探索朴素平易的艺术风格的表现,严谨而明朗。

抗战初期,走上战地的诗人还有蒲风,他一面进行创作,一面热心地推行诗歌朗诵运动。诗集有《在我们的旗帜下》、《可怜虫》、《取火者颂》。这些诗确实因为它的战斗的热情和平易通俗的语言,对鼓动和教育士兵起过相当作用。但很不幸的是一九四二年蒲风病死在战地。

诗人力扬的长诗《射虎者及其家族》是这个时期比较突出的收获。长诗通过一个射虎者的后代对自己的身世和祖祖辈辈痛苦生活的自述,深刻地揭露了时代的黑暗和地主的残酷剥削。曾祖父由于射虎在年轻时就被虎吞噬了,以后三个儿子,被困于土地,或者做木匠,受尽了天灾兵祸以及地主的种种剥削,父亲又是一个无力复仇而又不能忘记仇恨的秀才,而诗人,射虎者的后代,则以父亲遗弃的笔当作复仇的武器,要"去继承他们唯一的财产"——那永远的仇恨。这是民族命运的缩影,也是诗人战斗精神的体现。诗里激动人心的叙述,对农民苦难生活深入细致的描绘,和滚动在诗行中的巨大的阶级仇恨与反抗复仇的烈火,显示了这首诗深刻的现实主义力量。抗战时力扬还有一本抒情诗集《我的竖琴》,也表现了诗人的爱国主义情感。

皖南事变带来了国统区政治的黑暗,于是对于坚持在战斗岗位上的诗人们,暴露和讽刺社会黑暗,抒写对光明的渴望和追求,成了抒情诗的基本主题。郭沫若这时主要以历史剧作为战斗的武器,同时也写了一些有力的讽刺诗,收在《蜩螗集》里。其他一些诗人,也写一些政治讽刺诗,但是讽刺诗成为一种犀利的武器,大量的创作出来,并成为国统区诗歌创作的主流,那是在抗战末期,国民党的统治彻底腐败,民主运动高涨起来了以后。

苏德战争开始了。这场光明与黑暗的斗争,受到了世界进步人类的热烈的关怀瞩目。中国诗人们在对苏联,苏联红军和苏联人民反法西斯斗争的歌颂之中,抒发了对光明与胜利的殷切期望,鼓舞了国统区人民的坚持抗日持久战争。郭沫若、袁水拍等诗人都曾写了这一类的诗。袁水拍在一九四一年写的抒情长诗《寄给顿河上的向日葵》是这一主题杰出的作品,曾传诵一时。

袁水拍是一九三九年新出现的诗人。那时他在香港,后来到了重庆。他的抒情诗定的亲切动人,有《人民》、《向日葵》、《冬天、冬天》等诗集。从这些诗集里可以看出他对祖国人民深沉的爱和对敌人强烈的恨。他一开始就有健康朴实的战斗风格。其中《寄给顿河上的向日葵》这篇充满了政治热情的抒情诗,吹响了战斗的号角。对向日葵的美丽的形象,顿河上的风光和苏联红军打击法西斯、保卫祖国的战斗意志的歌颂,表现了中国人民对光明、对社会主义的热烈渴望。这首诗,在思想上艺术上都堪称诗人抒情诗创作的一座高峰。但诗人主要成就和影响还在后来。当他转向了讽刺诗的创作时,他的才华与战斗的机智便有了更大的发展。

在本时期从事诗歌创作有一定影响的,还有邹荻帆。邹荻帆也是抗战初新出现的诗人。他的叙事长诗《木厂》,是由几个劳动人民悲惨生活的故事所组成的。一幅幅血泪生活的图画,有力地控诉了黑暗的社会。诗集《尘土集》、《青空与林》、《江》和《雪与村庄》是诗人抗战时期的作品。他的《风雪篇》、《草原上》描写抗日队伍的生活,乐观而深沉。

这个时期在大后方,以重庆和桂林的诗歌活动最为活跃。重庆的诗人,在全国文协会和郭沫若领导的文化工作委员会内,经常有诗歌活动,举行座谈会和朗诵会。桂林的文协分会也常常开展诗歌活动。这两个城市出版了许多诗集,这些诗集拥有广大的读者。桂林出版的《诗创作》是一个大型的月刊,出了将近两年,曾有一期发表了约二十部长诗的专号,风行一时。此外,在韶关、柳州、贵阳、成都、西安等地,也有许多诗歌活动和刊物。闻一多领导了昆明的诗歌活动。戴望舒在香港也编了诗歌刊物。

后来堕落为右派分子的艾青,在民主革命时期还是个有成就诗人。抗战初期,艾青的创作比较旺盛。他陆续写了诗集《北方》、《旷野》、《他死在第二次》、《黎明的通知》、《献给农村的诗》、《溃灭》和长诗《向太阳》、《火把》等。《他死在第二次》描写了一个农民战士对祖国的忠诚,《吹号者》写了在冲锋中倒下了"还依然紧紧地握着那号角"的战士无畏的牺牲精神。长诗《向太阳》,以浪漫主义的情调,表现觉醒了的青年人对光明的强烈的渴望追求和对胜利的信念。叙事长诗《火把》描写唐尼这样一个典型的小资产阶级女学生,怎样在时代的浪潮冲击下走出个人主义的圈子,举起生活的火把开始向革命集体靠拢的过程。由于这些作品,艾青有过相当大影响。但艾青在思想上始终没有突破资产阶级民主主义和个人主义者的局限。他在前一时期对资产阶级革命的狂热崇拜在抗战时期并没有克服,仍然在《向太阳》中高唱着"太阳使我想起了法兰西、美利坚的革命,想起自由、平等、博爱",甚至到延安后仍然在《向世界宣布吧》一首诗里念念不忘"自由、平等、博爱"这些资产阶级餐桌上的残羹剩饭。另一方面,他对理想的歌颂则始终是抽象的,朦胧的。他常常在"太阳"、"黎明"、"春天"等比喻的形象里,寄托了他的资产阶级民主主义理想和对个性解放的狂热追求,正是这些理想和追求,点燃了艾青这个时期的创作激情,使他在民族危难的关头写下一些好诗,同时也写了《鞍辔店》、《我的父亲》一类晦涩甚至同情自己剥削阶级父亲的作品。前一时期创作上的两重人格,本时期更有了恶性的发展。现代派世纪末的悲哀,个人主义者阴暗心理的忧郁,诗人主观精神的吹嘘与夸张,和以救世主姿态对人民的怜悯,在艾青抗战时期作品里不时的流露出来。就是一些像《吹号者》、《他死在第二次》、《向太阳》、《火把》等优秀诗篇中,也充满了艾青的这种情调。艾青到了延安以后,由于无产阶级集体主义的生活和人民群众革命蓬勃发展的现实,和他的资产阶级个人主义理想起了矛盾,他便爆发出了《了解作家、尊重作家》那样的歇斯底里的哀鸣和自我扩张的炫耀。由于党的耐心教育,艾青曾到群众中过了一段短期生活,创作上有过一点转变。但是艾青并没改变立场,他的热情衰退了,情绪阴暗,创作上也比抗战初期在数量和质量上都差得无法相比。从这时起,已经孕育了艾青到社会主义革命时期政治堕落和创作枯竭的危机。

　　诗歌发展到现在,从理论到创作的公开的逆流,经过左联无产阶级诗歌运动的斗争,特别是经过抗战炮火的洗礼,已经基本上清除了。能够作为一股潮流出现的资产阶级诗歌流派已经没有了。至于一些汉奸文人、特务文人、法西斯文人以及其他一切无聊文人的诗歌,更因其露骨的反动或下流,为人民所不齿。一些甘心为资产阶级服务的文人，便化装起来，钻进革命文学统一战线内部进行破坏，如后来被我们揭发出来的胡风反革命集团就是。

反革命分子胡风，很早就打着左翼作家的招牌，以文艺为护身和工具，进行其破坏分离革命文艺队伍的活动。抗战时期，诗成了他们利用的武器。胡风在抗战爆发后立刻办了《七月》杂志，用来刊登一些当时在八路军、新四军或游击区根据地中诗人的作品，骗取"左"的招牌，借以扩充势力，同时在这个"左"的招牌下，再大量刊登胡风的一些亲信的"诗人"的诗作，大肆鼓吹他们反动的诗歌理论。

抗日战争前半期，胡风的理论主要是集中在曲曲折折地反对文艺为抗战服务。他反对民族形式，普及和大众化的方针。当时以胡风和阿垅(S. M.)为代表的"七月派"，在诗歌理论和创作上极力鼓吹诗人的"主观精神"的高扬，宣传人民群众"精神奴役的创伤"，要求诗人"突入现实的森林"，疯狂地叫嚣所谓诗歌应该是诗人"主观精神的燃烧"，其实质不过是把诗人们从拯救民族危难的战斗现实中拉开，要他们用主观去"拥抱现实"，在可怜的小天地里完成其反人民的丑恶灵魂的"燃烧"。这是胡风及其喽啰们对于革命的仇视的表现，也是他们的阴谋反革命活动的一部分。

胡风所编的一套"七月诗丛"，除了以个别诗人作幌子外，主要是收他的集团里面的人物的作品。胡风自己在抗战初期也写了一本《为祖国而歌》。他的诗和他的理论是一致的。他把抗战的现实描写成一幅血淋淋的可怕的图画，把人民群众说成是积满了"一切死渣和淤垢"的"古老的灵魂"，叫喊人民"迎着铁的风暴、火的风暴、血的风暴"，去歌唱"仇火"，歌唱"真爱"。胡风集团里的"诗人"如鲁藜、绿原、冀汸等，也都带着一种阴暗的心理，歪曲地描写伟大的民族抗日战争。他们或者作虚伪苍白的歌唱，或者作个人阴暗心理的表白，却无不是"诗人"主观精神的自我扩张。这些作品构成了抗战时期诗歌反动的逆流，是营垒内部潜藏的敌人，发生了极其恶劣的影响，起了不小的危害作用。

三

与国统区诗歌创作在国民党压榨下艰苦发展的同时，共产党领导的抗日根据地和游击区里的诗歌创作，却一直在自由健康地发展着，并且获得了空前的丰收。

延安成了当时革命诗歌的摇篮。党对诗歌发展，对诗人都给予了爱护和关怀，保证了创作的真正自由。先后来到延安的许多诗人，大多数接受了马克思列宁主义思想，在党的帮助下，进行了自觉的思想改造，逐渐改变着旧的思想感情和艺术观点。他们有条件深入群众，参与人民群众火热的斗争生活。这使诗歌创作的大丰收有了基础。

毛主席当时已提出："空洞抽象的调头必须少唱，教条主义必须休息，而代之以新鲜活泼的、为中国老百姓所喜闻乐见的中国作风和中国气派。"（《毛泽东论文艺》第 6 页）这个指示在文艺工作者中间得到了贯彻，它推动了诗歌大众化的运动和民族形式的创造，取得了显著的成就。

在民族斗争和阶级斗争的深入发展中，诗人们为人民群众的伟大力量和革命的光明前途所鼓舞，作品里充满了战斗的热情和乐观主义精神。歌唱边区人民的生活，歌唱党和领袖，歌唱抗战中产生的人民英雄，可歌可泣的战斗事迹，歌唱苏联及其伟大的卫国战争，这些激动人心的时代性的主题，构成了根据地和游击区诗人的大合唱，伟大的时代精神在这里得到了最完整而形象的表现。

抗战开始以后，根据地的诗人们就明确地提出了"抗战的、民族的、大众的"的口号，作为抗战诗歌创作的努力方向。在探索诗歌密切配合抗日斗争的现实，新诗彻底走向人民的道路，和创造民族化大众化诗歌方面，许多革命诗人作了巨大的努力。延安和其他根据地的诗人有柯仲平、肖三、田间、何其芳、厂民（严辰）、贺敬之、郭小川、朱子奇等，其他边区如晋察冀边区还有邵子南、陈辉、史轮、袁勃、魏巍等诗人。街头诗运动的开展，抗战歌曲的大量创作，都光辉地显示了这方面实践的成绩。

革命诗人柯仲平，抗战后到了延安，一直保持高度的政治热情。他曾率领边区文协的民众剧团，深入民间，巡回演出，受到老百姓的热烈欢迎，也受到过领导上的表扬。他们演出了许多戏剧节目，都是用诗写的。抗战时，许多诗人参加戏剧活动，诗和戏剧的结合是一个很大的特点。柯仲平写的剧目，如《边区的民兵》等，在许多人心中留下了深刻的印象。他是很早的一个在思想感情上和人民群众融合一致的诗人。他热心地从事朗诵诗和街头诗运动，这时期的短诗都收在诗集《从延安到北京》中。诗人很早就注意自觉地学习群众的创作和语言，尤其是学习民间歌谣的表现手法。一九三八年诗人写出了叙事长诗《边区自卫军》和《平汉路工人破坏大队》。这两首长诗重要的意义，在于能最早运用民族的形式，表现边区工人农民集体的斗争生活这样巨大的题材。《平汉路工人破坏大队》是表现中国工人阶级集体斗争的第一部史诗性的作品。但长诗只写了一章。真正能代表诗人的创作特色和民族形式创造的成绩，堪称诗人创作发展的里程碑的乃是《边区自卫军》。诗里写两个自卫军英雄捉特务的故事，教育人民提高警惕，保卫边区，成功地塑造了李排长和韩娃两个边区里普通的自卫军机智英勇的生动形象，比较纯熟地运用了人民喜欢的歌谣、小调、口语，又融合了古典诗词的语言，对大众化的民族形式创造作了大胆的尝试。所以这是一部优秀的现实主义作品。在抗战最初一两年里，诗人能把这个接近人民大众的明朗健康的现实主义作品带上诗坛，对正在探索民族形式和大众化诗歌创造的抗战诗歌发展,确实有着重要的功绩。

抗战开始时还在苏联的肖三,于一九三九年离开苏联,热情地唱着别离之歌,经过巍峨的天山,回到祖国,回到延安。他参加了"文抗"(全国文艺界抗战协会延安分会的简称)的一些活动,写了不少诗,如招贴诗《血债》等和一些歌词,这些作品都收在《和平之路》中。早在那时,他就学习民歌和古典诗歌,由于他的一篇"论诗歌的民族形式"而掀起的一场文艺民族形式的大辩论,许多作家、诗人和理论工作者都参加了。后来传到重庆和桂林,也展开了讨论。肖三在延安做了不少诗歌的组织工作。他们成立"新诗歌会",主办读诗会,出版《新诗歌》。

解放区的街头诗运动是一九三八年八月首先在延安首创的,很快就在边区形成了一个广泛的运动。在当时的《街头诗运动宣言》中写道:"有名氏和无名氏的诗人们啊,不要让乡村的每一堵墙,路旁的每一块岩石白白地空着。也不要让群众会上的空气呆板、沉寂。写吧,抗战的、民族的、大众的。我们要在争取抗战胜利的大时代中,从全国各地,展开伟大的抗战诗歌运动。而街头诗运动,我们认为,就是使诗歌服务抗战,创造大众诗歌的一条大道上。"

参加街头诗运动的诗人很多,田间则是这个运动的发起人之一。它逐渐成了一个广泛的群众性的运动。在从延安到敌后晋察冀的路上,田间、邵子南、史轮和其他一些同志。常常提着标语筒,用白粉笔、黑木炭,一路上写着。许多优秀的街头诗被群众写在乡村的墙壁上,广泛的传播,街头诗发挥了很大的战斗作用。

田间是一开始就沿着无产阶级革命诗歌的道路进行创作的。抗战前的诗歌创作所表现的饱满的革命热情,健康乐观的调子和独特的艺术风格,这时有了更新的发展。他写了诗集《呈在大风沙里奔走的岗位们》、《给战斗者》和长篇叙事诗《她的歌》等。

  抗战爆发前后,田间的抒情诗以激昂的情绪和颤动的急促的旋律传达了人民的爱国主义热情、复仇的怒火和对胜利乐观坚定的信心。其中一九三七年写的二百多行的抒情长诗《给战斗者》是抗战初期战斗抒情诗的代表作。长诗用最激动的调子描写"被日本帝国主义者枪杀惊醒了"的民族,在"开始了伟大战斗的七月"里起来了,在血的土地上"守望中部的边疆"。诗人用了一大段诗情洋溢的抒情语言给我们叙述了祖国土地上充满诗意的生活和人民辛勤的劳动。这一切都唤起了人民内心中郁结的民族感情,激起无比的爱国主义热情:"从村落的家里,从我们的灵魂里,飘散着祖国的热情,祖国的芬芳。"但是敌人恶笑着来了,祖国的土地和人民遭到屈辱和枪杀,我们必须投入战争,必须从自己的血管拔出敌人的刀刃,诗人号召人民:"挺起我们被火烤的、被暴风雨淋的,被鞭子抽打的胸脯,斗争吧!"

  在蓬蓬勃勃的斗争中,诗人看到了觉醒了的人民浓厚的力量,骄傲地宣布:"我们挑起,中国的命运和种族的痛苦",在寒冷的年代里,他给人民描写了"生长在战斗里"的"中国的春天"。他又号召祖国的耕牧者,"以顽强而广大的意志去播种人类的新生";在炮子的喧哗和铅弹的嘈杂里,他热切地祝福和呼唤诞生在战斗中的中国的婴儿,"生长哟,为自由,为祖国。"

> 九月的窗外,
> 亚细亚的
> 田野上,
> 自由呵……
> 从血的那边
> 从兄弟尸骸的那边,
> 向我们来了,

像暴风雨，
像海燕。
——《自由向我们来了》

这些带有鲜明的浪漫主义色彩的诗篇，在艰苦的战斗年代里，鼓舞了人民的战斗情绪和胜利信心。

在《她的歌》中，诗人写了一个被敌人杀了儿子的农村妇女起来向敌人复仇的不屈的形象。长诗中滚荡着民族复仇的怒火，体现了当时火辣辣的民族情绪。

田间的街头诗是短小的政治诗，也是战斗的抒情诗。这些诗都是在战斗中为宣传和鼓动的需要而写的，简单、通俗，有巨大的教育作用和煽动力量，又充满了朴素、优美的诗意，短短几行，有惊人的形象，道出了深刻的思想，如《义勇军》：

在长白山一带的地方，
中国的高粱
正在血里成长。
大风砂里
一个义勇军，
骑马走过他的家乡，
他回来：
敌人的头
挂在铁枪上！

一句一句质朴、干脆、真诚的话，是多么有斤两的话！简短的坚实的句子就是一声声的"鼓点"，单纯，但是响亮而沉重，打入你耳中，打在你心上。田间因为这些诗被当时远在云南民主战士闻一多称为"时代的鼓手"。他的《假如我们不去打仗》、《坚壁》、《多一些》、《给饲养员》等优秀的街头诗，不仅有力的鼓舞教育过人民，也是精致的艺术作品，闪着不灭的光辉。

田间是一位在艺术上有创造性的诗人。在这一时期的创作中,他的诗,最充分地表现了激昂的民族情绪和时代的战斗精神。田间在艺术上更成熟了,他较早开始摆脱了知识分子气,描写了许多在斗争中锻炼成长起来的农民和革命战士的形象。

抗战时期在延安从事诗歌创作的还有何其芳和卞之琳。卞之琳写了《慰劳信集》后又回到国统区,何其芳写了《夜歌》,歌唱了他自己走过来的一段典型的知识分子思想改造的道路。

何其芳到延安以后,抛弃了写《预言》时的那种艺术见解,用诗表现了自己的思想改造过程,写出了自己的感情的矛盾。诗集《夜歌》包括了作者一九三八到一九四二年的作品。五首《夜歌》表现了诗人的新我,在自我改造中,逐渐地战胜了旧我,在诗里我们看到一个年青人对革命和新生执著的追求,也看到他在还没有和工农群众相结合时所带有的苦闷、感伤和偏于幻想的心理。但是因为作者把自己放在大时代潮流的前头,放在矛盾和斗争的尖端来描写,便和个人主义的抒情不同,它表现了一般知识分子新生的热烈的渴望。这些诗在当时有些影响,引起某一些青年的共鸣,帮助了他们走向光明和进步。

《夜歌》中更多的诗,唱出了诗人对旧世界的憎恨和诅咒,对新世界和对光明的热烈的歌颂。另一部分给青年写的信里,更充满了感情,歌颂解放区青年的幸福生活和美好理想。这些诗笼罩着比较浓厚的知识分子的情调和色彩,有些诗语言也有过分欧化和松散的毛病。但是从《预言》到《夜歌》,诗人跨上了一段转变的路程。《夜歌》的艺术成就是很显著的,它比较纯熟是运用现代口语,形式上也不拘格律,在自由体诗里流畅地表达了诗人的思想感情,这些艺术上的特点,使何其芳的诗在当时和以后诗歌发展中起了一些影响。

在晋察冀边区的革命烈士陈辉,是一个很有才华的青年诗人。他在一九三八年开始创作。前两年的作品明显地受了田间的影响,形式和内容都不够成熟。经过几年的实际斗争生活的艺术磨炼,在大扫荡最艰苦的两三年里,陈辉所写下的《平原小唱》、《平原手记》、《战士诗抄》等组诗和长诗《红高粱》,很清楚地标志诗人已经走上了独立的创作道路。这些作品充满感情地歌唱晋察冀人民的抗日斗争和边区人民愉快幸福的生活。这些诗有强烈的战斗性,充满着火辣辣的革命热情和浓厚的生活气息,有着朝气蓬勃的,惊人的朴素明朗而优美的艺术风格。但是,诗人刚开始踏上自己创作道路,就为革命壮烈牺牲了,那时他只有二十四岁,他用自己的生命,为祖国写下了壮丽的诗篇。

当时在晋察冀的诗歌工作者还有邵子南、史轮、袁勃、魏巍、邢野、曼晴、方冰、徐明、陈陇、流笳、劳森、任宵、钱丹辉等许多人。这些人都在部队里或群众中做革命工作,一手拿枪,一手拿笔,有的同志甚至在斗争中献出了自己年青的生命。他们的诗都是应战斗和生活的需要写成的,大都印成传单,印在油印诗刊、小报上或写在乡村的墙壁上。晋察冀有油印的《诗建设》、《诗战线》出版。魏巍和钱丹辉等同志曾组织一个《铁流社》,出版油印诗刊。他们的诗大都散失,只一部分作品收在最近由魏巍编选的《晋察冀诗抄》中。

《晋察冀诗抄》收集了二十几位作者的短诗。这些诗篇生动而全面地反映了那斗争的年代里晋察冀人民生活战斗的面貌。浓厚的生活气息和鲜明的战斗风采是这些诗篇的共同特色。劳动人民的英雄形象和大觉醒以后的伟大力量在这些诗里得到了深刻的表现。纯朴饱满的战斗风格,明朗、朴素的表现形式和自然平易的语言等共同的特色,使这些诗在抗战大众化诗歌创造中做出了一定的成绩。这些披满了民族抗战的炮火和烟尘的诗篇,是晋察冀人民英勇斗争的一曲伟大赞歌。

此外,晋东南及其他地区,也有许多诗歌活动。太行诗歌社是在一九四〇年六月成立的,出版了《太行诗歌》,组织了盛大的朗诵会，有高鲁、冈夫、高咏、叶枫等参加。后来又出版诗刊《诗风》。高咏是一个优秀诗人，先在大后方从事新闻工作，后来深入敌后，完成长诗"漳河牧歌传"，在战斗中与敌人肉搏，壮烈牺牲。

最后，我们附带谈一下抗战歌曲的创作。抗战歌曲，被称做"带翅膀的诗"，在当时大量创作出来，是诗歌为服务于抗日斗争而新辟的一条大道。九一八以后，抗日救亡歌曲就大量出现了，田汉、安娥等人是积极的歌词作者。抗战爆发后，由于边区的发展、作曲家的劳动，抗战歌曲几乎唱遍了祖国的大地。

歌词的创作推动了诗歌大众化的发展和民族形式的创造。其中一九四〇年春产生的《黄河大合唱》代表了这方面的最高成就。作曲家冼星海的天才创造给光未然的优秀的《黄河》组诗带来了无比灿烂的光彩，大合唱成了音乐史上划时代的杰作。

在短短的几年里，抗战诗歌穿过民族自卫战争的炮火，走完了自己一段光荣的路程。两个战场上许多诗人的创作显示了中国革命诗歌的丰收。

然而，由于作家没有真正彻底解决思想改造的问题，对文艺为工农兵服务的具体道路也缺乏自觉的认识，大部分诗人的作品还和老百姓所喜闻乐见的、中国作风与中国气派的作品的要求有着一定的距离。

一九四二年，延安文艺座谈会举行了，毛主席在这个会上的讲话揭开了中国新文学史上的光辉的一页。这个，我们将写在新的一章中。

但是，在这个暴风雨的年代里，新诗是光荣地完成了时代的使命的。它吹响了民族抗战的号角，它以最响亮的声音，号召人民，鼓舞人民，教育人民，让人民在战斗中确信：

以后的日子,
中国人就笑着,就快活着
自由地
走在
街上……
　　——田间

唱向新中国[*]
——《新诗发展概况》之五

> 千里的雷声万里的闪
> 陕北红了个半边天
> ————李季

一

1942年,毛主席在延安文艺座谈会上作了讲话(1943年,"在延安文艺座谈会上的讲话"在《解放日报》发表)。在"讲话"的指引下,新诗进入了一个崭新的历史时期。

二十多年来,新诗一直是无产阶级领导的文艺战线上一股积极活跃的力量。诗的战斗传统和诗人与人民群众相结合的方向,随着社会斗争的发展,逐步得到明确。从新诗出现开始,就有不少诗人在探索这条道路。五四时期,刘半农作过民谣体的尝试;大革命前夕,革命文学的提倡者开始喊出了"到民间去"、"到兵间去"的口号;在左联最活跃的那几年,对鲁迅、瞿秋白所倡导的大众化问题的讨论与实践,已经把这条道路的探索提到无产阶级文学的日程上来了;在抗日的高潮中,朗诵诗、街头诗的运动,民族形式的讨论、旧形式的利用等都表明新诗走向人民的新的趋势。这些努力都有不同的收获,但没有得到根本的解

---

[*] 未刊稿,据油印打字稿编入。署名:刘登翰、孙玉石、孙绍振、洪子诚、殷晋培、谢冕作。此文由孙绍振撰写。

决。新诗没有能为人民群众所接受,主要原因在于诗人的立场、世界观和思想感情有问题。而这些讨论恰恰忽略了这一点,只局限于对形式的探讨。

抗日高潮中,许多诗人来到解放区,进入了一个崭新的天地,诗人的内心感情世界和劳动群众的感情世界的距离,就明显地暴露出来了。他们歌颂新生活的诗,比起群众革命斗争强有力的脉搏,显得脆弱纤细,体现不出劳动人民的光辉形象(如何其芳《夜歌》中的一些诗)。

1942年前后,革命正处在最艰难的岁月。全世界面临法西斯的奴役,希特勒侵占了苏联的大块土地,延安被国民党反动派重重封锁,敌后根据地与日军进行着残酷的搏斗,全国人民在共产党的领导下,也与蒋介石的消极抗日、投降卖国展开了激烈的斗争。政治上的斗争必然反映到文艺上来。王实味、肖军、罗烽、丁玲、艾青等掀起了一股向党进攻的修正主义歪风。这股歪风也波及到解放区诗坛。在报刊上,出现了一些抒发小资产阶级知识分子与革命集体格格不久的阴暗变态心理的诗。他们从资产阶级的庸俗趣味出发,歪曲了现实和人民的形象。在这一类诗中,朦胧、晦涩、形象阴暗,语言欧化,偷运着象征派和现代派的货色。①

1942年,解放区展开了整风运动。"讲话"就是整风运动的一个文件。但是它却远远超过了运动的范围,总结了五四以来新文学运动的经验,解决了历史遗留下来的问题,给文学上的逆

---

① 关于这种思想上的不良倾向我们可以晋察冀《诗建设》上的《亚当与夏娃》为例。这首诗把农村妇女为了掩护革命干部被敌人强迫与区长接吻不伦不类地比喻为"亚当与夏娃"第一次"神圣的接吻"。《解放日报》文艺副刊上也发表了陈学昭等一些与革命集体格格不入的变态心理的诗。而语言的欧化倾向我们只要看下面的例子就够了:"肺病色的早晨"(《诗建设》),"悒闷的残片凋零了"(罗烽的诗题),"没有耸起耳叶的狗的饶舌"(侯唯动)……(以上材料转引自汪超中:《解放区文艺概述》)。

流以毁灭性的还击。"讲话"阐明文学"为什么人"和"如何为"两个最基本的问题,在工农兵方向的前提之下,辩证地解决了普及与提高的关系,第一次把作家世界观的改造强调到头等重要的地位,号召作家投入到火热的斗争中去,向人民自己的文艺学习。

"讲话"的发表不仅澄清了新诗一时的混乱现象,而且拨云见日地照亮了新诗通向人民的广阔大道。这是一个伟大的开始,这是一次比五四运动更深刻的文学革命,从这个时候起,新诗才真正地开始了与广大工农群众的结合,带来了解放区诗坛的繁荣。一方面是在蓬勃的群众创作运动的基础上培养了人民自己的歌手,另一方面是在人民群众斗争生活的土壤中成长着改造着人民的诗人队伍。几年以后,我们从李季、田间、柯仲平、阮章竞、张志民、贺敬之等人的创作中,就看到了解放区诗歌园地的百花盛开的局面。

二

在毛主席"讲话"的指引下,诗人们深入斗争改造思想,这样就给解放区诗歌带来根本的变化。这个变化主要表现在:诗歌新的主题、新的人物、新的语言、新的形式的出现。

24年来,新诗中传统的抒情主人公是知识分子自己,描写知识分子的觉醒,歌唱他们对光明理想的渴望追求;在斗争低潮,当先进的思想还没有变成广大的群众行动时,咏叹他们彷徨、孤独、苦闷的心情;诗人们把个人的痛苦、追求和人民的命运、祖国的解放联系起来,诅咒现实,歌唱斗争。这些诗起过启蒙和战斗的作用。但是生活发展到了 40 年代,特别是在解放区,中国人民在共产党的领导下已经进行了二十多年的艰苦战斗。他们是历史的真正主人,并且正在进行着决定中国命运的伟大行动。这时,诗人们如果还把自己的歌唱局限在小资产阶级知识分子狭隘的范围里,就必然要脱离人民和斗争,违背了历史的真实。"讲话"发表以后,掀起了群众的创作热潮,人民自己开始表现自己了。诗人走向火热的斗争,转移了立脚点,为解决这问题提供了基础。于是在解放区的诗坛上,正象周扬同志在"新的人民的文艺"中所说的:"民族的、阶级的斗争与劳动生产成了作品中压倒一切的主题,工农兵群众在作品中如在社会中一样取得了真正主人公的地位。"劳动人民的声音笑貌、思想感情代替了知识分子个人的自我抒情和自我表现。诗歌抒情主人公的转变,是新诗发展上一次最大的飞跃。社会主义现实主义要求我们具体的、历史的、真实的在革命的发展中来反映现实。解放区诗歌通过斗争和生产的壮丽生活来刻画历史真正主人——劳动人民的形象,抒人民之情,正是社会主义现实主义重大发展的标志。诗人们把自己的理想和激情,更多地融入到对生活的理解和人民形象的刻画上。诗的语言和形式也发生了重大的变革:24年来,自由体首次退居次要地位,许多诗人学习民歌,吸取民族传统的形象和表现手法,在民歌的基础上进行多样的探索与尝试。这是一个富于创造的时期,诗人们共同致力于创造为中国老百姓喜闻乐见的民族气派、民族风格的诗歌形式,但又各有其创造的特色。同样采用陕北"信天游"的形式,张志民就没有采取李季所采取的一句起兴一句抒情(或叙事)的方式。阮章竞则在俚歌故事的要求下,采用另一种七言体,使自己的作品更接近于民间说唱的形式。老诗人柯仲平更注意吸取古典诗歌的形象、格律来丰富自己的表现手法。而新诗人贺敬之和戈壁舟都唱着既与民族传统有着紧密的联系又是属于个人所有的调子,加入诗歌的大合唱。由于抒情主人公是工农兵大众,这也要求诗歌摒弃知识分子的陈腔滥调,以人民群众的口语为基础,进行加工和提炼。因此解放区的诗歌语言有着丰富的表现力和浓郁的生活色彩。

1942年以后,田间长期地参加群众斗争,在思想深处经历了"从旁观者的地位,真正站到主人翁的地位"的变化。他感到自己"走进了一个新的创作世界,这世界宽阔无比,可以和群众的内心谈话"①。这时他认识到自己的诗很多不能上群众之口,诗中那种无法抑制的热情往往也是缺乏锻炼的表现。他认为政治热情是诗的灵魂,"但激情的表现须要有完善的轨道"②。为了使自己的诗更好地和人民结合,田间改变了自己的风格和形式,急骤的旋律在变化着,抒情格调深沉了。他尝试着在民歌的基础上开出一条新路来,他开始把强烈的深厚的感情溶解到具体生活斗争的描绘中去,写了很多小叙事诗。这些诗里描绘了解放区的生产和战斗中各式各样的人物。创造大量的新的英雄人物形象是田间这一时期的创作特色。他的几个杰出的组诗:《小叙事诗》、《英雄谣》、《参议会随笔》、《名将录》,接触到解放区生活的几个方面,反映了党领导下的工农兵大众在民族解放战争与劳动生产中的无比智慧与英雄气概。田间这个时期,在表现现实的深度和广度上大大地进步了。人民的英雄形象是在斗争中塑造的,而不是象"她也要杀人",主要从情绪上去歌颂。思想上的进步决定了艺术趋于成熟,表现在前期创作中的一些浮泛的感情少了,形式和语言上的一些生拗、芜杂的缺点逐渐消失。这一时期田间在艺术上的进步突出表现在高度的艺术概括能力上。田间善于选取最富有表现力的场面,最有特征的形象,用白描手法、浑然的意境在短短的一二十行左右的诗中,塑造出一个鲜明的英雄形象。如《名将录》中诗人的艺术才华照亮了将军戎马生涯的一个片断,却完整地揭示了将军的人格和气质。象《山中》中贺龙将军的形象,《阅兵》中聂荣臻将军的形象,而在

---

① 田间:纪念"在延安文艺座谈会上的讲话"发表十周年。
② 田间:《写在〈给战斗者〉的末页》。

《月下》中,肖克将军的形象:

> 年青的将军
> 既不喝酒
> 也不抽烟
> 闲时爱看些书
>
> 他独坐窗前
> 看完一段书
> 走到院中
> 忽见月边有雾
>
> 这时,天已夜半
> 他又听见远处
> 仿佛有马啼唤
> 笑非笑,哭非哭
>
> 将军随即下令
> 全军枕枪待发
> 自己仍在窗前
> 又看了一段书
>
> 敌人虽到沟前
> 但不敢进沟
> 徘徊一夜
> 随月落去

全诗的意境和肖克将军的形象达到了完善的统一。应该说这是田间淡泊而蕴藉的风格形成的标志,代表着田间艺术上的高度水平。

田间是重视艺术创造的。当他在写《中国牧歌》和《中国农村的故事》时,就以自己的节奏和只属于自己的一套汲取形象的手段,在新诗的领域上开垦出一块新绿的园地,而在思想感情经历了深刻的变化以后,一系列的创作都表明他又在辛勤地开拓着一个新的艺术境界。他在《写在〈给战斗者〉的末页》中说:"为了歌唱新人新事就要求新的'语调'。""这种新的语调要和中国古典诗歌群众创作同一血脉。"但他认为诗人不应该重复古典诗歌和民歌的意境、情调和语言,应该学习它们,创造自己的风格。这一时期的创作中,他与古典诗歌、民歌一直保持着联系,但又一直没丧失田间自己的特色。

1946年,田间发表了长篇叙事诗《赶车传》。长诗通过贫农石不烂一家的遭遇和斗争,概括了我国农民在解放前所走过的历史道路。

从个人反抗的软弱,到团结起来斗争,石不烂赶的一挂车,赶过山,赶过坡,只有赶上毛主席的路,才是一条金路。长诗不拘于事实的交代,运用了大胆的情节飞跃的手法。但是在《赶车传》中,故事情节比较粗糙,情节的飞跃处理得不够恰当,还有些不必要的铺张堆砌,过分拘泥于五言形式,也使语言变得拗口。1958年以后,田间把这部长诗发展到更大的规模。

老诗人柯仲平这一时期的创作大部分收在《从延安到北京》里。在解放战争中,他一直随军前进,经常配合战斗的需要,把诗写到岩壁上,或者在出征的前夕,从一个兵团到一个兵团地去朗诵诗,作为征前的动员。因此,这个时期他的诗,饱凝着战斗者的情绪:豪放、乐观、凝炼而又朴素,富于鼓动性,艺术格调上更侧重于在民歌和口语的基础上,继承古典诗歌的韵味、节奏和传统的形象来表现我们这一代豪杰的英雄气概:

黄河水,入龙门

猛冲猛打浪猛飞

我猛冲猛打猛将敌包围

猛进猛追猛将敌粉碎

这是南下大军的征歌。

同样记录着解放战争胜利号音的诗人还有严辰。《晨星集》的写作正是全国人民大翻身的前夕,因而诗中充满乐观豪迈的格调。

贺敬之和戈壁舟都是在党的直接培养下在群众斗争中锻炼成长起来的青年诗人,他早期的诗作收在开国后出版的《乡村的夜》中,这是一本风格朴素的农村血泪史。而后一本诗集《朝阳花开》,则表现了另一个充满欢笑的新农村,调子开朗、明快,洋溢着一种诙谐轻松的民歌风味,形式也更趋于格律化。长诗《笑》塑造了一个翻身老农民的形象,诗人不仅善于通过生活细节刻划农村的悲惨生活,也善于利用自然氛围来衬托出新农村的欢乐情绪。为了表达这种情绪,《笑》保持了民歌的格调又突破字数的限制,更加自由豪放。

由于党的教育,艾青在 1942 年以后,也试图用劳动人民喜闻乐见的形式来写边区的人民。他写了一首长诗,但并不成功,终于停止了这方面的努力,然后用他熟悉的调子写了一些自由诗,从一个民主主义者的立场出发歌颂解放区的新生活,在诗集《反法西斯》和《欢呼集》中,那种艾青所特有的忧郁、低沉的情调是消失了,但是写得并不成功,在表现民主主义革命胜利的形势方面,艾青已经不是得心应手的了,往往写得抽象空洞,在伟大的群众斗争面前露出无可奈何的窘态,创作的危机在这个时候已暴露出来。

三

1945 年以后,在解放区的诗坛上,掀起了一个叙事诗的高潮。这是因为：在客观上，正处于一个阶级斗争尖锐复杂的时代，解放区正发生着中国历史上没有过的翻天覆地的土地革命，民族的矛盾、阶级的矛盾交织在一起，激烈的斗争激发着人们美好的心灵和英雄的行动，多少惊心动魄的故事在人民中间产生、流传。我们的人民是有叙事诗的传统的，在解放区的民歌和说唱中，人民群众已经不断地通过集体的创作来表现自己身边的英雄人物。丰富生动的材料等待着加工和创造。在新诗的发展史上，也曾有过不少革命知识分子写过群众斗争的长诗，但是他们不是带着知识分子的观点和主观狂热情绪来描写人民群众（田间的《她也要杀人》和艾青的《他死在第二次》就是明显的例子），就是只能吹着革命的号角，反映动荡时代某些生活片断，表示对革命的倾向。毛主席的"讲话"发表以后，诗人们深入群众生活的内心，以群众的眼睛观察事变；伟大的现实，历史的题材，无比丰富的生活决定了诗人们采取史诗式的构思。抒情诗的容量毕竟太小了！他们需要把轰轰烈烈的群众运动表现出来。于是一个波澜壮阔的叙事诗高潮到来了。它甚至使抒情诗也有了叙事的倾向。继李季的《王贵与李香香》之后，张志民写了《王九诉苦》、《死不着》，阮章竞写了《圈套》。

在这些长幅的土地革命的历史画卷中，人民翻身的主题是共同的，斗争中成长起来的新人物形象是共同的，诗歌形式的民歌格调、民族气派也是共同的。诗人火热的革命激情渗透在对新人物的描绘中，人民群众站到历史画幅的中心地位上来。

1945年，《王贵与李香香》出版，不管在解放区还是在国统区，长诗影响之大，是前所未有的。陆定一、周扬、郭沫若、茅盾都写了推荐文章。郭沫若称它是人民翻身和文艺翻身的"响亮的信号"。茅盾说："这是一个卓越的创造，说它是民族形式的史诗，似乎也不算过分。"周而复在香港版的《王贵与李香香》的后记中写道："《王贵与李香香》的出现，无疑的，是中国诗坛上一个划时代的大事件……它给我们提供了新诗写作的严肃课题。说得广泛一点,它给我们提供了人民文艺创作实践的方向。"

长诗的影响之所以这么大,是因为它第一次在毛主席"讲话"的指引下,以完美的中国作风中国气派的艺术形式,描绘了我们时代的主人——劳动人民的内心世界和英勇斗争,真实而深刻地揭示了40年代阶级斗争的巨大画面。

李季在"讲话"发表时还是一个陕北边区的县区干部。基层的工作实践锻炼了他的思想感情,使他走进了人民群众的生活和内心的深处,掌握了现实斗争的丰富史实和生活经验。在"讲话"的启发和实际生活的教育下,他批判了知识分子的自大狂,端正了对民间创作的态度,投身到陕北的歌海里,虚心地学习和记录民歌。在写作长诗以前,李季还曾利用民间的传说、故事,采取人民口语,以章回小说、说书等民间形式写过《卜掌村演义》、《救命墙》和《老阴阳怒打虫朗爷》等通俗文艺作品。在思想和艺术上都有了相当的准备以后,才根据一个在人民中流传得相当广的故事,创作出这部长诗,可见,正是火热的群众斗争、深厚的民间文艺的土壤炼就了一位有才华的诗人,孕育了一部放着异彩的史诗。

《王贵与李香香》,写的是土地革命时期一对青年的革命、恋爱故事。一个地区的红军游击队,领导着人民群众,推翻了地主的统治,捉拿了一个小小的恶霸,却反映了千军万马的扫荡整个封建势力的巨大历史变化,反映了农民走向幸福生活的道路。长诗通过王贵与李香香的几次悲欢离合——红军与地主反动政权几次曲折斗争的传奇性情节,展开了陕北土地革命的历史主题,展开了群众斗争轰轰烈烈壮丽的场面。人物形象是在这些富于传奇色彩的情节中塑造的。在王贵与李香香这两个农民形象身上,表现了这个阶级的伟大觉醒。王贵的形象是和他对地主阶级的仇恨、顽强不屈的斗争,和对革命深厚的感情一起出现在我们面前的。他和香香的患难婚姻,几经波折,也在波折中,亲身体验到了农民寻求幸福生活的道路。在第二部和第三部的曲折斗争中,长诗特别突出细致地刻画了王贵对革命的感情。王贵的特殊个人遭遇,在旧社会里是普遍的、典型的。在这些复杂的斗争中,我们才生动地看到40年代农民身上最典型的特征:富于英雄主义的革命精神。而在香香的身上,作者特别动人地描写了她和王贵的爱情,富贵不能淫,威武不能屈。作者深入细腻地展现了李香香的内心世界,从而使我们看到劳动妇女勤劳、美丽的品德、深沉的感情和日益觉醒起来的斗争精神。无论是王贵对革命的感情,还是香香对王贵深沉的爱情,都完美地体现了民族性格的特征。劳动人民质朴、优美的灵魂,第一次完美地展示在读者眼前。作者把王贵与李香香的爱情波折摆在阶级斗争的环境中来充分展开,自然令人信服地把农民追求美好生活的愿望和革命结合起来了,这是历史的生活真实。作者不仅写了一个王贵,一个死羊湾,而是写了一个阶级、一个时代。王贵与李香香的斗争总是随时随地与整个农村的斗争联系着的。李季还给我们描绘了一幅幅丰富多彩的斗争图画:

　　　　打开寨子分粮食,
　　　　土地牛羊分个光。

　　　　少先队来赤卫军,
　　　　净是些十八九的年青人。

　　　　女人们走路一阵风,
　　　　长头发剪成短缨缨。

　　这是时代的典型概括。长诗的人物形象、生活图画是在抒情与叙事交织的诗行中展开的。这虽然是一部叙事诗,但处处都渗透着优美的民歌抒情格调。长诗集中的构思、单纯的情节和为数不多的人物,也表现了诗人努力在故事发展中自然地抒情,在抒情中自然地发展故事的匠心。诗人很少中止故事的进行,让主人公进行冗长的独白,更没有忙于发展故事,忽略了人物内心的情绪。

《王贵与李香香》的艺术风格是朴素的。不论是盛大的场景,还是人物命运的重大关头,李季都没有过于渲染,更没有津津于做作的形容。他从容地遵循着民歌朴素基调的传统,用白描的手法完成它的主题。长诗的内容是丰富的,但篇幅不大。"信天游"诗行间的飞跃,促使诗人去选取那些最突出、最鲜明的形象,而把那些可以由读者联想补充的尽量省去。而"信天游"的比兴手法,不仅能把背景和人物的情绪融为一体,丰富了读者的艺术联想和增加了浓郁的抒情气氛,而且省去了许多技术性的用来过渡的诗行。

《王贵与李香香》虽然采取"信天游"的形式,但还是有诗人自己的创造的。"信天游"往往是两句一联,表达一个独立的意思。李季借用民歌联唱的形式,不是两句,而是几句一联,表达一个意境、一幅图画,但都经过匠心的改造、安排,显得浑然一体,而无生硬搬套的痕迹。在语言上,李季得心应手地运用人民口头语汇、谚语、俗语和日常生活用惯了的比喻,语言富于表现力和生活气息。

所有这些方面,都构成了长诗史诗性的意义和民族色彩,在新诗与人民结合的道路上奠立一块光辉的丰碑。

继《王贵与李香香》后,张志民出版了诗集《天晴了》,包括《王九诉苦》、《死不着》、《野女儿》、《报喜》、《接喜报》五首诗。作者带着血泪控诉恶贯满盈的旧世界,满怀喜悦地歌颂人民翻身的新世纪。作者说:"我没有写诗的天才。我只是勤苦地挖掘生活实际,因此我的《王九诉苦》、《死不着》、《野女儿》等诗就是在与农民一起吃糠饼子的生活里写出来的。"这段自述帮助我们理解了他的风格为什么那么质朴,那么富于浓厚的泥土气息,又具有震撼人心的力量。《王九诉苦》几乎就是诉苦会上的一篇记录,但是作者却巧妙地在这一刹那照亮了王九半辈子的苦难经历,塑造了一个饱经重重压迫的坚强农民的形象。《死不着》则在更广阔的背景上直接描写了农民的苦难、斗争和胜利翻身的历程。作者紧紧抓住来喜和死不着两条线索的强烈对比,表现了两个世界的对立斗争,语言是人民的口语,形式也是人民喜爱的"信天游"。作者善于选取典型的生活情节,短促有力而准确地来刻画人物。《死不着》第一节的12行诗,就爱憎鲜明地突出了一个地主老爷孙老财的形象。在这里,作者没有以炫眼的艺术手腕来博取读者的欢心,而是质朴朴地通过现实生活本身,通过人民中那些血泪故事来震撼读者的心灵。

《圈套》写于1947年,作者阮章竞在抗日初期就开始创作。在他最早的诗篇中,就使我们感到作者善于刻画人物、安排情节和熟练地运用民间形式的才能。他把自己的第一首长诗《圈套》称做俚歌故事,不分行排列出版。事实上,这首长诗更近于民间的说唱文学,着重在故事的发展,很少抒情的穿插。作者生动地在重重的矛盾和曲折的情节中,刻画了人物,表现了复杂的农村阶级斗争的主题。人物在这情节的展开中塑造,李万开、英娥娘,还有那个地主老婆母夜叉,都那么栩栩如生、惟妙惟肖。作者十分擅长于刻画各类妇女的内心世界,另外两首短叙事诗《送别》和《盼喜报》,作者通过朴素无华的内心世界的动人倾诉,使我们看到了解放区妇女崇高的精神世界。抒情和叙事得到较好的交融,作者在进行着一种新的探索。阮章竞的诗,民族色彩是特别浓郁的。

四

　　解放区和国统区不但是两个地区,两个政权,而且代表着两个时代,这自然要产生两种不同的诗歌内容。自武汉陷落直到1945年日本法西斯进攻湘桂,国民党反动派的投降活动日益变本加厉。六年左右的期间,国民党消极抗日,积极反共,掀起了多次的反共高潮。抗日战争胜利以后,美帝国主义代替了日本帝国主义的位置,进一步加速了中国的殖民地化。在美帝国主义的支持指使下,国民党反动派发动了对解放区的全面进攻。在国统区内,加强血腥的法西斯统治,对进步文艺的迫害愈来愈厉害,查禁书刊、封闭报馆,进步文艺工作者随时有被关进集中营的危险。但是不管国民党反动派的迫害如何残酷,进步文艺工作者仍然坚持战斗岗位。在抗战后期到全国解放前夕的八九年间,国统区人民对反动统治进行坚决回击,从1944年以后,掀起了一次比一次更壮阔的民主运动。这种新的阶级力量的对比和政治斗争的形势在诗歌领域中的反映是:政治讽刺诗成为诗坛的主流,进步的诗人始终以锐利的笔进行战斗。

　　但是,在政治潮流低下和国民党反动派的恐怖统治面前,一部分知识分子看不到民族的前途,寻不到出路而苦闷彷徨了。抗战初期"下乡"、"入伍"的作家被迫回到城市中来。国统区中腐朽、高压的政治空气,使他们感到窒息。抗战初期那种对民族解放斗争的高涨热情,那种对战斗的无限喜悦的诗歌逐渐消失了。一些诗人感到抒写个人感情的创作陷入了绝境。苍白空洞的内容,只知求助于华丽的语言来装饰。诗坛上颓废、感伤的情绪,象一阵小风轻轻地吹起来。在抗战爆发前就已疲弱了的现代派诗风,又在死灰里冒出白烟。其恶性发展就是穆旦、杜运燮("中国新诗派")之流,非常起劲地零售着他们脑海里一团团颓废、模糊的印象。不过这已是现代派分化的残余。而这些寂寞地在反动王朝末日出版一两期丛书的"南北才子",也没有什么艺术"才能",不过是发一两声哀号的先朝遗少罢了。抗战胜利以后,勉强支撑起来的"中国新诗派",很快就在民主运动的浪潮和解放战争的号角声中销声匿迹了。

正是在国统区诗坛最沉闷、最缺乏创造性,同时也是最需要尖锐战斗和思想指导的时候,毛主席的"讲话",和在"讲话"发表以后实践工农兵方向的第一批成果,象暗夜中的第一道曙光,照亮了国统区诗歌前进的方向。虽然由于客观环境和诗人主观思想的限制,"讲话"没能充分展开广泛的学习和讨论,工农兵的方向难以得到实践,但是进步的文艺工作者从"讲话"中得到教导,在解放区的作品里得到启示,进行了多方面诗与人民结合的努力。1944年以后,诗人袁水拍开始以马凡陀的笔名发表山歌,企图突破诗歌的知识分子范围,深入到城市群众中去。在四川和华南,都开展了方言诗和方言文学的讨论与试验,他们下到乡里,听农民讲故事,记录他们的语言,然后把写成的诗念给他们听,征求他们的意见修改。不过由于条件的限制,方言诗没有产生很大的影响,想单纯从语言形式着手,而不是从思想感情的改造开始,不是一条正确的路。"讲话"给诗人最大的鼓舞和影响,则是讽刺诗的倾向性鲜明了,战斗力加强了,揭露黑暗社会的抨击力量增大了。

1945年以后,当"讲话"已经产生了巨大而深刻的影响并且获得丰收的时候,敌视人民文艺的胡风反革命集团从理论到实践对文艺的工农兵方向发动了一次进攻,提出作家的"主观战斗精神"和"到处有生活"来反对作家必须深入思想改造,反对文艺表现工农兵;而当诗歌日益和人民斗争结合起来,诗人努力向民歌学习的时候,胡风更进一步在"给为人民而歌的歌手们"中公然地煽动诗人不要"从人民剽窃"、"奴颜婢膝地谄媚人民",对努力实践毛主席文艺方向的诗人加以攻击谩骂。胡风集团的"诗歌理论家"阿垅出了三厚册《诗与现实》,妄图引导诗歌走上反动的道路。他认为诗是"绝望而狂妄的产物",妄图使诗坛成为他们的火力点。在另一方面,胡风更注意发展他反动小集团的势力,创办泥土社,出版《蚂蚁小集》,出版宣扬资产阶级"主观战斗精神"的作品来和革命的人民文艺对抗。胡风集团代表的反动王朝末流在面临毁灭之前的叫嚣,在重庆和香港都遭到革命文艺工作者严厉的批判。诗人们以更深入现实的斗争,更勇猛的战斗,回击了这股反动暗流。

随着民主运动的掀起,在诗坛上,暴露黑暗、讽刺现实成了压倒一切的主题。诗人臧克家在《宝贝儿》代序中写道:"这一年来,讽刺诗多起来了,这不是由于诗人忽然高兴,而是碰眼触心的'事实'太多,把诗人刺起来了。……恨,铸成力,力,向着黑暗的墙壁推去,推,推,推,推倒它!"诗人们把火一样的诗句投向人民的敌人——国民党反动派和美帝国主义,他们抓住巨大的政治事件,抓住细小的日常生活,以燃烧的政治热情,照亮了黑暗王国里肮脏、混乱的一切。

臧克家这时期的创作有写于1944年的抒情诗集《泥土的歌》。收在《宝贝儿》(1944—1947)、《生命的零度》(1945—1947)、《冬天》(1947)中的,则大部分都是讽刺诗。

《泥土的歌》是作者从前线被迫退到后方的产物。离开了生活的前线,作者写不出丰富多彩的长篇"报告诗"了,加以政治上的苦闷,只能回到农民诗人原有的主题——破产的农村上去,这就决定了《泥土的歌》思想内容上的双重性。一方面,诗人为农民受压迫的命运唱出了不平之歌,无情地揭露旧中国农村普遍的血淋淋事实,象《三代》这样的诗可以作为代表:"孩子,在土里洗澡;爸爸,在土里流汗;爷爷,在土里埋葬。"在全部诗作中贯穿着诗人对于农民苦难的人道主义同情和对黑暗现实不可排解的愤怒。另一方面,《泥土的歌》写了农民,却又脱离蓬勃的革命运动,诗人政治上的苦闷和对于反动统治的据点——城市的厌倦,都使他在农村生活图景上涂上了太多的田园色彩。因而他对农民的热情也往往表现在歌颂他们"压死了不作声,冤死了不伸诉,累死了——为着别人"的品质上。他没有接触到斗争的现实,只朦胧地唱着"上帝……也给奴隶们,一双反抗的手"。在40年代革命的农村唱着30年代的泥土的歌。后来,革命文艺工作者们曾指出《泥土的歌》的重大缺点。1948年诗人在《关于〈泥土之歌〉的自白》中,也作了自我批评。继《泥土的歌》出版的《宝贝儿》和《生命的零度》,标志着诗人创作的新动向,说明诗人在不断克服思想上的弱点,跟随着现实前进。政治讽刺诗的主题闯入了创作的园田。他在《宝贝儿》的"代序"中说:"在今天,不但要求诗要带政治讽刺性,还进一步要求政治讽刺诗……当眼前没有光明可以歌颂时,把火一样的诗句投向包围了我们的黑暗,叫它燃烧去罢。"这两个诗集和《冬天》,是诗人愤怒的爆炸。诗人把讽刺的矛头指向现实政治的核心。不过臧克家究竟是个艺术风格比较严谨的诗人,他的很多政治讽刺诗,严格说来只是带有政治讽刺性的抒情诗。在他的诗里,表现得最为突出的是揭露的力量,是诗人愤怒情绪的跳荡。诗的战斗性并不借助于幽默,也不擅长于运用笑的暗箭。这样,臧克家的诗,比上一时期,由于强烈的政治讽刺倾向,要更泼辣、犀利,更有坚决的战斗精神和明朗的革命态度。而他的艺术个性并没有多大变化。他不过是在写着农村的破产,写着一些"劳苦而高尚的形象"的同时,也写了城市的混乱、污浊,写着从农村流入城市的苦难的人民。诗人看到"一夜西北风,冻死那么多人,整个中国已经人鬼不分"的时候,不禁大声疾呼了:

> 这年头,那儿去找繁荣?
> 繁荣全个集中在战地;
> 这年头什么都冰冷,

发热的只有枪筒子！

在讽刺诗的园地里独树一帜，发挥了巨大的战斗作用的则要称袁水拍的《马凡陀山歌》。①袁水拍本来是一个抒情诗人，前一个时期出版了几个抒情诗集。但是，黑暗、混浊不堪的现实激怒了诗人，使他不能平静地从容地抒发个人的情怀，他感到战斗需要更犀利的武器，要匕首和炸弹。他感到需要有一种更能和人民接近的诗歌形式，要使诗歌能深入到斗争的最前线。他曾写过文章推荐过陶派诗，自己也采用着山歌的形式，随意自如地进行战斗。幽默尖锐的讽刺倾向也渗入到他的抒情诗中。从1944年到全国解放前夕，他的山歌一直活跃在民主运动的火线上，人们口边唱的是《马凡陀山歌》，游行队伍的旗帜上写的也是《马凡陀山歌》，有的剧社还把"山歌"联编成戏剧，有声有色地演出。"山歌"的影响渗透到城市最广大的市民群众生活中，扩大了国统区诗歌的读者队伍。

诗人燃烧的政治热情和愤怒的情绪直接刺向黑暗的王国。他那么敏锐地抓住重大的政治斗争事件，迅速地战斗。头天报上的新闻第二天便出现在马凡陀的"山歌"里。第二次世界大战才宣告结束，诗人从美国合众社的一条消息里，便预告了希特勒"帝国主义的梦"就要到顶。当那些"抗战的急先锋"、"建国的真英雄"飞机轮船往来于重庆上海，大肆"劫收"时，"山歌"为他们唱出了"大人物狂想曲"。而在国民党大耍起民主自由的把戏时，一篇"毛巾选举"道破了总统大选的秘密。五句"山歌"画出了国民党"还政于民"的一副"猫"相：

　　军阀时代水龙刀，
　　还政于民枪连炮，

---

① 马凡陀为袁水拍这一时期的笔名。——编者注

镇压学生枪连炮,
看见洋人一只猫,
妙呜妙呜,要要要。

抗战胜利以后,国民党和平自由的伪善面目和腐朽、丑恶的社会现实本身就是最丰富的讽刺题材。"山歌"不局限在正面的揭露,更进一步地把创作的根须深入了广大的市民生活的最底层,眼光触及都市生活的各个方面。从现实生活中那些司空见惯、容易被忽略的,而又最容易激动一般城市市民的生活现象中概括出本质的东西,把市民阶层的悲哀、怨恨、不满、愤怒的情绪提高到政治斗争的高度。诗人饱满的政治热情,一触即发,许多看来是琐细的生活事件,被诗人幽默的艺术才华组织到统一的斗争中来。事实上《马凡陀山歌》题材非常广泛,半殖民地的中国社会的一切怪现状都是诗人嘲笑针砭的对象,从当局要求妓女穿制服,到无聊的报纸大肆宣扬的"乌骨瑞猪";从蠢不可及的下层警察,到国民党政权的党国要人;从城市人民生活的苦难贫困,到反动政权的腐败糜烂……形形色色,光怪陆离,袁水拍熟练地运用笑的武器。有时,你为诗人机警痛快、淋漓尽致的嘲笑发出得意的笑声;有时,你为诗人幽默地画出一副敌人的蠢态而捧腹大笑;有时小市民阶层那些小悲戚、小不满和小安慰又让你无可奈何哭笑不得地笑起来;抨击的力量,在于揭露的力量。诗人把笑的矛头最后指向国民党统治的罪恶的黑心。

诗人的题材这样丰富,看不出苦心孤诣的构思,寻不到雕章凿句的痕迹。"四不象"中一连几十个否定句,说得那么随意自如:从"春天不象春天"说到"民主不象民主"、"汉奸不象汉奸"、"疯子不象疯子,人不象人",最后冒出一句:"什么东西,岂有此理!"机智幽默,随意自如,旁敲侧击,喜怒笑骂皆成文章,这就是袁水拍的艺术风格,也是他的战斗风格。在"四不象"里还有这样的句子:

> 宪章不象宪章
> 同盟国不象同盟国
> 战犯不象战犯
> 百姓倒象囚犯

这突然出现的肯定句,是一个意外,然而是真理,这就显出了幽默的艺术力量。从罗列现象到格言式的概括,这是马凡陀常用的手法。在"东西南北古怪风"里列举了"北平开会搞得稀烂"、"南通血案青年倒霉"、"西安新政,报馆关门"……最后出现了这样的诗句:

> 中华官国,
> 多灾多难,
> 大亨世纪,
> 万税!万税!

从这里我们可以看到马凡陀与臧克家在艺术上截然不同的面貌。

马凡陀体的形式,事实上并不全是"山歌",这里有自由体、四言体、五言体、六言体、杂言体,有按照流行曲调填的词,还有韵脚响亮的儿歌。这里的"山歌"意思是"信口唱"、"顺口溜"。这是马凡陀的艺术个性所决定的,在这个随意自如、喜怒笑骂之间包含着严肃的政治课题。"山歌"的形象体系也同样表现作者独特的艺术个性。马凡陀把年糕、克宁奶粉、肥皂、黄泥浆、米蛀虫写到诗里来,把检举不肖房东的碰一鼻子灰的王二小,把查户口的朱警察、大发脾气的赵经理做为他的主角,在词汇的应用上,他把上海话"瞓扁头"、"拆烂污"、"稀勿弄懂"、"掼纱帽"和报上的新闻用语"头奖硬是在此,发财请早"、"挤掉帽子者大有人在",以至于英文的 Once upon a time good eye,公文语言"钧座"、"伏祈"、"窃查"等都安排到一定的场合去,有时还故意错乱这些词汇语句风格文字上的意义（如"公务员呈请涨价"），这样，就富有特征地表现了那个混乱的都市社会，构成了马凡陀所独有的语言艺术。

强烈的愤激情绪和高度的幽默机智的结合，严肃的政治课题和随意自如的喜怒笑骂的结合，独特的形象体系和语言……作为这一切的统一就是《马凡陀山歌》尖锐的讽刺的战斗性。很多作品达到了政治性与艺术性的统一，象"民国卅五周年的回顾和民国卅六年的展望"那样不露声色、揭露了反动统治腐朽本质的作品，在《马凡陀山歌》中实在是屡见不鲜的，比之诗人的自由诗《沸腾的岁月》，无疑地在政治上与艺术上都要成熟许多。

《马凡陀山歌》强烈的战斗性一直保持到大陆解放。"解放山歌"中，诗人愤怒嘲讽的歌声变成对解放军期待的呼唤和胜利的颂扬，充满着轻松喜悦的色彩。

老诗人郭沫若这一时期也创作了一些战斗的诗篇，收在《蜩螗集》里。诗人的创作，主要是为了战斗的需要。诗人要求迅速明快准确地表现自己的思想和情绪，来不及注意形象的锤炼和语言的修饰，风格趋于散文化。他的诗正如他本人一样，鞭挞了黑暗的社会，由于他在诗坛和社会上举足轻重的地位，起了战斗号角的作用。

在广泛的群众斗争——特别是学生运动的背景上，朗诵诗运动更加活跃。诗歌充满了火辣辣的斗争气氛。朱自清认为这些诗有着"野气、火气、教训气"。诗中的抒情主人公是"我们"，是一个年青的集体的形象。他们代表了广大年青人，在控诉反动统治的罪恶，倾泻自己的愤怒。这些诗在斗争的高潮中产生，不仅能迅速地直接地起鼓舞作用，而且往往直接地组织集体的感情和行动。这些诗往往是在斗争最尖锐的现场集体创作出来的，如《狗子小调》就是在特务的包围中写成的。大学生们有自己的刊物《诗号角》、自己的诗人。诗人们也为学生运动写作诗歌,邹荻帆的《跨过》就保留着这类作品。

随着人民解放军胜利的号角响彻了长江南岸,在大进军的步伐声中,新的历史的帷幕灿烂地升起,我们伟大的祖国阔步跨进1949年金色的门槛,从此,迎着我们的是无穷无尽的灿烂的日子。正是:

  草堆上落火星大火烧,
  红旗一展穷人都红了!
  ——李季

百花争艳的春晨*
——《新诗发展概况》之六

> 万年的古牢冲坍了!
> 万年的铁笼砸碎了!
> 自由天飞自由鸟,
> 解放了的漳河永欢笑!
>
> ——阮章竞

一

"一唱雄鸡天下白",1949年金色的十月,中华人民共和国在隆隆的雷声里诞生。古往今来,多少英雄,多少诗人的梦寐以求的日子终于来临。新诗的历史由此也展开金光灿烂的新页。

共和国的成立,彻底地改变了新诗的命运,新诗的读者再也不仅是少数的知识分子,它有了更广泛的群众基础,新诗坛上那种冷冷清清地出几本诗集,每次印上几百本、一两千字的日子已经永远过去。开国初期,通过报纸、刊物、书籍、广播台和朗诵会,大大地扩大了诗歌的影响范围。群众业余创作的蓬勃开展,为新诗更大规模的发展,孕育着无穷的力量。尤其是劳动人民当了国家的主人,他们在文化上的翻身,促使一批劳动人民出身的诗人走上了诗坛。这样,就使新诗与人民的彻底结合成为指日可待的事。更为突出的是各兄弟民族的民歌手、诗人也加入

---
* 未刊稿,据手稿编入。无署名。此文由谢冕撰写。

了我们社会主义的大合唱。

解放区、国统区诗人的队伍浩浩荡荡通过1949年10月的凯旋门,他们不断为新的生活唱出他们激情的礼赞。而从生活的前线,新生力量不断在党的直接培养和抚育下迅速成长。我们共和国诗歌的花园以前所未有的姿态蓬蓬勃勃地繁荣起来。在看到我国新诗繁荣发展的同时,我们可以看到,在诗歌战线上一向是不平静的。文艺战线的斗争,在诗歌领域很快有了反应。每一次斗争都标志着党的文艺路线的进一步深入贯彻,从而直接促使了诗歌的繁荣发展。"批判'武训传'后,党号召作家深入生活,因而在1953年以后就出现了一批新的作品;在批判俞平伯和粉碎胡风反革命集团以后,党又提出'百花齐放,百家争鸣'的方针,因而又出现了文学艺术上一个蓬勃的景象;在反右整风以后,更出现了文学艺术的大跃进!"①开国以来,随着政治思想上社会主义革命的不断深入,诗歌界两条道路的斗争也向纵深发展。党领导着广大的革命诗歌的队伍,一次又一次地击溃了形形色色的资产阶级逆流的进攻,共和国的诗歌正是在斗争中飞速成长的,一个突出的现象就是诗人队伍的分化和不断地发展和壮大。暗藏的敌人,胡风派诗人被清洗。一些具有严重资产阶级世界观的诗人,在新的历史时期里窘态百出,但又顽固地不肯改变,终于堕落为右派。艾青便是一例。旧的陈腐的热情,一天天与新的现实、新的要求显得格格不入。而站在生活斗争前列的诗人,却在不断前进。

1953年起开始了共和国诗歌繁荣的阶段。这主要是经过了前几年的现实斗争、文艺思想整风的诗人们深入生活,诗人的思想有了很大的进步;加之,随着大规模建设事业的开始,祖国今天绚烂的现实和明天宏伟的蓝图展现在诗人面前。表现生活

---

① 邵荃麟:《文学十年历程》。

的主客观条件都具备了,因而不少有血有肉的能够代表我们时代的精神面貌的作品开始涌现出来。这个时期诗歌所反映的生活内容是相当广阔的,它涉及到城市、农村、工厂、矿山、边疆、海滨等各个建设和战斗岗位,传达了中国人民豪壮的声音。这个时期,我们所熟悉的诗人:郭沫若、臧克家、田间、冯至、严辰、徐迟、李季、阮章竞、柯仲平、袁水拍、力扬等,都写了不少作品。除此之外,诗坛上还出现了一大批有才华的新诗人:王老九、郭小川、贺敬之、闻捷、袁鹰、孙友田、温承训、张永枚、梁上泉、李学鳌、严阵、石方禹、纳·赛音朝克图、未央、顾工、傅仇……。他们的出现,如秋夜的繁星,闪烁在新中国诗坛的天宇。

过渡时期的阶级斗争,必然反映到文艺领域中来。1955年文艺界对抗胡风反革命集团的斗争,是保卫马列主义文艺思想和坚持文艺工农兵方向的斗争。

1956年是不平凡的一年。社会主义的红色风暴席卷全国。在这片国土上,到处锣鼓喧天,喜气洋洋。中国人民在乐声与鞭炮声中,基本上完成了生产资料所有制的社会主义革命。

这一年,党公布了"百花齐放,百家争鸣"的方针,这是建设社会主义文学的总方针,它为我国工农兵方向下的社会主义文艺,找到了一条最宽广的道路。它有力地推动艺术的发展和科学的进步,促进我国社会主义文化的极大繁荣。它在政治方向的一致性下,提倡创作题材、体裁、风格和艺术个性的多样化,主张不同流派的同时并存和相互竞赛;主张学术问题的自由争论。这个方针直接促成了诗坛上百花争艳的局面。

化育万物的,是党的和煦的春风。"百花齐放"的方针鼓荡起诗歌创作的高潮:"凡是能开的花全在开放,凡是会唱的鸟全在歌唱。"这时期,诗歌的题材更广泛了,形式更多样了,诗人的队伍也更扩大了。前几年出现的青年诗人,在这大好春光里,继续唱出了青春焕发的歌声;而有些几十年来与诗绝缘的老诗人,在春风的感召下,"诗的情感又在心里汩汩地流,象四百年古墓里掘出的莲子又在阳光下重新开了花,诗人在一片清新的空气里也产生出不少的诗"(臧克家:1956年诗选"序言")。旧诗词的创作也多起来了,蓬蓬勃勃的生活赋予旧形式以无限的生机。1957年毛主席18首诗词的发表,对整个文学事业和诗歌创作的影响都是巨大的(我们在下一章将要重点讨论这个词)。在这一片繁荣气象里,全国性的诗歌刊物《诗刊》,也于1957年创刊。全国各地接着也出现了一些诗的刊物。

但是,垂死的资产阶级逆流并不甘心于它们之失败、死亡的命运,在普照大地的阳光下,还有阴影在蠢动,斗争是不可避免的。1957年,一场政治战线和思想战线上的社会主义革命的决定性的胜利,为党的"百花齐放,百家争鸣"方针的进一步贯彻,提供了有利的条件。这样,我们便迎来了1958年全民歌唱的诗歌高潮。

二

新的现实,新的任务,摆在我们诗人面前。这需要诗人们遵循着党的教导,深入生活,并且在艺术上不断地前进,勇敢地创造。诗人们沿着毛主席新指出的道路不断前进,回答新的现实给诗人们提出的新问题,完成祖国交给诗人们的新的任务,努力完成新诗走向人民的历史重任。在古典诗歌和民歌的基础上,从主题、意境、形象、形式上进行多方面的开拓,努力创造出我们时代的社会主义的民族形式的新诗歌。

事实证明,我们的诗人是在朝着这个方向,做着多种多样的努力的。第一个五年计划开始以后,诗坛上出现一批新的作品。描写中国人民崭新的思想感情,表现中国人民保卫世界和平、反对帝国主义的决心和强大力量,歌颂社会主义建设,歌颂党和领袖以及广大人民的劳动热情,成了诗人共同的主题。完美地歌唱我们的时代,完美地塑造出劳动人民的艺术形象,创造出我们社会主义时代的诗歌的民族形式,成为了我国诗歌创作的最新任务。这样,我们可以看到社会主义的民族新诗歌在飞速地成长着、发展着。文学发展的历史事实表明,一个新主题的开拓,新的形象体系的建立,新形式的探求,都是时代所要求的,需要整个一代诗人的共同努力,需要不同的诗人多方面地作出贡献。我们共和国的诗人所面临的任务是艰巨的,新的生活需要一个熟悉的过程,新的思想感情的表达也需要一个理解的过程。更重要的是新中国的生活广阔、复杂、多样,远远超过了过去。新的主题的开拓,新的形象体系的建立,新的意境的追求,新的形式的探索……这一切就形成了我们诗史的共和国时代的显著特点——空前未有的创造性和多样性。而这一切丰富多彩的探求和创造都是向着一个目标——社会主义民族的新诗歌的建立。对于民族风格、民族形式的探索和追求,成为共和国诗坛突出的问题。

　　阮章竞开国之后出版过长诗《漳河水》、抒情诗集《虹霓集》和童话诗《金色的海螺》等。《漳河水》和《虹霓集》标志着共和国初期诗歌在叙事诗和抒情诗方面所达到的最高水平。《金色的海螺》也是儿童文学方面比较重要的收获。

　　在我国诗歌发展史中,《漳河水》占有重要的地位。它描写了三个农村妇女,在封建思想的压迫下,通过艰苦的斗争,终于走上了解放的道路。《漳河水》是诗人在太行山区生活了十多年的产物。它生动地描写了新旧两个时代的变迁,深刻地表现了封建土地制度被摧毁的过程,农民在思想上引起的巨大变迁,旧的传统、习俗的消亡和新的生活、感情的成长。长诗塑造了三个性格不同的妇女形象:荷荷、苓苓、紫金英。在第一部"往日"中,描写了三姐妹共同的不幸命运,含着泪控诉了妇女的不幸,唤起了人们对封建制度的仇恨。第二部"解放"指出,只有参加生产劳动,在经济上独立,才有妇女的彻底解放。长诗抨击了封建意识的残余,批判和嘲笑了这种思想的代表者:大男人主义的二老怪和媒婆张老嫂。长诗指出,妇女的解放还必须依靠党的领导,通过痛苦的思想斗争才能取得最后的胜利。人物不多,但都是生动的,共产党员荷荷的坚强勇敢、紫金英的善良软弱,都带给读者以深刻的印象。

《漳河水》的形式创造性地学习了民歌。作者注意了多种多样的民歌形式,在长诗小序中提到的就有"开花调"、"刮野鬼"、"梧桐树"、"绣荷包"、"打寒虫"、"大将"、"一铺滩"、"杨树根"等。作者根据故事发展的不同需要,分别采用不同的形式。《漳河水》把幽默、乐观和沉痛、悲愤的调子互相交织,轻松明快和急促低沉的节奏有机地组合着。长诗的节奏比较丰富,多变化,避免了一般学习民歌的叙事诗那样,被五七言所束缚,能做到参差和谐,畅抒所怀。这些表明在民歌的学习上,《漳河水》比《王贵与李香香》有了进一步发展创造。

长诗洋溢着对于漳河两岸的土地和人民的深挚的爱,刻画人物的心理的笔触异常细致,漳河的自然风景也得到逼真的描绘。很多地方可以看到古典诗歌的有力影响:

> 漳河水,九十九道湾,
> 层层树,重重山,
> 层层绿树重云雾,
> 重重高山云断路。

> 清晨天,云霞红艳艳,
> 艳艳红天掉在河里面,
> 漳水染成桃花片,
> 唱一道小曲过漳河沿。

汉语的优点被充分地利用起来,语词重叠的音响效果,鲜艳强烈的色彩对比,加强了作品的抒情气氛。《漳河水》的作者还学习了民歌和古典诗歌中那种情景交融的表现手法,使抒情、写景、叙事达到比较融洽的统一。

　　长诗中,漳河的形象也巧妙地暗示着三个女主人公的命运,它随着主人公的痛苦的反抗,或放声悲鸣,或翻腾起愤怒的波澜,最后则和主人公一起欢歌解放。

　　《漳河水》出版在开国初期,不论从主题、形式还是出现的时间来看,它都可以说是一个时期总结性的作品。从《王贵与李香香》的土地革命历史题材,到《赵巧儿》(李冰)的土改现实斗争,到《漳河水》里开始出现了互助组和新人物的形象,从这里,不但看到解放区诗歌主题的完成,结束了从《王贵与李香香》开始的解放区叙事诗的高潮,而且可以感到暗示着一个新主题的展开。

　　开国以来,阮章竞诗作的主题、形式、风格是多方面的。他的叙事诗在刻画人物心理方面笔触非常细腻,而抒情诗的风格是豪迈的。随着时代的发展,阮章竞变换着他的抒情主题和抒情风格。最值得注意的是收于《虹霓集》中关于土地改革的组诗《山野的新歌》。

　　《山野的新歌》是描写农村土改的组诗,诗人塑造了农民顶天立地的形象,这是一个集体英雄主义的形象。激动人心的、深沉强烈的阶级仇恨蕴藏着一段巨大的力气:

　　　　穷兄弟,血泪沾成块,
　　　　穷兄弟们站成队,
　　　　一齐跺跺千双脚。
　　　　大海滚,大山碎。
　　　　　　——《穷兄弟们站成队》

　　诗人热烈地歌颂这些挣断了锁链的英雄,正发出无穷威力,创造

着一个新的天地:

> 反封建,大分田,
> 搬倒大山放出清泉,
> 刷尽江山洗云彩,
> 从新安块翡翠地,宝蓝天。
> ——《土地解放歌》

诗人用抒情笔调描出了农民新生活的开始和新思想感情的形成。诗中洋溢着浪漫主义的情调,这种情调在值得注意的另一组诗《新塞上行》中有了进一步的发展。《新塞上行》在形式上保存了七言诗的核心:下半截为三字结构,上半截有很大的伸缩自由,这就保存了传统诗歌的歌咏调子,而三字结构也是灵活的,经常为四字结构所代替。这说明阮章竞在古典诗歌、民歌的基础上努力于对新诗的民族化的格律的探索。

阮章竞还把古典诗歌、民歌和自由诗的好的表现方法继承下来,融化在自由诗的创作里。对于古典诗歌,他首先学习那种提炼素材的典型化方法,选择最富有特征的形象,追求深远的意境。在许多成熟的诗篇里古诗许多优良的表现方法,被阮章竞熟练地运用着。诗行与诗行之间想象的飞跃,情景的水乳交融,表现为艺术概括方式和对仗的运用与字句的苦心孤诣的锤炼等等。他向古典诗歌学习是很全面的,他从古风歌行学到豪放开朗的抒情格调,从律诗学到了工笔刻画的方法,在很多片断中又有词的情调和曲的情调。但阮章竞在刻意学习古典诗歌时还有不自然之处,有斧凿的痕迹。

李季长期在玉门油矿工作,主题逐渐从陕北三边的革命斗争,转向描写石油工人的英勇劳动。从1949年到大跃进之前,共出版诗集《致以石油工人的敬礼》、《玉门诗抄》一、二集,《西苑诗草》和长诗《生活之歌》、《菊花石》等。李季深刻地表现了社会主义建设的艰巨性、工人阶级的劳动与爱情,以及年青一代工人在建设中的成长。他对于共和国诗歌的主要贡献在于:在共和国诗歌形成自己特点的初期,能把轰轰烈烈的社会主义建设主题带到新诗领域中来。就连山下的井架,戈壁滩上的石油河,柴达木、克拉玛依的飞沙走石……都成了诗中最普遍的形象。李季的艰苦创造,为确立共和国诗歌的基本形象体系,创造新意境,作出了重要贡献。他歌颂为建设、改造大西北草原的面貌所进行的英勇劳动,让我们看到"春风普度玉门关"的大好景象。

一股无法抑制的创造生活的激情流动在李季的诗中,在他笔下的西北边塞,充满了蓬勃的朝气。

有三种人在李季的诗中非常活跃:从战场转到工业建设岗位上的干部、新型的石油工人和诗人自己。李季早就注意对正面人物的塑造,从"三边人"、石虎子、"报信姑娘"到"将军"、"厂长"、"我们的杨师傅",表明了解放了的中国人民从战斗的前线走上建设岗位的历程,以及人们怎样地把坚韧不拔的战斗精神运用到建设工作中来。抒情主人公比较稳定,矿工是中心形象。他的诗,生动地刻画了矿工精神境界的几个重要方面:对新社会深刻的爱成为他们创造性劳动的动力,对自己所从事的事业的无比自豪,为祖国英勇的劳动成为幸福爱情的基础。上述诸内容,在长诗《生活之歌》中表现得也比较集中。长诗通过一个年青工人的成长过程,展开了祖国石油工业的壮丽画面。但诗中主人公的形象略嫌单薄,很多线索没有得到充分展开。

李季的基本风格是朴素明朗的。诗人不大作夸张之语,他只是一个热情的叙述者,告诉你一些闪光的思想和动人的事迹,诗行中充满着自然的生活的激情。

《玉门诗抄》第二集中有许多自然的而且充满诗人匠心的诗篇,出现了象"题玉门车站路标"这样经得起细细咀嚼的东西。这个时期创作中的另一新要素就是对古典诗歌和民歌的学习有了进一步的收获。他从古典诗歌的古风歌行中,吸取自由奔放的抒情格调、意境和一些优良的表现方法。

长篇叙事诗《菊花石》显示他为越过《王贵与李香香》的水平作了一次努力。《菊花台》基本上采用盘歌的五行七言体,在形式上作了新的尝试。长诗在表现工人斗争的生活和土地革命时期的农民斗争的部分有较新的片断,但刻石工人的劳动并未与土地革命斗争的历史主题在思想上有机地统一起来,还不能算是一种很成功的作品。

开国以后,李季一直努力突破《王贵与李香香》的水平,不但表现在主题的开拓方面,而且也表现在形式和风格方面。从他写了很多四行一节半格律体的事实看出,他正努力把民歌的营养和五四以来新诗的艺术积累统一在他的创作里。这样,李季的艺术上的进展,就非常清楚地表现在《阳关大道》、《有三条清清的小河》、《客店答问》、《我向昆仑》、《正是杏花二月天》等优秀诗篇中。在叙事诗方面,从《菊花》到《生活之歌》也表现了他的勇敢的突破创造性,这种勇敢的创造到1957年就使他以全新的形式写出了两部规模巨大的长诗。应该看到,李季在创作上进入了一个新的时期,他勤奋地不断地找寻着新时代所需要的风格和形式。当然也写了一些不成功的作品,但这是探索过程中不可避免的。应该充分估计到李季对共和国诗歌的主要贡献。

他的创作为共和国的诗歌新主题的开拓、新的民族形式的确立、新的美学境界的探索,都提供了丰富的有价值的经验。李季的诗有力地影响着青年一代,使他们向往艰苦的建设工作,倾心平凡的劳动,感受在荒凉的地方创造生活是一种新的美,教导他们爱钻井架,爱原油的芳香。说李季是第一个这样的诗人,也许不确切,但至少也属于第一批向这方面努力,并获得了成就,拥有大量读者,有突出影响的诗人之一。那种忽略了他在诗歌发展中的地位,孤立地谈李季十年的探索,从而在艺术上把李季一笔勾销的做法,是令人遗憾的。

在陕北老根据地成长起来的戈壁舟,开国后写了长诗《沙原牧女》、《把路修上天》以及短诗集《延河照样流》等。他的抒情诗比他的叙事诗更富独创性,《延河照样流》洋溢着对陕北的土地和人民的真挚而热烈的革命情怀,是诗人的成功之作。古典诗歌和民歌的影响,使它染上了强烈的民族色彩。诗人大胆而富有创造性地使用着古典诗词和民间歌谣中的一些传统的表现手法以至于语言形象,形成了自己凝炼而豪放的风格。

严辰一直在熟练地使用着四行一篇的比较整齐的形式。他的诗集有《战斗的旗》和《英雄和孩子》(1957年合集为《同一片云彩下》)。诗人热情地歌颂了志愿军伟大的爱国主义和国际主义精神,以及中朝两国人民的战斗友谊。他很少把强烈的感情向读者做直接的倾吐,他的深厚的抒情力量渗透在对客观事件、人物的描绘中。解放后,李冰和张志民也不断有新作发表。李冰的《赵巧儿》、《刘胡兰》,张志民的《金玉记》都是开国后长篇叙事诗中较好的作品。

老诗人中,田间在开国后1958年前出版了诗集《天安门赞歌》、《汽笛》、《马头琴歌集》和《长诗三首》。比起抗日初期,田间的诗有了重大的变化:满怀热情的鼓手,逐渐变得深沉和成熟起来,狂欢的呐喊被深情的吟咏所代替;田间舍弃了代表他的早期风格的鼓点式的节奏,又舍弃了《戎冠秀》那样的五言形式,这时期,他更多地采用了六言为基础的诗行结构。他之所以要进行这样的变革,是为了让自己的诗更好地为劳动人民所接受。①这种意图当然是好的。

近十年来,田间一直走着一条探索的路。开国以来,他活跃在各项政治运动中,他歌颂了伟大祖国的社会主义建设,歌颂了

---

① 田间在《写在〈给战斗者〉的末页》中,提到这个问题。

抗美援朝的斗争,刻画了志愿军战士和朝鲜人民的英雄形象;在社会主义革命的高潮期间,写了大量的街头诗。近十年国内外发生的每一重大事件,无不反映在他的作品中,这表现了诗人对于祖国社会主义事业和世界和平运动有着高度的政治热情。因为大部分诗歌都直接产生于现实斗争中,也能较深刻地表现劳动人民的思想感情,所以都有过积极的作用。十年探索无疑是有成效的,他注意到了对比喻的运用,丰富了表现手法;诗行间想象的飞跃,使得他的一些诗写得比较精炼;他刻苦地学习民歌和古典诗歌,而不重复它们的情调、语言,也不模仿它们的形式。田间是一个从不厌于创造的诗人,他的创造精神,使得他的诗在语言形式、表达方法等方面具有自己的特点。

1956年写出的《马头琴歌集》,是田间开国以来创作的重要收获,带着绚烂的浪漫主义色彩。祖国的社会主义建设和建设者们,透过诗人的眼睛显得那么美好,时代最前线的生活斗争在他们笔下,是那样的色彩斑斓:《鹿》、《号角》、《飞吧》、《给黄河勘探者》等,都是较好的浪漫主义作品。《马头琴歌集》在艺术上也是一个跃进,田间所追求的优美的风格和淡泊的意境正在形成。生活中的人物事件经过集中概括,无不蒙上了田间独特的情调。很多形象被涂上了神话传说的色彩,而与社会主义的现实较好地统一在完整的形象中。兄弟民族的人民口头文学的浪漫主义精神,不但影响了田间以传说故事为题材的诗,而且也影响到他现实题材的诗篇。此后田间的创作往往带上了强烈的精神色彩,而长剑、宝石、牧笛、马头琴等形象也在他的作品中不断出现。到了《长诗三首》,就更明显了。

但田间所走的艺术道路却是曲折的。1956年以前,田间的创作处于比较停滞的阶段,除了几首如《雷之歌》那样的作品外,艺术形象完整的作品还不太多。而在社会主义改造高潮中写的街头诗,也不够热情澎湃,主要原因是诗人对新生活还不够熟悉。这个缺点在《马头琴歌集》中虽有较大的克服,但是仍有不足之处。《钢城》、《工程师》、《垦荒者》等象征、幻想的色彩都嫌过重。形式上基本由两个三音节和三个二音节组成的六言诗行,读者也不太习惯。一些从少数民族文学中吸取来的形象也显得怪异,有些比喻则缺乏联想根据。上面所说的,加上现实的与神话的部分游离,浪漫主义精神没有深深地扎根在丰富的生活内容中,也是《长诗三首》的缺点。1958年之后,随着他更加深入生活,有了明显的进步。

郭沫若、臧克家、袁水拍、徐迟、冯至、李广田、邹荻帆、力扬等诗人,在开国后也写了不少的作品。他们的诗有着饱满的政治热情,迅速地及时地参加了现实的斗争,在热火朝天的社会主义革命和建设的过程中,热情奔放地唱出高昂的歌声。这些诗人都对旧中国唱过葬歌,在开国之后,创作上也发生了大致相同的变化,其中最突出的特点是,他们都努力于将诗与现实斗争更加密切地配合起来。

郭沫若十年来的创作没有中断过,他歌唱世界和平,歌唱祖国一日千里的发展,歌唱伟大的党,描写勤劳勇敢的劳动人民,诗中充满了无产阶级战士的战斗热情,对新生事物的无比热爱。他的诗的形式是多种多样的。"百花齐放"的口号提出之后,诗的浪漫主义精神又有了新的发展。臧克家收在《一颗卫星》集中的大都是具有重大意义的政治抒情诗,风格仍然朴素严谨。在老一辈诗人中,他是比较注意正面表现新人物的。

在诗坛上,袁水拍始终是位热情的战士。诗集《歌颂与诅咒》、《煤烟和鸟》,诗文集《华沙、北京、维也纳》,说明着诗人作为保卫和平的战士,他歌颂和平,反对战争;作为社会主义建设的战士,他歌颂伟大的祖国和战无不胜的党;他把最辛辣、最尖刻的讽刺和诅咒,投向国内外的反动派。在他的政治讽刺诗中,不仅保持和发扬了《马凡陀山歌》的战斗精神,而且阶级的感情更鲜明,政治性也更强了;他是作为无产阶级的战士在发言的。徐迟的诗集有《共和国之歌》、《和平、战争、进步》和《美丽、神奇、丰富》。邹荻帆的诗集有《祖国抒情诗》、《金塔一样的麦穗》。诗人们一面用抒情的声音歌唱祖国建设的成就,一面振臂呼吁和平。饱尝旧中国的贫穷落后和腐朽的诗人,面对着阳光灿烂的今天,抑制不住自己的激动,满腔热情地加入了共和国诗坛的社会主义大合唱。搁笔已久的冯至和李广田都写了不少的作品。冯至的《辑波砍柴》是获得广泛好评的作品。

三

"江山代有才人出",开国后,在蓬蓬勃勃的群众创作的基础上,在党的关怀培养下一大批有才华的新人登上了诗坛。张永枚和未央描写了战斗在朝鲜战场和海防前线的人民战士艰苦卓越的斗争,描写了战争前线和建设前线的英雄的人民;石方禹热情地呼唤和平谴责战争;严阵歌唱着新农村和新农民;顾工的诗带来了康藏高原的风雪,筑路部队的英雄业迹;而傅仇歌唱着奇幻而清新的森林;梁上泉和闻捷,又从遥远的西南和西北,带来了各族人民诗意盎然的生活牧歌;死得太早的诗人乔林,则从光辉的革命历史斗争中找到他的素材……。这些诗人,他们以年青人特有的敏感与热情,歌唱了崭新的生活和斗争,扩展了中国新诗的主题领域。他们的诗充满着青春和生活的气息,洋溢着对党和祖国的深厚情感。他们是新诗史上最年青的一代,他们是共和国诗坛强大的生力军。

闻捷以描写西北各族人民的生活和斗争著称,第一本诗集《天山牧歌》闪耀着西北边疆特有的奇丽色彩,他的诗是新疆各族人民新生活的赞歌。《天山牧歌》描写了瑰丽的新疆风光和欣欣向荣的建设,描写了新疆各族人民豪爽、骁勇、幽默的性格,以及他们忠于祖国的美丽心灵。新疆各族人民崭新的思想面貌,通过诗人细腻入微的心理描写得到了生动的表现。

闻捷在描写兄弟民族的爱情生活上，有突出的成就。《吐鲁番情歌》和《果子沟山谣》中，几乎篇篇都构思新颖、色彩鲜艳，充满了蓬勃的生气,富有民歌风味,少男少女的内心世界抒写得极其细微丰满。在诗人歌颂的美丽纯洁的爱情中，闪耀着共产主义道德品质的光辉,爱情和劳动被自然地联系在一起。诗人善于捕捉富于戏剧性的情节,不加矫饰地、朴素地揭示人物的内心活动,描写了许多优美动人的女性形象。闻捷在爱情主题上的新创造,在艺术诗坛上显得相当突出。闻捷的诗很朴素,通常采用四行一节的形式,音调铿锵,节奏比较整齐,富有音乐性。闻捷还有一部诗集《祖国,光辉的十月》。

通过张永枚的诗集《新春》、《海边的歌》,特别是《骑马挂枪走天下》,读者认识了一位热情淳朴的青年战士：他挂枪骑马驰过朝鲜燃烧的土地,怀中抱着朝鲜的孤儿,站在长出了新芽的"曾被炮火打折的大树前",歌唱着"谁也不能阻挡春天来临"。这位青年诗人,从北唱到南,从朝鲜战场唱到海防前线,在他笔下,有"渔火"和"白帆",也有喧闹的"边境小镇的假日"。从《新春》到《骑马挂枪走天下》,可以看到这个年青诗人成长的途径。

1954年,未央出版了《祖国,我回来了》。他有自己的风格。真实饱满的革命激情、对战友的热爱和对敌人的仇恨,是借助于非常朴素的不加修饰的语言和无拘无束的散文化的句式,自然地表现出来的。他的描写抗美援朝的诗篇,最有特色的是《把枪给我吧》。诗人低声地呼唤自己死去的战友：

　　松一松手
　　同志,
　　松一松手,
　　把枪给我吧!

素淡无奇的诗行,蕴含着激动心弦的力量。对死亡的描写在这里不是消极的,它把读者的感情带到更高的精神境界中去。

致力于描写部队生活的还有李瑛、韩笑等。李瑛出版过《天安门上的红灯》、《早晨》等诗集。

和未央的风格很不相同的是梁上泉。他长期生活在西南边疆,写了许多反映康藏高原人民和筑路部队生活的诗,有《喧腾的高原》、《开花的国土》、《云南的云》、《寄在巴山蜀水间》等集子。梁上泉的诗文采华丽,喜欢夸张和借喻,色彩比较鲜艳,音节比较优美。他还有许多描写祖国壮丽河山的诗篇。在他的笔下,康藏高原银光闪闪,开满鲜花,他传神地写出了边疆沸腾的建设和充满和平情调的边寨生活。而描写祖国大地的《开花的国土》一诗,也很美丽。梁上泉在表现新人物方面也是比较努力的。

顾工也是写得较多的青年诗人,诗集有《喜马拉雅山下》、《这是成熟的季节啊》等。回忆过去的革命斗争和描写康藏高原的战士生活是他的主要主题。擅长写森林的复仇,也是较有特色的诗人,他描绘了神奇美妙的大森林的景色,热情地歌颂了伐木工人的豪爽和干劲。他的诗流露着革命浪漫主义的精神。《告别林场》是一首有代表性的作品,它概括了我们时代的人的精神特征,闪着共产主义思想的火花。

年青诗人中不断努力于反映农村生活的有严阵,先后出过《淮河上的姑娘》、《乡村之歌》、《草原颂》、《春啊,春啊,播种的时候》等诗集。严阵的诗比较全面地反映了飞跃发展中的农村,概括地描写了新农民的精神面貌。

青年诗人的创作成就相当可观,但也有些共同缺点:生活面比较狭窄,部队和边疆的主题写得多,工厂农村的主题就显得少;在艺术上刻苦锤炼的精神不够;对于丰富无比的古典诗歌和民歌,学习得很不够,缺乏这方面的修养;因而,1958年以前的作品缺少足够的民族作风和民族气派。

1940年前后就已开始诗歌创作的贺敬之和郭小川,解放后发表了许多优秀的政治抒情诗、政治鼓动诗以及长篇叙事诗,引起了广泛的注意,有着较大的影响,是开国后比较有成就的诗人。

《放声歌唱》是贺敬之开国后的第一首诗,献给党的第八次代表大会。这是无数歌颂党的诗篇中一首突出的好诗。在长达1800多行的篇幅中,诗人以汹涌澎湃的激情,歌颂了党的光荣斗争和伟大功绩。它的最大成就在于成功地塑造了我们党的光辉形象。诗人没有抽象地歌颂党,而是通过描写党所领导的革命斗争和祖国各方面面貌的改变,通过对今天的生活和几千年贫穷落后的历史的对比,赞颂了党的光辉伟大。诗人用形象证明了:正因为有了这样的党,我国人民几千年来所希望的、所梦想的,以及从来没有想过的、或者不敢想的一切美好的理想,都已经或将要实现。长诗充分地表达了作为"毛泽东同志同时代人"的自豪感。六亿五千万人民对党的热烈真挚的深情,组成了这首长诗的基调。

诗人塑造的党的形象崇高伟大,有着雷霆万钧、扭转乾坤之力,但也是谦虚淳朴的:

> 在节日里,
> 我们的党
> 没有
> 在酒杯和鲜花的包围中,
> 醉意沉沉,
> 党,
> 正挥汗如雨,
> 工作着——
> 在共和国大厦的

建筑架上!

在诗人笔下出现的党的形象,是平凡而又伟大的集体的形象。诗人从党中央书记处、毛主席、统战部写到"我的支部",乃至于一个普通的党员;诗人不仅写党的现在,而且也写了过去,这样的纵横交错、点面结合,全面深刻地描写党的形象,在诗歌史上还是第一次。

贺敬之喜欢选择重大的政治事件做创作的题材。一些看来很枯燥的政治术语和概念的东西,在他笔下却以饱含血肉的形象表现出来,为革命浪漫主义诗人贺敬之的诗增添了不少光彩。在《放声歌唱》以后的所有诗作中,我们感到了诗人火一样的热情在汹涌澎湃,乐观主义的革命激情因共产主义的理想的照耀而显得丰富无比。而这些,又借助着幻想和夸张的彩色翅膀飞翔于高空之上。贺敬之的浪漫主义精神是越来越强烈的。1958年以后,诗人就开始自觉地向革命现实主义和革命浪漫主义结合的方向努力。贺敬之是较早地注意向古典诗歌和民歌学习的诗人之一,象《放声歌唱》中"桃花——南方、雪花——北方"那样的诗句,继承了我国古典诗歌高度概括和想象的飞跃的艺术传统。《放声歌唱》在意境上,特别是在语言节奏、音韵、妙句对偶的应用上,都吸取了古典诗歌的营养。后来这种影响就更明显了,不但在形式上开始采用七言诗行,而且在素材的提炼上,和豪放的风格、澎湃的气势中,都可以看到古代诗人(如李白)的古风歌行对他的影响。《回延安》是诗人创造性学习民歌的成功例子,对革命圣地——延安的真情流露异常动人。贺敬之的作品不多,因此内容也不够广泛,蓬勃的社会主义建设还有待得到更多的反映。

抒情长诗方面的收获,还有青年诗人石方禹的《和平的最强音》。作者概括力很强,能把丰富的素材组织得井井有条。这首诗在保卫和平运动中起到了它的作用。

郭小川是在社会主义革命高潮中重新拿起笔来的诗人,几年来一直很活跃。作品收入集子的有《投入火热的斗争》、《致青年公民》和《雪与山谷》。他的政治鼓动诗和讽刺诗,紧密地融合了各个时期的斗争。郭小川的政治鼓动诗有自己的特色。他以鼓动员的姿态出现在诗的讲坛上,诗充满着火辣辣的战斗激情,充满着我们时代的英雄主义和乐观主义的气概。《致青年公民》这一组诗由七首风格、主题都相近的诗组成。在这里,诗人热烈地歌颂祖国广大的土地上所发生的巨大变化,赞美人民"不懈的勤劳和英勇无畏",惊叹着"一来就是无边无际"的"欢乐的日子"。诗人宣称:"我的诗句是战鼓,要永远永远催动你们前进":

> 呵,我们的缺陷
> 再也不是什么
> 温暖和自由,
> 只是我们还贫穷
> 许多应当有的
> 而现在还没有
> ——"人民万岁"

诗人号召青年人,不要放松和麻痹。当我们进行建设的同时,阶级敌人还在窥伺着我们,"在前进的道路上,还常有凄厉的风雨和雷的轰鸣"。诗人勉励青年要珍惜前辈用鲜血换来的斗争果实,要以百倍勇气"向困难进军"。诗中所创造的诗人自我形象是一个共产主义鼓动家的形象、读者亲切的朋友。他的政治讽刺诗爱憎分明,毫不留情地揭露和打击敌人的丑恶与糜烂,讽刺人民内部的落伍现象。但由于诗人运用了散文化的写法,冗长而不精炼,因而成就不如政治鼓动诗。

此后,郭小川对创作有了新的看法,创作面貌变化了,转向描写在革命战争中知识分子改造的题材,艺术风格也由热烈的赞誉变为深情的吟咏。《雪与山谷》两首长诗可以表明这种变化。《深深的山谷》通过一个爱情悲剧,描写了知识分子在革命斗争中分化的过程,男主人公由于坚持个人主义,终于在残酷的现实斗争面前动摇、退缩,走上毁灭的道路。诗人对资产阶级知识分子灵魂丑恶的一面——根深蒂固的个人主义,进行了相当深刻的批判和揭露。但女主人公的转变描写软弱无力,显出诗人对她小资产阶级脆弱感情的原谅,同情多于批判。《白雪的赞歌》由于情节处理不当,以及一些不健康情调的流露,损害了人物形象的塑造。

青年诗人在叙事诗方面的收获,还有乔林的《白兰花》。作者用随和热情、带着民族风格的诗句,塑造了一个农村妇女的光辉形象。

四

从1949年至1958年,国内阶级斗争非常激烈。由于社会主义革命的不断深入,祖国面临着最后消灭剥削制度的前夕,在新的历史条件下,诗人的队伍进一步分化,革命诗歌阵营在斗争中得到了从所未有过的纯洁和壮大,到现在基本上看清了一切反动的诗风。开国后,诗歌战线有两次最重要的战斗:一是1953年对长期隐藏在革命阵营内部的胡风反革命集团的彻底揭露与批判,一是1957年对反党反社会主义的右派分子以及修正主义分子的斗争。前者,以胡风为代表;后者,以艾青为代表。

胡风集团代表着已被消灭或已被驱出中国大陆的一切反动派的利益,带着梦幻一般的复辟幻想,企图从文艺战线向新生的人民共和国进攻。胡风的文艺思想是彻头彻尾的反人民反马列主义的,他把作家掌握马列主义世界观和工农兵结合、作家的思想改造、文艺的民族形式、题材的重要与否等五个问题,看成是作家头上的"五把刀子"。他们的反动本质,在他们的诗创作和诗理论中都表现得很明显。

阿垅是胡风集团的"诗歌理论家"。他认为诗是超阶级的，诗"纯然是诗人自己的世界"，"因此情底生命的东西，是情感；而且只是情感"。他从唯心主义的观点出发，在形式上抱着虚无主义的态度。在诗歌批评方面，直接否认和违背政治第一、艺术第二的标准，认为"唯一的武器是：从人生实践和理论学习来的自己底思想力量、感觉性"，显露了彻头彻尾的唯心主义观点。阿垅的所谓理论是胡风集团"主观战斗精神"的发扬，是和马列主义、无产阶级的党性原则背道而驰的。

歪曲、污蔑革命是胡风派诗人的惯技。他们的作品甚至连虚伪的艺术外衣都剥掉了，只剩下赤裸裸的反动性。在胡风的《时间开始了》里面，把党领导的革命运动描绘成是一群疯子和野兽的蠢动。对伟大的开国大典的场面，胡风制造了鲜血淋漓、阴风惨惨的气氛，让许多鬼魂带着泥沙、血污扑向天安门。他的诗还恶毒地咒骂人民"是虫豸，是蝼蚁"。对伟大领袖毛主席也进行了无耻的诋毁。在鲁藜的诗中，反革命的内容更为隐晦。在他笔下，革命只是血淋淋的盲目混战，是"以头颅抵抗白色的风景"。结果是他们战胜了"市侩的自私意识"、"机会主义的盲目放肆"。其他胡风分子如绿原、牛汉、冀汸、罗洛等，也都把诗歌当成发向人民的毒箭。党动员了全国文艺界的力量，对他们进行了毁灭性的打击，彻底消灭了这一群阴险的革命敌人，从而提高了文艺工作队伍的经验性和理论水平。

1957年随着工业化高潮的出现，三大改造很快地完成了，经济战线上的社会主义革命取得了胜利。但资产阶级并不甘心死亡，鬼魂似地飘荡着，竭力想苟延其残有的生命。资产阶级右派及其在知识界的代表，迷恋资本主义的制度，本能地厌恶和仇恨社会主义，趁着党的整风开始了猖狂的进攻。在诗歌战线，一些曾在民主革命中起过作用的诗人，也堕落为反社会主义的右派分子。艾青便是其中之一。

青年时期吹着芦笛,举着火把,呼喊过人民的苦难,歌唱过太阳的光芒的艾青,在全国解放、太阳果然从东方升起的时候,他的声音却喑哑了。这是为什么呢?原来作为民主个人主义者的艾青,在民主革命时期,还能有和革命接近的一面,所以他的一些爱国主义和民主主义的作品曾经起过一定的作用。但他的民主个人主义一直没有克服,在全国开始社会主义革命时,一贯的个人主义发展到反党反人民的地步,和社会主义形成了不可调和的对立。

艾青解放后的创作中,也出现过一些比较好的反帝反殖民主义的作品,但艾青落后的思想束缚了它们。他只能看到殖民地人民的苦难,只能给他们"唱一支怜悯的歌",却看不到他们的英勇反抗的力量。在《南美洲的旅行》这组艾青解放以来最好的诗篇中,在那骚动着的美国后院,艾青只看到一群可怜的人民:"有的在咒骂,有的在哭泣,都同样虔诚地相信上帝",他们都沉睡着,还要艾青去"唤醒"他们。

解放后,艾青面临着创作危机,在他的作品中找不到社会主义的激情。党给了他无数次下去深入生活、改造思想的机会,都被他冷淡地拒绝了。他勉强去了两次,一次回家,带回了那首充满辛酸滋味的《双尖山》;一次到海军基地,带回的不是海防前线战斗生活的诗篇,而是根据古老传说改编的《黑鳗》。唯一写新人物的只有一首《女司机》。在这首诗中,他所最感兴趣并作为美的形象而捕捉的只是:"夜行八百,日行一千,逛的是大街,住的是客店",这是浪子,哪里是什么英雄人物的形象?直接抒发个人寂寞、忧郁、委屈的情怀的诗,是解放后艾青诗作中很重要的部分,产生这类诗的基础是他的资产阶级个人主义与社会主义集体主义的尖锐矛盾。他歌颂那孤寂地开放在山野的小兰花(《小兰花》),欣赏高山泉这"清高"的百灵和夜莺(《泉》),他哭诉自己的"委屈",认为甚至连小孩子都不了解他(《下雪的早晨》),他更恶劣到把古代没落的封建帝王拖来以寄托自己灵魂幻灭的悲哀(《景山古槐》)。

1956年底开始,艾青写出一连串反党反社会主义的歪诗。他用寓言诗的形式,恶毒地攻击党,把党写得漆黑一团。他诬蔑我们党内充满了庸俗的偶象崇拜(《偶象的话》),无根据的陷害(《画鸟的猎人》),麻木的教条主义声音(《蝉的歌》),宗派的偏见(《养花人的梦》)……。此外,他还肉麻地歌颂那些反党的"好汉",赞美反党的死硬派(《礁石》、《柏树》),而《启明星》更寄托着他的资本主义复辟的渺茫的梦想。艾青的下坡路已走到极点。伴随着政治上的反动,艺术上朦胧晦涩的阴暗歌调又在死灰复燃,早期的现代派的货色又改头换面地出现,《智利的海岬上》就是这种恶性发展的明证。政治上的反动,灵魂的空虚只有导致艺术的堕落。这个反党反社会主义的现代派余孽甘心情愿地走上为资本主义殉葬的死路。

公刘、邵燕祥、流沙河可算是年青一辈的右派诗人的代表。他们在党的培养下刚出了几本诗集,就飘飘然起来,把写诗当作凌驾于党和人民之上的个人资本。于是,在政治上逐渐反动的同时,艺术上也堕落到无聊的地步。在整风期间,恩将仇报,疯狂地向党和人民射出冷箭。

与右派分子进攻的同时,另一股逆流是高唱资产阶级"人道主义精神"和"人性味"的修正主义文艺思潮,它们妄图以抽象的人性代替阶级性,狂叫要"把人当作人","以心接触心",反对文学的党性原则。一度被右派分子把持的《星星》就表现出十分恶劣的倾向,甚至出现了象《吻》那样宣传色情的无耻之作。

在这场社会主义文艺路线的保卫战中,全国文艺界紧紧团结在党的周围,和全国人民一道彻底击溃了他们可耻的攻击,高高竖起了文学的党性的红旗。经过这一场剔除败类的冲洗,诗人们的政治热情空前昂扬,紧接着,在祖国大跃进形势的鼓舞下,唱出了从所未有的响亮的战歌。

开国以后,随着劳动群众在政治上、经济上和文化上的翻身,越来越多的工农诗人登上诗坛。这是共和国诗坛面貌的重大变革。

农民诗人王老九是最杰出的代表。

带着旧社会农民备受残酷压迫的痛苦印痕,带着新生活的阳光所激出的幸福泪影,王老九,这位饱经风霜的身历新旧两个时代的老农民,唱出了苍劲的歌声:

> 一颗珍珠地内埋,
> 满身光彩难出来,
> 一声炸雷天地动,
> 挤出土来把花开。
>
> ——《"七一"歌颂毛主席、共产党》

这是多灾多难的祖国新生的形象,这是长久受压迫和剥削的六亿人民翻身的形象,但这何尝不是那些新出现在诗坛上的满身光彩的工农诗人形象呢?新诗历史的这一页,因为工农诗人的出现而具有特殊的意义。

《王老九诗选》(1949—1953)是王老九第一本诗集。正如一颗久埋地下的珍珠来不及思索黑暗的日子是怎样走过来的,诗人面对着眩目的太阳,迫不及待地歌颂光明的一切。集中除个别几篇是对旧社会的控诉外,土地改革、学文化、歌唱新农具、卖余粮、表扬农村中的先进人物……是他的诗歌的基本主题。他始终站在先进思想方面,正确地描写农村各个时期的新旧思想斗争。他的诗自觉地配合着政治运动。诗人用了最多的篇幅歌颂了新生活的缔造者:毛主席、共产党、解放军。这些诗篇充满了强烈的阶级感情。他用极其深情的诗句表达了自己对于毛主席的衷心爱戴。我们可以毫不夸大地说,《想起毛主席》是所有歌颂领袖的诗篇中最好的诗篇之一。这里面浸透了整整一个阶级的感情,诗人的这种情感,正是千千万万的劳动人民对于自己领袖的情感。

第二本诗集《东方飞起一巨龙》(1954—1958)继承了《王老九诗选》的优点,但不论思想上还是艺术上,都大大提高了一步。题材显著地扩大了,表现的范围已不限于农村,诗人的视野已经接触到全国乃至全世界的重大政治事件。对于新生活的敏锐感也加强了。1955年毛主席肯定了河北三户贫农坚持办社的方向,王老九当即对这新生的事物,给以热情的歌颂,充满了浪漫主义的激情:

> 这个社好比灵芝草,
> 出土露面苗苗小,
> 毛主席担水及时浇,
> 一夜长得比山高。

王老九诗歌的艺术特点最重要的是鲜明而浓郁的民族风格。他的诗,基本上采取了五七言的形式,有民歌的朴素、明快,也有古典诗歌的含蓄、精炼。语言,是对生动活泼的人民口头语言的加工与提炼,运用了比兴、映衬、象征等表现手法。为老百姓所熟悉与喜爱的传统形象巨龙、彩凤、宝莲灯、灵芝草……在他的诗中都获得了新的意义。这些因素构成了王老九诗歌鲜明的民族风格。王老九的出现有着极其重大的意义,它说明在政治上翻了身的劳动人民,也完全有权利和能力成为社会主义文化的真正主人。

跟随王老九之后,开国后还出现许多农民诗人,如河南孟化龙、广东李昌松、河北曹桂梅、内蒙孟良等,他们登上共和国诗坛,唱出健康而欢乐的歌声。

诗歌界的另一重大收获,就是产生了大批年青的工人业余作者。祖国的社会主义工业化、工人阶级的新的精神面貌、他们伟大的制造性的劳动和英雄气概,是这些青年工人歌手创作的基本内容。他们的诗饱含着工人阶级强烈的阶级情感;对旧社会及其统治者的刻骨铭心的仇恨,对党和新社会的深沉的挚爱。煤矿工人孙友田的诗集《煤海短歌》,生动地反映了矿工丰富多彩的新生活和新感情。他善于朴素地描写人物,能把粗线条的外形勾勒和细腻的内心刻画结合起来。他写工人爱情生活的诗很有特色。《太阳灯》、《在地球那面》、《汽笛》等都是很有创造性的诗篇。青年工人歌颂着他们豪迈而光荣的劳动,他们赞美自己所从事的工作的伟大意义。他们常常通过自己生活中的独特感受,借助他们生活中常见的事物,以创造诗的画面和人物形象。机床工人温承训的诗集《我爱这生活》如诗集的名字所显示的,充满了工人阶级对新生活的热爱。他的笔调比较优美,构思新鲜巧妙。印刷工人李学鳌的诗集《印刷工人之歌》,有着强烈的爱国主义和国际主义精神,他的风格比较豪壮开朗。此外,樊福庚、郑成义、韩忆萍、范以本、李清联等,也写了不少诗篇。

六

在党的伟大的民族政策的照耀下,我们历史上的民族压迫制度被彻底地废除了。我国各民族在平等、团结、友爱的社会主义大家庭中,建设着自己幸福的生活,也建设着自己美好的文学艺术。由于各族人民的共同努力,由于党的热情关怀,在我国,第一次出现了多民族文学共同发展与繁荣的局面。

在我国各民族无比丰富的文学宝库中,诗歌是一宗巨大的财富。气势磅礴的史诗、长篇叙事诗以及抒情长短诗,响彻了各民族地区的雪山、草原、田野、村寨。那些地方,是诗的海洋。诗歌在他们的政治、劳动和爱情生活中,有极其重要的地位。

解放以来，各民族地区发掘和整理出来的长篇诗歌近百部，包括了多方面的题材，形式也丰富多样，它们织出了兄弟民族绚烂的社会历史生活和阶级斗争的图画。《嘎达梅林》(蒙族)、《苗王张老岩》(苗族)、《戈阿楼》(彝族)等长诗，以英勇不屈的光辉形象、悲壮的英雄事迹，深刻地反映了兄弟民族的阶级斗争和反抗民族压迫的历史。《阿细人的歌》(阿细族)、《苗族古歌》(苗族)等长诗，以朴素的美反映了兄弟民族的历史社会生活。通过反抗婚姻压迫、争取自由合理的爱情而反映阶级矛盾，这是兄弟民族长诗中最普遍的主题；《阿诗玛》(撒尼族)、《阿姆里色》(彝族)等诗具有深厚的思想内容和强烈的艺术感染力；歌颂追求人世美好的爱情和劳动生活的理想的《召树屯》(傣族)、《逃婚调》(傈僳族)、《逃到甜蜜的地方》(撒尼族)等长诗，都以优美动人的形象、热烈真挚的感情和诗意的抒情吸引着读者。此外，彝族的《梅葛》、纳西族的《创世纪》、白族的《望夫云》、《火把节》、回族的《歌唱英雄白彦虎》、《马五哥和尕豆妹》、苗族的《红昭和饶觉席那》、僮族的《布伯》、傣族的《娥并与桑洛》、《松柏敏和嘎西娜》、维吾尔族的《热碧亚——赛丁》、哈萨克族的《萨里哈——萨曼》……都充满了浓厚的生活气息、绮丽的民族色彩，和丰富、生动、美丽的形象。值得特别一提的是蒙族伟大史诗《格斯尔的故事》这部众口传颂的史诗出现于成吉思汗建立蒙古帝国之前，是一部极为优秀的富有传奇性的作品。它是蒙、藏两族人民所共有的，在藏族地区则称为《格萨尔王传》。

　　在各族人民解放后的民歌中，过去那种悽婉的情调消失了，而代之以无比欢乐的激情，对未来满怀信心，歌唱党和毛主席，赞美新生活和民族大团结。

　　几年来，兄弟民族的诗人队伍不断壮大。

　　毛依罕和琶杰是蒙族人民最出色的歌手。他们是同人民一起从苦难中走到新生活里来的。他们在解放前就开始了他们的艺术生涯。解放后,他们用更加成熟的充满热情的歌声,为人民歌唱。他们善于演唱自己民族的史诗,也善于表现新的生活。毛依罕有诗集《铁牤牛》、《五月之歌》。琶杰演唱的英雄格斯尔的民族史诗,表现出感人的艺术力量。他是蒙族的语言艺术大师,被蒙古人民共和国的语言学家称为"民族语言的宝库"。纳·赛音朝克图是有着二十多年创作经验的蒙族著名诗人,解放后写有诗集《幸福和友谊》等。他的诗题材广阔,语言明快,善于用优美的抒情画面来表现生活中的典型事物。诗人的笔触不但描绘了草原上的沸腾生活,而且也歌唱和平,反对侵略战争。

朝鲜族的诗歌创作也很繁荣,著名诗人有李旭、任镐、金哲等。金哲著有长诗《秋千》,李旭著有《延边之歌》、《红色的摇篮》。

擦珠·阿旺洛桑是藏族著名的学者与诗人,他的《金桥玉带》歌颂了康藏公路的建设。由于他热爱祖国、反对分裂,被西藏上层反动集团于1957年9月殴伤,不久,因救治无效,为革命事业而牺牲。但是叛国分子是扼杀不了爱国的藏族诗人的声音的,青年诗人饶阶巴桑的诗《母亲》,洋溢着强烈的爱国主义的激情,有力地证明了西藏是我们伟大祖国不可分割的部分,给了我们特别深刻的印象。丹正公布也写了《唱歌要学布谷鸟》、《史诗与乐章》、《拉但勒和隆木措》等作品。他用抒情的语言赞美自己解放了的家乡:绿油油如姑娘松石项链的草原,黑色玛瑙般的帐篷,马群飞奔如雷鸣,兽乳丰收如银液的雨……,诗人满怀信心地歌唱"策起战马,飞跃前进"的藏族人民,将"跨过尘封的史册,跨过血泪的江河"而奔向党所指引的方向。

我国西南四川、广西、云南、贵州等省,是兄弟民族聚居的地区。那里的诗歌创作也极为繁荣,是四季皆春的诗的国土。彝族诗人吴琪拉达写了不少作品。他以清新美丽的语言歌唱了凉山脚下、金沙江畔不平凡的斗争。他的《奴隶解放之歌》是彝族人民自由解放的颂歌,其中"守夜老人"的形象正是解放了的彝族人民的形象:"他曾在奴隶主的草栏边,弹着口弦,伴着月亮过夜,如今他拿着枪,站在山头上,守卫着已经获得的土地和自由。"在《金沙江畔发生了什么事情》这一组诗里,诗人已经用喜悦的调子,歌唱"金沙江畔的远景"和"翻身的奴隶吹响了跃进的号角"了。他的诗,反映了社会主义国家里落后民族日行千里的进步。僮族诗人韦其麟的长诗《百鸟衣》,是近年来出现的优秀作品之一。长诗是根据僮族民间传说改写成的,通过古卡和依娌的爱情故事、他们和封建土司的斗争,刻画了这一对青年男女顽强不屈的性格,反映了僮族人民的痛苦、斗争和愿望。长诗充满了浪漫主义的色彩。而僮族人民解放的欢乐,则在凌永宁的《我快乐,我歌唱》中得到了表现。康朗甩是傣族人民的歌手,诗集有《从森林眺望北京》。傣族人民给他以"赞哈"的光荣称号。傣族的另一诗人康朗英的《流沙河之歌》是傣族人民第一部表现现代生活的长篇叙事诗,长诗热情奔放地歌颂了修建流沙河水坝的劳动。仫佬族诗人中,包玉堂是较著名的,他的《仫佬族走坡组诗》,犹如一串闪着幸福之光的珍珠,具有仫佬族独特的风格。在侗族,诗人苗延秀写了《大苗山交响曲》、《元宵夜曲》。土家族的汪承栋和汉族的张长边也写了不少优秀的诗篇。

维吾尔族具有优秀的诗歌传统,他们的古典诗歌反革命诗人黎·穆特里夫的作品,对当代维吾尔族诗歌创作有很大的影响。艾里喀木·艾哈合木歌颂党为各族人民带来了新生的"希望的波浪",是解放后维吾尔族诗歌创作中较好的。哈萨克族革命领袖哈尔曼·阿克提狱中诗集《游牧之歌》,当代诗人布哈拉的《汉族姑娘》,以及库尔班阿里的组诗《从小毡房走向世界》,也有很大的影响。

百花齐放的兄弟民族诗歌,给共和国诗坛增添了无穷的春色。

新诗在开国后将近十年的战斗与探索,取得了巨大的战绩,在诗与人民结合的道路上,沿着1942年"讲话"所指导的正确方向,又飞跃前进了一大步。在工农兵方向下的"百花齐放"方针的鼓舞下,我国各民族的新诗人以丰富多彩的声音,在紧张的社会主义建设战场上,在激烈的阶级斗争的战场上,唱出了动人心弦的战歌。

然而,一切才只是开始。在这百花争艳的美好的春晨,让我们祝福诗人,祝福祖国,祝福我们霞光万丈的社会主义——共产主义事业。

对十年的诗坛作了这样简单的快速的巡礼之后,我们的心中充满了丰收的欢乐,我们不禁欢呼:

> 太阳从蓝海里升起来,
> 祖国的早晨来临了。
> ——阮章竞

(注:本章写作过程中,曾得到北京大学中文系1955级当代文学诗歌组同志们的帮助。)

唱得长江水倒流[*]

——《新诗发展概况》之七

> 天上没有玉皇，
> 地上没有龙王，
> 我就是玉皇，
> 我就是龙王。
> 喝令三山五岳开道，
> 我来了！
>
> ——民歌

一

1958年，大跃进的号角吹响了，共和国进入了"一天等于二十年"的伟大时代。

党发布的社会主义建设总路线和要在15年或更短些时间超过英国的战斗号召，大大地鼓起了人民的社会主义热情，全国立即掀起了一个社会主义建设的空前的大跃进的高潮。文化革命和技术革命汹涌澎湃。在大丰收之前，人民公社象一轮初升的太阳出现在亚洲东部广阔的地平线上。这种新的社会组织，给上亿人民展示了无限光辉的前景，共产主义已经不是什么遥远将来的事情了。这时候，人民群众的精神得到从所未有的发扬，毛主席在《介绍一个合作社》中说："共产主义精神在全国蓬

---

[*] 未刊稿。无署名。此文由殷晋培撰写。据手稿编入。

勃地发展,广大群众的觉悟迅速提高。……从来也没有看见人民群众象现在这样,精神振奋,斗志昂扬,意气风发。""让高山低头,叫河水让路",是六亿人民征服自然的伟大决心和伟大气魄。劳动人民正用自己双手在祖国的万里江山上写着最新最美的文字,画着最新最美的图画。

这样的时代带来了文学事业的空前繁荣,诗歌创作出现了一片壮丽的丰收图景。新诗史在它诞生40周年的时候,跨进了一个光辉灿烂的时代。我们完全有理由说,1958年是新诗史上划时代的一年。

这一年,诗歌界发生了许多大事。

1957年1月,毛主席的18首旧体诗词在《诗刊》发表了。这是轰动诗坛的一件大事情。18首诗词高度的思想性和绝美的艺术性,说明毛主席不仅是人民伟大的领袖,也是一位伟大的诗人。《井冈山》、《元旦》、《会昌》、《大标地》、《娄山关》、《长征》、《六盘山》、《昆仑》、《雪》等雄伟瑰丽的诗篇,用最凝炼的语言,记录了中国革命几十年的光辉战斗历史,表现了毛主席革命家的伟大胸怀。每首诗词都和一定时期的革命运动紧密结合,成了历史的号角和时代的缩影。这些诗词,因为它表现的伟大思想和革命的英雄主义乐观的情绪、高远的意境、富丽堂皇而又平易通俗的语言,已经成了现代诗歌创作的最高峰。这些诗词为新诗创作开辟了革命现实主义和革命浪漫主义相结合的大路,并且成了这一方面的前无古人的典范。18首诗词和毛主席《关于诗的一封信》的发表,在我们的生活和斗争中和我们的文学事业中已经发生了深刻的不可估量的影响。

1958年1月,毛主席的《蝶恋花·游仙(赠李淑一)》发表。10月里,又发表了七律《送瘟神二首》。这三首诗词和毛主席发表的18首诗词一样,一经发表,传诵一时,象几颗光亮的新星,射出魅人的光辉。全国人民赞叹着,音乐家给谱上了曲子,为群众所传唱。

《蝶恋花》抒写诗人对革命烈士的悼念和赞美。在极少的篇幅里,洋溢着诗人无比真挚雄壮的感情,流动着激昂的革命乐观主义精神。叙事和抒情、神话和现实在诗里达到了完美的统一。《送瘟神二首》动人地表现了我们的领袖和诗人毛主席与人民休戚相关的伟大胸怀。两首《送瘟神》概括了两个截然不同的历史时代,表现了人民群众征服自然的伟大智慧和伟大力量。《蝶恋花》和《送瘟神》都是写现实题材的,但又都通过无比丰富的想象夸张和象征的手法,通过神话、传奇、传说的形象和现实生活的交织,表现了巨大的深刻的革命思想内容,极富浪漫主义色彩,是革命现实主义和革命浪漫主义结合的最好的典范。这三首诗词,在1958年发表,比1957年发表的18首诗词激起了更为广泛更为深刻的反响。它不仅因其深刻、光辉的思想和艺术魅力感动读者,为人永远珍爱,而且由于它的革命现实主义和革命浪漫主义完美结合的创作方法,给诗歌创作带来了无法估量的革命性的影响。

随着生产大跃进的蓬勃发展,全国出现了一个前所未有的群众创作运动的高潮,数以万计的新民歌如春潮般涌现出来。中国成了诗的国家,到处成了诗海。处处是诗,人人写诗,真是"如今唱歌用箩装,千箩万箩装满仓","如今歌手人人是,唱得长江水倒流"。这些民歌首先是在农民兴修水利、开辟山河、征服自然的战斗中唱出来的,它表现了劳动人民勇往直前的英雄气概和敢想敢干、天不怕、地不怕的创造精神,表现了人民对现实生活的热爱和宏伟的理想。他们要使河水倒流、命令龙王缴水。陕西民歌《我来了》以震天动地的气魄唱出了六亿人民征服大自然的不可抗拒的声音。这个"我"的形象,就是六亿人民的伟大形象的典型体现。

大跃进民歌一出现就引起了人们最大的重视。各地党的领导都把它带到第一届人民代表大会第五次会议会上来。《人民日报》和其他报刊杂志大量刊登了这些诗篇。诗人肖三称它为"最好的诗"。《人民日报》接着发表了《大规模地搜集全国民歌》的社论,肯定"数以万计的工农兵所创作的新民歌就是共产主义文艺的萌芽"。周扬同志也在《红旗》创刊号上著文论述,认为"这是一种新的社会主义民歌。它开拓了民歌发展的新纪元,同时也开拓了我国诗歌新道路"。

  响应毛主席的号召,在各地党委领导下全国开展了一个新的采风运动,各省都有了自己的民歌选集,各县、地区,甚至乡,不少工厂部队,都不断地有自己的铅印或油印的诗集、诗选和诗的刊物出版。《诗刊》、民研会都编了民歌选集。工农兵群众创作大放光芒。周扬和郭沫若编的《红旗歌谣》就是在这个基础上经过精选编辑而成的。这些新民歌已经成为艺术的瑰宝,成为新诗最光辉的组成部分。

  新民歌是从劳动中产生的。"新民歌是劳动群众的自由创作,他们的真实情感的抒写。'诗言志,歌永言'。这些新民歌正是表达了我国劳动人民与天公比高、要向地球开战的壮志雄心。人民唾弃一切妨碍他们前进的旧传统、旧习惯。诗歌和劳动在社会主义、共产主义新思想的基础上重新结合起来,正是在这个意义上,新民歌可以说是群众共产主义文艺的萌芽。这是社会主义时代的新国风。"(《红旗歌谣·编者的话》)歌颂劳动在新民歌中成了压倒一切的主题。它反映了人民的劳动生活和思想面貌,又反过来变成鼓舞人民前进的战斗号角。新民歌在艺术上继承了光辉的民族传统,既有新颖的思想内容,又有优美的艺术形式。想象超拔、形象鲜明、语言生动、音调和谐、形式活泼,有优美的劳动节奏。它们的创作方法大都是革命现实主义和革命浪漫主义结合的。新民歌这些特点,把民歌创作提到了新的历史高度,并开辟了诗与劳动重新结合、劳动诗化、诗劳动化,以及群众自己歌唱自己的新时代。1958年新民歌的出现在诗歌界引起了一次深刻的革命。

在群众创作运动高潮中,工人的诗歌创作也发展到一个新的高峰。1958年4月号《诗刊》刊载了《工人诗歌一百首》和《工人谈诗》,也是诗歌界的一件大事。工人群众提出了自己对诗歌的主张和看法。他们要求诗的群众化,诗应当"反映工人的具体劳动和思想感情",诗人应当多写些"铜的、钢的、铁的诗",要求诗歌"主题突出,感情丰富,节奏明快,情绪高昂,气势磅礴,语调豪迈,有板有韵,通俗易懂",并创造"一种既继承传统又新颖的形式"。这些主张鲜明地表现在工人的创作实践中。工人阶级用自己的感情、自己的语言、自己的风格,豪迈地歌唱工作战线各个领域里的劳动生活和工人的精神面貌,打破了"工作生产无诗意"的传统偏见,形式上也丰富多彩,既继承丰富的传统形式,又不拘泥于五七言调子,又吸收自由诗的某些长处加以发展。《工人诗歌》和《工人谈诗》的发表,掀起了普遍的重视。茅盾、老舍都著文称颂。张光年从《工人诗歌》展望了新诗发展的前途:"从工人诗歌可以看出,新民歌和新诗这两种基本形式,正在互相吸收互相融化,同时又相辅相成地发展着。从这里可以看到我国新诗歌的未来。"(《从工人诗歌看诗歌的民族形式问题》)工人阶级一走上诗坛就领导了自己天才的光辉,它预示了一个更加光辉灿烂的未来。7月号《诗刊》又发表了《战士诗歌一百首》和《战士谈诗》,同样引起了很大的注意,显示了工农兵群众创作力量的无比雄厚。

在这群众创作运动的高潮中,一支力量雄厚的工农兵群众诗人走进诗坛。这是大跃进时代的硕果。一大批新的工农诗人,一开始就以成熟的艺术创作,引起人们的重视。其中,刘章、刘勇、三毛哥、黄声孝、李根宝等人已成为有名的作者。

大跃进的时代精神是工农群众诗人创作的泉源。鲜明的时代性、高度的思想性、饱满的阶级感情和深厚的生活基础,形成他们创作内容上的共同特点。大跃进和劳动生活的主题贯彻了他们全部的创作。高瞻远瞩的时代精神和意气风发的人民气魄在这里得到了生动的表现。他们的创作多采用传统的民族形式,有着质朴的艺术风格、生动的生活口语、丰富大胆的想象,是真正优秀的中国作风中国气派的作品。这些诗人又都是富有创造性的,都形成了各自独特的艺术风格。他们这两年已经创造了不少被人称颂的优秀诗篇,如王老九的《毛主席的手》、《扭转乾坤改造天》,刘章的《句句新诗羞玉皇》、《燕山歌》、《五凤山的歌》,孙友田的《矿山跨上千里马》,温承训的《不老松》,黄声孝的《我是一个装卸工》,李根宝的《烟囱》等。随着时代的发展,更多的群众诗人将涌现出来,这些有成就的诗人也将创造出更加优秀的作品。劳动人民自己的诗歌创作前途是光芒万丈的。

　　毛主席诗词的发表和群众诗歌创作运动的高潮,对诗坛发生了极其巨大的冲击作用。近40年来,新诗的发展在革命史上有不可磨灭的重大功绩,但在诗与人民结合这一根本问题上,还有着一些没有完全解决的问题。周扬同志在《新民歌开辟了诗歌的新道路》一文中深刻地指出这点,他说新诗"最根本的缺点就是还没有同劳动群众很好地结合。群众感觉许多新诗并没有真实地反映他们的生活、思想和情感,在这些诗中感觉不出劳动群众自己的声音笑貌,更不要说表现劳动群众的风格和气魄了"。大跃进的时代对新诗更尖锐地提出了这个问题。在毛主席诗词和新民歌的启示下,诗歌界的一次深刻的革命开始了!

　　1958年春,《诗刊》提出了"开一代诗风"的响亮口号。这是革命性的号召,是时代的呼唤,也是全国诗人的共同要求。诗风是一定历史时期中诗歌创作的倾向,不仅包括诗的风格和形式,更主要的是决定风格和形式的思想内容,因此建立诗风是要经过创造和斗争的。新诗产生以来的几十年里,一直就存在着两种对立的诗风,即人民大众的进步的诗风和资产阶级的反动的诗风的尖锐斗争。人民的诗风在战斗中壮大成长。开国后,人民的诗风继续有了长足的发展,文艺界反右斗争胜利以后,革命的诗风大大发扬,但是一直到大跃进时仍然有一些诗人用不健康的或欧化的调子歌唱,一些诗人在大跃进时代的合唱的声音里还显得不那么意气风发。同时为完成诗歌与人民结合的历史任务,建立新的民族形式的实践,就成为诗人共同的努力方向了。开创社会主义的一代诗风,已经成了时代提到诗人面前的极光荣的任务。因此,"开一代诗风"的口号一经提出,就引起了全国诗人们和诗歌爱好者极热烈的反响。诗歌界对一系列的理论问题展开了讨论。这场理论上全面的探讨,对诗歌创作的发展有着重大的实践意义。

首先开展的是关于革命现实主义和革命浪漫主义结合问题的讨论。大跃进的时代是一个现实和理想空前接近的时代,在文学上如何把深刻具体地反映现实斗争生活和表现人民群众展望未来、高瞻远瞩的宽广胸襟完美地结合起来,是一个更待解决的新问题。革命现实主义和革命浪漫主义结合的创作方法正是打开这问题的一把钥匙。周扬同志说:"毛泽东同志提倡我们的文学应当是革命的现实主义和革命的浪漫主义的结合,这是对全部文学历史的经验的科学概括,是根据当前时代的特点和需要而提出来的一项十分正确的主张。"在深入广泛的讨论中,诗人们都一致接受了这个理论,认识到这是一个如何最理想地表现我们时代的方法问题,是社会主义现实主义在我们时代最高的发扬。毛主席的诗词,特别是《蝶恋花》的发表,和大跃进民歌更给诗人们提供了光辉的范例,进一步推动和影响了诗人们的创作实践,在诗坛上引起了深刻的变化。

紧接着,党提出了在民歌和古典诗歌基础上发展新诗的方针。这个方针首先在中共四川省委关于搜集民歌民谣的通知中明确地提出来了。于是在大力号召诗人向民歌和古典诗歌学习的同时,围绕着建立民族的、群众的诗歌形式问题,展开了一场空前热烈的百家争鸣的大论争。有的人或多或少地流露出对新民歌的轻视态度,有的人又对五四以来新诗的成绩估计不足,甚至一笔抹煞,这些针锋相对的意见激起了讨论的热烈和关注。最早在《星星》诗刊上开始了"诗歌下放"问题的讨论,1958年7月的《处女地》又开辟"诗歌发展问题"的专栏,《诗刊》也组织"新民歌笔谈",接着《文艺报》《人民文学》《蜜蜂》《火花》《红岩》和《人民日报》等各种报刊都先后发表了大量讨论文章。整个诗坛都卷入了这场论争。

这一场论争是"开一代诗风"讨论的深入和发展。其论争的意义已远远超出形式的狭隘探索,成了诗歌走哪条路的论争。论争包括了一系列重大的理论问题,主要有对五四以来新诗的估价问题,新民歌有无局限性和如何发展、提高的问题,诗歌发展的主流问题,怎样在民歌和古典诗歌基础上发展新诗的问题,以及诗歌形式方面民歌体和现代格律诗的论争问题等等。

目前,讨论已告一段落。在讨论中,对民歌轻视和对新诗成绩估计不足的错误看法,受到了批评,分歧意见渐趋一致。人们一致同意要建立民族的群众的诗歌形式。新诗应在民歌和古典诗歌的基础上发展,要求努力建立丰富多彩的民族格律诗,但在形式上仍然坚持党的"百花齐放"的原则,欢迎任何有生命力的形式并存和发展,至于四、六、八言和五、七言体的二字尾和三字尾,都是对民族诗歌传统的合理的继承和发展,应当成为诗歌的两种基本形式。这次讨论大大推动了诗歌创作的实践。几乎所有诗人都在学习民歌和古典诗歌方面进行了创造性的探索和尝试,一些偏爱"洋腔"的诗人,也改唱"土调",诗风有了显著的变化。40年来一直在摸索的、多年来盼望的中国作风、中国气派,新鲜活泼、为群众所喜闻乐见的民族诗歌新形式,正在建立起来。

　　但是,所有问题的关键"是在诗歌与劳动群众如何更好地结合",这要求"一方面要使艺术更普及化,真正成为劳动人民自己的艺术,而更重要的,则是诗人们深入生活、改造自己",因此"最根本的问题是在于诗人的工人阶级化"(邵荃麟《门外谈诗》)。1958年春,大批诗人响应党的号召,下放锻炼,深入生活,使这个问题接近于根本解决了。很多诗人到工厂去,到农村去,在群众中落户、扎根。这是新的历史条件下又一次根本性的变化,它标志诗人和劳动人民的密切关系,已经达到了新的历史高度。诗人以劳动者和工作者身份出现在人民群众火热的生活中,用群众的声音、感情、语言来歌唱人民的生活,这就给新诗带来了无比健康的生命力。长期以来没有完全解决的诗人思想感情改造问题,已经面临彻底解决的前景,从根本上,为诗歌彻底与人民结合打开了一条异常宽阔的道路。

　　大跃进的战斗生活点燃了所有诗人的革命激情。诗人们的政治热情空前高涨了,诗和现实的关系从来也没有像今天这样密切。诗人们把表现大跃进的时代,以共产主义思想鼓舞人民,当作自己的崇高职责,诗歌成了大跃进最响亮的号角,诗人成了时代的鼓手,朗诵诗运动和街头诗运动变成了广大的群众性的诗歌运动。祖国的每一个建设成就、社会上每一个重大的事件,从来没有这样迅速地得到表现。党的八届二中全会召开了,诗人贺敬之唱出了《东风万里》的高歌,1958年钢产量的指标完成了,郭小川放歌《捷音报晓》,田间走到福建前线,在隆隆的炮声下,给战士们写了充满激情的诗集《英雄歌》和《英雄战歌》,李季和闻捷在沸腾的河西走廊,为《甘肃日报》写了大量的无头诗,及时反映世界人民劳动战斗的生活,尝试着开辟一条迅速反映和鼓手群众大跃进的诗,与工农群众密切结合的新道路。而李季的唱合诗集《对唱河西大丰收》,更闪着大跃进不灭的光辉,洋溢着诗人充沛的激情,显示着河西人民的英雄气概。这些诗对河西劳动人民劳动战斗生活发生了的影响。

这一年诗歌界变化是巨大的。这一切根本的变化,为诗歌创作带来了一个灿烂的大丰收的局面。

二

这两年是诗歌创作空前大丰收的年头。几亿人民写诗,这是诗歌史上的奇迹。千百万的民歌手、工农兵群众诗人、老诗人、新诗人创作的无数优秀的诗篇,形成了新诗空前的百花争艳、万紫千红的灿烂局面。

千百万劳动人民创作的新民歌是其中最光亮的珠宝。新民歌不仅给新诗以很大的冲击,开辟了诗歌的新道路,也已经直接加入新诗的行列,成为新诗最光辉的一部分,给新诗带来了无比的光辉。这在前边已讲过了。

这两年诗人的创作也是大丰收。数量是空前的,内容和题材也有了巨大的变化,表现现实生活中的重大的事件,成了诗人创作的共同倾向。歌颂大跃进、歌唱劳动成为这两年诗歌最突出的、压倒一切的主题。诗人们在一系列的重大主题里,时刻注意深刻地表现英雄的人民共产主义思想品质的萌芽、惊天动地的人民英雄气魄,以及意气风发、乐观上扬的新的时代精神。诗人们都自然地给自己提出了叙述人民的成长这一伟大时代面临的任务。诗人们的胸襟开阔,雄伟的形象在诗中普遍出现,奔放、高昂的声音成了诗歌最响亮的基调。阮章竞提出诗人"要拨响最高的强音","让排山倒海的大乐章,在三尺碧野上,纵横千里升起来!"这是全国诗人们在实践着的共同要求。

在这排山倒海的大乐章里,表现农村大跃进的主题的诗是一曲最富有色彩、最粗宏的伟大赞歌。在这些表现崭新的农村生活的诗篇里,我们看到了人民公社这轮初升的太阳的万丈光芒,看到了农业大丰收,兴修水利,大炼钢铁,新的人物的成长等一幅幅激动人心的美丽的图画。几乎所有的诗人都在这方面做了不懈的努力。老诗人郭沫若在张家口专区访问,写了一组诗《遍地皆诗写不赢》,用民歌体歌颂了各地人民征服自然的气魄和大跃进中的冲天干劲。田间在这方面的成绩更加显著。他一直生活在农村、发扬了抗战时写街头诗的战斗传统,把诗写在墙上、树上、工具上,鼓舞群众斗志。他的《1958年歌》和《东风歌》就是特意为公社写的两本诗集。青年诗人傅仇,是大森林的歌者,他改变了自己的调子,用民歌形式写的一组诗《钢铁的山》,相当出色地表现了农村大炼钢铁运动热火朝天的景象。闻捷给我们献出了《河西走廊行》,主要是"歌唱大跃进中河西走廊的新气象,新面貌,新事物,新人物"。因为这些诗,"人们赞颂闻捷同志的诗是大跃进的战鼓"。在表现河西人民与风沙搏斗,表现新人物精神面貌方面,闻捷这些诗是很有特色的,深厚而朴实。

歌唱工业战线的诗和以前几年相比,显然是有了巨大的飞跃的发展。工业战线的空前跃进,工人阶级的共产主义精神和英雄气概,以及短期内赶上英国,把祖国建设成工业强国的决心,在诗中得到了相当充分的表现。工人阶级的集体形象,比较鲜明完整地塑造出来了。工业战线上许多过去诗歌的触角没有达到的领域这时都有了生动的歌唱。工人群众已经拥有无数自己的诗人。他们都是以工人的声音、工人的感情,歌唱工人的生活的,形象和语言都带有劳动者饱满质朴的特色。工人的诗歌无限丰富了诗歌关于反映工业生活的主题和形象体系,开辟了广阔的美学领域。诗人努力表现工业题材,也得到了很可喜的成就。李季、闻捷为玉门油矿写了很多好诗,光未然以磅礴的气势歌唱了三门峡工地,严辰描写了东北工业建设的面貌。诗人阮章竞,在这方面也有突出的成绩。阮章竞近年来一直生活在包钢工地,两年来他写的《新塞上行》、《乌兰察布》、《万里东风在塞红》等好几个组诗,都有特色,有气魄。他以特有的浓丽的抒情笔调,抒写了塞外大建设的艰苦,表现了工人阶级建设祖国的气魄雄心和无比乐观的精神。其中象《黄河春风》、《黄河渡口》、《风沙》、《冬天里的春天》、《丙班》等诗,都通过精巧的构思,生动、细微地表现了大建设和人的精神的美丽,成为杰出的诗篇。

1958年以后,在民歌和古典诗歌基础上发展新诗,建设新的丰富多彩的、民族化群众化的诗歌形式,已经成为大家共同努力的方向。这两年来,诗人们努力进行诗歌民族形式的探索,在创作实践上已经取得辉煌的成绩。

诗歌创作中的洋腔洋调基本上消灭了,诗的风格和形式有了巨大的转变。几乎所有诗人都一致努力创造民族气派、民族形式的作品。学习民歌和古典诗歌,成为热潮,1958年里许多诗人都学着用民歌形式写诗,郭沫若、臧克家、徐迟、朱子奇、傅仇都用民歌体写了不少诗。一些有创造性的诗人,更不满足停留于对民歌形式的模仿,努力在学习民歌和古典诗歌基础上,通过自己一贯的艺术个性,做了新的探索和创造,这样就在创作上出现了许多真正具有民族作风、民族气派,能为人民群众接受且具有多种多样风格的新诗。这是民族抒情诗的巨大发展。贺敬之、阮章竞、郭小川、李季、闻捷等诗人的新作标志了这一条道路的成绩。贺敬之的《三门峡——梳妆台》是向古典诗歌学习的最有成绩的代表性的作品,他用七言古风歌行一泻千里的抒情格调,高歌古老黄河的新生,"三门闸工正年少,无限青春向未来"。诗中奔放的气势和复沓的咏怀、现代的生活和古代的传说美妙地结合在一起,达到了炉火纯青的地步。阮章竞的《新塞上行》等组诗和光未然的《三门峡大合唱》也都是向古典诗歌学习的、有创造性的优秀作品,代表着民族诗歌形式创造中的成绩。田间在1942年延安文艺座谈会以后一贯坚持着创造性的向民歌学习的道路,很有成绩。1958年以后,他的抒情诗和长诗都继续走这条路，又向更加多样化的方向发展。他运用人民的口语和整齐的节奏写诗，形式上有五、七言，也有六、八言。李季写了大量的民歌体诗，在长诗创作中，他扩大了学习民歌的范围，熟练地融合了民间、鼓词的形式。戈壁舟几年来一直在学习民歌，努力探索新的民族诗歌的道路。他的诗带有浓厚的四川民歌的特色。在这些诗人中，郭小川两年来在形式上很有特色，有成绩的探索，引起了人们很大的注意。他的创造已经发生了影响。郭小川大胆的尝试和探索也是多方面的，是不断的。在《鹏程万里》这一组诗里，他尝试用"信天游"的形式，用普普通通的生活口语写诗，紧接着在《捷音报晓》、《雪兆丰年》、《春暖花开》等五六首抒情诗和叙事长诗中进行更广泛的大胆的探索和创造。他运用了大量的口语、成语和古典诗词语言，创造了郭小川式的短句形式，长短参差，讲究对仗和排比，有鲜明的韵律，有丰富多样的变化的节奏和对意境的大力渲染，这样，诗人就把古典诗词和新民歌艺术形式上的许多特点熔于一炉，表现迭荡起伏的感情。郭小川的创造和探索是对诗歌形式创造的一个重要的启示。此外，诗人闻捷、严辰等人还在努力试验写作四行一节、诗行顿数整齐分明的新格律诗。贺敬之还在创造性地发展他的富有古典诗歌特色的楼梯式的格律诗。一些诗人还在继续写自由体写诗，他们保存其优点，改变散文化和洋化的毛病，使之更具有民族风格。这种对民族诗歌的众多的广泛的探索和大胆创造，给新诗带来了一个真正的百花齐放的丰富多彩的新局面。这些成绩表明，新诗的民族形式正在建立起来。多年来所盼望的民族作风、民族气派，为群众所喜闻乐见的又是百花齐放、丰富多样的诗歌的民族的、群众的新形式，已经接近于实现了。

创作方法上，革命的现实主义和革命的浪漫主义结合，也已成为所有诗人努力的目标。这两年的诗歌创作，现实主义的根扎得更深了，更坚实了，同时浪漫主义精神大大高扬。田间、郭小川、贺敬之、李季、阮章竞、闻捷等人的作品中,革命现实主义和革命浪漫主义结合的创作方法广泛的运用,已经取得一定的成绩。这种精神,是生动的实践和美好的理想结合的现实的要求和反映,是劳动人民光辉灿烂的理想、强大的创造力和高度的乐观主义精神在诗歌中必然的反映。由毛主席诗词和大跃进新民歌开辟的这条道路,在诗歌创作中引起的新的方向,给诗歌创作带来了无比的光辉。它开辟了新诗表现伟大的时代的无限广阔的天地。

这两年诗歌创作中另一突出的现象,是在1959年崛起了一个叙事诗的高潮(1958年曾出现过一个小叙事诗的高潮,可以看成是先序)。这是现实的要求。一百多年来,特别是40年来的革命斗争,我们民族写下了一大段光辉灿烂的历史,今天又在干着前人没有干过的事业,建设着伟大的社会主义祖国。这是一个产生史诗的时代,是一个呼唤史诗的时代。长诗高潮的出现,也是人民的呼唤,读者不满足于抒情诗,要求在更广阔的画幅里,看到生活的昨天、今天和明天。开国十年来,老诗人和新诗人在政治思想上和艺术磨炼上史诗的题材甚至构思都已经有了一定的锻炼和充分准备,这就准备了叙事诗高潮的到来。大跃进中提出呼唤长诗、向国庆十周年献礼的口号更激起了诗人的热情,于是一个规模空前的叙事诗高潮出现了。诗坛上一座座大的建筑立起来了。据粗略统计,近两年来所创作的叙事诗,已近百部,这数字远远超过前八年的创作。

长诗的题材是丰富的,反映的生活面是相当广阔的。从历史的斗争到今天大跃进的现实,从神话、传说到革命的传奇故事。许多诗人的创作,抓住了开国以后的现实生活,把它纳入宏大的诗的画幅中,更紧地结合现实斗争、教育人民。这是一个很好的倾向。闻捷的《动荡的年代》、《东风催动黄河浪》、田间的《英雄战歌》、戈壁舟的《青松翠竹》、张永枚的《英雄的路》、李士非的《向秀丽》、庚钺的《六月的风暴》、韩笑的《边防军情歌》等都是这一类作品。其中闻捷的两首长诗是特别值得重视的。《动荡的年代》是长诗《复仇的火焰》的第一部,写解放初期新疆一场复杂的尖锐的阶级斗争和民族矛盾。这是一首画幅广阔的史诗式的作品,背景巨大,人物众多,矛盾错综,在反映哈萨克民族的生活和斗争方面特别出色。长诗富有民族的和民歌的色彩,抒情和叙事结合得较好。长诗只写了第一部。《东风催动黄河浪》,是一首描写工业大跃进的报告性的长诗。我们的时代是一个诗的时代,如何以长诗的形式把激动人心的现实生活表现出来,这是艺术上的一个新的课题。闻捷这首长诗和上述的一些诗,在这方面的尝试是有巨大的现实意义的。这条道路还需要更多人去开辟。

叙事诗高潮中,成绩最大、数量最多的是反映革命斗争的长诗。党领导的几十年的艰苦卓绝的斗争蕴藏有无数的诗的题材。我们的诗人们,大多数走过了一段革命斗争实践的道路,对于这一段生活都比较熟悉,在生活上、思想上和创作上都有了较久的酝酿。这样的题材对于教育今天的读者依然有着非常重要的现实意义。这一类比较杰出的作品有李季的《五月端阳》、《当红军哥哥回来了》、《三边一少年》、郭小川的《将军三部曲》(《月下》、《雪中》、《风前》)、田间的《赶车传》(二、三、四部)、臧克家的《李大钊》、梁上泉的《红云崖》、史莽的《跨江的怒涛》、顾工的《火光中的歌》等等。这些长诗,都在广阔的画面上展开了中国革命历史中无数动人心魄的斗争,刻划了群众的伟大行动。无数个英雄战士巨大的形象在诗里立起来了。李季的《五月端阳》、《当红军哥哥回来了》被人们称做是两部反映革命斗争的史诗。诗人在抗日斗争和解放战争广阔的历史背景上描写了英雄人物的成长,诗中洋溢着激动人心的革命激情;长诗主人公杨高等在苦难和斗争中成长壮大的形象是相当完整的,有深刻的概括性和生活深度。郭小川的《将军三部曲》塑造了一位雄姿英发的将军形象。这是一个崭新的艺术形象。浓郁清丽的抒情风味,情节构思的单纯朴素,和意境的渲染,构成这部长诗最鲜明的特色。田间的《赶车传》(二、三、四部)是第一部的续篇。它比第一部用更大的规模、更广阔的主题刻画党领导下的农民在革命中生活斗争的道路。长诗的革命浪漫主义色彩更浓了。臧克家的《李大钊》用十几幅历史性的场景,塑造了一个伟大的共产主义战士的形象。民歌、古典诗词的大量运用加强了长诗的民族特色。此外,梁上泉、史莽、顾工的长诗亦各有成就,各有特色。

长诗还有一部分是描写神话传说的题材,马萧萧的《石牌坊的传说》、戈壁舟的《山歌传》是这一类较好的作品。

随着叙事诗高潮的出现,对叙事诗创作理论上的探索也提到日程上来了。《诗刊》及其他报刊都发表了一些关于研究叙事诗创作的文章,对十年来的叙事诗做了概观。叙事诗的介绍和评论工作也加强了。这都将进一步推动长诗创作的发展。叙事诗的写作,在艺术上是一个相当复杂的问题。我们诗人们有才华的创造,已经在这方面提供了丰富的经验。在叙述故事、组织结构、选择和提炼情节、塑造人物形象、抒情和叙事结合和民族形式民族风格等方面,都已经做出了可以参考的借鉴。叙事诗的发展道路是无比广阔的。

长篇叙事诗在艺术上是百花齐放的。在民族的大众的这样一个总的方向下,诗人们进行了多种多样的探索。闻捷的《动荡的年代》是在异常复杂的情节、众多的人物关系、广阔的生活场景和尖锐的矛盾冲突中来概括这一段历史的。李季的两部长诗则是在极曲折的战争生活描写中,动人地刻画了英雄人物从一个"小羊羔"到一个坚强战士的光辉形象。臧克家写李大钊共产主义者的一生,但却是用的十几个重要的、突出的生活场景来塑造和揭示人物形象的面貌的。郭小川的《将军三部曲》故事情节异常简单，只选择了将军戎马生活中几个平凡的片断，通过单纯的情节和充满诗意的思想和行动、抒情的对话和情感的激流写出一个人民将军的光辉形象，闪烁着思想的强烈光芒。田间的《赶车传》更保持了自己固有的特色，故事朴素，情节飞跃地特别显著，粗线条的刻画，不注意细节的描绘。这种多种多样的创造，开辟了叙事诗创作的广阔道路。

创造叙事诗的民族形式，是我们时代诗人一个重要的任务。诗人们努力在民歌和古典诗歌基础上进行发展创造，已经取得了重要的成绩。李季在经过改造的民歌的基础上，基本上采用二二三、三三四的调子。郭小川更多的在古典诗歌上创造着丰富多彩的节奏形式。田间沿着一贯的道路，尝试着吸收"快板新调爬山歌"，有了新的发展，大致形成了二字尾声和三字尾声的六言、七言的诗行形式。闻捷采用四行一节、节奏顿数整齐的新格律，却有很深的民族色彩。戈壁舟用四川山歌对唱的形式……这是一个丰富多彩的局面，事实证明，在民歌和古典诗词基础上发展叙事诗的形式本身就有无限广阔的天地。在这广阔丰富的创作和探索中，我们看到了叙事诗更加辉煌的前景。

三

祖国在前进。诗歌也在前进。

庄严伟大的十周年国庆，披一身灿烂的朝霞，满载着鲜花和成绩，唱着，笑着，向我们来了。这是何等辉煌的十年啊！这是何等辉煌的节日啊！

整个的中国，整个的世界，都在欢呼，在歌唱，在迎接着这个伟大节日的来临。

到这时候，新诗已经快要走完了自己40年的光荣路程。在这国庆十周年的前夕，新诗用万籁齐发的声音为我们伟大的祖国唱出了一曲响亮的赞歌。

翻开近40年革命斗争的历史,我们可以看到,无数革命前辈和革命先烈们浴血奋战,梦寐以求的,就是盼望祖国能有今天这样一个灿烂的朝阳。在那些艰苦的战斗的年代里,我们伟大祖国美好的未来,是那样激动着我们诗人的心,无论是郭沫若象燃烧的"炉中煤"那样热烈地呼唤着海底的太阳,倾听着叮当的晨钟的声响,不论是闻一多用深挚的感情赞美那"如花的祖国",轻吟着"这民族的伟大",还是殷夫在无产阶级罢工的洪流中振臂高歌"我们、我们"的呼声,高喊着"前进吧,祖国!"……所有这些震撼心灵的声音,在那些黑暗的战斗的年代里,是那样地照亮了诗人和读者的心灵,给他们以不可征服的信心和力量。而在今天,梦想已经变成现实。回忆起40年来光荣的革命斗争历史和开国十年后的辉煌建设成就,展望祖国未来无限美好的远景,诗人们怎么能不激动地放声歌唱呢?于是,在举国欢度十周年大典的前夕,全国出现了一个蓬蓬勃勃的歌颂祖国的热情。广大的诗歌队伍整个地动员起来了。民歌手、工农诗人、兄弟民族歌手、老诗人、青年诗人都放声歌唱,对祖国倾泻出满腔汹涌的热情。全国所有的大小刊物上,无数歌颂祖国的诗篇雨后春笋般涌现出来。许多长篇抒情诗产生了。《诗刊》编选的《十年颂》和《祖国颂》两本诗选就是在这个基础上诞生的。

两本诗选是献给祖国的两支最响亮的颂歌。诗人们热情充沛地描写了共和国十年缔造的艰辛和无比光辉的成就。一泻千里的抒情语言,为我们展开了一幅幅壮丽的图画。那里有祖国迷人的山川土地,那里有宏伟的战斗或建设的场面,那里有工厂或者公社的劳动人民集体的英雄形象和千千万万共和国公民质朴优美的心灵,那里有普通的劳动者身上闪着的共产主义思想的光芒,有红领巾们在阳光下茁壮的成长……30年来党的光辉战斗历史和祖国十年的伟大成就,交织成了一幅共和国战斗成长的光辉灿烂的历史长卷。对祖国热烈深挚的爱和对一切敌人刻骨的仇恨,象火一样燃烧在每个诗行中间。在诗里,我们听到了祖国大踏步前进的声音,我们的祖国真是"一步一个脚印,一个脚印,一片鲜花"。

塑造伟大祖国的崇高形象,充分描绘出雄伟壮丽的祖国一日千里的面貌,这是时代给我们诗人们的光荣使命,也是艺术上崭新的课题。诗人们的作品显示了他们创造的才华。老诗人肖三的《祖国十年颂》在激烈的战斗气氛中完成了祖国形象的塑造,表现了前进中的人民英雄的气概的《颂歌》用火炬和红日这样辉煌的形象来描青春的祖国;贺敬之的《十年颂歌》中,祖国的形象是一匹矫健的战马,"马头高举,东方滚滚红日,马尾横扫,西天残云落霞",在祖国的面前展开的是怎样一幅壮丽的图景啊:

  望不尽呵,
  望不尽……
  望不尽的——
  东风……
  红旗……
  朝霞似锦
  望不尽的——
  大道……
  青天……
  鲜花如云……

贺敬之用他这种特有的青春奋发热情洋溢的调子和大笔大笔的绚烂色彩所塑造的祖国形象,是那样奔放、豪爽而飞动。张志民的《祖国颂》,气魄开阔有力,祖国的形象雄浑博大,"用长城做尺度——才能估量你的宽阔,用峡谷做喉咙——才配为你歌唱"。雄伟巨大的祖国形象和细微的现实生活的描写,豪放粗犷的声音和柔和细腻的抒情,都很好地统一在张志民的诗里。在描绘祖国时,诗人们都用了太阳的形象,这是很自然的。我们的祖国就是一轮冉冉上升的朝阳。只有用太阳的形象才能描写祖国那种欣欣向荣、蒸蒸日上的面貌。在这些诗里,我们的祖国真是"一轮旭日,万里金光"。

歌颂党和我们伟大的领袖是《祖国颂》中一个极重要的主题。诗人们带着最深的感情,从激烈的斗争中,从日常的建设生活以至千百万人民内心深处的感情中,从各方面向我们亲爱的党和伟大的领袖毛主席献上了一支支金色的颂歌。在这些深情的歌声中,唱出了六亿人民对党和领袖无比深厚的感情。

《祖国颂》在艺术风格方面,同样表现了绚烂多彩、百花争艳的特点。贺敬之的《十年颂歌》中的诗人自我形象,有着那样澎湃的政治热情和强烈的抒情气质。诗人用高度艺术概括的手法,从众多复杂的政治事件中,选择最有代表意义的重大事件加以歌唱,描画出祖国英武的姿态,与现实紧密联系的政治主题特别显著;而张志民的《祖国颂》结构严密,他用铺开来的传统的颂歌手法,让丰富的艺术想象力在经过选择的现实世界里纵横驰骋,他通过对祖国各方面典型事物、形象的具体描写,组成了特别广阔的画面。此外《祖国颂》中还有郭小川、徐迟、纳·赛因朝克图等诗人的长篇抒情诗,都各自以独特的声音,唱出对伟大祖国的赞美的歌声。《祖国颂》的形式同样是丰富多彩的,有民歌体,有新格律体,有受古典诗歌影响很深的楼梯式的半格律诗,也有纯粹的楼梯式以及富有民族特色的自由体诗等等。它显示了两年来诗歌形式探索创造的成绩。

《祖国颂》,是1958年以来诗人们创造探索的一个总结。它是新诗跨入新阶段的里程碑。我国诗歌发展的一个更加壮丽繁荣的时代,已经来了,在《祖国颂》丰富多彩的歌声中,我们听到了它响亮的足音……

当我们写完《祖国颂》的时候,新诗已经走过了40年光荣的斗争道路,跨进了20世纪辉煌的60年代。40年了!我们的新诗和革命一起斗争、成长,创造了光辉的成绩。这期间涌现了多少杰出的诗人!多少优秀的诗篇照亮了40年新诗发展的长河,点燃了读者的革命热情!现在,当我们粗略地回顾了这一段光荣的历史的时候,我们的心是无比激动的。

　　回想当初五四的火花第一次点燃了诗人的激情时,郭沫若就在熊熊的烈火中高唱着凤凰更生之歌,新诗一开始就是以战斗者的姿态出现的。当时诗人还是有限的几个,读者的范围也比较狭小,但它那火山爆发一样的歌声表现出多么大的摧枯拉朽的力量。这股歌声,经过左联时期斗争的考验,在民族解放战争的炮火中,汇成了一股波澜壮阔的巨流,浩浩荡荡,一直唱向新中国。那些曾经肆意叫嚣的各种各样的活尸浮沤,在几十年的历史中,已经被这洪流冲荡得一干二净。新诗在共和国的土地上健康地歌唱着,由于千百万劳动人民加入了诗歌的队伍,新诗已经开始跨进了一个崭新的黄金时代。这是一段多么值得骄傲的光荣的路程呵!

　　我们的新诗是和中国革命斗争与年青的共和国一道成长壮大起来的。到今天,我们已经锻炼出一支多么庞大的诗歌队伍啊!除了老一辈诗人,开国十年来,诗坛上出现了多少有才华的工农诗人、兄弟民族歌手和青年诗人!无数有才能的诗歌作者正在涌现。千百万民歌手向大自然开战的豪迈的声音,更给新诗增加了多少引为骄傲的光彩。40年来,新诗是不断地走向人民,与人民逐渐结合的。在三四十年代的反动统治下,一本诗集的刊行只有一二千册,革命的诗歌出版更受到百般的阻挠。但到了人民当家作主的今天,光一本《诗刊》就印行九万至十万多册,一本优秀的诗集的发行量也往往超过二三万册以上,甚至一版再版,1958年以后人民自己的创作象潮水一样涌进了诗坛,诗人的歌声更直接唱到人民的劳动生活中去了,我国的新诗现在已经有了一个多么广阔的读者队伍呵!新诗真正彻底走进人民的队伍,站在群众中歌唱的时代,到今天,真的来了!

经过40年来革命的锻炼,我们的诗歌队伍现在已经是空前地纯洁、健康了。到今天,在党的正确文艺方针的领导下,在祖国大跃进的鼓舞下,在毛主席诗词和大跃进民歌的启示下,我们的诗坛在它40年的前夕,又呈现出一片青春焕发、朝气蓬勃的新局面,新的一代诗风在形成,新诗发展过程中许多重大的问题的解决都一一提到日程上来了,新诗无限光明灿烂的前景,已经揭开了第一道金色的帷幕。新诗的未来是光芒万丈的!

我们的诗歌将无愧于伟大的诗情洋溢的民族和时代。现在,无产阶级纵横千万路的诗歌队伍正浩浩荡荡的向前跃进,用洪亮的声音,为祖国唱着一支伟大的颂歌。

我们相信:人人是诗人的时代就要来临了,而无数伟大诗人的诞生将为我们祖国增添更多灿烂的光辉。听吧!千百万人民群众已经唱出了他们骄傲的声音:

  如今歌手人人是,
  唱得长江水倒流。
  ——民歌。